운명의
대가

운명의 대가

초판 1쇄 찍은 날 § 2006년 6월 29일
초판 1쇄 펴낸 날 § 2006년 7월 9일

지은이 § 심은정
펴낸이 § 서경석

편집장 § 문혜영
편집책임 § 이종민
편집 § 한지윤

펴낸곳 § 도서출판 청어람
등록번호 § 제1081-1-89호
등록일자 § 1999. 5. 31
어람번호 § 제5-0098호

주소 § 경기도 부천시 원미구 심곡1동 350-1 남성B/D 3F (우) 420-011
전화 § 032-656-4452 팩스 § 032-656-4453
http://www.chungeoram.com
E-mail § eoram99@chollian.net

ⓒ 심은정, 2006

ISBN 89-251-0193-9 03810

※ 파본은 본사나 구입하신 서점에서 교환하여 드립니다.
※ 저자와 협의하여 인지를 붙이지 않습니다.

운명의 대가

심은정 지음

도서출판 청람

차 례

하나 | 7   둘 | 41   셋 | 133   넷 | 181

다섯 | 224   여섯 | 305   작가후기 | 374

"미안해, 기집애야."

"엄마!"

"얘, 우선 아버지부터 살리고 봐야 하지 않겠니? 그 사람 교도소 보내고 나 혼자 못살아. 너도 알면서."

붉은 조명이 흘러나오는 그곳은 술집 간판을 내건 가게라고는 상상할 수 없을 정도로 형편없었다. 성주는 잔뜩 성이 나서 두 팔을 걷어붙이고는 자신의 엄마를 향해 소리를 질렀다. 하지만 그 높은 음성은 엄마의 귓가를 파고들지 못한 채 흩어져 묘한 여운만을 남겼다. 엄마는 심각한 눈빛과 살며시 떨리고 있는 성주의 음성은 안중에도 없는 듯 이미 얼굴 전체를 덮어버린 화장기 위에 파운데이션을 덧칠하기 시작했다. 그 손놀림은 메이크업 강사들보다 더 빨라 보였다. 성주는 그런 엄마의 모습에 더 이상 참지 못하고 자리에서 벌떡 일어났다.

"나 지금 말하고 있는 거 안 보여?"

"말해. 누가 못하게 했니?"

"엄마!"

"아이쿠, 깜짝이야. 주성주! 너 정말 여기까지 와서 그럴 거야? 귀찮게 진짜. 그 돈 갚아줄게, 갚아주면 되잖아! 왜 남의 영업장에 와서 소리를 고래고래 지르고 그래?"

성주는 도리어 자신을 향해 소리치는 엄마를 바라보고는 어이없다는 듯 코웃음을 쳤다. 뻔한 속내를 내비치고 있는 엄마를 빤히 바라보던 성주는 황당한 표정을 지우고 엄마 눈앞에 손을 내밀었다.

"뭐?"

"돈 달라고, 갚아준다며. 내 돈 천오백만 원 줘."

"어머, 무슨 천오백? 내가 가져간 돈은 삼백이잖아."

돈을 달라는 성주의 손짓에 놀란 엄마의 눈은 성주의 입에서 흘러나온 금액으로 더 더욱 커져 붉은 핏발이 설 정도였다. 그런 엄마의 모습에도 아랑곳하지 않고 성주는 눈에 더욱 힘을 주면서 덤덤하게 입을 열었다.

"갚아주려면 다 갚아줘야지. 그동안 나한테 빌려갔던 돈 말이야. 그건 입 씻으려고 그랬어?"

"애, 내가 그렇게 큰돈이 어디 있어? 왜 하필 그렇게 돈 많이 드는 학교에 다닌다는 거야. 그리고 아직 합격자 발표도 안 나왔는데, 왜 벌써 등록금 걱정을 해?"

"엄마! 엄마 자식들이야, 엄마가 배 아파서 낳은 자식들이라고. 애들이 그렇게 공부 열심히 해서 의대 가려고 하면 다른 엄마들은 절에 가서 천 배라도 올릴 거야, 합격하게 해달라고. 그런데 엄만 뭐야? 애들한테 수고했다는 말 한 마디도 안 했어. 어쩜 그럴 수 있어? 다른 엄마들처럼은 못해줄망정 꼭 그렇게 말을 해야겠어? 합격자 발표도 안 나왔는데 왜 그러냐고? 애들 실력이면 충분히 붙었어. 엄만 모르겠지만, 난 알아. 그렇게 열심히 했는데 그깟 의대 못 들어갔을 것 같아? 보나마나 애들 합격했으니까 잔말 말고 빨리 돈이나 갚아. 아니, 엄마가 쓴 돈 아니니까 그 인간한테 갚으라고 그래."

성주의 한(恨)과 화가 섞인 음성이 듣기 싫다는 듯이 눈살을 찌푸리던 엄마는 성주의 입에서 흘러나오는 새아버지를 지칭하는 말에 소리쳤다.

"그 인간이라니, 얘가. 너 아버지한테 꼭 그래야겠니?"

"아버지는 무슨 아버지? 내가 그 인간이랑 호적상으로 무슨 관계 있어? 아무런 관계 없는 사람한테 무슨 아버지래? 나한테 아버지는 주성국이라는 이름을 가진 사람뿐이야. 말도 안 되는 그런 싸구려 인간 가지고 나한테 아버지라고 강요하지 마. 그리고 무슨 일이 있어도 돈 갚아. 알았어?"

그녀의 다짐 아닌 다짐에 아무런 말도 하지 않는 엄마를 뒤로 하고 성주는 그곳을 빠져나왔다.

작은 골목에 위치한 허름한 가게. 성주는 엄마가 일하는 가게 쪽으로 한번 고개를 돌렸다.

작은 술집. 동네에서 싸구려들만 들락거리는 쓰레기장 같은 곳. 성주는 자신의 엄마가 일하는 일터를 그렇게 지칭했다. 그곳을 다니는 사람들이 어떻게 생각할지 몰라도 성주에게서만큼은 그곳이 그렇고 그런 곳으로밖에 보이지 않았다.

작은 돈이었지만 아버지가 가져다주는 돈으로 살림을 하던 엄마가 아버지의 죽음 이후 저렇게 변하게 만든 곳이었기에 성주는 그곳이 정말 싫었다. 그뿐만 아니라, 그곳은 아버지의 목숨 값으로 나온 돈을 가지고 장만한 가게여서 더 더욱 그랬다.

왜 하필 하고많은 장사 중에 술집 장사를 택했는지 성주는 이해하지 못했다. 그건 자신도, 그 누구의 생각도 아닌 엄마의 생각이었으니까.

아버지가 살아 계실 때에도 가끔 춤바람이 나긴 했어도 엄마가 머무는 곳은 언제나 집이었다. 그랬던 엄마가 아버지가 돌아가시고 나서 술집을 차렸고, 성주 자신은 물론이고 쌍둥이 남동생들까지 내팽개쳐 버렸다. 그리고는 성주에게 새아버지라는 사람을 소개했고, 단둘이 동거를 했다. 가끔 한 번씩 새아버지라는 작자에게 맞고 소박맞아 집으로 들어온 엄마를 바라볼 때면 성주의 속은 그저 시커멓게 탈 뿐이었다. 그래서 그런 인간이 좋다고 저렇게 사는 엄마를 봐도 성주는 솔직히 할 말이 없다. 항상 엄마는 버릇처럼 성주에게 말해왔었다, 사랑으로 사니까 모든 것이 용서된다고.

성주는 잠시 엄마의 모습을 기억 속 저편에서 끄집어내었다가 다시 보내 버리고는, 자신이 가장 마음 편하게 생각하는 일터로 돌아왔다. 성주의 일터는 사 년 된 피자집으로 그녀가 유일하게 마음 놓고 일을 할 수 있는 곳이었다. 점장님의 마음 씀씀이가 너무 좋아 성주는 이곳에서 오랫동안 최선을 다해 일을 하고 있었다. 그 덕분에 보수도 썩 괜찮은 곳이었다.

귀에 작은 이어폰을 꽂은 채 이리저리 서빙을 하던 성주의 귀에 자신을 부르는 점장님의 목소리가 들렸다. 성주는 점장님이 계신 곳으로 걸음을 옮겼다.

"부르셨어요?"

"저기 성주 씨, 내일 새벽 타임 좀 해줄 수 있어?"

"새벽 타임이요? 괜찮긴 한데, 왜요?"

"새벽 타임 하겠다던 사람이 갑자기 못한다고 연락이 왔지 뭐야. 내가 되도록 빨리 구해볼 테니까 수고 좀 해줘."

"새벽 타임이라면, 몇 시쯤에 끝나요?"

"아마, 두 시쯤? 왜? 무슨 일 또 있어?"

성주의 미련이 남는 듯한 말에 점장님은 기대의 눈빛으로 성주는 바라보았다. 성주는 욕심이 많았다. 특히, 돈 욕심이. 모르는 사람들은 성주가 돈에 환장했다고 생각들 하겠지만 성주는 다른 것은 포기해도 돈만큼은 포기하지 않고 벌어야 했다.

그녀의 꿈 중 하나가 바로 돈을 많이 버는 것이었다. 집안의 경제적 어려움 탓에 성주는 어렸을 적부터 여러 아르바이트를 전전하며 돈을 벌어왔다.

현재도 성주는 네 개의 아르바이트로 생계를 유지하고 있었다. 새벽 세 시부터 일곱 시까지 신문을 돌린 후 집으로 가서 쌍둥이 남동생의 도시락을 챙겨주고는 아홉 시까지 잠시 눈을 붙인 후 카페로 가서 열한 시까지 일을 한다. 그 후 두 시까지 세 시간 동안 주유소 아르바이트를 한다. 그 아르바이트가 끝나고 나서야 피자집으로 향했다. 그리고 피자집에서 밤 열한 시까지 일하고 나서야 그녀의 하루가 마무리되어졌다. 하지만 오늘 시간이 더 늘었다. 한참 잠이 쏟아질 그 시각에 성주는 또 일을 택했다. 어차피 죽으면 썩을 육신, 자신의 육신이 고장나 못쓰게 될 때까지 해보겠다는 오기로 점장님께 말했다.

"아니요. 저 그 일, 제가 계속하면 안 될까요?"

"어머, 정말? 성주 씨만한 사람 어디서 구하나 했는데, 나야 좋지. 성주 씨가 괜찮겠어? 어머, 잘됐다, 정말. 그럼 앞으로 성주 씨가 계속 수고 좀 해줘. 일당은 잘 쳐줄게. 알았지?"

"그럼 저야 감사하죠. 일 열심히 할게요, 점장님."

누구보다 열심히 하는 성주가 점장은 그저 기특하기만 했다. 같은 여자지만 어떻게 저렇게까지 일을 할 수 있을까 싶었다. 정말 철인이라 해도 믿을 정도로 성주는 꿋꿋하게 잘 버텼다.

점장은 그런 성주가 안쓰럽고 불쌍하기도 해서 도와주고 싶은 마음에 보너스도 다른 직원들에 비해 조금 넉넉히 넣어주곤 했었다. 이번 일도 성주가 맡아주어 적잖이 안심이 되었다. 사 년 동안 이 가게를 운영하면서 한결같은 모습으로 열심히 일해주는 사람은 성주뿐이었으니까. 점장은 카운터에 서서 테이블 사이로 이리저리 빠르게 몸을 움직여 서빙하는 성주를 흐뭇하게 바라봤다.

쌀쌀한 바람이 부는 한적한 골목길. 너도나도 할 것 없이 높은 담에 경비에 CCTV까지 설치되어져 있는 동네. 태민이 그곳에서도 제일 눈에 띄는 집 앞에 가만히 서서 그 집을 빤히 바라보고 있었다. 별로 걸음 하고 싶지 않은 곳. 자신이 추억할 거라고는 단 한 가지도 없는 그곳에 또 한 번 발을 들여놓은 자신이 한심스러워 태민은 크게 한숨을 내쉬고 그곳으로 성큼성큼 걸어 들어갔다.

"어머, 태민이 네가 여긴 웬일이니? 당신이 불렀어요?"
"그래, 내가 불렀네."
"왜요, 저는 오면 안 되는 곳입니까?"
"어머니한테 그게 무슨 말버릇이야. 이리 와서 앉아라."
태민이 온 게 뜻밖이라는 듯 썩 반갑지 않은 얼굴 표정을 하고 서 있는 겉가죽만 참 아름다운 여자. 그러나 태민은 그런 윤 여사의 얼굴은 보고 싶지 않다는 듯이 매몰차게 고개를 돌려 버리고는 자신의 아버지가 앉아 계시는 소파로 다가가 자리를 잡고 앉았다.

따뜻하고 포근하기만 했던 이곳은 태민의 생모가 죽어버린 이후, 아니, 정확히 말하면 윤 여사가 이 집에 들어오고 나서부터 이곳은 바뀌기 시작했다. 엄마가 그렇게 아끼시던 식물들은 물론이고, 가구며 고이 모셔두었던 식기들까지 모조리 최고급품들로 바뀌었다. 때문에 이 집은 마치 불탄 흔적이 없어진 것처럼 자신이 기억하고 있는 모든 것이 사라져 버렸다. 윤 여사의 사치는 그뿐만이 아니었다. 태민 생모 자리를 꿰차고 앉은 것도 모자라 최고가 되기를 원했다.

그런 윤 여사를 태민은 죽이고 싶을 정도로 싫어했다. 그러니 태민은 자신의 행동이 정당하다고 생각할 수밖에 없었다. 태민이 윤 여사 자신에게 눈길조차 주지 않자, 태민을 흘겨보다가 입을 삐죽거리며 말했다.

"괜찮아요. 태민이야 항상 절 맘에 안 들어했는데요 뭘. 그나저나 이번에 우리 태석이가 또 일 하나 해결했다면서요?"

"흠, 그래. 태석이 그놈 아주 경영에 재주가 있는 놈이야. 태민이 너도 잘하도록 해. 태석이 녀석이 곧 차고 올라올 테니."

"그렇습니까? 태석이 녀석이 그럴 줄은 몰랐네요. 하긴 윤 여사님 자식이니 돈이라면 환장해서 그런 일 정도에도 자신이 나서서 해결을 했겠죠. 좋으시겠습니다, 윤 여사님은. 자신과 똑 닮은 자식이 있으니. 전 저와 똑 닮은 어머니가 계시지 않아 슬픈데 말입니다. 오늘이 어머니 기일이라 들렀습니다만, 앞으로 어머니 제사는 제가 직접 모시겠습니다. 아버지, 그리고 윤미라 여사님, 이렇게 한 번씩 절 불러들여서 속 뒤집어놓지 마세요. 제발 부탁드리겠습니다."

"너 이 자식이!"

"욕은 듣고 싶지 않습니다. 어머니 기일 날까지 윤 여사님 역정을 들어주실 생각을 하시다니, 아버지도 참 대단하십니다. 어머니께 절 올리고 가고 싶었는데, 절 싫어하시는 분들이 많아서 그만 가보겠습니다."

싫었다. 태석과 자신을 비교하는 것이 태민은 싫었다.

장태석. 윤 여사가 데리고 들어온 또 다른 아들. 태민과 나이가 같은 태석은 밝은 성격을 소유했고, 사교성도 좋아 처음 태민의 집에 들어왔을 때 싫다는 태민에게 들러붙어 친해지려 노력을 많이 했었다. 그런 태석에게 태민은 자연히 마음이 갔고, 그런 태석과 사이가 좋아졌다. 친형제처럼. 그러나 윤 여사는 그들의 사이가 그런 줄은 꿈에도 몰랐다.

아들을 이용해 부와 권력을 쥐고 싶어하는 윤 여사를 태민과 태석은 누구보다 잘 알고 있었다. 그렇기에 그들이 편하게 지낼 수 있는 방법은 그녀가 그들의 사이를 모르도록 하는 것이 최선이었다. 때문에 윤 여사는 아무것도 모른 채, 언제나 태민과 태석에게 대결을 붙이지만 어림없는 짓일 뿐이었다. 태석은 윤 여사와 반대로 욕심이 없는 녀석이었으니까. 어쩌면 자신의 처지를 잘 알고 있기에 태민과 맞설 생각을 하지 않는 것인지도 몰랐다. 하지만 아무리 태석과 사이가 좋다고는 하나 이렇게 태석과 태민 자신을 견줄 때면 어김없이 화가 났다. 평소에는 아예 지우고 사는 생각이지만, 이렇게 윤 여사와 얼굴을 마주하고 있노라면 어찌 되었든 태석이 그녀의 아들이라는 사실이 떠올랐으니까.

태민의 말에 안색이 파리하게 변한 윤 여사는 휘청거리는 걸음으로 자신의 방으로 들어가 버렸다. 그러자 자신의 아비라는 사람도 윤 여사를 따라 들어갔다. 그들의 행동을 가만히 바라보던 태민은 자리에서 일어나 집을 나섰다.

차를 몰아 자신의 오피스텔로 돌아온 태민은 작은 냉장고에서 맥주 캔 하나를 꺼내 시원하게 한 모금 들이키곤 소파에 앉아 가만히 두 눈을 감았다. 그러다 찜찜함을 지우려는 생각에 욕실로 향하려던 찰나, 핸드폰 벨이 울렸다.

"장태민입니다."

[나야, 채원이.]

"어디야? 밖이야?"

[응. 나 데리러 오면 안 돼?]

"알았어. 도착하면 전화할게."

피곤에 절어 한 발자국도 움직이기 싫었지만, 태민은 그것을 자신의 여자인 채원에게 내색하지 않았다. 기꺼이 그녀의 기사 노릇을 하기 위해 풀어헤친 넥타이를 다시 단정하게 고정하고는 채원이 있는 곳으로 차를 몰았다.

"나 도착했어. 어디야?"

[나 자기 봤어. 자기야!]

애교 섞인 목소리로 전화를 받은 채원은 갓길에 차를 세워둔 태민을 발견했는지, 핸드폰을 손에 든 채 차로 다가와 조수석에 몸을 실었다. 그 모습에 태민은 채원을 사랑스런 눈빛으로 바라보다 보드라운 볼을 살짝 쓰다듬고는 입을 열었다.

"피곤해 보인다. 집에 데려다 줄게."

"벌써? 누가 집에 데려다 달라고 연락한 줄 알아?"

"안 돼. 피곤해 보여. 집에 데려다 줄게."

"안 피곤해! 어디서 조금만 놀다가 가면 안 될까?"

"어머님이 걱정하셔. 오늘은 늦었으니까 집에 들어가서 쉬고, 내일 놀자."

잔뜩 애교를 부리며 집에 들어가기 싫다고 조르는 채원을 달래며 차를 천천히 움직였다.

"쳇, 알았어. 근데 우리 자기는 오늘 나 몇 번 생각했쪄요?"

"글쎄. 일이 너무 바빠서 한 번도 생각 못한 것 같은데?"

"어허, 사랑이 식어가는 소리가 들려오네요, 서방님."

그녀의 장난기 어린 말에 태민이 피식 웃자 채원이 태민의 볼을 힘주어 꼬집었다.

"무슨. 하루 종일 생각했다. 넌 애들하고 사이좋게 잘 지냈어?"

"말도 마, 얼마나 힘들었다구. 혼이 쏙 빠질 정도였어. 이렇게 힘들어 죽겠는데 무슨 회식은 그렇게 자주 하는지."

"내가 전화해서 그놈의 회식 좀 그만 하라고 해야겠다."

"됐어. 행여나 그런 짓 하지 마. 아함, 잠 온다. 근데 술을 조금 마셨더니 기분은 좋아. 여기서 우리 자기가 나의 질문에 솔직하게 대답해 주면 더욱 기분 좋을 것 같애. ……우리 언제까지 집 따로따로 들어가?"

"무슨 뜻이야?"

"몰라서 물어? 당신하고 하루 빨리 같은 집에서 살고 싶다 이 뜻이지. 꼭 이런 말을 여자가 먼저 해야겠어? 내가 다른 날에는 은근히 돌려서 말했는데, 오늘은 안 되겠어. 술도 먹었겠다, 내일이면 분명 잊을 테니 창피할 것도 없어."

술이 한 잔만 들어가도 극도로 기분이 극도로 좋아지는 채원은 그것을 빌미 삼아 태민에게 그동안 마음속에 담아두었던 말을 끄집어내었다.

"알았어. 조만간 말이 오갈 거야."

채원의 말뜻을 알아차린 태민은 웃음기를 거둔 채, 진지한 표정으로 생각에 잠겼다. 그 모습에 채원이 태민의 머리카락 한 올을 뽑으며 얼굴을 찡그렸다.

"또 생각한다, 또. 무슨 말만 하면 생각이야. 오래 만났으니까 결혼하는 것은 당연하지. 근데 만약에 당신 집에서 반대하면 어떡해?"

"왜 널 반대해? 너 같은 여자를 누가 반대해?"

"휴, 어머님이 나 얼마나 미워하시는지 모르지? 저번에도 식사하는 자리에서 철없이 음식 먹는다고 얼마나 혼났는지 몰라."

그랬다. 태민이 윤 여사를 싫어하는 만큼 윤 여사 역시 태민은 물론 그와 관련된 모든 인물은 못 잡아먹어서 안달했다. 윤 여사에게 혼이 났다는 채원의 말에 태민은 그저 짜증이 나고 답답하기만 했다.

"그 여자가 너랑 사는 거 아니니 상관없어. 내가 좋으면 그만이야."

태민이 얼굴을 살짝 찡그리자 채원은 그가 어떤 생각을 하고 있을지 눈치 채고 진지하게 말했다.

"또 그 여자라고 그런다. 따라 해봐. 어머니."

"그만 하자."

"태민 씨는 다 좋은데 그게 문제야. 어쨌든 당신 어머니야. 어머니한테 그 여자가 뭐야, 그 여자가. 자꾸 그럼 태민 씨 안 예뻐해 준다."

채원은 진지함이 자신과 어울리지 않다는 것을 잘 알고 있었기에 얼른 그 모습을 던져 버리고 다시 애교 많은 강채원으로 돌아왔다. 그런 채원으로 인해 태민은 피식 웃음을 흘렸다.

"훗, 내가 너 때문에 웃는다."

"태민 씨가 웃긴 해? 지금 당신 표정이 얼마나 살벌한지 알아?"

"무슨. 다 왔다. 조심히 들어가."

"아, 진짜 헤어지기 싫다. 잘 가요, 내 사랑."

"응. 잘 자."

채원은 태민의 입술에 자신의 붉은 입술을 살짝 가져다 댔다. 무척 아쉬운 입맞춤이었다. 차에서 내려 보조석 문을 열어준 태민은 채원을 대문 앞까지 배웅한 뒤 그녀가 집 안으로 들어가는 모습까지 지켜본 후 차로 돌아왔다. 시원하게 뚫린 도로를 질주하면서 태민은 채원과의 첫 만남을 상기했다. 채원이는 아버지가 마련한 자리에서 만난 여자였다.

자신과 집안이 좀 괜찮다고 생각하는 여자들과의 만남을 주선하는 아버지 때문에 태민은 찝찝한 마음으로 자리에 나갔다.

"안녕하세요. 강채원이라고 합니다."

"네."

"……사람이 기분 좋게 인사하면 억지로라도 웃으면서 받아줘야 하는 게 예의 아닌가요?"

내키는 자리가 아니었기에 자신도 모르게 벌레 씹은 표정을 짓고 있었나 보다. 그 모습에 채원은 다짜고짜 화를 냈다. 태민은 채원이 자신이 지금까지 만나온 여자들과는 확연히 다른 사람이라는 걸 깨달았다.

태민은 채원의 그런 모습에 묘한 감정이 생겨났다. 보통 괜찮은 집안의 여자들은 성격이 나쁘거나 머리가 비었거나 였지만, 채원에게는 해당되지 않는 말이었다. 채원은 상대방의 심정을 충분히 헤아려 줄 줄 아는 자상함을 지녔으며 또 지혜로웠다. 조만간 그녀에게 청혼할 것이다. 결혼을 하면 선생이란 직업도 그만두게 할 생각이다. 마음이 여려 말썽 부리는 아이들로 인해 가끔 눈물짓는 일이 있었기 때문이다.

집에 다녀와 나빠졌던 기분이 채원을 만나 좋아진 태민은 자신이 얼마나 채원을 사랑하고 의지하는지 새삼 깨달았다.

정겨운 트로트 노래가 흘러나오는 동네 다방에 한 남자와 마주 앉아 있는 성주는 목젖을 넘어 튀어나오려는 욕을 간신히 참은 채 자신 앞에 앉아 있는 남자를 빤히 바라보았다.

'내가 미쳤지, 이 인간을 마주하고 있다니. 넌 제대로 미쳤어. 여길 왜 와?'

절대 얼굴을 마주하지 않을 거라고 다짐했었는데. 돈이란 게 결코 쉽게 벌어지는 것이 아니라는 걸 뼈저리게 알고 있었으면서 불쌍한 인간 구제해 준 셈치고 포기하자, 란 안일한 생각을 했다. 하지만 그 대가는 혼자서 감당하기에 너무 벅찼다.

몸이 두 개라도 모자랄 정도의 아르바이트를 해왔다. 내 인생의 주인은 내가 아닌 돈이란 생각으로 살았음에도 돈을 모으기란 결코 쉽지 않았다. 성주는 여러 날 고심한 끝에 반액이라도 받아내야겠다는 결론을 내리고 엄마의 새 남편인 추접스러운 이 남자를 만났다. 하지만 이 남자의 얼굴을 보는 순간부터 내내 후회 중이다. 바보 같은 주성주.

"그니까 나한테 지금 합의금을 달라 이 말이가?"

"네."

"내 돈 없다."

"그걸 지금 말이라고 해요?"

"없는 돈을 어드로케 만드나 그 말이다. 내가 네기 엄마한테 돈을 달라 한 기도 아이고, 안 그런나?"

"정말 뻔뻔하시네요. 그래서 지금 돈 못 주겠다 이 말씀이세요?"

"하몬, 돈이 없으니까네 못 준다."

인간의 탈을 쓰고 어떻게 저리도 뻔뻔할 수가 있는지, 성주는 순간 자신 앞에 앉아 있는 이 남자에게 살인 충동까지 느꼈다. 피땀 흘려 겨우 모은 돈을 저런 남자의 합의금으로 한순간에 날려 버린 엄마도 너무 미웠다.

사람은 미워하는 게 아니라고 배웠지만 이 남자는 도저히 미워하지 않을 수 없었다. 세상 이치라는 것이 주는 게 있으면 돌아오는 것이 있어야 하는데, 왜 매번 자신은 주기만 하고 돌아오는 것은 없는지……. 새삼 자신의 신세에 피식 웃음까지 나왔다. 이 인간을 만날 시간에 일자리나 알아볼 걸.

성주는 물밀듯 밀려오는 후회를 밀어내 버리고 벌떡 자리에서 일어났다. 성주의 기척에 남자도 따라 일어서며 입을 열었다.

"우째, 갈라꼬?"

"가야죠. 어차피 돈 받기는 글렀잖아요."

"고마 돈이 있으몬 줄 낀데 내가 돈이 없다. 니도 알제? 그라고 내 딱 오만 원만 주고 가라."

능청스럽게 말하는 남자의 입을 비틀어 버리고 싶었으나 꾹 참고 있던 성주의 청각을 자극하는 소리. 아무렇지도 않게 돈을 주라는 말에 성주의 눈에서는 섬뜩한 빛이 뿜어져 나왔다. 살기를 담은 것도 아닌 것이 뭔가를 초월한 듯한 눈빛. 그동안 눈빛이나 표정을 스스로 제어하고 살아왔던 성주는 지금 자신이 어떤 표정에 어떤 눈빛을 하고 있는지 알 수 없었다. 그저 말로 표현할 수 없는 허탈함이라고나 할까.

'내가 지금까지 이런 인간하고 말을 섞고 있었으니, 나도 미쳤지.'

"내 수중에 돈이 있었으면 동생들의 등록금을 냈겠지요."

성주는 건조하게 말을 툭 던져 주고는 구질구질한 다방을 벗어나 버스 정류장에 한걸음으로 와서는 힘없이 털썩 의자에 주저앉았다.

'오만 원만이라고? 내가 그 오만 원을 벌기 위해 얼마나 많은 시간과 노력을 들이는데, 아무렇지도 않게 오만 원만이라고? 도대체 사람으로 태어나서 어찌 저리도 뻔뻔할까. 친딸은 아니지만 그래도 자신이 마누라라고 데리고 사는 여자의 딸인데. 돈 한 푼 제 손으로 벌지도 않으면서 돈을 요구해? 저런 사람이 엄마 짝으로 앉아 있는 거 보면 속이 울렁거려. 아버지, 아버지는 어떻게 생각해? 아버지도 그래? 엄만 정말 보는 눈이 없어. 어떻게 저런 사람을……. 하늘나라에선 돈 걱정을 안 해도 되니까 다행이야. 이렇게 힘들어하지 않아도 되니까……. 난 엄마가 너무 미워, 너무. 저렇게 사는 것도 밉고, 싫어. 나 정말 돈 걱정 안 해도 되는 데서 살고 싶어. 아버지가 도와주면 안 돼? 천사님들한테 우리 딸 힘들지 않도록 돈 걱정 하지 않게 살 수 있게 도와달라고 청탁하면 안 돼?

자신이 타야 할 버스가 왔음에도 일어날 힘조차 없어 한 대를 그냥 보냈다. 성주는 터져 나오려는 눈물을 참느라 하늘을 올려다보았다. 아버지를 생각해서라도 울지 않고 씩씩하게 살려 했는데……. 성주는 버스 정류장의 주인인마냥 그렇게 한동안 그 자리에서 뜰 줄 몰랐다.

"누나, 어디 갔다 이제 와?"
"왜, 무슨 일 있어?"
"성준이 오늘 합격자 발표하는 날이잖아."
"어머, 맞다. 누나가 깜박했다."

쌍둥이 남동생들의 환한 미소를 생각하며 동생들이 가장 좋아하는 과일을 사들고 막 집에 들어서던 찰나, 둘째 성민이의 투덜대는 소리가 들렸다. 성주는 미안한 마음에 성준이의 방에 살며시 들어갔다.

"성준아, 합격했어?"

자신은 하지 못한 학업을 두 동생들은 끝까지 마치기를 바라는 맘에 몸이 힘들어도 즐거운 마음으로 뒷바라지를 했다. 그런 누나를 알기에 두 동생은 남들의 배로 노력을 했고, 그래서 그들은 학교에서 자랑거리가 될 정도로 성적이 우수했다. 성주의 뒷받침에 열심히 공부만 하던 두 동생들의 노력이 결실을 맺었는지 확인하는 순간이었다.

"누나, 나…… 합격했어! 의대 합격이래. 이제 의사 되는 거야!"

"정말? 어머, 어머! 성준아! 어떻게, 너무 축하한다!"

의사가 된다는 소리에 성주는 기쁨에 휩싸여 눈물이 핑 돌았다. 말로 표현할 수 없을 정도의 기쁨. 성주는 그렇게 한동안 할 말을 잃은 채 성준이를 끌어안고만 있었다. 장한 동생을 안아주던 성주는 옆에서 묵묵히 서 있던 성민에게 눈길을 돌렸다. 성주의 시선을 알아챈 성준이 얼른 입을 열었다.

"누나, 성민이 저놈도 의대 합격했어. 우리 둘 다 의사야!"

"어머, 성민이 너 왜 말 안 했어? 성준이만 말하고."

"우리야 쌍둥인데, 당연한 거 아냐? 하하하하."

성주는 두 동생의 합격 소식에 정말 하늘을 날아갈 듯 행복했다. 하지만 자신의 방으로 들어온 성주의 표정은 이내 굳어졌다. 등록금……. 이것이 현실이었기에 성주는 웃을 수가 없었다. 성주는 가방만 내려놓은 채 계산기를 꺼내 자신의 월급과 나올 만한 돈을 덧셈하기 시작했다. 만만치 않다. 힘을 내어도 끝없는 좌절에 성주는 무너져 내린다. 현실, 가장 비참한 것…….

"누나, 뭐 해?"

"어, 어? 아, 나갈게."

성주는 성준이의 부름에 계산기를 얼른 책상 서랍에 넣고, 잔뜩 구겨진 자신의 얼굴을 비추고 있는 거울을 향해 힘껏 웃어 보였다. 일어서야 한다…….

하지만 철없던 시절의 동생들이 아니었다.

"누나, 저기 등록금 말이야……."

"등록금? 아, 걱정하지 마. 너희 등록금 낼 돈은 있어."

"미안, 누나. 이번만 등록금 내주면, 앞으론 우리가 알아서 할게."

"애들이, 걱정 마. 누나가 누누이 말했지, 너희는 돈 걱정 하지 말라구. 너희는 열심히 공부해서 너희 꿈만 이루면 돼. 알겠어? 너희들 꿈 이룰 수 있도록 도와주는 게 누나 소원이라는 거 잘 알지? 너희가 잘돼야 누나 소원 이루는 거야. 그러니까 그런 허튼소리 하지 말고 이제 정말 공부만 하는 거야. 그동안 너희들도 많이 힘들었을 텐데 그 힘들다는 의대도 붙고, 누나는 너무너무 기분 좋아. 앞으로는 더욱 힘내서 공부해. 알았지?"

성주만큼이나 두 동생들도 대학 등록금이 고민이었던 모양이다. 자신들 입에서 돈 이야기가 나오는 것을 싫어하는 성주를 잘 알면서도 굳이 돈 이야기를 꺼내는 걸 보면 말이다. 성주는 그런 동생들이 너무도 고마웠다. 저렇게 잘 커준 동생들이 있는데 이 세상 못 헤쳐 나갈 게 뭐 있나. 성주는 그런 동생들에게 힘을 주기 위해 애써 씩씩한 척 말했다.

하지만 성민은 누나를 미안한 표정으로 바라보았다. 오로지 자신들이 잘되는 것만이 소원인 누나. 이렇게 누나에게 짐이 되기는 싫었는데, 오로지 욕심 때문에 대학을 고집했다. 성민은 그 욕심의 유혹을 뿌리치지 못한 자신이 후회스럽기만 했다. 자신들 앞에선 힘들다는 말, 아프다는 말, 그 흔한 눈물 한 방울 보여주지 않는 누나. 성민은 그런 누나의 모습에 더 더욱 고개를 들 수 없었다.

그런 성민의 모습에 성주는 눈물이 왈칵 쏟아지려 했다. 너무도 일찍 철들어 버린 성민이 어떤 생각을 하고 있을지 뻔히 알기에 성주는 그저 가슴이 아려올 뿐이었다. 누나는 괜찮다고 달래주고 싶었으나 이놈의 눈물이 또 주책없이 흘러버릴까, 약한 모습을 동생들에게 들켜 버릴까, 누나 너무 힘이 든다고 기대 버릴까 끝내 다가서지 못했다.

새벽부터 시작되는 알바를 위해 잠을 청하려던 순간, 불길한 전화벨 소리가 울렸다. 늦은 시각에 걸려온 전화는 어김없이 불안한 마음이 들게 만들었다. 아버지의 죽음을 전화를 통해 들은 후로 늦은 밤에 들려오는 전화벨 소리는 성주를 불길한 감정에 휩싸이게 만들었다. 그런데 오늘은 더욱 그러했다. 꼭 아버지의 죽음을 들었던 그날처럼 예감이 좋지 않았다. 성주는 자신도 모르게 떨리는 목소리로 전화를 받았다.

"여…… 보세요?"

[여기, 경찰서인데요. 최미자 씨 가족 되십니까?]

"제가 딸인데요, 무슨 일로……."

[최미자 씨가 살인 미수죄로 지금 서에서 조사를 받고 있습니다.]

"사, 살인 미수요?"

살인이라는 말에 성주는 전화기를 떨어뜨렸다. 역시, 예감이 딱 맞아떨어졌다. 하지만 이내 정신을 차린 성주는 급히 겉옷만 챙겨 경찰서로 향했다.

경찰서에 막 들어선 성주의 눈에 혈흔이 묻은 옷을 입고 초점 없는 흐리멍덩한 눈으로 앉아 조서를 꾸미고 있는 엄마의 모습이 보였다. 성주는 엄마의 곁으로 조심스럽게 다가갔다.

"엄마……."

"서, 성주야. 흐흑, 내가 그러려고 한 게 아닌데. 으흑흑, 나 좀 살려줘. 응? 성주야."

성주의 등장에 긴장이 풀린 엄마는 성주를 붙잡고 펑펑 울기 시작했다. 성주는 최대한 침착한 말투로 말했다.

"저, 제가 최미자 씨 딸인데요, 어떻게 된 일이죠?"

"술집에서 취객이랑 몸싸움이 났는데, 최미자 씨가 병으로 손님의 머리를 내려쳐서 피해자는 지금 혼수상태입니다. 무기를 든 상태여서 살인 미수로 걸린 거구요."

마른하늘에 날벼락, 이 말밖에는 아무것도 떠오르지 않았다. 성주는 그대로 바닥에 주저앉았다. 합의로 끝날 수 있는 문제가 아니다. 합의를 한다고 해도 분명 어마어마한 돈을 요구할 것이 뻔했다. 성주는 더 이상 아무 생각도 할 수 없었다. 이미 하얗게 변해 버린 머릿속은 그 어느 것도 떠올리지 못했다. 그저 막연함만이 지배할 뿐이었다.

저녁 여덟 시, 겨울이라는 계절 탓에 채원은 태민의 곁에 찰싹 붙어 연방 춥다는 말만 되풀이하고 있었다. 그런 채원을 품 안에 가둔 채 태민이 볼멘소리를 했다.

"그러니 카페 가자니까."

"싫어, 나 걷고 싶단 말이야."

"굳이 그럴 필요 있어?"

"있어, 꼭 그래야 해. 앞으로 어쩜 이 길을 못 걸을 수도 있거든."

여운이 남는 소리에 태민이 걸음을 멈추고 채원을 바라봤다. 멈춰 선 태민에게 시선도 마주하지 않는 채원의 고개를 강제로 돌려 시선을 맞추었다. 태민을 빤히 바라보던 채원이 방긋 웃어 보였다. 다른 날과는 확실히 달라 보이는 채원이 이상했던 태민은 채원의 웃음 한 번에 자신이 괜한 생각을 하고 있는 것이라 판단했다. 채원의 웃음은 여전했으니까.

"무슨 소리야? 나중에 오면 되지 무슨."

"그냥, 왠지 그럴 것 같아서."

아쉬움이 남는 눈빛으로 거리를 찬찬히 살펴보는 채원이 눈치 채지 못하게 태민은 바지 주머니 속에 담긴 반지 케이스를 만지작거렸다. 채원을 위해 준비한 청혼 반지. 특별한 청혼을 하고 싶어 몇 날 며칠을 고민해 채원의 탄생석을 생각해 냈다. 생일이 8월인 채원의 탄생석은 감람석. 거기다 사랑을 상징하는 심장 모양을 보탰다. 하트 모양을 엉성하게 닮은 심장 모양. 자신의 심장은 이제 채원의 것이라는 걸 뜻했다.

"내 심장 너한테 줬다. 너 없으면 이 녀석은 뛰지도 않은 채 말라 죽을 거야. 나 살려주는 셈치고 나한테 와. 와줄 거지?"

이 말을 몇 번이나 연습했는지 모른다. 그리고 드디어 오늘, 채원에게 청혼한다. 태민은 이 반지를 받고 채원이 얼마나 좋아할지 기대에 부풀어 있었다. 그녀가 기뻐하는 모습을 빨리 보고 싶었다.

"채원아, 우리 조용한 데 가서 얘기할까? 너한테 할 말도 있고."

"할 말? 그러, 그럼 그러자."

채원은 그가 무슨 말을 할지 이미 눈치를 채고 있었기에 그 말을 안 들을 방법은 얼마든지 있었다. 하지만 안 된다는 사람들의 반대 속에서 태민의 사랑을 느껴보고 싶었다. 마지막으로 한 번만이라도……. 그럴 자격은 된다고 생각했다.

그들은 자주 들르던 바를 찾았다.

"여기, 버터플라이 두 잔."

달콤한 체리 향이 가득한 칵테일을 자연스럽게 주문한 태민은 채원의 상태를 살폈다. 다시 무표정으로 돌아간 채원이 걱정된 태민은 채원의 얼굴을 부드럽게 쓸어주었다. 그제야 다시 웃는 채원을 향해 태민이 물었다.

"너 왜 그래? 학교에서 애들하고 무슨 일 있었어?"

"아니, 오늘 결근했어. 몸이 좀 안 좋아서. 하루 종일 집에서 뒹구는데 당신이 계속 떠오르는 거야. 난 당신 없으면 못살 것 같은데, 당신은 나 없이도 살 수 있을까 그런 생각도 들고."

"쓸데없는 생각 했네. 당연한 걸 왜 물어? 나 역시 당신 없으면 숨조차 제대로 못 쉴 거야."

"그럼 안심이고."

몸이 안 좋았다는 말에 태민은 너무 약한 그녀가 걱정이었다. 그리고 결혼 후에 직장을 그만두게 하겠다는 마음은 더욱 굳건해졌다.

태민의 심각한 표정을 보고 있던 채원이 그의 두 눈을 손으로 가렸다.

"왜 그래? 답답해."

태민이 반사적으로 손을 올려 채원의 손을 떼어내려 하자 채원은 더욱 강하게 힘을 주었다. 태민은 채원이 장난을 치는구나 싶어 그녀의 손 위에 자신의 손을 살짝 얹었다.

"나한테 할 말 뭐야? 내가 한번 맞혀볼까?"

"맞혀봐."

"결혼하자는 말 하려고 그랬지?"

"에이~ 그걸 그렇게 맞히면 어떡해. 나한테 입버릇처럼 무드 없다고 그러더니 네가 더 무드없다. 너 때문에 분위기 망쳤잖아."

 말은 그리 했으나 입가의 미소는 여전한 태민이 채원의 손을 천천히 내렸다. 그리곤 반지를 꺼내 그녀 앞에 내밀고 그동안 연습했던 말을 끄집어냈다.

"이 반지 모양이 바로 심장 모양이야. 이제 내 심장 너한테 줬다. 너 없으면 이 녀석 뛰지도 않고, 말라 죽을 거야. 나 살려주는 셈치고 나한테 와. 와줄 거지? 결혼식 날에는 우리 어머니 반지 꼭 끼워줄게. 손 줘봐."

 태민은 바의 조명 때문에 더욱 아름답게 반짝이는 반지에 흡족해하며 채원의 손에 반지를 끼워주려던 찰나 채원이 반지를 그냥 손에 쥐더니 다시 태민의 두 눈을 또다시 가렸다.

"뭐야, 너 왜 그래, 진짜?"

"태민 씨, 내 말 잘 들어. 나 지금 태민 씨랑 결혼 못해. 나…… 유학 가. 이 년간 있을 예정이야. 미안해. 그전엔 절대 돌아올 일 없을 거야. 정말 미안해."

 무척이나 덤덤하게 들려오는 채원이의 말에 태민은 한동안 멍하니 앉아 있다가 두 눈을 가렸던 손을 잡아뺐다. 그런 그의 시선에 채원의 모습이 닿았다. 두 눈에 가득 고인 눈물.

'저런 슬픈 눈으로 지금 저 여자가 뭐라고 그랬지? 결혼을 못한다고 그랬었나? 아니, 유학 때문에 결혼을 못한다고? 갑자기 무슨 유학?'

"무슨…… 말이야?"

"미안해. 하지만 이 년 뒤엔 꼭 돌아올 거야, 정말이야. 하고 싶은 공부가 있어서……. 그때까지만 기다려 주면 안 될까?"

"공부? 무슨 공부를 더 하고 싶다는 거야? 계획에도 없던 유학을 갑자기 가겠다니……. 나중에, 결혼하고 나서 나중에 가도 늦지 않잖아."

"약속했어. 약속해서 이제 안 돼. 태민 씨가 뭐라고 해도 난 가야 돼. 아무것도 묻지 말고, 그냥 나 보내줘. 아니, 기다려 줘. 힘들 거라는 거 알지만 이 년만 기다려 줘. 응? 태민 씨, 기다린다고 약속 좀 해줘……."

울먹이며 애원조로 말하는 채원을 쳐다만 보고 있던 태민은 순간 떠오른 생각에 자리를 박차고 나왔다. 그리곤 채원의 집을 향해 무서운 속도로 내달렸다.

딩동.

[누구세요?]

"저, 장태민입니다."

채원이 태민을 만난다며 집을 나간 시간 이후부터 채원 모는 안절부절못하고 있었다. 제발 태민만은 부딪치고 싶지 않았는데…….

갑자기 들이닥친 윤 여사는 아무렇지도 않게 채원에게 유학을 강요했다. 거기다 쐐기를 박듯 유학을 가지 않을 경우의 상황도 아주 친절하게 이야기해 주었다. 권력을 행사하겠다는 뜻. 작은 기업체에 불과한 채원의 집안을 무너뜨리는 것이야 윤 여사에게는 그저 어린아이가 장난감을 뺏는 정도에 불과했다. 언제부터인가 누군가에게로 회사 지분이 하나둘씩 빨려 들어가고 있다는 말을 들었던 채원 모는 이런 일이 도사리고 있을 줄은 꿈에도 생각 못했다. 윤 여사가 이런 식으로 뒤통수칠 줄이야.

문을 열어준 채원 모는 이미 모든 걸 눈치 챈 듯한 태민의 눈빛에 모든 걸 사실대로 털어놨다.

"그동안의 정이 있어 아무 말 않고 넘어가려 했는데, 채원이 이런 대접까지 받게 되니 할 말은 해야겠단 생각이 드네. 채원 아버지가 피땀 흘려 세운 기업, 하루아침에 갈기갈기 찢기는 꼴 보고 싶지 않다면 이번 결혼 무르라는 말을 들었어, 윤 여사님한테. 그나마 다행인 게 기한을 정해주셨지, 이 년이라는. 그러니 자네가 이 년만 기다려 주게. 오늘 하루 종일 울던 애가 자네 만난다고 거울을 한참 동안 봤어, 웃는 연습 하느라. 우리 채원이 그런 애야. 맘 아픈 걸로 치면 우리 채원이가 더 아플 걸세. 그러니 더 이상 채원이 힘들게 하지 말고, 이 년만 기다려 줘. 내 부탁일세."

그랬다. 분명 윤 여사가 개입된 일이었다. 태민은 이런 일에까지 윤 여사가 관련되었다는 것이 어이없고 화가 나 어떤 대답도 할 수 없었다. 뭐가 불만이라서 채원이를 멀리 보내려는 것일까.

태민은 채원 모에게 죄송하단 말만 되풀이한 채 채원의 집을 나섰다. 그리고 두 번 다시 발걸음 하기 싫은 그곳을 스스로 걸어 들어가기 위해 차에 올라타자마자 때마침 핸드폰이 요란하게 울려댔다.

"네. 장태민입니다."

[나다.]

"……!"

[지금 성북동으로 오거라. 할 말이 있다.]

"그러죠."

딱 맞춰 전화를 건 사람은 다름 아닌 윤 여사.

'아마 계산을 하고 있었겠지. 채원이 유학에 대해 말했을 시간과 내가 채원의 집에 들이닥칠 시간까지.'

지독히도 치밀한 여자. 그 여자가 바로 윤 여사다. 어머니가 돌아가신 그해, 윤 여사는 어머니의 자리를 차지했다. 술집 작부였던 그녀가 인생 역전할 기회를 자신의 아버지가 제공한 셈이었다. 하룻밤, 그 하룻밤으로 모든 것을 거머쥔 여자. 그것도 모자라 아버지의 재산까지 노리는 여자. 게다가 자신의 아들을 이용해 부와 권력을 쥐려고 하는 여자. 그런 여자가 바로 윤미라 여사였다. 자신을 치 떨리게 하는 여자.

태민의 회상은 거기서 그쳤다. 더 이상 생각하면 머리가 터져 버릴 것 같은 느낌이 들어서. 머리가 더러운 이물질로 채워진 것 같았기에.

성북동 집에 도착하니 윤 여사가 직접 문을 열어주었다.

"왔니?"

"이유가 뭡니까?"

"흠, 단도직입적으로 말하길 원하니 그리해 주마. 아직은 때가 아니다 싶어 그리 결정했다."

뻔뻔스럽게 가면을 쓰고 연극을 하는 윤 여사의 모습에 태민이 비웃음을 흘렸다. 그렇게 말하면 누가 말없이 '네, 알겠습니다' 하고 넘어갈 줄 알았나 보다. 저 뻔히 보이는 거짓말. 생각보다 순진해 보이는 윤 여사의 모습에 태민이 비웃자, 윤 여사의 얼굴이 급격히 굳어지더니 차분하던 목소리 톤이 높아졌다.

"내 말 잘 들어라. 넌 채원이와 결혼 못해. 내가 정해준 여자와 결혼해야 해. 내가 정해준 여자와 결혼만 한다면 더 이상 널 건드리는 일은 없을 것이야."

"다른 여자와 결혼이라고요? 누구 맘대로 그렇게 하시는 거죠?"

"그거야 내 마음 아니겠니?"

"제가 끝까지 채원이와의 결혼을 강행한다면 어쩌려고 그러십니까? 제가 언제 윤 여사님 말을 들은 적이 있습니까?"

윤 여사의 목적이 뭔지 파악해야 한다.

물론 윤 여사의 가장 큰 목적은 내 불행을 보는 것일 거다. 하지만 윤 여사는 정신적 쾌락보다는 물질적인 쾌락을 더 좋아하기에 이번엔 그 물질이 어떤 것인지 파악해야 한다. 그것도 채원과의 관계까지 끊게 만들면서까지 뺏어가고 싶어하는 그것.

"날 떠보는 거니? 뭐, 숨길 것도 없지. 네가 채원이와 결혼을 끝까지 고집하면 네가 가지고 있는 호텔 경영권을 태석이한테 줄 거야."

"그것뿐입니까?"

태민이 호텔 경영권이라는 말에 비웃음 섞인 말투로 말하자, 윤 여사가 살짝 인상을 구겼으나 이내 표정을 풀었다. 윤 여사는 속마음을 감추기 위해 가면을 다시 썼다.

"아니지, 한 가지가 더 있지. 그 잘난 너희 엄마 납골당, 밀어버릴 거야. 그리고 그 위에 빌딩을 세우는 거지. 어때, 내 계획이? 내가 언젠가 말했지? 이 세상에 남아 있는 네 엄마의 모든 흔적을 지워 버리겠다고. 그 계획 중 하나가 바로 이거야."

태석이 이미 자신에게 모든 것을 넘겨주었기에 호텔만은 온전히 자신의 것이 된 지 오래였다. 물론 멍청한 윤 여사는 태석과 태민의 사이가 얼마나 돈독한지 모르고 있으니 저런 소리를 하는 게 당연했다. 하지만 윤 여사는 어머니의 납골당까지 입에 올렸다. 어머니의 납골당 명의를 아버지가 윤 여사 명의로 이전한 이후 태민은 납골당을 돌려받기 위해 별의별 짓을 다 해보았으나 소용이 없었다. 그나마 납골당을 가지고 장난친 적이 없었기에 안심하고 있었더니 드디어 본색을 드러낸 것이다. 태민은 오기가 생겼다.

"역시 윤 여사님이시군요. 윤 여사님 말대로 해야 저희 어머니의 흔적을 지킬 수 있겠네요. 하지만 전 제 아버지처럼 바보가 아닙니다. 제가 쥐고 있는 비수는 윤 여사님 심장을 향해 있다는 거 명심하셨으면 좋겠습니다."

"말해주니 고맙구나. 하지만 너도 알아둘 게 있다. 내 심장을 향해 날아오는 비수를 나 역시 보고만 있지는 않을 거라는 걸. 넌 무슨 일이 있어도 내가 골라준 여자와 결혼하게 될 거야."

"그렇게 하죠. 윤 여사님이 골라주신 여자와 결혼하겠습니다. 하지만 윤 여사님께서 관여하는 범위는 여기까지입니다. 채원이 돌아오는 이 년 뒤부터는 저도 참지 않겠습니다."

"채원이 돌아오는 날? 그때도 과연 네가 혼자일까? 호호. 그래, 그것까지는 관여하지 않겠어. 이제 난 네가 가장 싫어하는 질긴 여자를 찾아봐야겠구나."

"그러시죠. 그럼 전 이만."

태민은 집을 빠져나왔다. 끝없이 솟아오르는 분노가 온몸을 후끈 달아오르게 했다. 내 인생을 쥐고 흔드는 것도 모자라 사랑하는 여자까지 건드려? 한번 해보자는 듯한 윤 여사의 태도에 태민 역시 응해줄 의사가 있었다. 하지만 지독히도 싫은 저 여자로 인해 사랑하는 채원을 잃을 순 없다. 이 년만 참고 살면 그만이다. 모든 것은 생각에서 오는 것이 아니던가. 생각 하나만 바꾸면 그깟 이 년쯤은 쉽게 버틸 수 있다. 저 여자를 이기기 위해선 이 년쯤은 희생할 각오가 되어 있다.

하지만 태민의 결심은 그리했으나 결코 맘이 편하진 않았다. 힘든 몸을 이끌고 오피스텔로 돌아오자마자 양주를 꺼내 들었다. 소파에 앉아 한 잔 따라 마시던 그는 문득 자신 앞에 있는 전화기에 시선을 던졌다. 눈물을 한가득 담고 묵묵히 이별을 고하던 채원의 모습이 떠올랐다. 화가 나더라도 달래주었어야 했는데. 그 눈물을 닦아주었어야 했는데.

태민은 채원에게 전화를 걸어볼까 말까라는, 말도 안 되는 갈등에 휩싸였다. 단 한 번도 없던 일, 태민은 채원에게 전화를 거는 일이 이렇게 힘든 일이란 걸 처음으로 느꼈다.

평소에는 채원의 목소리가 듣고 싶으면 전화를 걸어 보고 싶다고 투정도 부렸고, 사랑한다는 말을 수천 번, 수만 번 속삭였는데 오늘은 그러지 못했다. 채원이의 목소리를 듣는 것조차 이렇게 고민해야 하는 일이 되어버리다니······.

하지만 이 기회를 놓치면 영영 목소리를 못 들을 것 같은 불길한 예감이 들었다. 예감만이 아니다. 아마 정말로 그렇게 될 것이다. 태민은 더 이상 망설일 필요도 없이 채원에게 전화를 걸었다.

[······응.]

"너······ 정말 돌아와?"

[꼭 그럴 거야. 나 태민 씨 부인 하기로 했잖아.]

"채원아, 잘 들어. 나, 너 유학 간 사이에 유부남 되어 있을 거야. 네가 지금 유학을 가는 이유도, 내가 어쩔 수 없는 결혼을 하는 것도 윤 여사 때문이지만 걱정하지 마. 네가 돌아올 때, 그때는 꼭 혼자가 돼서 널 기다릴 테니까. 그때 나…… 받아줄 거지?"

[그럼. 나 때문에 원치 않은 결혼까지 하는 태민 씨인데, 나라도 태민 씨 구제해 줘야 하지 않겠어? 아무리 예쁜 여자랑 결혼한다고 해도 절대 마음 줘선 안 돼. 알았지?]

"그럼, 그래야지……. 그리고 나 공항 안 나갈게. 너 가는 모습 보면, 나 못 참고 따라갈지도 모르니까. 그럼 우리 정말 평생 못 볼지도 모르니까. 내 맘, 알지?"

[응. 그럼 오늘이 마지막이겠네? 태민 씨, 이 년만 참고 기다려 줘. 나 말고 아무한테도 마음 주지 말고. 내가 태민 씨 사랑하는 거 알지?]

"나도. 꼭 돌아와. 기다린다."

[……응.]

마지막 목소리. 이제 이 년 동안 다시는 채원의 목소리를 들을 수 없다. 태민은 그 이 년이란 시간 동안 그녀와 남남이 되어야만 한다. 그렇게 태민은 채원에게 확답을 받았다. 그래, 기다린다. 꼭 채원과 결혼해서 이 세상에서 누구보다 가장 행복한 남자가 될 것이라고 태민은 다짐했다.

한창 아르바이트를 해야 할 오전 여덟 시. 성주는 그 어떤 것도 하지 못한 채 방에 가만히 앉아만 있었다. 머리가 하얗게 비어져 어떻게 해야 할지 그저 막막하기만 했다. 앞으로 헤쳐 나가야 할 난관이 성주에게는 너무도 벅차게만 느껴졌다.

성주는 항상 신이 공평하다고 생각하며 살아왔다. 아무리 자신에게 험난한 고난과 불행을 주시더라도 그 뒤에는 항상 행복한 웃음을 선사하셨기에. 하지만 오늘만큼은, 지금 이 시간만큼은 신은 공평하지 않았다. 이젠 모든 것을 포기하고 싶을 뿐이다. 아버지가 돌아가시던 그날, 아버지와 한 약속. 절대 포기하지 않겠다는 그 약속을 오늘만은, 아니, 영원히 지키고 싶지 않다. 이제 정말 어떡하지?

차라리 소리 내서 펑펑 울고 털어내고 싶지만 가슴속에 뭔가가 꽉 막힌 채 터지지 않았다. 성주는 그 무언가를 없애고 싶어 주먹으로 가슴을 쿵쿵 내려쳤다. 그러기를 한참, 그래도 그 울컥함은 없어질 생각을 하지 않았다. 성주가 포기하듯 손을 내려놓고 막막함에 멍하니 아버지의 사진만 바라보고 있었다.

"누나, 전화 왔어. 누군지는 모르겠어. 그냥 누나만 바꿔달래. 받아봐. 혹시 알아, 엄마 일 때문에 그런지?"

엄마 일……. 그럼 더 더욱 받을 용기가 나지 않는다. 나에겐 전혀 해결 능력이 없으니까…….

"성민아, 누나 없다고 하면 안 돼?"

"엄마 일 해결 안 할 거야? 우선 받아보고 해결하자. 응?"

처음이다, 누나가 뒷걸음치는 모습은. 아무런 희망도 없는 저 눈동자. 성민은 그동안 누나에게서 단 한 번도 볼 수 없었던 모습을 처음으로 보고 말았다. 강한 사람이었는데…… 그 누구보다 강한 사람이라고 생각했는데…….

"우선 누나를 찾으니까 받아보고 그 다음에 우리 같이 생각해보자. 우리 셋이 모이는데 안 되는 일이 뭐가 있겠어? 엄마가 교도소에 수감되더라도 형(刑)은 줄이는 쪽으로 가야지. 누나의 힘든 맘은 이해하지만, 그래도 엄마잖아, 누나."

"알았어. 전화 받을게."

동생 성민의 말에 힘을 얻은 성주는 힘겨운 몸을 일으켜 전화를 받았다.

"네, 주성주입니다."

[안녕하십니까. 크레타기업 비서실 박 실장입니다.]

딱딱 끊어지는 사무적인 말투에 긴장이 된 성주. 두근거리던 심장이 조여오기 시작했다.

'근데 크레타기업이라면…… 맞다! 그곳!'

잠시 크레타기업에 대한 생각을 더듬던 성주는 순간 놀라 수화기를 떨어뜨릴 뻔했다. 갑자기 왜 이런 곳에서 전화가 오는 것일까? 한 나라를 대표하는 대기업 회사. 이름만 대면 다 아는 그런 곳에서 도대체 전화한 이유가 뭘까? 떨린다. 알 수 없이 오묘하게 떨리고 불안한 이 마음. 성주는 힘주어 목소리를 냈다.

"저에게 무슨 볼일이 있어서 전화를……."

[전화로 할 얘기는 아닌 것 같습니다. 만나서 이야기를 하고 싶군요. 시간 괜찮으시다면 두 시까지 크레타 백화점 로비로 오십시오.]

성주의 의사는 전혀 물어보지도 않고 당연한 듯한, 아니, 꼭 올 거라고 예상이라도 한 듯 시간을 정한 상대방은 전화를 끊어버렸다. 간결하게 끊긴 전화에 멍해진 성주가 가만히 수화기를 들고 있자, 옆에서 지켜보던 성민이 성주에게서 수화기를 빼앗아 들고는 성주의 반응을 살폈다.

"누나, 왜 그래? 어디서 온 전화야?"

"……크레타기업. 거기 비서실이래."

"크레타기업? 거기서 무슨 일로?"

성주 역시 그것이 궁금했다. 엄마의 일로도 복잡한데, 그런 곳에서 자신을 찾는 이유가 뭘까? 불안하기만 하고 도통 어떻게 해결해야 하는지, 적을 알 수 없으니 작전을 짤 수도 없었다. 성주는 골똘히 생각에 잠겨 있자 성민이 입을 열었다.

"혹시 엄마 일과 관련된 사람 아니야? 그 병원에 입원한 사람이 그쪽 사람 아니야?"

'혹시…… 정말? 아니다, 아니야. 그럴 일은 없어. 동네 구멍가게 같은 술집에 그런 상류층의 사람들이 뭐가 아쉬워서 찾아오겠어? 암, 아니다. 그렇다면 정말 뭘까?'

가야 하나 말아야 하나 심각하게 고민했다. 결론은 지푸라기라도 잡는 심정으로 찾아가 보자는 것.

그곳에 가기 전에 엄마 얼굴이라도 볼 심산으로 바삐 몸을 움직여 준비를 끝낸 후 발걸음을 옮겼다. 엄마를 만나러 가는 길. 그런데 참 이상하다. 왜 마음이 두 갈래로 나뉘어져서 갈등을 빚고 있었다. 한쪽에선 불안한 마음이 엄습해 왔고, 한쪽에선 모든 것이 해결될 것 같았다.

뻔하지. 불안한 마음이 정답일 테고 모든 것이 해결될 거라는 마음은 성주 자신의 간절한 바람이라는 걸 그 누구보다 잘 알고 있기에 피식 웃었다. 이런 엄청난 일이 순식간에 해결될 수 없다는 것을 잘 알면서도 자꾸 그쪽으로 마음이 가는 이유는……. 사람 심리라는 게 이런 거구나 하는 걸 새삼 느낀 성주는 더욱 빠르게 발걸음을 옮겼다.

어느새 경찰서에 도착한 성주는 이리저리 고개를 두리번거리며 엄마의 담당 형사를 찾았다. 형사를 찾는 과정 속에서 사람들은 이리저리 바삐 움직이는 모습과 서로 욕을 하고 싸우는 사람들의 모습이 눈에 비춰졌다. 이런 곳에 엄마가 있다는 것 자체가 불쾌해진 성주는 살짝 인상을 찡그리며 형사를 찾았고, 형사는 친절하게 엄마가 계신 곳으로 안내해 주었다. 엄마와 마주한 채로 성주는 목이 메는 것을 간신히 참으며 마른입을 열었다.

"엄마……."

"성주야, 그 사람은 만나봤어? 뭐래?"

엄마는 성주를 보자마자 합의에 관한 것을 물어왔다.

"아직. 연락이 없네."

"콩밥 먹이려는 심산이야. 나 이제 어떡하니, 이 나이 먹어서 교도소 가게 생겼으니."

"……."

아직 아무런 연락이 없는 피해자 가족들 때문에 성주 역시 가슴 졸이고 있었다. 하지만 자신보다 훨씬 더 불안하고 초조한 엄마를 위해 겉으론 아무 내색도 하지 않고 있었다. 그러나 입에서 나오는 한숨은 막을 재간이 없었고, 그 한숨에 맞추어 엄마의 눈에선 깊고 깊은 눈물 한 방울이 또르르 흘러내렸다. 그 눈물방울에 성주는 어떠한 위로의 말도 할 수가 없었다.

능력 밖의 일. 성주는 가만히 엄마의 두 손을 꼭 잡아주었다. 조금이나마 자신에게 남아 있는 힘을 엄마에게 주기 위해서. 엄마는 성주의 손길에 얼른 눈물을 훔치고 연신 괜찮다는 말만 되풀이했다. 그래도 엄마니 딸에게 이런 약한 모습을 보여주기 싫었나 보다. 딸은 저렇게 힘을 주기 위해 노력하는데 엄마가 울어서는 안 된다는 생각에서.

엄마를 만난 후 성주는 떨어지지 않는 걸음을 겨우 떼어 크레타백화점으로 향했다. 가는 내내 이것저것 여러 가지 가설을 생각해 보았다.

혹시 누가 자신 몰래 그곳에 입사 원서를 넣었다는것이 첫 번째 가설. 자신의 생각과 반대로 정말 엄마의 일과 관련될 수 있다는 것이 두 번째 가설. 돈이 많은 곳이니까 어려운 사람들을 도와주는 일을 하는데 자신의 집이 발탁된 것이라는 게 세 번째 가설. 그 세 가지 가설 중 그나마 말이 되는 건 세 번째. 성주는 제발 자신이 만든 가설 중 하나라도 맞아주었음 하는 바람으로 백화점에 도착했다.

높은 빌딩. 호화찬란한 모습. 자신이 지금까지 꿈꿔보지 못했던 곳이다. 철없던 어린 시절에 아버지를 졸라 두어 번 와서 옷을 샀던 것 말고는 단 한 번도 이곳에 발을 들여놓지 않았다. 그리고 그 후, 우연찮게 이곳을 다시 왔다. 예전이나 지금이나 이곳은 정말 호화찬란하고 근심걱정 하나 없어 보이는 하늘나라의 천국과 같아 보였다. 성주는 자신이 이곳의 주인이 된다면 하는 생각만으로도 기분이 좋아져 잠시나마 엄마의 일을 까맣게 잊은 채 백화점 안으로 성큼성큼 들어갔다.

"주성주 씨 되십니까?"

백화점 안으로 들어서기는 했으나 어디로 향해야 할지 몰라 두리번거리던 성주에게 중년의 남자 하나가 다가왔다. 성주는 자신에게 다가온 남자에게 꾸벅 인사를 하고 차분하게 말했다.

"네, 제가 주성주입니다."

"안녕하십니까. 오전에 전화드렸던 박 실장입니다. 지금 사모님께서 기다리고 계십니다."

전화기에 흘러나왔던 딱딱한 목소리와는 달리 부드러운 인상을 소유하고 있는 박 실장이라는 사람은 성주에게 깍듯이 대했다. 그는 엘리베이터를 타고 올라가 사무실 몇 개를 지나쳐 가장 큰 사무실 앞으로 그녀를 인도했다. 노크를 하자 들어오란 목소리가 흘러나왔다.

"사모님, 주성주 씨입니다."

"아, 안녕하세요."

"반갑네요. 앉아요."

커다란 사무 의자에 앉아 있던 여자가 웃으며 성주를 맞이했다. 중년의 나이였지만 아름다운 얼굴에 값비싼 옷을 걸친 그녀는 화려함에선 그 누구도 따라올 자가 없어 보였다. 그러나 풍기는 이미지는 저 밑바닥에서 노는 그녀들의 모습과 닮아 있었다.

　가만히 성주를 바라보고 있는 중년의 여자 때문에 어색해진 성주는 시선 처리를 못하고 이리저리 고개를 두리번거렸다.

　"참 예쁜 얼굴이네요."

　갑자기 말을 건네는 여자의 말에 놀란 성주가 얼른 고개를 돌려 대답했다.

　"과찬이세요."

　성주의 대답에 코웃음을 치던 여자는 다시금 입을 열었다.

　"아, 미안해요. 너무 겸손해도 놀랐네. 내 소개가 늦었군요. 나 크레타기업 안사람 되는 윤미라라고 해요."

　'크레타기업의 안사람? 그럼 저 사람이 이 대단한 기업의 회장 부인이란 말이야?'

　저런 사람들도 이런 곳에서 잘사는데 난 뭘까 하는 생각. 왠지 기분이 무척 나빠졌다. 분명 저 사람은 자신보다 훨씬 대단한 사람임에도 불구하고 왜 자신과 같은 처지인 사람처럼 느껴지는지. 성주는 윤 여사의 말에 적잖게 놀라 윤 여사를 빤히 쳐다보다 황급히 고개를 숙였다.

　"내가 그쪽을 부른 이유는 다름이 아니라, 우리 집안에서 그쪽에서 청혼을 하고 싶어서예요."

　'지금 뭐라고 했지? 청혼? 그럼, 결혼이라는 뜻인데.'

　갑자기 이게 무슨 일인지 이해가 되지 않는 성주는 윤 여사의 말에 반박도 하지 못한 채 두 눈을 동그랗게 뜨고 윤 여사를 바라보았다.

"놀랐군요. 하긴 그쪽 같은 사람은 꿈도 못 꿀 일일 테니까."

대놓고 깔보는 윤 여사의 말에 성주는 피식 웃음이 나왔다. 지금까지 살아오면서 이런 말들을 수도 없이 들어온 성주이기에 기분 나쁨보다는 입가에 당돌한 웃음이 걸렸다.

"좀 당황스럽네요. 갑자기 연락해서 다짜고짜 만나자는 약속을 잡으시고 들은 이야기가 청혼이라니. 윤 여사님 말씀대로 저 같은 사람이 어떻게 그런 것들을 바라겠습니까. 저 같은 사람에게 얻어가실 것도 없으실 테니 못 들은 걸로 하고 이만 일어나겠습니다."

성주는 자신의 의사를 확실하게 밝히고 자리에서 일어났다. 성주의 이야기를 차분히 들은 윤 여사는 자신의 옆에 서 있던 박 실장에게 손짓을 하자 박 실장은 들고 있던 파일 뭉치를 윤 여사에게 건넸다.

"주성주. 1979년 4월 6일생. 천사고아원에서 다섯 살까지 살다가 양부 주성국에 의해 입양. 그 후 밑으로 쌍둥이 남동생이 태어났음. 1994년 12월 13일 부 주성국 교통사고로 사망. 일 년 뒤 모 최미자는 보험금으로 술집을 경영. 1999년 영림고 졸업. 높은 성적으로 학교를 졸업하였으나 가정 형편으로 대학 포기. 일곱 살 밑인 쌍둥이 동생들을 위해 아르바이트 전전, 생계 유지. 현재 쌍둥이 동생들은 영림대학 의대 합격 상태. 모 최미자는 살인 미수로 서에 수감 중. 더 이야기해야 하나?"

성주 자신에 대한 정보가 파일 뭉치에 전부 기록이 되어 있음에 놀란 성주가 천천히 자리에 앉았다. 하지만 이내 멍해진 정신을 차리기 위해 눈을 부릅뜨고는 윤 여사를 향해 소리쳤다.

"지, 지금 뭐 하시는 거죠?"

"난 지금 성주 씨가 들은 내용보다 더 많은 정보를 가지고 있어요. 그러니 순순히 내 뜻에 따르는 게 좋을 거야. 이 황당한 결혼식이 성사되면 당신은 그동안 누리지 못한 많은 것들을 하고 살 수 있어. 당신이 해결하지 못한 어머니 일까지도. 어때요, 내 제안이?"

이 사람의 생각을 도저히 읽을 수 없었다. 대체 무슨 이유에서 자신을 이런 집안의 며느리로 들이려는 것인지. 하지만 성주는 이유를 물어볼 필요도, 알 필요도 없다고 여겼다.

"무엇 때문인지는 알 수 없지만, 전 결혼할 이유가 없다고 생각합니다. 이만 가보겠습니다."

성주가 자리에서 일어나 걸음을 떼자, 성주를 따라 윤 여사도 자리에서 일어났다.

"만약 내가 당신네 앞길을 막으면, 찾아올 건가요?"

"그게 무슨 말이죠?"

"당신이 일하는 곳은 말할 것도 없고, 두 동생의 의대 합격을 물거품으로 만들고 싶으면 그렇게 하도록 해요. 그리고 어머니 일은 뭐."

표정 하나 바뀌지 않고 저런 말들을 서슴없이 하는 윤 여사의 발언에 성주는 기가 막혀 땅에 박힌 듯 가만히 자리에 서 있자, 윤 여사는 다시 차분히 자리에 앉아 주스를 한 모금 들이키고는 성주의 반응을 기다렸다. 어떻게 할 것이냐는 물음과도 같은 눈빛으로. 그녀의 시선에 성주는 다시 자리에 앉았다. 그러자 성주를 향해 웃음을 짓던 윤 여사가 주스 잔을 내려놓았다.

"조건이 뭐죠? 저에게 이런 황송한 대우까지 해주시면서 이러시는 이유 말입니다."

"뭘, 황송하기까지야. 간단해요. 결혼의 조건은 내 아들, 장태민 녀석에게 평생 붙어살면 돼요. 이혼은 절대 할 수 없어요. 이혼을 해줄 시엔 내가 그쪽에게 베푼 호의는 다시 거둬들일 겁니다. 어때요, 한번 해볼 만한 게임 아닌가요? 아무것도 가진 것 없던 당신이 하루아침에 신데렐라가 되어 산다는 것. 모든 여자들이 꿈꾸는 그런 삶 말이에요. 어쩜 그쪽에게 하늘이 주는 기회인지도 모르지. 안 그래요?"

그랬다. 모든 여자들이 꿈꾸는 삶. 과연 이 상황에서 거절할 수 있는 사람은 몇이나 될까? 아니, 깊게 생각하지도 않겠지. 특히 성주 같은 상황에 처해 있는 사람이라면……. 어쩌면 이것은 어쩜 하늘이 성주 자신에게 주는 행운일지도 모른다. 어차피 거절한다고 해서 해결될 것은 없다. 오히려 더 복잡해질 뿐이다. 성주는 굳게 다짐하고 또렷한 눈망울로 윤 여사에게 대답했다.

"좋습니다. 하지만 약속은 꼭 지켜주셔야 합니다."

"그쪽만 잘해준다면. 결혼은 이번 주 일요일 두 시. 준비할 건

없고, 그날 아침 아홉 시에 차 보낼게요."

결혼은 앞으로 일주일. 성주에게 주어진 시간은 단 일주일뿐이었다. 그사이에 성주가 할 수 있는 것이라곤 마음의 준비를 하는 것뿐.

'결혼…… 동화 속 이야기처럼 난 신데렐라가 되는 거겠지?'

사람이란 참 허무한 동물인가 보다, 갑자기 생긴 행운에 금방 의존하고 기대하는 걸 보면.

결혼이라는 말에 갑자기 솟아오르는 욕망이 성주를 툭툭 건드린다. 온몸이 오묘하게 떨렸다. 그러나 그것도 잠시였다. 다시 엄습해 오는 불안감은 끓어오르는 욕망도 순식간에 막아버렸다.

단 한 번도 꿈꿔보지 못한 일. 그런 일이 지금 성주 눈앞에 펼쳐졌다. 뭘까? 왜 갑자기 성주 자신에게 이런 일들이 생겨나는 것일까? 천사가 주는 선물일까, 아님 악마가 주는 유혹일까. 그동안 자신이 해왔던 것들을 생각하면 이 조건은 받아도 된다는 생각이 머릿속을 스쳐 지나갔다.

세상 이치라는 것이 가는 게 있으면 오는 것이 있는 법. 그동안 정말 아무 생각 없이 그저 자신을 데려다 키워준 아버지에 대한 은혜를 갚기 위해 두 동생을 열심히 키우지 않았던가. 그것에 대한 하늘의 선물일까, 아니면 또 다른 불행의 시작일 뿐일까? 하지만 성주는 불행이라도 괜찮았다. 며칠만 지나면 남들이 부러워하는 그런 신데렐라가 되어 있을 게 아닌가. 그렇게 끔찍이도 생각하던 돈도 조만간 성주의 손아귀에서 넘칠 만큼 많이 들어올 텐데.

하지만 무섭다. 지금까지 살아오면서 열심히 일하고 받은 대가만을 돈으로 취급했던 자신이 어느새 이런 생각을 하게 됐는지 성주는 그런 자신이 무서워졌다. 한편에선 이런 마음을 가져서는 안 된다 울부짖고, 다른 한편에선 이젠 모든 것이 편하게 되었으니 그것에 의존하라며 소리쳤다. 그러나 마음속 전쟁은 금방 끝이 났다.

맘은 그러지 않았으나 윤 여사의 협박에 의해 결혼하겠다 승낙해 버렸으니 더 이상 선택의 여지는 없다고 자신을 합리화시켰다.

결국 의존해도 된다는 욕망이 이겨 버린 것이다. 그만큼 열심히 노력했는데, 그 흔한 사랑도 사치라 느끼며 지금까지 돈 하나만 보고 살아왔으니 하늘도 불쌍히 여겨서 그 좋아하는 돈과 살아보라고 주는 선물일지도 모른다고 애써 정의 내렸다. 어찌 되었든 성주는 이제 옛날 그 가난한 집안의 딸이 아닌 대기업의 며느리가 될 것이다. 그 누구도 함부로 할 수 없는 사람. 마치 신분상승을 한 것처럼 성주는 기분이 좋아졌다.

하지만 성주는 그 욕망이 피기도 전에 무너질 자신을 미처 알아채지 못했다. 그 결혼으로 자신이 얼마나 크나큰 고통을 얻게 될 것인지 그녀는 결코 알지 못했다.

윤 여사는 자신에게 인사를 하고 나가는 성주를 만족스럽게 바라보았다. 자신의 분신과도 같은 여자, 주성주. 윤 여사는 가만히 사무용 의자에 앉아 옛 기억에 빠져들었다. 지긋지긋한 술집에서 몸을 팔면서 살아온 인생. 무작정 가난이 싫어 집을 뛰쳐나와서 한 일이 술집에서 몸 파는 일이었다.

가난이 주는 설움은 겪어보지 못한 사람들은 알 수 없다. 하고 싶은 것은 물론이고 먹고 싶어 침을 질질 흘렸을 때도 종이 쪼가리인 돈이 없어 사 먹을 수 없었던 시절이 있었다. 그런 가난 속에 사는 여자에게 남는 건 오기와 돈에 대한 집착뿐이라는 것을 윤 여사는 잘 알고 있었다. 윤 여사는 자신이 그러했듯이, 성주 역시 그럴 것이라 확신했다. 그 흔한 사랑 한번 해본 흔적—누굴 만날 시간도 없이 빠듯하게 아르바이트했다는 것이 가장 큰 증거였다—조차 없는 성주는 윤 여사가 찾는 역에 제격이었다. 태민의 아비를 사랑하게 되어 인생이 실패했다고 생각하며 사는 윤 여사는 그런 성주가 만족스러웠다.

윤 여사는 지긋지긋했던 그 시절의 기억을 황급히 지우고, 앞으로 고통으로 몸부림칠 태민의 모습을 상상하며 웃음 지었다.

가벼운 발걸음으로 나온 성주는 잠시 가던 걸음을 멈추었다. 순간 귓가에 아버지의 음성이 들리는 듯했다.

"성주야! 그런 마음은 안 돼!"

너무도 또렷하게 들려오는 음성에 성주는 얼른 주위를 둘러보았으나, 자신의 옆에는 박 실장 외에 그 누구도 없었다. 너무도 또렷한 음성. 성주는 방금 전 자신이 있었던 사무실을 바라보았다. 그 문을 빤히 보는데, 잠시잠깐 마음속에 품었던 욕망은 어느새 거품이 되어 사라져 버리기 시작했다. 왜 자신은 그런 마음을 품으면 안 되는 것일까. 이제 화려하게 살 수 있는 기회가 왔는데. 버리기 싫었다. 거품이 되어 사라지는 욕망들을 다시 주워 담고 싶었다. 그러다 문득 서글퍼졌다. 그동안 그렇게 열심히 살아왔는데 보상은커녕 누군지도 잘 모르는 남자에게 남은 인생을 맡겨야 한다는 생각에. 그 욕망은 부질없는 마음이었나 보다. 결혼. 새로운 인생을 시작할 수 있는 말.

성주에게도 결혼은 새로운 인생을 시작할 수 있는 것이었다. 부잣집에서 신데렐라가 되어 살 수 있었다. 하지만 신데렐라가 왕자를 사랑하고 왕자가 신데렐라를 사랑한 그 마음이 그들에겐 없었다.

'나도 한 번쯤은 사랑에 빠져 보고 싶었는데……'

성주에게 있어 사랑은 이제 사치품에 불과하다. 괜찮다. 다만 해보지 못한 그 감정놀이에 대한 안타까움이 남아버렸다.

모든 일이 빠르게 해결됐다. 혼자서 끙끙대던 모든 일들이 순식간에 해결되자 잔뜩 긴장해 있던 온몸이 스르르 풀렸다. 근데 몸이 너무 풀린 나머지 백화점을 막 벗어나려던 찰나 순간 몸이 뒤로 쏠리더니 그대로 엉덩방아를 찧고 말았다.

"아야!"

"아, 죄송합니다. 괜찮으세요?"

"아, 네. 괜찮습니다."

"어떡하죠? 제가 지금 그쪽을 살펴볼 시간이 없네요. 혹시 무슨 이상이 있으시면 이쪽으로 연락 주세요."

"아니, 무슨 이런 일로 연락까지⋯⋯."

"혹시 모르잖아요. 그럼."

반들반들 윤기가 흐르는 백화점 로비여서 그런지 확실히 넘어진 것의 고통이 달랐다. 너무 아프다. 하지만 이런 일로 연락까지 하라는 저 사람도 좀 이상하다. 성주는 자신을 일으켜 세워주고 명함 한 장을 건넨 후 빠르게 사라지는 남자의 뒷모습을 한참 바라보았다.

'장태석? 크레타건설 사장? 크레타라면, 자신이 결혼할 사람과 같은 집안 사람이란 소리다. 이런 우연이라니, 그나저나 저 사람은 참 인정도 많다. 이런 일 하나 가지고 저렇게까지 걱정하다니. 그리고 보니 내가 결혼할 그 사람은 어떤 사람일까? 난 그 사람에 대해서 아는 거라곤 달랑 이름 석 자뿐이네. 얼굴도 결혼식장에서 보게 생겼으니, 주성주, 너 진짜 박복한 여자다. 하기야, 박복하면 어떻고 안 박복하면 어때. 난 일주일 후면 신데렐라가 돼 있을 텐데.'

성주는 윤 여사의 제안을 받아들임으로써 인간으로 태어나서 하지 말아야 할 것 중 하나인 욕심이라는 마음을 가지게 되었다. 한순간에 거만해진 마음을 품은 채 집으로 향하려던 성주를 어느새 따라 내려온 박 실장이 백화점 앞에 세워진 검은색 승용차로 안내했다.

"앞으로는 이 기사가 아가씨를 모시게 될 겁니다."

성주는 얼떨결에 탄 차 안에 앉아 있던 기사와 인사를 하고 편안하게 집으로 올 수 있었다. 갑자기 변한 환경이 낯설기는 하지만 기분은 좋아 성주의 걸음은 가볍기만 했다.

집 근처까지 차를 타고 온 성주는 달동네 안으로 차가 들어갈 수 없어 차에서 내려 집을 향해 걸어가야 했다. 하지만 왠지 우쭐하는 마음이 들어 자연스레 몸에 힘이 들어가는 것이 느껴졌다.

"성주야!"

"어, 엄마?"

성주가 문을 열기도 전에 안에서 문을 연 사람은 바로 성주의 엄마였다. 온 지 꽤 된 것처럼 보이는 엄마의 모습에 성주는 웃음기를 거두었다.

'역시, 세상은 돈이 지배하는구나.'

성주는 얼굴에 가득하던 웃음을 지워 버리고 싸늘한 모습으로 집 안으로 들어서며 엄마에게 물었다.

"밥은 먹었어?"

"밥은 둘째 치고, 너 어떻게 한 거야? 거금을 들여서 합의했다는데, 무슨 말이야? 너 혹시 사채 빌려 썼어? 뭐야, 어떻게 된 거야. 혹시 너, 술집 나가니?"

"딴 일에는 용기가 많은데, 사채 쓰는 데는 용기가 안 생겨서 못해. 그리고 술집? 엄마 하나로도 난 족해."

"그럼 어떻게 한 거야?"

숨도 제대로 쉬지 않고 다다다 물어보는 엄마의 행동에 피식 웃던 성주가 집 안으로 들어서자 두 동생들 역시 성주의 이야기를 기다린 듯 궁금하단 얼굴을 하고 성주를 바라보았다. 성주는 가방을 내려놓고 입을 열었다.

"지금부터 내 말에 질문은 안 받아. 나 이번 주 일요일 두 시에 결혼해. 상대는 크레타기업 회장 아들. 이름은 장태민. 나이는 모르고, 물론 얼굴도 몰라. 그쪽 어머니께서 직접 청혼하셨어. 조건은 엄마 일 해결해 주는 것하고 너희들 일 봐주기로 하셨어. 왜 내게 그런 조건을 거시면서까지 청혼을 했는지 역시 몰라. 하지만 그 조건을 받아들여서 지금 엄마가 우리 눈앞에 이렇게 있고, 너희들도 돈 걱정 없이 입학할 수 있게 되었어. 너무 갑작스러워 다들 놀랐겠지만 결혼 한 번으로 이 모든 게 해결되었으니 다들 행운이라 여겨주었음 좋겠어."

성주는 가족들에게 향해 싱긋 웃어 보이고는 일어나 자신의 방으로 들어왔다. 그 자리에 있으면 가족들의 질문이 끝도 없이 터져 나올 게 분명했기 때문이다.

방 안으로 들어온 성주는 곰곰이 생각해 보았다. 뭘까? 어떤 이유에서 자신 같은 여자를 그런 남자의 부인으로 지목했으며 왜 조건으로 내건 것이 이혼을 하지 말아야 한다는 것일까? 분명 희생양이 될 것이다. 마음의 상처를 받을 수도 있었다. 하지만 욕심이 생겼다. 자신도 그런 집에서 남들이 다 알 정도의 여자가 되어보고 싶었다. 성주는 또다시 현대판 신데렐라를 꿈꾸며 잠자리를 준비했다.

똑똑.

"누나, 들어가도 돼? 나 성민이."

"어, 그래. 들어와."

막 옷을 갈아입으려던 성주는 성민이의 등장에 손길을 멈추었다. 잔뜩 굳은 얼굴로 방 안에 들어서는 성민을 바라보며 성주는 조심스럽게 한숨을 내쉬었다. 분명 어떻게 된 이유를 따져 물을 아이였다. 생각도 깊은 아이지만 그만큼 눈치도 빠른 아이였기에 뭔가가 이상하다는 것을 잘 알 테지. 하지만 성민이는 성급하게 구는 아이가 아니었다. 아마 조심스럽게 자신에게 이야기를 끌어내 들은 뒤 스스로 판단할 것이다. 성주가 성민을 향해 피식 웃자 성민도 씁쓸한 미소를 지으며 말했다.

"너무 갑작스럽네, 누나. 하지만 어찌 됐든 누나가 결혼을 하는 거니까 축하해."

"고맙다."

아무렇지도 않아 보이는 성주 모습에 성민은 할 말을 잊고 잠시 생각하는 듯하다가 다시 입을 열었다.

"지금까지 한 번도 누나가 우리 곁을 떠나서 다른 가정을 꾸민다는 생각은 해본 적이 없었는데, 막상 이렇게 결혼을 한다니 꼭 팔려가는 것 같기도 하고. 모든 일이 이렇게 쉽게 풀리는 것도 썩 좋지만은 않고."

팔려간다는 소리에 성주는 어색한 웃음을 지었다. 어쩜 자신의 상황을 단어 하나로 그리도 잘 표현하는지. 그러나 성주는 내색하지 않았다. 그런 고민을 하는 건 성주 자신 하나만으로 족했으니까.

"누나가 무슨 심청이니, 팔려가게? 그리고 일이 잘 풀린 건 좋아해야 하는 거야. 물론 이게 어찌 된 일인지는 누나도 실감이 나지 않지만 그래도 누나에게 뭔가가 특별한 게 있어서 이렇게 되는 거 아니겠어? 그러니까 너무 걱정 말고. 누나가 너 믿는 거 알지? 엄마 잘 모셔."

"알았어. 누나가 아무렇지도 않으니까 걱정한 내가 오히려 이상하게 느껴지네. 누나도 우리들 걱정은 그만 하고, 새로운 사람하고 행복하게 잘살아야 돼. 알았지?"

"그래. 이제 너희들 걱정 안 하고 잘살아볼게. 그만 들어가서 쉬어."

"응."

겉으론 아무렇지도 않게 웃는 성주의 모습에 성민은 애써 웃으며 성주의 방을 나왔다.

성주는 성민이 나간 후 가만히 손거울로 자신을 비추어보았다. 일주일 후면 성주 자신은 이제 떠나는데, 아니, 성민의 말처럼 돈에 팔려가는데 아직은 누군가의 손길이 필요한 두 동생들이 걱정되었다. 만약 엄마가 들어와 살게 된다면 그 인간도 함께 들어와 살려고 할 텐데, 성준과 성민이 어떻게 버틸지.

술만 먹으면 개가 돼서 엄마를 패는 인간이니 같이 살게 되면 성준과 성민도 무사하지 못할 것이다. 되도록 험한 꼴 안 보고 살게 하려고 무던히 애를 쓰던 성주였는데, 이제 자신이 가고 나면 동생들은 이 험난한 세상에 그대로 노출되어 버릴 것이다. 옛날처럼 편하게 고민을 이야기할 수도, 다정히 안아줄 수도 없을지 모른다. 하지만 걱정거리는 동생들뿐만이 아니었다. 엄마도 문제였다. 그래도 자식이라고 동생들한테는 한 번도 자신이 맞은 모습을 보여준 적이 없었는데, 이제 그런 모습만 보여주게 생겼으니 쓸데없는 자존심만 강한 엄마가 어찌 살지. 이제 성주의 육신은 편할지 몰라도, 정신은 그렇지 못할 것 같았다. 남은 건 걱정뿐이었다.

돈만 해결되면 모든 일이 해결될 줄 알았는데. 아무런 걱정 없이 두 동생과 엄마를 떠날 수 있을 줄 알았는데, 아니었나 보다. 성주는 왜 끝까지 자신이 이런 걱정을 해야 하는지 생각하지 않으려고 노력했던 생각들이 떠올라 성주를 괴롭혔다.

아무리 세상이 험난해도 긍정적으로 살아가기 위해 현실은 그저 자신을 시험하기 위함이라며 시험 치듯 열심히 살아온 이 현실이 지금은 서글펐다. 서러웠다. 돈에 팔려가는 것이라도 좋다고 생각했는데 아니었나 보다. 그 생각은 성주 스스로가 지어낸 것이었나 보다. 싫었다. 이렇게 무작정 심청이처럼 돈에 팔려가야 하는 현실이 싫었다. 떨쳐 낼 수 없는 생각. 심청이가 되어버린 자신. 그리고 비참한 현실.

채원과의 통화를 끝으로 태민은 집 밖으로 나오지 않았다. 회사에 갈 힘도 없을뿐더러, 채원이 없는 이곳에서 햇빛이라는 놈을 보기도 싫었다.

그렇게 삼 일을 술과 씨름하며 살다 보니 어느덧 술로도 어찌할 수 없는 단계까지 오게 되었고, 그제야 슬슬 회사가 걱정이 되기 시작했다. 할 수 없이 태민은 회사로 연락을 취했고, 회사의 모든 일은 태민의 비서인 설산하 비서실장이 책임지고 있다는 소리에 자신을 충실히 따르고 있는 비서에게 안쓰러운 생각이 들어 출근 준비를 서둘렀다.

어느새 덥수룩하게 자란 수염을 정리하고, 깔끔한 정장 차림을 한 태민이 회사로 향했다.

"잘 쉬셨습니까?"

"말에 가시가 있다."

막 회사로 들어선 태민의 뒤를 따르던 산하의 가시 돋친 말에 태민이 살짝 웃어 보이며 말했다. 산하 역시 장난스럽게 받아쳤다.

"무슨요, 밀린 일이 한두 가지가 아닙니다. 몇 가지 일들은 제가 마무리했습니다만, 사장님께서 결재하셔야 할 서류가 가득입니다. 그리고 밀린 스케줄은 되도록 오늘 중으로 끝마칠 수 있도록 약속을 잡아놓았습니다. 우선 아홉 시에 회의가 있습니다. 그리고 글레이셔 그룹 이사님과 점심 약속 있으십니다. 또 태릉물산 양지훈 상무님과 세 시에 미팅 약속 있으시고요, 일곱 시에 대한그룹 최 상무님과 저녁 약속 있으십니다. 그 후 쌓여 있는 서류를 결재해 주시면 됩니다."

잔뜩 밀린 일과를 읊어주는 설 비서는 뭐가 그리 좋은지 연신 싱글벙글 웃었다. 그런 설 비서의 얼굴을 태민이 빤히 바라보자 설 비서는 웃던 표정을 얼른 감추었다.

"설산하, 오늘 내가 일에 파묻힐 걸 생각하니까 좋나 보지? 후훗, 하지만 나 혼자만 일에 묻힐 수는 없지. 설 비서, 오늘 내로 나와 결혼할 여자에 대해 알아봐."

"결혼이라니요? 결혼하십니까? 누구랑요? 알아보라니 누굽니까, 도대체?"

"질문도 많다. 설 비서야, 나도 몰라. 우리 윤 여사님께서 친히 내게 결혼 상대자를 정해주셨다. 그러니 그쪽한테 연락해 봐. 참, 채원이 유학 간다. 너도 알고 있어야 할 것 같아서. 대충 파악은 되지?"

"⋯⋯네, 알겠습니다."

밀린 서류에 시선을 던진 채 애써 덤덤하게 말하는 태민을 산하는 잠시 멍하니 바라보았다. 짧은 순간이었지만 모든 내용이 파악된 산하는 더 이상 묻지 않고 그대로 밖으로 나왔다. 그리고 태민이 지시한 일들을 해결하기 위해 수화기를 들었다.

설 비서가 나가고, 태민은 밀린 서류를 펼치기 시작했다. 한참 동안 정신없이 회의하고, 일을 하던 태민은 목을 꽉 조여오는 넥타이를 느슨하게 풀어헤치며 문득 고개를 돌려 컴퓨터 옆에 자리잡고 있는 작은 액자로 눈길을 돌렸다. 그곳엔 환하게 웃고 있는 채원이의 사진이 있었다.

처음 한 사랑은 아니었다. 수많은 여자와 사랑을 했고, 이별도 겪었다. 물론, 처음엔 채원도 그럴 줄 알았었다. 다른 여자들과는 다른 여자이었기에 조금은 다를까 생각하기도 했지만, 그래도 언젠가는 이별이 올 줄 알았었다. 하지만 어느 순간부터 이별이라는 단어는 점차 결혼이라는 새로운 시작을 알리는 단어로 바뀌기 시작했다. 그리고 결혼이라는 단어는 영원이라는 단어로 바뀌었다. 그리고 약속했다. 마지막 영원이라는 단어는 죽어서라도 서로의 가슴속 깊이 새기자고……. 그럴 줄 알았었다. 이 모든 일은 순리대로 진행될 줄 알았다. 그런데 숨겨진 복병이 그들을 막아설 줄 몰랐다.

채원의 활짝 웃고 있는 모습이 담긴 액자를 들고 뚫어져라 바라보던 태민은 그녀와의 추억을 하나둘 더듬어보았다. 웃음이 나온다. 채원과의 추억을 조금만 되짚어보고 있으면 이렇게 웃음이 나오는데…… 강채원. 강채원은 자신에게 있어 그런 여자인데…….

똑똑.

무게있는 노크 소리에 단번에 산하라는 것을 알아차린 태민은 모든 것을 제자리로 돌려놓고는 평소의 장태민으로 돌아왔다.

"들어와."

짤막한 태민의 소리에 방 안으로 들어선 산하가 무겁게 파일 뭉치를 태민 앞으로 내밀었다.

"결혼 상대자에 대해 알아봤습니다."

"수고했어. 지금부터 내 지시 없이는 전화든 사람이든 아무것도 연결하지 마."

"네."

결혼이라는 단어에 단번에 싸늘해진 태민은 산하에게 지시를 내렸고, 산하 역시 알겠다는 짤막한 대답을 하고는 조용히 밖으로 나갔다.

태민은 책상 위에 놓여 있는 파일 뭉치를 가만히 바라보았다. 도대체 어떤 여자일까? 태민은 조심스레 파일을 열어보았다.

〈주성주. 1979년 4월 6일생. 천사고아원에서 다섯 살까지 살다가 양부 주성국에 의해 입양…… 모 최미자는 보험금으로 술집 경영…… 살인 미수로 서에 수감 중.〉

파일을 붙잡고 있는 손이 떨려왔다. 태민은 자신이 이런 여자와 결혼을 해야 하는 현실에 기분이 나빠졌다. 아니, 끔찍했다. 설마했건만……. 그래도 어느 정도는 되는 여자이겠거니 했다. 하지만 성주는 태민이 생각했던 것보다 더한 여자였다. 이런 여자와 천하의 장태민이 결혼을 하게 되다니. 태민은 헛웃음이 나왔다.

'그럼 그렇지. 윤 여사 아주 적당히 잘 고르셨군요. 이런 여자라면 정말 질기겠네요. 좋습니다. 한번 해보죠.'

태민은 손에 쥐고 있던 파일을 이내 집어 던졌다. 파일 속에 담겨 있던 여러 장의 종이가 이리저리 흩어져 바닥에 떨어졌다. 그러나 아직 분이 안 풀린 태민은 주먹을 불끈 쥐고는 자신의 책상을 힘껏 내려쳤다. 쩍 소리와 함께 책상의 유리판은 산산조각이 났고, 태민의 주먹에선 피가 흐르기 시작했다. 소리를 들은 산하가 안으로 급하게 들어섰다.

"무슨 일이십니까?"

산하의 외침에 태민은 털썩 사무용 의자에 쓰러지듯 앉았다.

"……이렇게라도 안 하면 살인할 것 같다."

붉은 피가 뚝뚝 떨어지는 손으로 힘겹게 입을 여는 태민이 산하는 안쓰럽기만 했다. 산하는 태민을 학창 시절부터 봐왔던지라 지금 태민이 얼마나 힘겨워하는지 그 누구보다 잘 느낄 수 있었다.

태민이 사랑이라고 말하던 여자는 많았지만 영원이라고 말한 여자는 채원, 단 한 명뿐이었었다. 그 마음을 잘 알기에 산하는 더 이상 어떤 말도 하지 않고 구급상자를 가지고 와서 태민의 상처를 치료해 주었다. 말없이 자신의 손을 산하에게 맡기고 앉아 있던 태민의 손에 붕대가 감아졌다. 손이 하얀 붕대 속으로 꽁꽁 숨어버리는 모습을 보던 태민은 구급상자를 정리하는 산하를 한번 바라보더니 자리에서 일어났다.

"왜 그러십니까?"

"술이나 먹으러 가자."

"자꾸 이러시면 회사 일은, 아닙니다. 가시죠."

크레타기업의 계열사 중 하나인 호텔은 태민이 경영을 맡고 있었으나 노리는 사람이 많았다. 물론 확실한 경영 방침으로 일하는 태민이었기에 그 누구 하나 반론하지 못했지만 시시때때로 틈을 공격하려는 사람들이 많았다. 만약 이렇게 일을 내팽개치고 술 마시러 나가 버린 태민의 이야기가 밖으로 새어나간다면 그들은 곧 공격하려 들 것이 분명했다. 하지만 태민의 상태 역시 심각했기에 산하는 비서실에 비상을 알리고 철저한 입단속과 함께 일을 분배한 후 산하는 태민을 데리고 평소에 자주 들르던 조용한 바를 찾았다.

"어디서 그런 여자를 잘도 구했는지."

"조사하는 도중에 느꼈는데 그 여자 분은 윤 여사님과는 조금 달라 보였습니다."

"아냐, 안 봐도 뻔해. 그런 곳에서 사는 사람들이 가장 좋아하는 게 바로 돈이야, 돈에 환장했다고. 내가 어떻게 우리 채원이를 두고 그런 여자와……."

"이미 엎질러진 물이지 않습니까? 어차피 일이 이렇게 됐으니 그분 힘들게 하지 말고 이해하면서 사십시오. 그 후 좋게 헤어지고 채원 씨와 행복하게 사시면 되지 않습니까?"

"싫어. 내가 뭐 하러 그딴 여자 이해하면서 살아. 필요없어."

태민은 연신 술을 홀짝이면서 말했고, 산하도 태민의 잔에 술을 채워주며 태민의 마음을 달래주었다.

한참을 술만 마시던 태민은 정신을 못 차릴 정도로 인사불성이 되어버렸다. 산하는 할 수 없이 태석에게 연락을 취해야만 했다. 자신은 회사로 다시 들어가야 했기 때문에 태민을 보살필 여유가 없었다. 이미 몸뚱이조차 가누지 못할 정도가 되어버린 태민은 결국 그대로 쓰러져 버렸고, 산하는 그의 속을 달래줄 약을 사러 약국으로 향했다.

룸의 문이 열리다 닫히는 소리에 태민은 조심스럽게 눈을 떴다. 잊으려 해도 잊혀지지 않는 이름을 나지막이 불러보았다. 부르면 올 것 같은데……. 채원의 생각을 깊게 한 것이 문제였을까, 갑자기 머리가 심하게 아파오기 시작했다. 태민은 가만히 손을 들어 머리를 마사지해 보았다.

"장태민 씨, 낮부터 술을 거하게 드셨군요. 회사 일도 내팽개치고는 이렇게 술을 드시다니, 장태민 씨답지 않네요."

"뭐야, 넌 또 왜 왔어?"

"너의 비서님께서 나에게 친히 호출을 하셨다, 우리 사장님 다 죽어간다고. 미친놈, 네가 이렇게 놀고 있을 때 나는 열심히 일하고 있다는 걸 아셔야지. 그러다 나한테 호텔까지 뺏기면 어쩌려고 그러냐?"

"미친놈. 왔으니까 나 좀 데리고 가주라."

"오피스텔?"

"거기 아니면 내가 갈 데가 어디 있냐."

한참 머리를 마사지하고 있던 태민 앞에 나이가 같은 윤 여사가 데리고 들어온 동생 태석이 떡하니 나타나 넉살을 떨었다. 태석의 모습에 어이없는 웃음을 흘리던 태민은 자리에서 일어나 걸음을 옮겼다. 그런 태민의 뒤를 태석이 따라가며 연신 키득키득 웃고 난리였다. 태민은 걸음을 멈추고 태석을 째려보았다.

"웃지 마."

"너 결혼한다며? 어머니가 그러시더라. 너 열받게 아주 잘 골랐던데?"

"하여간, 소식도 빨라."

"난 얼굴도 봤어. 예쁘긴 예쁘더라, 청초 그 자체던데. 얼굴은 하얘 가지고 잡티 하나 없고, 눈은 그리 큰 편은 아닌데 묘한 매력이 있어. 아주 얇게 쌍꺼풀이 있었던 것 같기도 하고, 화장은 안 한 것 같은데도 입술은 되게 붉어."

태석이 처음 성주를 본 곳은 백화점 로비였다. 나중에서야 알았지만, 우연히 부딪쳤던 사람이 성주라는 것을 알고 태석은 조금 허탈하기도 했다. 그렇게 청초하고 수련한 여자는 처음 봤다. 긴 머리를 한 갈래로 묶고, 색 빠진 청바지에 가벼운 티셔츠 차림. 언제나 말쑥한 정장 차림의 여성만 봐왔던 태석에게 성주는 무척 색다른 여성으로 다가왔다.

그렇게 한참 성주의 모습을 회상하던 태석을 태민이 이상한 눈초리로 바라보았다. 회상에 잠겨 있던 태석은 태민의 눈빛에 얼른 정신을 차려 태민과 시선을 맞추었다.

"그렇게 좋으면 네가 하든지."

"야, 그래도 형수님은 안 건드린다. 양심이 있지, 어떻게 형수님을 넘보겠냐. 근데 내가 얼굴 하나는 보장한다. 뭐, 성격은 어떨지 모르겠지만. 그래도 말투나 이런 것 보면 우리 어머니하고는 다른 것 같던데. 하긴 그런 곳에서 사는 사람들 본성은 뻔하지."

"시끄럽게 하지 말고, 운전이나 해."

가게를 나와 회색 고급 승용차에 몸을 실은 태민이 태석을 꾸짖자, 태석도 얼른 몸을 싣고 시동을 걸었다. 운전을 하는 내내 태석은 뭐가 그렇게 할 말이 많은지 성주에 대한 말을 주저리주저리 늘어놓았고, 가만히 듣고 있던 태민이 건조하게 입을 열었다.

"내가 이 세상에서 제일 싫어하는 게 뭔지 알지?"

"알지, 아주 잘 알지. 우리 어머니처럼 얼굴 반반하고 돈 밝히는 여자."

"빙고. 근데 그 주성주라는 여자는 윤 여사보다 더하면 더했지, 덜하지는 않을 여자야. 얼굴, 그깟 얼굴로 치면 우리 채원이가 훨씬 더 예뻐."

"자식. 야, 너 입조심해. 형수 앞에서 채원 씨 이야기 꺼내지

마. 어차피 나중에 이혼할 거라며. 그럼 된 거야. 괜히 헤어질 사람 맘 아프게 하지 말고 잘 좀 대해주다가 좋게 끝내."

태석도 윤 여사의 피를 반은 물려받았을 텐데 어쩜 저렇게 윤 여사와는 다른 마음으로 말하는지 태민은 새삼 태석이 기특하기까지 했다. 그 부모에 그 자식이라는 말은 태석에게 있어 전혀 맞지 않는 이야기였다. 태민은 앞을 바라보며 운전하는 태석의 어깨를 툭 쳤다.

"너 왜 하필 윤 여사 자식이냐?"

"그러게. 왜 하필 우리 어머니 자식이었을까? 그러는 넌 우리 어머니가 재혼한 사람 자식일 게 뭐냐? 하긴 안 그랬음 우리가 이렇게 만나는 일도 없었을 테지. 그래도 어디냐. 우리 서로 공통점도 있잖아. 우리 어머니 끔찍이도 싫어하는 거. 너야 대놓고 표출이라도 하지. 난 뭐냐, 시키는 대로 다 하고 착한 아들 노릇이 얼마나 힘든 건데. 거기다 나보다 장가도 일찍 가는 부러운 놈. 불평 말고 우선 조용히 결혼해. 채원 씨 돌아와서 재혼을 하게 될 때는 어머니가 방해 못하도록 내가 막을게. 그때는 이 형님이 기꺼이 나쁜 아들 역 좀 해주겠어."

"고맙다."

태민을 생각하는 태석의 마음 씀씀이에 조금이나마 마음의 울렁임을 느낀 태민이 답했고, 태민의 대답에 태석은 기분 좋게 운전을 했다. 시원한 바람을 가르며 달리던 차는 어느덧 태민의 집 앞에 당도했다.

"데려다 줘서 고맙다."

"고맙기는. 장태민, 내 말 명심해. 그냥 조용히 하는 게 좋아, 허튼수작 부리지 말고. 너보다 채원 씨가 더 걱정되어서 하는 말이니까."

"쓸데없는 걱정 마. 나 기다리기로 마음먹었어. 왜 혼자 뒷북 치고 난리냐. 나 간다."

태민을 누구보다 잘 아는 태석은 솔직히 마음이 놓이지 않았다. 이 불길한 마음은 저 녀석이 결혼식장에서 퇴장하기 전까지는 수그러들지 않을 것이다. 비틀거리며 오피스텔 속으로 사라지는 태민을 불안의 눈길로 바라보던 태석도 다시 차를 몰았다.

태석의 배웅으로 쉽게 집에 도착할 수 있었던 태민은 더 이상 아무 생각도 하지 않고 그래도 쓰러져 잠을 청했다.

"누나, 아직이야?"

"으응, 다 했어……."

어느덧 일주일이라는 시간이 지나고 드디어 그날이 오고 말았다. 전날 잠을 설친 성주는 일찍 모든 준비를 끝마치고 방 안에서 가만히 앉아 거울 속 자신의 모습을 바라보았다. 오랜 시간 그렇게 앉아 있었는데도 그 어떤 생각도 떠오르지 않았다.

일주일이라는 시간이 이렇게 빨리 갈 줄은 몰랐다. 일주일이라는, 긴 것 같으면서도 짧았던 시간 동안 달라진 것이 있다면 자신이 크게 고민하던 동생들의 학비가 해결됐다는 것과 엄마가 술집을 처분했다는 것. 그리고 그동안 해오던 아르바이트를 그만두고 처음으로 공주처럼 피부를 가꾸러 다니며 쇼핑을 즐겼다.

처음엔 어안이 벙벙했지만 기분은 좋았다. 그렇게 일주일이라는 시간이 지나고 결혼의 문이 눈앞에 다가오자 엄습해 오는 불안감을 차마 숨기지 못했다. 무서웠다. 이제 정말 그들만의 세계, 상류층 사회로 한 발을 내디딜 때가 와버렸다. 불안과 공포에 질려 있는 자신의 모습을 거울을 통해 본 성주는 가슴 깊은 곳에서부터 한숨을 끌어올려 내뱉었다.

"아휴……."

"새신부가 그렇게 한숨 쉬면 안 된대. 누나, 차 와 있어. 나가자."

언제 들어왔는지 성준이 성주에게 다가와 어깨를 툭 때리며 혼내듯 말했다. 성준이의 행동에 성주는 얼른 웃는 얼굴로 표정을 바꾸었다. 그러자 성준이는 성주를 잡아끌고는 밖으로 나왔다. 뭐가 그렇게 좋은지 성준이는 싱글벙글 웃으며 신나 있었고, 성준과는 달리 썩 기분이 좋지만은 않았던 성민이 성준이의 입을 막았다.

"쫑알거리지 말고, 차나 타. 누나도 빨리 와. 엄마, 엄마도 빨리 나오세요."

"간다. 성주야, 어서 가자."

"응. 우와, 우리 엄마 오늘 되게 예쁘다."

처음으로 고상하게 한복을 차려입은 엄마는 자신도 무척이나 어색했는지 성주의 말에 헛기침을 하더니 성주와 두 아들과 함께 검은색 승용차에 몸을 실었다. 차에 타자마자 또다시 조용해진 분위기 속에 성주는 불안이 엄습해 오는 것을 느꼈다. 그런 성주의 불안을 느꼈는지, 엄마는 가만히 성주는 손을 꼭 잡아주었다. 성주는 자신의 손을 덮는 따뜻한 다른 손에 시선을 돌렸다.

'엄마……'

자신을 보며 웃고 있는 엄마의 모습에 성주는 슬픈 미소로 답했다.

두 모녀의 행동으로 적막했던 차 안은 어느새 따뜻하면서도 슬픈 공기가 맴돌았다. 그렇게 한참을 내달리던 차는 어느새 삼층 빌딩 앞에서 멈춰 섰다.

"들어가시죠. 준비가 끝나시는 대로 바로 나오십시오. 시간이 그리 많지 않습니다."

"네."

반듯하게 생긴 기사 아저씨는 친절하게 차 문을 열어주고, 안내까지 착실하게 해주셨다. 성주와 엄마가 차에서 내려 안으로 들어가자 기다렸다는 듯이 사람들이 우르르 몰려와 깍듯이 인사를 했다. 그들의 갑작스런 행동에 당황한 성주가 얼떨결에 그들을 향해 꾸벅 인사를 하자, 엄마가 성주의 옆구리를 꾹 질렀다.

"어서 오세요. 우선 머리부터 손질하도록 하겠습니다. 이쪽으로 오세요."

주인으로 보이는 젊은 여자가 성주를 데려다 의자에 앉혔다. 미용실 가는 것도 부담이 되었던 성주는 그 덕분에 긴 생머리를 소유하고 있었다. 그 긴 생머리는 어느새 기계에 의해 돌돌 말아진 채 쪽진 머리로 바뀌었고, 몇 가닥만이 성주의 흰 목덜미로 흘러내렸다.

머리 손질이 끝나자마자 성주의 희고 고운 피부에 색이 하나 둘 입혀졌다. 조심스럽게 두 눈을 감고 있던 성주는 거울을 볼 새도 없이 그들의 손에 의해 드레스로 갈아입혀졌다. 단순하면서도 어딘가 모를 화려함을 풍기는 드레스였다. 은회색 빛이 도는 드레스는 가슴 선과 등 라인이 드러나 있었다. 하얀 면사포까지 쓴 뒤에야 성주는 거울을 볼 수 있었다.

예쁘다. 예전의 주성주가 아니었다. 스스로 봐도 너무 아름다웠다. 하지만 성주는 그런 자신의 모습이 반갑지 않았다. 가면을 쓰고 있는 것 같은 모습. 진정한 자신의 모습은 꽁꽁 숨긴 모습. 이건 정말 자신이 아니었다.

"어머, 정말 너무 아름다우세요. 신부님, 너무 긴장하신 것 같아요. 좀 웃으세요."

호들갑스럽게 말하는 점원을 향해 억지웃음을 짓던 성주는 다시 한 번 거울을 바라보았다. 화려한 시작. 아름다움 뒤에 감춰진 나처럼 이 화려함 뒤에는 뭐가 감춰져 있을까.

성주는 거울 속 자신의 모습에 잠시 사색에 잠겼다.

"성주야, 늦겠다. 가야지."

"으응. 감사합니다."

"네, 행복하세요."

성주를 향해 활짝 웃어 보이는 점원과 주인을 향해 간단한 목례로 답하고 다시 차에 올라타고 식장으로 향했다. 식장 안은 말 그대로 인산인해였다. 기자회견장을 연상케 하는 수많은 취재진과 유명 정치인은 물론 간간이 연예인도 보였다. 성주가 한발한발 식장 안으로 발을 디디자, 어디서 왔는지 모를 경호원들의 보호 아래 신부 대기실로 무사히 도착할 수 있었다. 신부 대기실에 앉아 있는 성주를 찍느라 여기저기서 플래시 빛이 터지는 가운데 그들을 헤치고 한 남자가 성주에게 다가왔다.

"안녕하세요. 우리 한번 봤죠? 백화점 로비에서."

자신을 향해 활짝 웃는 그 남자를 성주는 기억 속에서 쉽게 끄집어낼 수 있었다. 쉽게 잊혀지지 않는 얼굴의 남자, 물론 그 상황도 마찬가지였다.

"아, 네. 안녕하세요."

"장태석입니다. 이제야 정식으로 인사를 하네요. 제 형수님이 될 분인 줄 알았다면 아무리 바빠도 병원까지 모셨을 겁니다. 하하. 괜찮으시죠?"

"아, 그럼요."

그때 건네받은 명함을 봤을 때 같은 집안사람일 거라고는 생각했지만, 시동생일 거라는 생각은 못했었다. 웃음이 예쁜 남자 태석 때문에 성주도 수줍게 웃음을 지어 보였다. 성주를 바라보던 태석은 뒤에서 느껴지는 뜨거운 눈빛의 정체를 알아차리고는 얼른 대기실을 빠져나왔다.

태석이 대기실을 나가자 성주는 긴장의 한숨을 푹 내쉬고는 고개를 돌렸다. 그러자 그곳에는 또 다른 남자가 성주를 바라보고 있었다. 아니, 노려보고 있단 표현이 더 정확할 것이다. 성주 자신의 드레스 색깔에 맞춰진 은회색 턱시도를 입은 남자. 자신을 바라보는 눈빛은 무서웠지만, 참 부드러운 선을 가진 남자였다. 쌍꺼풀이 없는 눈이지만 부드러워 보였고, 적당한 곡선을 그린 짙은 눈썹과 그 사이에 자리잡은 부드러우면서도 날이 선 코, 그리고 고집스럽게 앙다문 딱 부러지는 입술. 처음 본 그에 대한 성주의 소감은 한마디로 '멋있다'였다.

한참을 성주에게 시선을 주던 태민은 어느새 다른 사람들과 인사를 나누고 있었다. 그를 바라본 성주의 얼굴은 빨갛게 달아올랐고, 두 손을 들어 얼굴에 대고 열심히 부채질을 하며 열을 식혔다.

「지금부터 신랑 장태민 군과 신부 주성주 양의 결혼식이 진행될 예정이오니, 참석하신 하객 여러분께서는 식장 안에 마련된 좌석에 좌정해 주시기 바랍니다.」

드디어 결혼식을 알리는 사회자의 목소리가 마이크를 통해 울려 퍼졌고, 그 소리에 성주도 덩달아 긴장을 하며 온몸에 힘을 주었다. 어느새 식이 진행되고 자리에서 일어난 성주 앞에 태민이 다가왔고, 조용히 손을 내밀었다. 태민의 손을 멍하니 바라보던 성주는 조심스럽게 자신의 손을 올려놓았다. 여전히 표정없는 태민의 얼굴에 대고 성주가 웃음을 지어 보이며 조용히 입을 열었다.

"안녕하세요. 처음 뵙네요. 우리, 꼭 조선시대 사람들 같지 않아요? 결혼식장에서 처음 보니까요."

"좋기도 하겠군."

처음 본 남자의 팔짱을 끼고 식장을 들어가야 하는 어색함을 조금이나마 덜고자, 애써 불안한 마음을 감춘 채 성주가 웃으며 말했지만 태민은 건조한 입을 열어 그녀를 당혹스럽게 했다. 이내 성주는 얼른 입을 닫은 채 조금씩 얼굴에서 미소를 거두었다. 그들의 첫 대화가 그렇게 짧게 끝나 버리고 식장 안으로 나란히 걸어 들어갔다. 식장 안으로 한발한발 내디디며 들어가는데 묘한 기분이 들었다.

'이 손은 아버지가 잡아줬어야 했는데……'

짧은 그 길을 걸어 들어가는데 어쩜 그렇게 수많은 생각들이 스쳐 지나가는지. 성주는 그동안 자신이 커왔던 그 과정들이 파노라마처럼 머릿속을 차례로 스쳐 지나갔다. 하지만 다른 신부들처럼 눈물을 흘리진 않았다. 주성주는 강한 여자니까. 아니, 감정이 없는 사람이 되어버렸으니까.

성주의 무표정한 얼굴을 바라보던 가족들은 지금 그녀가 어떤 생각을 하는지 전혀 알 수 없었다. 그러나 딱 한 사람, 윤 여사만은 그녀의 생각을 읽을 수 있었다. 자신도 성주처럼 결혼식을 했을 때 자신이 살아왔던 그 모든 것들을 생각했고, 그것들을 지우기 위해 갖은 애를 썼었다. 그리고 피어나는 욕심. 욕망. 윤 여사는 성주가 욕망을 품고 있다는 것을 확신하며 기분 좋은 웃음을 지었다. 그렇게 모든 예식이 끝났다.

"성주야, 조심해서 다녀오고 도착하면 전화해."
"응. 엄마, 나 오기 전까지 당분간 애들 좀 챙겨줘. 밥 꼬박꼬박 챙겨주고, 성준이랑 성민이 너무 늦게까지 공부한다 싶으면 좀 재우고, 가스 불 잘 보고, 밥 먹으면 바로바로 정리하고 반찬은 냉장고에……"
"누나, 그러다가 늦겠다. 매형 기다리시잖아. 빨리 가. 다녀오세요."
"아, 그래. 그럼 누나 갈게."
모든 식이 끝난 후 여느 신혼부부들과 똑같이 신혼여행을 가기 위해 나선 성주는 가족들과 인사를 나누면서 무슨 걱정이 그리 많은지 쉴 새 없이 떠들기만 하고 갈 생각을 하지 않았다. 결국 성민이 성주의 말을 끊어버리고 떠밀듯 성주를 차에 태웠다. 할 말을 다 못한 성주는 아쉬운 표정으로 가족들에게 손을 흔들었다. 성주와 태민을 실은 차는 빠른 속도로 달리기 시작했다.
너무도 조용한 차 안은 작은 숨소리만 들릴 뿐 그 어느 대화도 오가지 않았다. 가만히 창밖을 바라보고 있는 태민을 바라보던 성주가 손가락으로 그의 팔을 살짝 건드리자 태민이 시선을 돌려 성주를 바라보았다.

"뭐야."

"저기요, 근데 몇 살이에요?"

"서른."

"아, 그런 저랑 세 살 차이네요. 전 궁금한 게 되게 많은데 저에 대해 뭐 궁금하신 것 없으세요?"

자신에게 궁금한 것이 없냐고 물어오는 성주의 말에 태민이 코웃음을 치며 말했다.

"궁금한 것? 딱 봐도 나완 다른 당신을 내가 궁금해할 필요가 있어?"

그 말을 듣자 가슴 깊숙이에서 무언가가 끓어올랐다. 태민의 말을 끝으로 더 이상 아무 말을 할 수 없었던 성주는 입술을 깨물었다. 그렇게 그 둘은 아무 말도 하지 않은 채, 제주도로 향하는 비행기에 몸을 실었다. 비행기를 타고 간 제주도는 무척이나 가까웠고, 공항에서 이리저리 둘러보느라 정신없는 성주의 모습을 보고 태민은 인상을 구겼다.

"우와, 되게 빠르네요. 제가 예전에 제주도로 여행을 오고 싶었는데, 엄마가 돈을 가지고 가는 바람에 계획이 무산된 적이 있었거든요. 그 뒤로는 꿈도 안 꿨는데, 진짜 좋다. 우리 어디 관광할 거예요?"

자신을 대놓고 무시하는 태민도 어느새 잊어버린 성주는 제주도의 향을 느끼며 연신 감탄의 소리를 내질렀고, 그런 성주에게 짜증을 느낀 태민은 조용히 말했다.

 "너하고 관광할 만큼 기분이 좋지 않아서 말이야, 그렇게 관광하고 싶으면 사람 하나 붙여줄 테니까 하고 와. 나 먼저 호텔에 가 있을 테니."

 태민은 매정스럽게 돌아서 차를 타고는 사라져 버렸다. 그 모습을 지켜보던 성주는 온몸에 힘이 쭉 빠져 버렸다.

 '누가 혼자 관광하고 싶다고 했나, 같이 하자는 얘기였지. 휴……. 큰일이다, 주성주. 저런 남자하고 어떻게 사니. 내가 뭘 잘못했는지도 모르겠다. 뭐가 저리도 불만인 거야.'

 "원치 않은 결혼이시니까요."

 "어머, 깜짝이야."

 "안녕하십니까, 장태민 사장님 비서 설산하입니다."

 자신을 지나쳐서 빠르게 사라져 버린 태민의 자동차를 허망하게 바라보던 성주의 뒤에서 훤칠한 키에 너무도 어려 보이는 남자가 의미심장한 말을 남겼다. 그러나 금세 언제 그랬냐는 듯 뒤돌아서서 자신을 바라보고 있는 성주에게 반갑게 인사를 건넸다.

 "아, 네. 안녕하세요."

 "관광하고 싶으세요? 제가 모시겠습니다."

 떠나 버린 차를 아쉽게 바라보고 있던 성주를 먼발치에서 지켜보았다. 어디든지 따라간다는 비서라지만 상사 신혼여행까지 따라오고 싶지는 않았다. 하지만 태민은 막무가내였다. 무조건 따라와야 한다며 그를 다그쳤고, 그는 할 수 없이 비행기를 타고 태민의 뒤를 따라 급히 제주도로 와야만 했다. 그런데 지금 보니 다 이유가 있었다.

태민은 성주와 단둘이 있는 것이 싫어 산하를 불렀고, 그녀를 떠맡기듯 가버렸다. 산하는 할 수 없이 성주에게 친절을 베풀었다.

"에잇, 무슨 재미로요. 저…… 아니, 저기, 지금 따라서 호텔 들어가면 자존심이 허락지 않아서 그러는데 어디서 시간이나 때우다 들어가면 안 될까요?"

그래도 남편인 사람이 아무렇지도 않게 부인을 훌쩍 버리고 가버린 것에 대해 성주는 묘하게 기분이 상했고, 이대로 태민을 따라가면 자존심이 무척이나 상할 것 같았다. 뭐, 물론 산하가 거부하면 어쩔 수 없지만 말이다.

"그러세요. 여기 제가 아는 좋은 한정식 식당이 있는데, 거기 가서 식사하시죠."

흔쾌히 그러자는 산하는 한술 더 떠 식당을 권했다. 하지만 밥은 넘어가지 않았다. 뭐가 좋다고, 남편 비서와 단둘이 밥을 먹나. 아직 남편하고도 한 번도 먹어보지 못한 밥을. 성주는 산하의 권유를 설레설레 고개를 젓다가 눈에 비치는 조그만한 초가집 카페를 발견하고는 손으로 가리켰다.

"우리 저기 가서 차나 한 잔 해요."

"네, 그래요."

성주의 손가락질을 따라 시선을 돌린 산하는 한번 쓱 바라보더니 이내 좋다는 듯이 고개를 끄덕이며 답했다.

둘은 나란히 카페 안으로 들어갔다. 조용한 카페는 겉모습처럼 차분한 분위기에 걸맞게 가야금 소리가 홀 안에 울려 퍼졌다. 성주는 산하가 권해주는 자리에 앉으면서도 연신 고개를 두리번거리며 조심조심 탄성을 내질렀다.

"와, 여기 진짜 분위기 좋네요. 만날 요란한 데 있다가 이런 데 있으니까 적응은 안 되네요."

그런 성주의 모습에 산하는 피식 웃음이 나왔다. 사장님, 심심하지는 않으시겠네요. 이런 분과 결혼하셨으니.

"그러네요. 우리같이 바쁜 세상에서 사는 사람들과는 별개의 세상 같아요. 이곳은 천국 같고 우리가 사는 그곳은 지옥 같은 느낌? 안 그래요?"

"맞아요. 저도 그런 느낌이네요. 지옥에 있다가 천당에 오니까 기분이 정말 좋네요. 저기, 그런데……."

"네, 말씀하세요."

"저기요. 아까 공항 앞에서 했던 말 기억나요? 원치 않은 결혼이라고 했던 말. 무슨 뜻이에요?"

성주에게 말해줘야 하는 것이라고 생각했지만 그 말을 들은 성주의 반응을 생각하자 순간 고민이 되었다. 산하는 자신의 입만 바라보고 기다리는 성주를 빤히 쳐다보며 여러 가지 생각들을 했다. 하지만 이내 무겁게 말문을 열었다.

"사장님은 사랑하는 분이 있으십니다."

산하가 힘겹게 말문을 열고 내뱉은 첫 마디였다. 분명 현재진행형이었다. '있었다'가 아닌 '있다'……. 그 말에 성주의 가슴이 쿵 내려앉았다. 그걸 아는지 모르는지 산하는 계속 말을 이어갔다.

"그분의 성함은 강채원입니다. 정말 천사 같은 분이시죠. 결혼까지 약속한 사이였지만 새어머니의 심술로 인해 이 년간 헤어져 있게 되었습니다. 그 사이에 사모님이 끼어드신 거죠. 어쩌면 사모님께서는 너무도 힘든 결혼 생활이 되실 겁니다. 그리고 또 한 가지, 채원 씨는 돌아옵니다. 이 년 뒤에."

"그, 그럼 결혼 생활 내내 저의 역할은……."

"네, 두 분 사이에서 걸림돌이 되어야 하는 거죠. 사장님을 괴롭히기 위해서."

충격이었다. 누구나 부러워하던 결혼이라는 그 새로운 시작 속에 숨겨진 것들은 정말 어마어마한 것들이었다. 그저 엄마와 동생을 살리기 위해 받아들인 건데…… 그런 자신으로 인해 자신의 남편이 된 태민과 채원은 지울 수 없는 상처를 주게 되었다.

"그런 일들이 있었네요. 전 전혀 몰랐어요. 그저 제 상황이 좋지 않았기 때문에 어머님의 제안을 서슴없이 받아들였어요. 물론 처음엔 저도 안 된다고 말씀드렸지만 소용없었어요. 두 동생들의 일에 대해 말씀을……."

말을 제대로 끝맺지 못하는 성주의 말에 산하는 윤 여사가 어떤 식으로 성주를 협박했는지 상상이 되어 가만히 고개를 끄덕였다. 그리고 잠시 고민하는 듯하더니 말했다.

"알 것 같습니다. 그분이 어떤 분이신지 잘 알고 있으니까요."

"이 이야기를 들으니까 조금 힘이 드네요. 아무것도 모르고…… 너무도 뜻밖의 이야기라……."

"이런 말씀을 드리기는 뭐하지만, 이미 끝은 보이네요. 아마도 사모님께서 물러나셔야 할 겁니다. 사장님께서도 그렇게 하게 만드실 거고요."

성주는 산하의 진지한 말에 점점 더 기분이 나빠졌다. 어떻게 물러나야 한다고 단단히 쐐기 박듯 말을 할 수 있는 건지. 성주는 산하의 말이 그 자리는 채원 씨의 자리이니까 넘보지 말라는 것처럼 들렸다. 오기가 생겼다. 성주의 눈에서 강한 빛이 뿜어져 나왔다. 욕심을 담은 눈빛. 성주는 그 눈빛과 함께 살짝 미소까지 걸고는 입을 열었다.

"전 그럴 마음 없어요. 물론 상황이 그렇게 된다면 어쩔 수 없지만, 할 수 있는 데까지 노력은 할 거예요. 저 하나 때문에 두 동생들의 불행을 가만히 보고만 있을 수는 없으니까요. 고마웠어요. 이렇게 이야기를 듣고 시작하는 결혼 생활이니 그나마 마음은 놓이네요. 제가 무슨 일을 당해도 이해가 가니까요. 이만 가죠. 비서님도 쉬셔야 하니까요."

산하는 성주의 강한 의지에 조금 의심이 들었다. 윤 여사와 같아 보이기도 하는데. 말하는 것을 보면 자신의 욕심을 채우려는 것만은 아닌 것 같았다. 그런데 저 눈빛이 무엇인지. 사람을 보는 눈은 정확하다는 산하 자신도 조금씩 헷갈리기 시작했다.

"편하게 이름 부르세요. 사모님께서 그러시면 제가 불편합니다."

"그럼 산하 씨도 제 이름을 불러주세요. 사모님이란 말 하지 말고. 제 나이에 무슨 사모님이에요? 거북해요."

"네, 알겠습니다. 사, 아니, 성주 씨, 가요."

산하는 자신의 말이 성주에게 상처가 되었음을 알고 미안한 맘이 들었지만 오히려 잘됐다 싶기도 했다. 어차피 받을 상처, 성주의 말처럼 미리 알고 있으면 조금은 더 작아질 가능성이 있으니까.

산하와 성주가 택시를 타고 호텔로 돌아와 로비로 막 들어서던 순간, 편안 옷으로 갈아입은 태민이 걸어나왔다. 태민을 발견한 산하가 걸음을 멈추고, 자신을 못 보고 지나치는 태민을 불러 세웠다.

"사장님, 어디 가십니까?"

"왔어? 술 마시러 가는데, 갈래?"

"이기적이시네요. 유일하게 쉴 수 있는 날에 부르신 이유가 술친구 해달라는 뜻이었군요. 사장님, 저 아니면 친구 없으신 거 아닙니까? 그럼 성주 씨, 먼저 들어가 쉬세요."

"그래요. 저기 태민 씨, 술 조금만 드세요. 산하 씨도요."

"네. 쉬세요."

산하와 함께 나란히 들어온 성주에게는 시선 한번 주지 않던 태민이 무뚝뚝하게 걸어가자 그 뒤를 따르던 산하는 친절하게 성주에게 당부했고, 성주는 앞서 가는 태민과 산하에게 말을 건네고 돌아서 방으로 들어왔다.

시끄러운 클럽에 들어선 두 사람은 조용한 룸을 찾아 들어갔다. 가볍게 술을 한 잔 마시고 잔을 테이블에 내려놓음과 동시에 태민이 관심없다는 듯 질문을 던졌다.

"뭐 했어?"

"카페에 가서 차 한 잔 했습니다. 대화해 보니 앞뒤 막힌 사람 같진 않더군요."

관심없는 척하면서 물어보는 태민의 소심한 행동에 산하는 웃음이 나왔으나 꾹 참고 간략하게 대답해 주었다.

"그래서 말 텄어?"

"편하신 게 좋다고 하셔서. 사장님께서 생각하시는 그런 분은 아닌 듯 보였습니다."

"괜찮긴, 너 조심해. 저런 여자한테 잘해줄 것 없어. 괜히 잘해줬다가 너한테 들러붙으면 어쩌려고."

"사장님 사모님과 바람피우는 능력은 갖추지 못했으니 그런 걱정은 안 하셔도 됩니다."

산하의 장난스런 말에 태민은 피식 웃어 보였으나 이내 무표정으로 돌아왔다. 앞으로의 일이 그저 갑갑하기만 한 태민이다. 보통 여자들 같았으면 그렇게 사람 취급을 안 하면 기분 나빠서라도 그냥 모른 척할 텐데, 이 여자는 생각이 있는지 없는지 끊임없이 태민을 자극했다. 그런 성주를 안주로 삼으니 술은 부드러운 크림처럼 잘도 목구멍으로 넘어갔다.

호텔방으로 들어와 샤워를 마치고 나온 성주는 수화기를 들고 엄마에게 전화를 했다.

[여보세요, 성주니?]

"응, 엄마. 성주예요."

[계집애. 도착하면 바로 연락하라고 했더니 뭐니, 지금에서야 하고. 좋니?]

"지금 한 게 어디야. 좋지, 제주도인데. 엄마 때문에 못 가본 제주도."

[지금 그 이야기가 왜 나와?]

"아직 엄마한테 돈 못 받았잖아."

[부잣집으로 시집간 것이 그 돈 몇 푼이나 된다고 받으려고 그래? 인정머리없게. 부잣집 며느리 됐으니까 엄마한테 뭔가 떨어지는 게 있겠지? 그나저나 장 서방은 뭐 하니? 바꿔봐.]

'부잣집으로 시집갔다는 소릴 하는 거 보니 엄마 분명 뭔가를

바라는 눈치야. 내가 미쳐, 우리 엄마 때문에.'

"장 서방은 무슨. 전화 바꿔서 무슨 말을 하려고? 아파트 한 채 해달라 그러려고? 오늘도 얼마나 조마조마했는지 알아, 그 인간 올까 봐? 아무튼 엄마, 오늘은 무조건 애들 옆에 있어. 또 홀랑 그 인간 집에 가지 말고."

[알았어, 계집애야. 이건 제주도까지 가서도 잔소리네. 그나저나 시댁에는 전화했어?]

"아니."

[어머, 이 철딱서니없는 계집애. 집에 전화하기 전에 시댁에 먼저 했어야지. 너 그런 대단한 사람들이 얼마나 예의 따지는 줄 알아? 너 그러다가 소박맞고 오면, 나랑 애들 책임질 거야?]

"이 집으로 시집 안 왔어도 엄마랑 애들 항상 내가 책임졌어. 엄만 지금 그게 걱정이야?"

[너도 걱정이고. 아무튼 얼른 전화 끊고 시댁에 전화해.]

엄마는 두려웠다. 만약 혹시라도 성주가 제대로 못해 소박맞고 돌아와 자신들이 누리는 최소한의 이 행운들이 날아가 버리는 게 아닌가 해서. 어쩌면 성주가 살아가는 동안에 엄마는 이 생각을 떨칠 수 없을지도 모른다. 어쩌다 날아든 행운은 순간에 날아가 버릴 수도 있으니까. 엄마는 빠르게 전화를 끊어버렸다.

끊긴 전화기를 붙잡고 있던 성주는 아쉬운 한숨을 짓고는 다시 버튼을 눌렀다. 얼마 신호가 가지 않아 굵은 중년 남성의 음성이 들려왔다.

"여보세요. 저…… 성주예요."

[성주? 어, 그래. 잘 도착했느냐?]

"네, 아버님. 식사는 하셨어요?"

[그럼. 너는 먹었냐?]

"네, 그럼요."

[그래. 잘 쉬고 조심히 지내다가 오너라. 나중에 보자꾸나.]

"네, 아버님."

굵은 전화 목소리의 주인공은 바로 성주의 시아버지, 장 회장. 근엄한 목소리는 성주라는 말소리에 차츰 부드러워졌고, 다정스럽게 대해주는 시아버지가 그래도 조금은 어려운 성주는 그저 빨리 전화가 끊어지길 바랄 뿐이었다. 그렇게 어렵게 시댁과의 통화를 끊고 시계를 바라보니, 시계의 시침은 어느덧 아홉 시를 가리켰다.

'휴, 왜 안 들어오지? 무슨 일 있나?'

시간이 흐를수록 불안해진 성주는 자꾸 문 쪽을 바라보았다. 자신이 승낙한 결혼이라 해도 처음 보는 남자와 이루어진 거라 그와의 첫날밤은 설렘보다는 불안함이 더 컸다. 당장이라도 들이닥쳐 자신을 덮칠 것 같은 느낌에 긴장을 늦출 수가 없었다.

'그래도 나쁜 사람 같지는 않았는데…….'

식장에서 처음 본 그 남자는 여느 여자든 간에 한눈에 반할 외모를 갖추고 있었다. 눈빛도 선해 보였다. 하지만 자신에게 내뱉는 말은 너무도 차가웠다. 태민의 생각에 빠져 있던 성주는 순간 잘해주어야겠단 생각에 미쳤다. 그 남자의 눈에 비친 슬픔이 자신으로 하여금 그런 결론을 내게 만들었다. 그 슬픔을 도려내고 기쁨으로 채워주고 싶은데……

"훗."

순간 헛웃음이 입술을 뚫고 흘러나왔다. 주성주, 네 자신이나 챙겨.

머릿속에 가득한 그의 생각을 떨쳐 내느라 머리를 좌우로 흔들며 욕실로 들어갔다. 태민이 도착하기 전에 먼저 씻고 잠자리에 들어야겠다. 그리고 눈을 뜨면 내일이겠지. 그럼 두려워할 필요가 없지 않은가.

하지만 다 씻고 나온 성주는 잠자리에 못 든 채 나체로 한참 가방을 뒤적였다. 잠옷을 따로 준비한 것도 아니고, 여벌옷 역시 넉넉치 않아 갈아입을 옷이 마땅치 않았기 때문이다. 그러다 문득 호텔 가장자리에 떡하니 자리하고 있는 옷장이 보였다. 이토록 호화스런 호텔에 잠옷 하나 준비되어 있지 않다면 말이 안 되지, 암. 옷장을 여니 역시 무언가가 걸려 있다. 만세!

한데, 너무 야하다. 실크 소재에 가슴 라인은 너무 파여 있었다. 게다가 걸쳐 보니 속살이 다 보일 지경이었다.

'입을 게 없으니 이거라도 입어야지 어쩌겠어.'

잠옷을 입은 성주는 목까지 이불을 끌어 올려 손으로 단단히 고정한 채 서서히 잠 속으로 빠져들었다.

"성주 씨."

잠이 들었던 성주는 무언가 두드리는 소리에 일어나 문을 열어주었다. 열자마자 튕기듯 안으로 들어오는 산하에게 기대어 있는 태민을 성주가 얼른 침대에 눕혔다.

"무슨 술을 이렇게 많이 마셨어요?"

"그러게요. 술이 약하신 편인데 오늘은 좀 과하게 드셨어요."

산하는 침대에 누운 태민의 옷과 양말을 벗긴 후 잠옷까지 찾아다가 갈아입혀 주었다. 옆에서 산하를 돕던 성주는 태민의 상체가 드러나자 얼른 방 밖으로 빠져나왔다.

성주가 나가자 산하는 숨을 크게 내쉬었다. 잠옷 너머로 속살이 다 비쳤기 때문이다.

'저런 분 내팽개치고 어찌 이렇게 많이 술을 드셨답니까. 하하. 사장님을 걱정하는 모습을 보니⋯⋯ 윤 여사님이 오히려 좋은 분을 찾아주신 게 아닌가 싶습니다.'

산하는 주춤하던 손길을 빠르게 움직여 이불까지 덮어주고 나서야 자신도 방 밖으로 나왔다.

"죄송합니다, 제가 말렸어야 했는데. 일어나시면 머리 아프시다고 하실 겁니다. 제가 나가서 약 좀 사 올게요."

"아니에요. 제가 사 와야죠. 고마워요. 산하 씨도 피곤하실 텐데 들어가 쉬세요."

"그럼, 먼저 쉬겠습니다. 약국은 호텔 안에 있어요."

"네. 오늘 고마워요."

성주는 자신을 제대로 쳐다도 안 보고 급히 나가는 산하를 배웅하다 자신이 잠옷 차림이란 것을 뒤늦게 알아차렸다. 한 번도 남자에게 속살을 내비친 적이 없었는데, 산하에게 보이고 말았으니 성주는 너무 민망스러웠다. 얼른 가방에서 긴 카디건을 꺼내어 걸쳐 입고는 태민이 잠든 방으로 들어갔다.

이기지도 못할 술을 왜 이렇게 많이 마셨는지, 성주는 자신과의 결혼 때문이란 생각에 울적해졌다. 태민을 가만히 바라보다 일어나 욕실로 들어가 수건에 물을 적셔서 방으로 들어와 태민의 얼굴을 조심스럽게 닦아주었다. 손과 발도 닦아주었다. 구석구석 꼼꼼히 닦은 성주는 수건을 내려놓고 지갑을 챙겨 들었다. 일어나면 머리가 아플 거라는 산하의 말이 떠올랐기 때문이다. 더 늦기 전에 약을 사가지고 와야 할 것 같다.

성주는 약을 사기 위해 프런트로 내려와 약국이 어디냐고 물어본 후 약을 사고 다시 방으로 들어왔다.

"태민 씨, 약 좀 먹어요."

물 컵을 들고 태민의 곁으로 다가와 태민을 일으켜 세우던 성주와 잔뜩 취한 태민의 눈이 마주쳤다. 불안하게 흔들리는 눈빛.

"채원아."

성주를 향해 갑자기 다가온 태민은 성주를 붙잡고 키스를 하기 시작했다. 그리고는 성주를 침대에 눕힌 채, 두 손으로 성주의 옷을 풀어헤쳤다. 당황한 성주는 태민을 황급히 제지했지만,

술에 취한 태민의 힘은 감당하기 힘들었다.

어느새 태민의 손은 성주의 온몸을 매만졌고, 그 손길에 간간이 흘러나오는 신음 소리에 민망해진 성주는 두 입을 꾹 다문 채 그 소리를 참아냈다. 태민의 손길이 빨라질수록 태민의 입에선 다른 사람의 이름이 흘러나왔다. 채원이……. 태민은 성주가 아닌 채원이라는 이름을 애타게 부르며 성주를 탐했다. 사랑이 깊어 갈수록 태민의 입에서는 더욱 간절하게 채원의 이름이 흘러나왔다.

"나…… 주성주예요……."

아무 의미 없는 말이었다. 화가 나서, 그가 미워서가 아니라 그냥 알려줘야 할 것 같았다. 낮은 음성으로 자신을 알려주자 태민이 성주의 눈동자를 지그시 바라봤다. 그의 눈 속에 비친 사람은 주성주 자신인데, 왜 자신이 아닌 것처럼 보이는지 모르겠다.

태민의 눈에는 그녀는 이미 성주가 아닌 채원이었다. 태민은 성주를 바라보고 있어도 채원을 불렀다. 그의 속삭임이 계속될수록 성주를 그를 밀어내고 싶었다. 하지만 성주는 얼른 그 생각을 떨쳐 버렸다.

차라리 이렇게라도 해서 태민의 슬픔을 잠시 걷어낼 수 있다면……. 채원이라는 사람이 오죽 그리웠으면 사람까지 잘못 보고 사랑한다는 말을 수도 없이 외칠까 하는 생각에 성주는 그저 덤덤하게 모든 것을 태민에게 맡겼다. 태민은 아픔이 가득한 눈으로 성주를 바라보며 말했다.

"내가 너 사랑하는 거 알지? 조금만 기다려. 이 년만 기다려. 내가 이 년 뒤에 너한테 갈게. 채원아…… 강채원. 사랑해."

태민은 자신의 눈앞에 슬픈 얼굴을 하고 있는 채원을, 아니, 성주를 쳐다봤다. 그리고 그녀의 입술에 자신의 입술을 가져다 대자, 태민의 눈에선 눈물이 흘러내렸다.

성주는 자신의 얼굴에 흐르는 태민의 눈물을 보고 그에게 미안한 생각이 들었다. 처음부터 자신이 성주라고, 강채원이 아니라 주성주라고 알려주었다면 그가 이렇게 자신 앞에서 눈물을 보이는 일은 없었을 텐데. 성주는 태민의 눈물을 닦아주었다.

"아파하지 마요……."

그러나 돌아오는 것은 잔인하게도 채원의 이름을 부르는 태민의 떨리는 음성이었다.

그렇게 그 둘의 첫날밤은 슬프고도 뜨겁게 치러졌다.

차갑고, 시린 새벽이 다가오자 선선한 바람에 성주가 먼저 눈을 떴다. 어젯밤 흔적을 보여주듯, 알몸으로 침대에 누워 있는 자신과 태민의 얼굴을 바라보았다. 눈, 코, 입……. 어디 하나 빠지지 않는 남자. 이 남자는 다른 여자의 이름을 부르며 자신을 안았다.

처음 그를 봤을 때 어쩜 남자가 저렇게 무뚝뚝할까, 저런 사람이 그 애틋하다는 사랑을 해봤을까 하는 생각이 들었었다. 그런데 산하에게서 모든 이야기를 듣고 바보같이 자신이 태민의 마음을 가지면 된다는 욕심을 부렸었다. 주성주는 정말 바보였다. 이제는 장태민이란 남자의 마음을 가질 수 없을지도 몰랐다. 하지만 슬프지는 않다. 아니, 그깟 슬픔 정도는 참을 수 있다. 그러나 지금도 성주는 바보였다. 앞으로 자신의 이름을 부르도록 만들면 된다는 어리석은 생각이 욕심인 줄 알면서도 성주는 그 마음을 접지 않았다. 성주는 천사가 아니니까. 만약, 정말로 그의 마음을 잡지 못한다면, 그녀에게는 무엇이 남게 될까?

자신이 그토록 바라는 돈? 윤 여사가 거머쥔 권력? 그것도 아니라면 비운에 왕세자비 다이애나처럼 태민에게 이혼당하고 많은 사람들한테 동정표를 받게 될까? 성주는 마치 자신이 다이애나 왕세자비가 된 듯했다. 다른 사람을 사랑하고 있는 태민과 찰스 왕세자. 그런 찰스의 마음을 잡은 카밀라와 강채원. 그리고 사랑의 해바라기가 될 성주 자신과 다이애나 왕세자비.

그러나 성주와 다이애나가 비슷해 보일지 모르나 그들은 확연히 다른 점 한 가지가 있었다. 다이애나에게 있던 사랑의 마음이 성주에겐 없었다.

성주는 침대에서 내려와 가방에서 옷을 꺼내 들고는 욕실로 향했다. 다 씻고 나온 성주는 산하가 묵고 있는 방으로 갔다.

"산하 씨, 주무세요?"

"아니요. 들어오세요."

산하가 반갑게 문을 열어주자 성주가 안으로 들어서면서 말했다.

"저기, 해장을 해야 할 것 같은데……."

"네, 잠시만요."

우물쭈물거리는 성주의 의도를 빠르게 파악한 산하는 능숙하게 전화로 룸서비스를 시켰다. 수화기를 내려놓은 산하는 미니 냉장고에서 음료수를 하나 꺼내어 성주에게 건넸다.

"드세요."

"아니에요. 여기서 이런 거 먹으면 다 돈이래요. 돈 아깝잖아요. 물 먹으면 되죠. 그나저나 속은 괜찮으세요?"

"저야 늘 사장님 옆에서 조금씩 조금씩 먹어 버릇 하니까 술이 늘더라고요. 사장님이야 어쩌다 한 번씩 드시니까 먹고 쓰러지는 스타일이시고."

"그런 것 같아요. 정신을 전혀 못 차리네요. 우리 아침 먹고 놀러가요. 대신에 내가 졸랐다는 말 하지 말고 산하 씨가 태민 씨 좀 꼬셔봐요. 알았죠?"

"하하, 네."

'괜찮을까?'

산하는 조금 뻔뻔스럽기까지 한 성주가 걱정이 되었다. 저렇게까지 태민에게 다가가려 하면 태민은 그녀를 더욱 상처 주고 아프게 할 텐데. 정말 괜찮을까란 생각이 들었다.

자신이 노력한다고 했으니 할 수 있는 데까지 노력이야 해야겠지만 왠지 성주가 상처를 받을 것 같았다. 그래도 참 괜찮은 여자인 것 같기도 하다. 욕심이야 이 세상에 살아 있는 생명체들이 다 가지고 있는 것이고, 그 욕심이 조금 과하다고 해서 성주를 나쁘다고 할 수 없다. 밝은 성격에 모든 것들을 긍정적으로 보는 마음만은 인정해 주고 싶었다. 그런 밝은 성격도 태민에게는 안 통할 테지만.

산하는 손에 들고 있던 음료수를 도로 냉장고에 집어넣고는 성주와 함께 태민이 있는 방으로 돌아오니 침대는 비어 있고 대신 욕실에서 물 흐르는 소리가 들려왔다. 그러자 성주는 얼른 태민의 옷을 챙겨 욕실 앞에 두었다.

성주가 돌아온 줄도 모르고 샤워에 열중하던 태민은 어젯밤 일들을 생각해 내려고 애썼다. 분명 뭔가를 한 느낌이었다. 산하와 함께 술을 마시고 방으로 들어온 것까지는 기억나는데 그 뒤로는 전혀 기억이 나질 않았다. 잠시 끊겨 버린 필름을 짜 맞추기 위해 한참 머리를 쥐어짜던 태민은 뒤늦게야 후회의 탄식이 터져 나왔다. 어젯밤, 성주를 채원으로 착각하고는 안아버린 게 기억났다.

'미쳤지, 어떻게 저런 여자를 채원이로 착각하다니. 너 진짜 미쳤다, 장태민.'

태민은 성주를 채원으로 착각한 것도 짜증스럽고 화가 났지만, 저런 여자를 안았다는 것 자체도 그러했다. 태민은 샤워를 끝마치고 나오자 옷이 챙겨져 있길래 산하가 왔나 싶어 물기가 촉촉이 젖어 있는 머리에 수건을 걸친 채 옷만 급히 갈아입고 나왔다. 하지만 그의 눈엔 산하와 성주가 나란히 앉아 오순도순 이야기를 나누고 있는 모습이 포착되었다.

'잘들 논다.'

"아, 사장님. 속은 괜찮으십니까?"

"아니, 전혀."

"앞으로는 술 드시지 마십시오. 제가 힘듭니다."

태민과 일을 오래하다 보니 이제 이런 장난도 서슴없이 할 수 있었다.

"속 쓰리다. 해장이나 하러 가자."

"특별 주문으로 룸서비스 시켰습니다."

태민이 나오자마자 성주는 얼른 입을 꾹 다물어 버렸다. 그리고 그들의 대화를 그저 가만히 듣고 있을 뿐이었다. 성주는 잠깐 고개를 돌린다는 것이 태민의 눈빛과 마주치자, 금방 얼굴이 달아올라 고개를 돌려 버렸다. 그 모습에 태민도 별 관심 없듯 고개를 돌리곤 머리를 말리기 시작했다.

머리를 말리는 태민의 터프한 모습을 힐끔힐끔 쳐다보던 성주는 어젯밤 뜨거웠던 그 모든 일들을 하나둘 떠올렸다. 그 덕분에 성주의 얼굴은 붉은 홍조로 변했고, 옆에서 성주를 지켜보던 산하가 걱정스레 물었다.

"열나요? 왜 그래요?"

"아, 아니요. 열은 무슨요. 날씨 정말 좋네요."

걱정스럽게 묻는 산하로 인해 당황한 성주는 얼른 말을 돌리고는 자리에서 일어나 발코니로 향했다. 바다가 한눈에 보이는 곳에 선 성주는 가슴이 펑 터지는 느낌에 두 눈을 지그시 감고는 숨을 크게 들이쉬다가 내뱉었다.

"와, 바닷바람 진짜 좋다."

시원한 바닷바람을 온몸으로 느끼던 성주는 감탄사를 저절로 내질렀고, 그런 성주를 태민이 옆에서 바라보고 있었다. 하지만 성주는 태민이 온 줄도 모르고 중얼중얼거렸다.

"혼잣말하는 취미도 있었나 보군."

"아, 깜짝이야. 좀 기척 좀 해주세요. 놀랐잖아요."

"내가 그래야 하는 이유가 있나?"

여전히 성주를 채원이라고 착각한 자신이 짜증스러웠던 태민은 아무 일도 없었다는 듯이 행동하는 성주가 못마땅했다. 그랬기에 아무 죄도 없는 성주의 말에 괜한 꼬투리를 잡고 늘어졌다. 그런 태민의 말에 어떠한 대꾸도 하지 않은 성주에게 콧방귀를 뀐 태민은 경멸의 눈빛으로 성주를 한번 훑어보더니 다시 방 안으로 들어가 버렸다. 그 모습을 멀리서 측은하게 바라보던 산하가 성주 곁으로 다가갔다.

"룸서비스 왔어요."

"아, 그래요? 우리 빨리 먹고 관광해요."

"참, 성주 씨는 성격도 좋아요. 저렇게 틱틱대는 형하고 관광하고 싶어요?"

"미우나 고우나 남편인걸요?"

저리도 천진난만하게 웃는 성주를 보면 산하는 아리송할 뿐이었다. 처음 성주의 프로필을 보고 깜짝 놀랐었다.

어떻게 여자의 몸으로 이렇게 많은 아르바이트를 하고 있는 것일까. 얼마나 돈이 좋았으면 이렇게 몸을 사리지 않을까. 하지만 그녀의 프로필 어디에서도 아무런 대가 없는 돈을 받았다는 기록은 없었다. 윤 여사처럼 몸을 굴려가며 돈을 번 기록도 없었고, 그렇다고 남의 돈에 손을 대거나 도둑질을 했다는 기록도 없었다. 그것만으로도 성주는 윤 여사와 다른 여자라고 생각했었는데, 곁에서 성주를 지켜보면 볼수록 그 생각은 더욱 견고해져만 갔다.

악녀도, 천녀도 아닌 성주는 어떤 여자일까? 산하는 할 수 없이 두 가지 일을 동시에 해야만 했다. 관광을 부탁한 성주 때문에 태민에게 가야만 했고, 머릿속으로는 그녀가 어떤 여자일까 정의 내리는 일을 했다. 하지만 산하가 내린 결론은 '성주를 더 겪어보아야 알 수 있다'였다.

산하는 태민의 앞에 서서 정중하게 말했다.

"사장님, 부탁이 있습니다."

"뭔데?"

"관광 좀 하게 해주십시오."

"하고 와."

"사장님하고 성주 씨하고 같이하고 싶습니다."

경제 뉴스를 보던 태민에게 깍듯이 말하는 산하를 태민이 이상하다는 눈초리로 바라보았다.

'갑자기 왜 저래?'

태민은 산하의 말에 대꾸도 하지 않고 룸서비스가 차려진 식탁으로 걸음을 옮겼다. 산하는 나중을 노려야겠다는 생각을 하고 성주와 함께 식탁에 앉았다.

"와, 되게 맛있겠다. 빨리 드세요."

"뭐야, 네가 왜 앉아."

"밥 먹으려구요. 그럼 서서 먹을까요?"

"따로 먹어. 밥맛 떨어지니까."

"사장님!"

식탁에 앉자마자 요란을 떠는 성주를 태민이 제지했다. 태민의 갑작스런 행동에 아무 말도 못하고 가만히 자리에 앉아 어색한 미소를 짓고 있는 성주의 모습에 산하가 태민을 나무랐지만, 태민은 아랑곳하지 않은 채 빨리 자리에서 비켜주기를 바라는 눈빛을 보냈다. 그 눈빛에 성주는 주눅이 들었으나 여기서 자신이 나가 버리면 태민에게 지는 거란 생각에 아무렇지 않은 듯 말했다.

"다음부턴 같이 안 먹을게요. 하지만 여기서 아는 데도 없고, 나가서 먹으면 다 돈이잖아요. 오늘 하루만 참아주세요. 어차피 내일 가잖아요."

태민을 타이르듯 말하는 성주 때문에 산하는 웃음이 나오려는 것을 간신히 참았다.

자신의 마음속에서 끊임없이 흘러나오던 질문의 답을 찾았다. 성주는 윤 여사와 확실히 다른 여자였다. 자신감 넘치고 씩씩한 여자, 그리고 현실적인 여자. 산하는 성주를 그렇게 정의 내렸다.

성주를 황당하게 바라보던 태민은 물 한 잔을 시원하게 들이켰다. 그리고는 아주 맛있게 음식을 먹는 성주를 어이없다는 듯 쳐다보았다.

"성주 씨, 어디 가고 싶으세요?"
"음, 우리 잠수함 타요."
"잠수함이요? 알겠습니다. 그리로 모시겠습니다."

음식을 깨끗하게 비운 후 성주와 싫다는 태민을 억지로 끌고 나온 산하는 차에 올라타 행선지를 정했다. 산하는 태민의 의사는 묻지 않고 무작정 차를 몰아 잠수함이 있는 곳으로 향했다.

성주가 그토록 제주도에 오고 싶었던 이유는 단 한 가지, 바로 잠수함 때문이었다. 바삐 아르바이트를 하던 중 아무도 보지 않던 TV를 끄려던 찰나에 잠시 시선을 빼앗길 정도로 뚫어지게 보았던 장면이 지워지지 않았기 때문이다. 모 연예인이 불쌍한 아이들을 데리고 제주도에 와서 잠수함을 타며 즐거워하던 모습이 아직도 눈에 선했다. 부러웠다. 자신은 그 나이 때에 그런 것은 꿈도 꾸지 못했었는데. 그 아이들이 너무도 부러웠다. 제주도에 와볼 기회가 된다면 꼭 잠수함을 타봐야지 하고 생각을 했었다. 그런데 그 꿈이 이렇게 빨리 이루어질 줄이야.

그렇게 셋은 나란히 차를 타고 잠수함이 있는 곳으로 왔다. 십여 분 정도를 기다리자, 잠수함에 올라탈 수 있었다. 잠수함에 오르자마자 성주의 입에서는 갖가지 탄성을 흘러나왔고, 산하가 그 모습을 재미있게 보는 반면, 태민은 짜증스럽게 바라보고 있었다. 성주는 태민의 눈빛을 눈치 챘지만, 애써 무시하고 열심히 눈을 굴려가며 구경하기 시작했다.

"와~ 되게 신기하네요. 확실히 대한민국이 발전을 하긴 했죠?"

"하하하. 성주 씨, 정말 웃기네요. 그렇죠, 대한민국 많이 발전했죠."

산하의 말에 미소를 걸치고 이리저리 구경하는 성주의 모습을 태민이 빤히 바라보았다. 저 웃는 얼굴 속에 뭐가 감춰져 있을까. 얼마나 많은 욕심을 감추고 있을까. 저 뻔뻔한 웃음을 짓고, 떳떳하게 자신의 부인이라고 도장을 찍어버린 여자. 저 여자를 안았다. 태민은 자신이 행했던 행각에 머리를 감싸 안았다. 죄책감 같은 것은 들지 않았다. 다만 바보같이 저런 여자를 몸으로 느꼈다는 것이 기분 나쁠 뿐이었다. 자꾸 머릿속을 맴도는 생각에 머리가 아파오자 평소의 습관처럼 머리를 꾹꾹 눌러 지압을 했고, 그런 태민을 바라보던 성주가 그에게 다가왔다.

"왜 그래요? 어디 아파요?"

"저리 가."

"잠수함 안이라서 갈 데도 없어요. 왜 그래요?"

"신경 쓸 거 없어."

태민은 자신을 향해 걱정스런 말투로 말하는 성주를 밀쳐 냈고, 그런 성주가 민망해할까 봐 산하가 얼른 그들 사이에 끼어들었다.

"사장님 습관이세요. 술 드신 다음날은 항상 저렇게 머리를 지압하세요."

산하는 시선을 자신에게 돌리고는 계속해서 주저리주저리 이야기 보따리를 풀었다. 그런 산하의 말을 성주는 아주 재미있게 들어주었다. 자신에게 전혀 관심이 없는 태민이 그저 아쉽기만 한 성주는 그래도 이렇게 여행한 것에 감사하자고 마음을 고쳐먹고 산하와 함께 열심히 구경을 했다.

잠수함에서 재미난 시간을 보낸 후 점심을 먹고 또 이리저리 관광을 하며 시간을 보냈다. 여전히 태민은 시큰둥한 표정으로 관광을 했지만, 그래도 산하가 있어 성주는 무척 즐거웠다. 그렇게 하루가 허무하게 지나 버렸고, 어느새 다시 돌아가야 할 시간이 오고 말았다.

"아쉽다. 하루만 더 놀다 오고 싶은데."

"차라리 그냥 여기서 살지 그래."

"에이, 그래도 결혼을 했는데."

비행기에 오르며 조금이나마 투정을 부리는 성주의 말에 태민이 비꼬며 이야기를 했다. 어쩌면 별 의미 없이 툭 던진 말일 테지만 성주에게는 그 말이 상처로 다가오기보다는 어린아이 땡강 부리는 정도로밖에 느껴지지 않았다. 이미 그의 슬픔을 봐서일까? 분명 기분 나쁜 말일 텐데도 이렇게 안쓰러운 느낌이 드는 걸 보면. 구름 사이로 비행기가 서서히 움직이기 시작했고, 그 스타트와 함께 그 누구도 입을 열지 않았다.

잠시 후, 구름 위를 날던 비행기는 어느덧 지상으로 내려왔다. 그 둘은 자신들을 기다리고 있던 차를 타고 그들만의 신혼집으로 이동했다. 집으로 들어서자마자 태민은 건조한 눈빛으로 성주를 바라보며 말했다.

"방도 많으니 각방을 쓰도록 하지. 난 일층을 쓸 테니까 당신이 이층 써. 그리고 내 방 물건 함부로 만지지 마. 함부로 들어오지도 말고."

커다란 집 안으로 들어서자마자 말을 건넨 태민이 짐 가방을 들고는 방 안으로 사라졌다. 그 모습을 바라보던 성주는 어깨를 한번 으쓱하고는 태민이 말한 대로 이층 방으로 걸음을 옮겼다. 혼자 사용하기에는 너무도 큰방. 이리저리 둘러보던 성주는 짐을 풀었다. 성주가 사용하기에는 조금 큰 옷장에 옷을 정리하고, 방에 딸린 샤워실로 들어가 샤워를 마친 후 편한 옷으로 갈아입었다.

이제 뭘 해야 하나 고민하던 성주가 문득 허기진 배를 느끼곤 밥을 해야겠다는 생각에 방문을 나서던 찰나, 방 테이블에 놓여 있는 수화기가 요란하게 울렸다. 갑자기 울리는 전화를 받아도 되는지 망설이던 성주는 조심스럽게 손을 뻗어 수화기를 들었다.

"네."

[너 뭐 하고 있는 거야! 갔다 왔음 시댁으로 와야 할 것 아니니!]

앙칼진 목소리에 성주는 그녀가 바로 윤 여사임을 알아차리고는 얼른 입을 열었다.

"아, 어머님, 죄송합니다. 제가 미처 생각을 못하고……."

[역시 못 배운 티가 나네. 지금 바로 오너라.]

집안을 들먹이는 윤 여사의 언행에 마음이 상한 성주는 끊긴 수화기를 내려놓고는 가만히 침대에 앉았다. 전화 한 통화로도 가고 싶은 마음이 싹 사라져 버렸지만, 그래도 시댁이었기에 할 수 없이 방을 벗어나 태민의 방으로 갔다.

똑똑.

"왜."

조심스럽게 문을 두드린 성주의 기척에 태민이 딱딱한 음성으로 묻자, 차마 안으로 들어서지 못한 성주가 문틈 사이로 얼굴을 빼꼼이 내밀었다.

"저기, 어머님이 오라고 성화신데……."

"갈 필요 없어."

"그래도 그럴 순 없잖아요."

"사람 귀찮게 하지 마. 피곤해."

"그럼 쉬세요. 저 혼자 다녀올게요. 그리구요, 저 친정에서 하룻밤만 자고 올게요."

"맘대로 해."

침대에 비스듬히 누워 책을 읽던 태민은 성주와 더 이상 말하기 싫다는 듯 책을 덮어버리고 침대에 누워 눈을 감았다. 그 모습에 성주는 조용히 방문을 닫고, 자신의 방으로 돌아와 깔끔한 정장으로 차려입었다. 자신에게 어울리지 않는다는 것을 알지만, 그래도 명색이 대기업 며느리라는 체면을 생각해 할 수 없이 옷을 차려입었다.

집을 나선 성주는 큰길 도로까지 걸어나왔다. 버스를 탈지 택시를 탈지 고민하던 성주는 이십칠 년 몸에 밴 습관을 어찌하지 못하고 버스에 몸을 실었다. 자신에게 맞지 않은 옷 때문에 성주는 여러 번 헛기침을 하고 옷을 매만졌다. 어색함 때문에 나오는 행동. 그렇게 오랜 시간 동안 버스는 성주를 싣고 한참을 내달리다가, 성주의 시댁이 있는 성북동에 멈춰 섰다. 성주는 주소가 적힌 쪽지를 열심히 들여다보며 집을 찾다가 빈손인 것이 신경 쓰여 근처에 있는 가게에서 과일 바구니를 사들고 다시 걸음을 재촉했다. 어느새 집 앞에 당도한 성주는 지금껏 TV에서조차 본 적 없는 집을 바라보며 연신 감탄사만 내뿜었다.

'우와. 진짜 크다!'

집을 향해 감탄사를 연발하던 성주는 얼른 정신을 차리고 현관 앞으로 다가가자, 젊은 남자가 다가와 성주에게 정중하게 인사를 올리고는 성주를 안으로 들여보냈다. 현관에서 그녀를 맞이하는 윤 여사는 처음 성주를 만났을 때의 그 표정과는 달리, 사람 기분 나쁘게 하는 표정으로 서 있었다. 그런 윤 여사의 표정이 맘에 들지 않은 성주지만, 그래도 시어머니이기에 속마음을 꽁꽁 숨기고 반갑게 웃어 보였다.

"어머님, 저 왔어요."

"어째서 혼자 오는 거야?"

"태민 씨가 피곤하다고 해서 제가 혼자 가겠다고 했어요. 죄송해요, 다음부턴 같이 올게요. 그리고 뭘 사야 할지 몰라서 과일 좀 사 왔어요."

"과일이 남아도는 집에 무슨. 아줌마, 이거 집에 가지고 가서 먹어요."

"그, 그래도 될까요?"

윤 여사를 향해 과일 바구니를 내미는 성주에게서 바구니를 받아 든 윤 여사는 과일 바구니에 뭐가 묻기라도 한 것처럼 열 손가락 중 단 두 손가락만을 이용해 살짝 집어 도우미 아주머니께 넘겼다. 도우미 아주머니는 좋으면서도 성주의 눈치를 살폈다. 성주는 괜찮다는 웃음을 지어 보였고, 그 모습에 얼른 과일 바구니를 챙겨 들고 주방으로 가려는 아주머니를 윤 여사가 불러 세웠다.

"아주머니, 식사 준비 됐죠?"

"예, 사모님."

"식사 전이겠구나. 오늘은 다들 늦는다니, 우리 먼저 먹자꾸나."

소파에 엉덩이 한번 붙여보지 못한 성주는 현관에서 그대로 식탁으로 가야만 했다. 식탁에 앉은 성주와 윤 여사 앞에 예쁜 접시에 음식이 맛깔스럽게 놓여 있는 것을 보고 성주는 음식을 하나하나 바라보며 눈으로 먼저 맛을 보았다. 반면 윤 여사는 뭐가 못마땅한지 인상을 쓰더니 윤 여사 옆에 멀뚱멀뚱 서 있는 아주머니께 호통을 쳤다.

"아주머니! 지금 같이 젓가락을 놀리란 말이에요?"

"네?"

"반찬 따로 접시에 담아요!"

갑작스런 윤 여사의 호통과 주문에 놀란 아주머니는 황급히 접시를 가지고 와서 반찬을 조금씩 덜어 성주 앞에 차리기 시작했다. 자신의 앞에 하나둘 차려지는 음식들을 보며 성주는 황당하고 어이가 없어 아무 말도 못한 채 그 상황을 그대로 바라보고만 있었다. 그런 성주의 모습을 만족스럽게 바라보던 윤 여사가 무슨 일이 있었냐는 듯 아무렇지도 않게 젓가락을 들어 식사를 했다. 맛있게 식사하는 윤 여사의 모습에 성주도 할 수 없이 젓가락을 들었다. 먹히지도 않는 밥이기에 밥알을 세면서 한톨한톨 입 안으로 억지로 밀어 넣었다.

"다녀왔습니다. 어? 누구 왔어요?"

모래알 같은 밥알을 겨우 삼키고 있던 성주의 귀에 태석의 활기찬 목소리가 들렸다. 그의 목소리는 마치 구세주의 소리처럼 들려왔다. 성주의 굳어 있던 얼굴은 언제 그랬냐는 듯 활짝 피었고, 주방으로 들어오는 태석에게 인사를 건넸다.

"오셨어요? 늦는다고 하시던대."

"어? 형수님 오셨네요? 일이 일찍 끝나서요. 신혼여행은 즐거우셨어요?"

"네, 그럼요."

해맑게 웃으며 반갑게 인사를 하던 태석은 한 식탁에 따로 차여진 밥상을 보고 피식 웃음이 나왔다.

'유치하신 건 여전하시네요, 윤 여사님.'

태석은 자신의 어머니의 행동을 귀엽다는 듯 웃어넘기며 성주 옆 자리에 자리를 잡고 앉았다.

"저도 밥 좀 주세요."

"너 밥도 못 먹었니? 아주머니, 태석이 밥 좀 줘요."

성주의 옆 자리에 앉은 태석을 썩 내키지 않은 눈빛으로 바라보던 윤 여사는 태석이 성주 앞에 차려진 반찬 그릇에 젓가락을 놀리자 얼른 그를 제지했다.

"어머, 애. 여기 있는 거 먹어."

"어머니는 남하고 같이 젓가락 안 놀리시잖아요."

"네가 남이니?"

"형수도 남은 아니죠. 어서 드세요. 형수, 식사하시고 친정 가

보셔야죠? 오늘 오셨으니까, 원칙은 친정을 먼저 들러야 하는데."

못된 행동을 한 윤 여사를 꾸짖듯 일침을 가한 태석은 재미있다는 표정으로 화제를 돌렸다. 태석의 갑작스런 일침에 당황한 윤 여사는 헛기침을 했고, 그 모습에 태석은 터져 나오려는 웃음을 간신히 참으며 성주에게 살짝 눈 사인을 보냈다. 그 사인의 의미를 알아차린 성주도 쿡쿡거리며 웃었다. 그렇게 태석의 등장에 불편했던 마음을 쉽게 풀렸고, 모래알 같던 밥은 금세 보드라운 크림처럼 술술 넘어갔다.

배부르게 식사를 끝마친 성주는 가시방석처럼 불편한 시댁을 조금이라도 빨리 뜨고 싶어 가겠다며 황급히 자리에서 일어났다. 성주를 따라 태석이 일어나자 윤 여사가 왜 그러냐는 눈빛으로 태석을 바라보았다.

"태민이도 안 왔는데 혼자 가게 할 수는 없잖아요. 데려다 주고 올게요."

"기사 시키면 되지, 굳이 네가……."

"그건 예의가 아니죠. 가요, 형수님."

"네. 어머님, 저 그럼 가볼게요."

"으흠, 가봐라."

자꾸 인심을 쓰는 태석의 행동에 속상해진 윤 여사는 성주의 인사를 대충 받은 뒤 성주가 가는 모습도 보지 않고 방으로 들어가 버렸다. 그런 윤 여사를 바라보던 성주도 얼른 집을 빠져

나와 태석의 차에 몸을 실었다. 포근한 쿠션을 소유한 차에 몸을 실은 성주는 어쩜 쿠션이 이렇게 포근할까 하는 생각으로 손으로 꾹꾹 눌러보았다.

"차 쿠션 좋죠?"

"네? 아, 네. 좋네요. 확실히 비싼 차는 달라요."

"근데 태민이는 왜 안 왔어요?"

"오기 싫대요. 그래서 그냥 오지 말라고 했어요."

"그래요. 하긴 저라도 오기 싫죠."

"네, 맞아요."

의미심장한 투로 말하는 태석의 말을 놀래기는커녕 덤덤하게 받아치자, 오히려 더 놀란 태석이 성주를 바라보았다.

"앞에 보세요. 그러다가 사고 나겠어요."

"무슨 말인지 알아요?"

"산하 씨한테 들었어요."

덤덤하게 말하는 성주의 모습에 태석도 아무 말 하지 않았다. 이미 모든 것을 알아버렸다는 말에 혹여 마음에 상처를 받지 않았나, 라는 생각이 빠르게 머릿속을 스쳐 지나갔다. 성주의 친정으로 가는 내내 차 안은 고요했다.

집 앞에 도착한 성주는 아무 일도 없었다는 듯 태석을 향해 웃어 보였다. 성주의 인사에 태석도 웃음으로 인사를 건넨 후 차를 출발시켰다. 태석의 차가 사라지는 것을 물끄러미 바라보던 성주도 집을 향해 한 발짝씩 내디뎠다.

"엄마, 나 왔어. 성민아, 성준아."
"돈 받으러 왔니?"
"무슨, 말을 해도 정말. 애들은?"
"둘 다 독서실. 오늘 못 온다고 연락 왔어. 밥은?"
"시댁에서 먹었지."

성주가 온 것을 반갑게 바라보던 엄마는 성주의 두 손이 빈손인 것을 발견하고는 급격히 표정이 바뀌었고, 말도 툭툭 내뱉었다. 그런 엄마가 성주는 미웠지만 아무 내색 하지 않고 넘겼다.

"첫날밤은 잘 치렀니?"
"그럼, 아주 잘."

지난 그 시간을 회상하며 실없는 웃음을 흘린 성주를 보고, 성주의 엄마는 안심이 되었다. 자신이 생각했던 그런 불안한 일들, 소박맞고 쫓겨오는 일은 없겠구나란 생각을 했다.

'슬슬 돈 이야기나 꺼내볼까?'

엄마는 성주에게 과일을 깎아주면서 조심스럽게 입을 열었다.

"저기, 애들도 그렇고, 이 집은 조금 그렇지 않니?"
"무슨 뜻이야?"
"우리도 좀 편하게 살고 싶어서 그래. 너만 좋은 데 살면 좋니? 애들은 저렇게 사는데."

역시. 성주는 엄마를 한심스럽게 바라보았다. 술집을 처분했기에 다달이 보내는 생활비도 고마워해야 할 판인데, 이제 집까지. 성주는 먹던 과일을 내려놓고 눈을 치떴다.

"엄마, 어쩜 그래? 나만 살면 좋으냐고? 불편해. 얼마나 불편한지 몰라. 지금이라도 당장 결혼 무르고 싶어. 그런 딸한테 어떻게 그렇게 말을 해? 나 돈하고 결혼한 거 아니야. 내가 쓰고 싶을 때 돈 쓸 수 있는 거 아니라고. 내 수중에 돈 한 푼도 없어."

"얘, 말을 해도. 그게 아니라 이 작은 집에서 네 아버지랑 두 동생들까지 네 식구가 어떻게 살아? 그래서 내가 집 나간 거잖아."

"그게 말이 돼? 내 방은 뒀다가 뭐 하려고? 잔말 말고 그냥 써. 방 두 칸이면 충분히 살아. 애들이 방 따로 원하는 것도 아니고. 그리고 그 인간 이 집에 들일 시엔, 나 엄마 안 봐. 술집 처분했으니까, 그 인간도 처분해. 일도 좀 알아보고. 이젠 애들 데리고 살아야 되잖아. 제발, 제발 부탁이야, 엄마."

"이게 진짜! 내가 뭘 못했는데? 아, 이제 부잣집 마나님 되니까 내가 창피하다 이거니? 진짜 어이가 없다. 너 꼴도 보기 싫어. 네 아버지 죽고, 내가 얼마나 힘들었는지 알아? 너만 힘들었어? 나도 힘들었어. 그 미친놈들한테 웃음 팔아가면서, 궁둥짝 팔아가면서 나 그렇게 살다가, 너 호강하니까 나도 좀 편해보자는 건데, 그게 그렇게 나쁘니? 네가 딸이야? 나쁜 계집애."

성주도 안다, 엄마가 얼마나 힘들었는지. 하지만 이건 아니라는 생각이 들었다. 이제 정말 사람답게 살 수 있게 되었는데, 노력은커녕 그냥 하늘에서 뚝 뭔가가 떨어지기를 바라는 엄마의 심보에 성주는 울컥해 소리를 질렀고, 엄마도 그런 성주가 야속해 화를 냈다. 그렇게 그들의 대화는 끝이 났다. 성주는 말없이 일어나 자신의 방으로 들어와 버렸다.

화가 났다. 엄마는 왜 자기 힘든 것만 생각하는지 모르겠다. 그동안 성주도 너무 많이 힘이 들었는데, 딸처럼 사랑해 주지는 못할망정 저런 식으로 이야기하는 것이 성주는 화가 났다. 왜 저리도 이기적인지. 솔직히 말하자면, 엄마 돈에 손 안 대고 동생들 키워낸 사람은 다름 아닌 성주 자신인데, 엄마는 마치 자신이 모든 것을 다 이뤄낸 사람처럼 말하고 있었다. 물론 엄마가 아니었다면 성주 자신도 이 자리에 없었을 것이다. 하지만 성주는 이렇게 엄마의 행동을 볼 때는 그 생각을 지울 수 없었다. 못된 생각. 자신은 친딸이 아니라서 그렇다는 생각이 자꾸만 들었다.

친정에서 맘이 상한 성주가 쉽게 잠들 리 만무했고, 새벽 일찍 서둘러 집으로 돌아왔다. 새벽임에도 불구하고 집 안에는 아무도 없는지 냉한 공기가 감돌았다. 성주는 혹여나 하는 마음에 태민의 방문을 열어보았다. 하지만 역시나 태민은 보이지 않고, 침대 위에 널브러져 있는 잠옷만이 성주의 시선에 닿았다. 성주는 가방을 내려놓고 방 안으로 들어와 침대에 널브러져 있는 잠옷을 곱게 접어놓았다.

태민의 방은 침대 하나, 옷장, 침대 옆에 놓여 있는 스탠드와 미니 테이블만이 넓은 방 안을 채우고 있었다. 그래서 그런지 방 안은 무척이나 삭막해 보였다. 삭막한 방 안을 빙 둘러보던 성주는 태민의 침대 위에 엉덩이를 살짝 걸치고 앉아 눈으로 그림을 그려보았다. 방문 옆에 비어 있는 저 공간엔 자신의 화장대를 놓고, 침대 밑쪽으로 트여 있는 곳에 아기 침대 하나 두고……. 자신이 생각해도 전혀 가망이 없다는 것을 알기에 깊은 한숨을 내쉬었다. 허망한 꿈만 꾸고 있는 자신이 답답하기만 했다.

성주는 침대에서 일어나 침대 시트를 정리했다. 그러다 태민이 베고 잠들 베개에 시선을 뺏기고는 한 번이라도 만져 볼까라는 생각에 손을 가져다 대려다 얼른 손을 거뒀다. 태민의 온기라도 느껴볼까 했지만, 부질없는 짓이라는 것을 알아차리고 더 이상 미련을 두지 않고 방을 빠져나왔다. 그리고 서둘러 자신의 방으로 들어가 옷을 갈아입고 주방으로 향했다. 커다란 주방에 위치한 냉장고를 열어보니 그 흔한 김치 조각 하나 없고 물병만 가득 차 있는 것을 보고는 마트에 갈 채비를 하고 나섰다. 할 수 없이 냉장고 문을 닫고 방 안으로 들어와 지갑을 열어보니 돈이라고는 고작 만 원이 전부였고, 어쩌나 하며 말을 동동 구르다가 수화기를 들었다.

"무슨 일이니?"
윤 여사가 아줌마에게 넘겨받은 전화는 다름 아닌 성주였다.

[어머님, 저기, 생활비 때문에. 태민 씨가 생활비에 언급을 하지 않아서.]

윤 여사는 머뭇거리며 말하는 성주의 소리가 귓가에 닿자마자 자지러지듯 웃었다.

결혼하자마자 벌써 돈 문제로 이렇게 전화까지 걸다니. 어쩌면 성주는 윤 여사 자신이 생각했던 것보다 더 돈에 민감할 수도 있겠다는 생각에 자신이 너무 잘 골랐다는 생각이 들었다.

'장태민, 결혼 시작부터 괴롭게 됐구나. 네 말대로 정말 잘 고른 듯싶다.'

"생활비도 안 줬어? 내가 태민에게 말해야겠구나."

일방적으로 전화를 끊어버린 윤 여사는 태민에게 전화를 걸었다. 태민의 속을 뒤집게 할 만한 건수가 생겼으니 그것을 한껏 활용할 참이었다.

[태민이 지금 뭐 하니?]

전화를 걸자마자 다짜고짜 사장님의 일과를 묻는 소리에 여비서는 당황해하며 발신에 찍힌 전화번호를 확인했다. 그녀는 그제야 전화를 건 사람이 윤 여사를 것을 알고 얼른 답했다.

"결재 중이십니다. 그동안 결재가 많이 밀리셔서……."

[바꿔.]

한 번씩 들을 때마다 느끼는 기분 나쁜 하이톤 목소리. 비서는 짜증난다는 듯이 얼굴을 찡그리다 태민에게 의사를 물었고,

괜찮다는 말에 얼른 전화를 연결시켰다. 밀린 일들을 처리하던 태민은 신경이 예민하게 곤두서 있었지만, 또 어떤 건수로 전화를 했는지 알고 싶어 기꺼이 전화를 응해주었다. 그러나 삐딱하게 나가는 음성은 숨길 수 없었다.

"무슨 일이십니까?"

[너 생활비도 안 줬니?]

"네?"

[성주한테서 전화 왔었다. 생활비는 어떻게 해야 하냐고. 돈 많은 네가 좀 줘야지 않겠니? 아무리 내가 들인 며느리라고 하지만, 그렇게 야박하면 안 되지. 우리 같은 사람들한테 필요한 게 돈 아니니?]

"알겠습니다. 먼저 끊겠습니다."

돈으로 속을 뒤집어놓으려고 전화를 건 모양이었다. 태민은 본격적으로 돈 문제에 뛰어든 성주가 속으로 대단하다고 생각했다. 결혼한 지 얼마나 됐다고 벌써 돈 관리를 하려 들다니. 태민은 성주에게 전화를 걸었다.

"주성주."

신호가 얼마 가지 않아 달칵, 사람이 받는 소리가 들렸고, 태민은 뭐라 말도 꺼내기 전에 성주를 불렀다.

[네?]

"벌써 쓸 돈이 필요했나 봐? 윤 여사한테 전화할 생각까지 하다니 말이야. 역시 대단하군. 내 방 침대 옆에 두 번째 서랍장에

카드 있어. 네가 좋아하는 돈 어디 얼마나 펑펑 쓰나 두고 봐주지."

성주는 다짜고짜 전화해서 화를 내는 남편의 음성에 기분이 상했다. 누굴 돈 쓰는 기계로 아는 것인지.

[얼마나 펑펑 쓰나 두고 보자 하면 어떻게 맘대로 써요? 그런 말이나 하지 말든지. 내가 오늘 돈이 필요한 이유는 집에 먹을거리가 하나도 없어서 장을 봐야 하는데 저한테 있는 돈이 고작 만 원뿐이라서 어머님께 전화를 걸었던 거예요. 장 보는 것으로 얼마나 돈을 펑펑 쓸 수 있는지는 몰라도 최대한 최고급으로 사야겠네요. 태민 씨 말대로 펑펑 쓰려면.]

태민의 말에 기죽기는커녕 대놓고 잘도 말하는 성주 때문에 태민은 머리끝까지 화가 치밀어 올랐다. 신혼여행에서부터 한마디도 지지 않고 따져대는 성주의 말을 더 이상 들어주고 싶은 생각이 싹 가신 태민은 전화를 뚝 끊어버렸다.

매몰차게 끊긴 전화를 황당하게 바라보던 성주는 태민이 알려준 곳에서 카드를 찾았다. 말로만 들어오던 골드카드였다. 성주는 마치 금가루로 덮인 것마냥 번쩍이는 카드를 소중히 들고는 방으로 갔다. 방 안에서 두꺼운 외투를 걸쳐 입고는 장바구니를 챙겨 들고 집을 나섰다.

평창동인 이 동네는 성주가 살던 곳과는 정반대의 곳이었기에 한 발짝도 들여놓았던 적이 없었기에 전혀 길을 알 수 없었다. 어디로 가야 하나 망설이던 성주는 무작정 길을 따라 쭉 내려가다 보니 큰 도로가 나타났고, 버스 정류장을 찾았다. 다행히도 버스 정류장에 노선을 크게 써놓은 것을 보고 태릉마트 가는 버스를 발견했다.

"어머, 저 사람 혹시 그 크레타기업 회장 아들하고 결혼한 여자 아니야?"

"맞는 것 같은데. 웬일이니? 그냥 평범하게 생겼잖아? 결혼식 장난 아니던데. 사람이었구나."

"뭔 소리 하니? 그럼 사람이 사람하고 결혼했지, 외계인이랑 결혼했겠니? 어쩜 말하는 것 하고는, 진짜 답답하다."

"그런 엄청난 집안하고 결혼한 사람이 보통 사람이냐 그 말이지. 탁 하면 척 하고 알아들어라. 근데 뭐 현대판 신데렐라 그런 건 뭐야? 별 볼일 없는 여잔가?"

"야. 그런 집안에서 별 볼일 없는 여자랑 결혼 시켰겠니?"

'결혼 시키던데요? 나 주성주는 별 볼일 없는 여자인데 결혼했거든요.'

성주가 바로 옆에 있는데도 개의치 않는 두 여자는 자기들끼리 이야기를 주고 받았고, 성주는 못 들은 척하면서 그녀들의 이야기에 자신도 모르게 빠져들었다. 별 볼일 없는 여자라는 말이 왜 신경 쓰이는지. 그건 엄연히 사실이고, 그동안 그런 말들을 신경도 쓰지 않고 살아왔는데.

성주는 버스에 몸을 실었다. 성주가 버스에 오르자 자동적으로 시선이 성주에게로 머물렀다. 하기야 그런 대단한 집으로 시집간 여자가 기사 딸린 외제차가 아니라 버스를 탔으니 얼마나 황당할까. 그러나 성주는 그런 눈빛들에 더 이상 신경을 두지 않았고, 다만 빨리 버스가 마트 앞에 서기만을 바랄 뿐이었다.

그렇게 따가운 시선을 받으며 앉아 있던 성주는 어느새 도착한 마트 앞에서 내렸다. 한 번도 마트는 가본 적이 없던 성주는 큰 마트를 보고 감탄했다.

"저, 혹시…… 사모님? 어머, 맞네요."
"누구……."
"저 크레타호텔 직원이에요. 식장 가서 눈도장 찍었는데. 하긴 온 사람이 한둘이 아니니."

성주와 비슷한 디자인의 트레이닝복을 입은 호텔 직원이라는 여자는 무척이나 아름다워 보였다. 모델을 연상케 하는 키와 몸매. 성주의 긴 생머리와는 달리 짧은 커트머리. 너무도 예쁜 그녀가 성주에게 아는 척을 하며 다가왔고, 급기야는 성주의 팔짱을 끼며 다정스럽게 이야기를 풀어갔다. 갑작스런 팔짱 모션에 당황한 성주가 주춤했지만, 그런 성주의 모습을 알아차리지 못했는지 그 예쁜 여자가 성주를 끌다시피 걸음을 재촉했다.

"지금 마트 가시나 봐요, 장바구니 든 거 보니? 근데 사모님은 화장 안 하신 게 더 예쁘시네요."
"고맙습니다."
"이런 질문 해도 되나? 어디 대학 나오셨어요? 제 친구들이 혹시 자기네 학교 선배 아니냐고 보면 꼭 물어보라고 그랬거든요. 왜, 그런 거 있잖아요. 괜히 잘나가는 사람들이 자기 학교 선배면 우쭐하는 거요."

물밀듯 쏟아지는 질문에 성주는 고민을 해야만 했다. 사실대로 말을 해야 할지, 아니면 거짓을 해야 할지. 태민의 체면을 생각하면 거짓말을 해야겠지만, 성주는 성격상 거짓말을 못했다. 한참을 고민하던 성주가 힘들게 입을 열었다.

"저 대학 못 나왔어요."

"대학 못 나오셨어요? 형편이 안 되셨나 봐요? 하긴 대학 등록금 내는 일이 쉬운 일은 아니죠."

"놀랍지 않아요, 나 같은 여자가 그런 남자와 결혼을 했다는 게?"

"사모님이 뭐가 어때서요? 뭐, 사장님은 사람 아닌가요? 사람이 사람 만나서 결혼한 건데, 놀랄 게 뭐가 있어요?"

의외의 대답에 성주가 놀란 표정으로 바라보자, 왜 그러냐는 눈빛을 보내더니 다시 입을 열었다.

"실은 제가 호텔 정식직원은 아니고요, 임시직원이에요. 뭐, 잡일도 하고. 사실 저도 돈이 없어서 대학을 휴학하고 호텔 일을 하기 시작했죠. 근데 그곳 경영을 젊은 사장이 한다는 거예요. 보통 여자들이 꿈꾸는 거 있잖아요. 현대판 신데렐라. 저도 딱 그 생각이 들었죠. 얼굴도 이만하면 괜찮겠다, 몸매도 괜찮겠다. 혼자 오버했죠. 그래서 어떻게 좀 해볼까 했는데 사장님이 결혼을 하신다는 거예요. 그래서 식장을 갔죠. 얼마나 잘난 여자가 우리 사장을 꼬셨을까. 근데 사모님 딱 보자마자 괜히 사장님 유혹한다고 했다가 큰일날 뻔했구나, 생각했죠. 사모님에 비하면 저는 발끝에도 못 미치는 것처럼 보였거든요."

"아니에요, 예뻐요."

"어머, 감사합니다."

성주는 자신을 그렇게 예쁘게 봐준 아가씨가 너무 고마웠고, 자신의 속마음을 살짝 비춰주자 그 아가씨는 함박웃음을 지어 보였다.

"근데 몇 살이세요?"

"스물일곱 살이요."

"정말로요? 너무 젊어 보이시는데. 전 스물세 살이에요. 이름은 엄희주."

"이름 참 예쁘네요."

"그럼 저 편하게 언니라고 부르면 안 돼요?"

"그럼요."

"언니라고 부르라면서 그렇게 존대하시면 제가 뭐가 돼요. 말 놓으세요. 아니, 그냥 편하게 희주야, 불러보세요."

성주의 어깨를 가볍게 터치하며 호탕하게 웃는 희주 때문에 성주의 입에서도 자연스레 웃음이 흘러나왔다.

다정스레 함께 장을 보고 집으로 돌아온 성주는 서둘러 재료들을 냉장고에 차근히 정리하고, 집안 청소를 했다. 청소기를 들고 태민의 방으로 들어온 성주는 자신의 손에 끼어진 고급스런 결혼반지를 손가락에서 빼고는 침대 옆에 있는 테이블 위에 올려놓았다. 청소하다가 행여나 흠집이라도 나면 안 되니 말이다. 열심히 쓸고, 닦고, 음식을 만들다 보니 어느덧 시각은 저녁 여덟 시가 되어버려 성주는 서둘러 식탁에 음식을 차렸다. 그와 단둘이 맞는 첫 식사. 오묘하게 떨리는 가슴을 부여잡고 태민이 오기를 기다렸다. 그를 기다린 지 한 시간, 와야 할 그는 오지 않고, 거실에 놓여 있는 수화기만 요란하게 울어댔다.

"네."

[여보세요? 성주 씨, 저 산하예요.]

"아, 산하 씨, 무슨 일이세요?"

[오늘 사장님께서 늦게 들어갈 듯해서요. 일이 좀 밀렸거든요. 걱정하실까 봐 전화드렸습니다.]

"아……. 그래요, 알겠어요."

요란하게 울어대는 수화기 속 주인공은 바로 태민의 비서인 산하였고, 태민 대신 전화를 걸어 그가 늦을 거라는 소식을 전했다. 산하의 말이 귓가에 닿자마자 온몸의 힘이 빠진 성주는 전화를 끊고 힘없이 식탁 위에 놓인 맛깔스런 음식들을 치우기 위해 손을 움직였다.

"사장님, 전 비서지 대타가 아닙니다."

"무슨 뜻이야?"

"사장님의 집안일까지 제가 나설 필요는 없다는 겁니다."

산하는 굳이 오늘 하지 않아도 되는 일까지 끌고 와 하는 것도 모자라 신혼여행을 다녀온 첫날까지도 냉정하게 행동하는 태민의 모습에 산하가 따져 물었다. 하지만 태민은 그런 산하에게 아무 대꾸도 하지 않고 그저 묵묵하게 일만 고집했다. 그런 태민이 답답해진 산하는 그가 보고 있는 서류를 덮어버렸다.

"무슨 짓이야, 설산하!"

"오늘 일 그만 하셔도 되겠습니다. 정 오늘 끝내셔야 한다면, 제가 마무리하겠습니다. 집에 들어가십시오."

"됐어. 내가 끝내고 갈 테니까 너 먼저 들어가. 지금부터 내 말에 토 달거나 일을 방해하면 너라도 용서 안 해. 간섭 말고 그만 들어가."

태민은 화를 잘 내는 사람이 아니다. 그러나 한 번씩 화를 낼 때는 무섭게 화를 낸다. 그런 태민을 잘 아는 산하이기에 더 이상 어떤 반박도 하지 못했다. 결국 산하는 더 이상 태민을 말리지 못하고 간단한 목례 후 사무실을 나갔다.

태민은 산하를 내보내고, 머릿속에 떠오르는 잡생각들을 지우기 위해 꿋꿋하게 일에만 매달렸다. 그렇게 다짐하고 또 다짐했지만, 채원이 아닌 다른 여자와 한집에서 얼굴을 마주치며 산다는 게 쉬운 일은 아니었다. 자신을 보고 아무렇지도 않게 웃는 윤 여사를 시어머니라 부르며 시댁이라고 말하는 그 여자가 치가 떨리게 싫었다. 그런 그가 택할 수 있는 방법은 그 여자와 마주하는 시간을 줄이는 것밖에는 없었다. 시간은 멈추지 않고 흐르는 것이기에…….

뻣뻣하게 굳은 근육들을 풀어주며 일을 하던 태민이 문득 시계를 바라보니 어느덧 새벽 세 시가 되어가고 있었고, 태민은 책상 위에 널린 서류들을 대충 정리하고는 늦은 퇴근을 했다.

"이제 와요?"

"뭐야, 놀랐잖아!"

현관문을 열고 들어오는 태민 앞에 성주가 웃으며 서 있자, 태민은 놀란 가슴을 쓸어 내리며 성주에게 화를 냈다. 당연히 자고 있을 거라는 태민의 예상을 깨고 자신 앞에 웃으며 서 있는 성주가 싫어서.

"쉿, 주위 사람들 잠 다 깨겠네요. 잠이 안 와서 책 좀 보고 있었는데 대문 열리는 소리가 나서요. 식사하셨어요? 지금 차릴까요?"

"새벽에 무슨, 됐어. 참견 마."

"쉬세요, 그럼."

잔뜩 성을 내는 태민의 행동에도 불구하고 성주는 아무렇지도 않게 그를 대했다. 그런 그녀를 지나쳐 태민은 정장 재킷과 넥타이를 풀어 소파 위에 걸쳐 놓았다. 성주는 태민에게 한번 웃어주고는 주방으로 가서 물 한 잔을 따라 마셨다.

태민은 못마땅하게 성주를 쳐다보다 그대로 욕실로 들어가 버렸다. 가만히 주방에서 태민의 동태를 살피던 성주는 태민이 옷을 챙기지 않고 욕실도 들어간 것을 알아차렸다. 마시던 물컵을 흐르는 물에 씻어놓고는 소파에 있는 옷을 들고 태민의 방으로 들어와 옷장에 정리해 놓았다. 그리고 갈아입을 옷을 챙겨 욕실 문 앞에 가져다 놓았다.

"옷은 문 앞에 있으니까 갈아입어요, 잘 자구요."

문 앞에 서서 큰 소리로 말하고 그대로 방으로 들어온 성주가 읽다 만 책을 다시 들어 읽었다. 샤워를 끝마치고 성주가 가져다 놓은 옷으로 갈아입은 태민이 자신의 방으로 들어와 침대에 누워 그대로 잠에 빠져들었다.

어느새 책 한 권을 모두 읽은 성주가 책을 책장에 꽂아 놓고 잠을 청하려던 찰나, 뭔가 허전한 느낌이 들어 그것이 무엇인지 자신을 살펴보았다. 그런데 손가락에 살포시 안착되어 있어야 할 결혼반지가 없었다. 결혼반지가 없어져 당황한 성주가 급히 생각을 더듬자, 낮에 태민의 방 테이블에 올려놓은 것이 머릿속을 스쳐 지나갔다.

성주는 어쩔 수 없이 도둑고양이가 되어 살금살금 일층으로 내려왔다. 혹시나 그가 안 자고 있을까 봐 살짝 노크해 보았지만, 안에선 아무런 기척이 없었다. 문 앞에 서서 크게 심호흡을 한번 하고는 방문을 열어 침대 옆 테이블에 놓여 있는 반지를 손에 끼우고는 돌아서려던 성주는 아기처럼 새근새근 잠을 자고 있는 태민의 모습에 침대 옆으로 다가가 쪼그리고 앉아 가만히 그의 얼굴을 바라보았다. 참 잘생겼다. 아니, 잘생겼다는 것

보다 남자답다는 게 더 어울리는 남자다. 반듯하게 누워 잠을 자고 있는 태민을 하나하나 뜯어보던 성주가 조용히 입을 열었다.

"나 어렸을 때 되게 울보였대요. 어른들이 골려주려고 '울어라, 울어라' 그러면 정말 울어버렸대요. 전 하나도 기억이 안 나는데. 근데 어렸을 때 운 기억 하나 있어요. 예전에 아이스크림이 두 개로 붙어 있던 게 있었거든요? 그거 예쁘게 쪼갠다고 공들여서 하고 있었는데, 순간 힘 조절을 잘못해서 이상하게 갈라진 거예요. 그게 어찌나 서러웠던지……. 아마 그게 아버지가 사준 처음이자 마지막 아이스크림이었을 거예요. 그때는 그게 마지막 아이스크림인지도 몰랐는데, 왜 그렇게 눈물이 나던지……. 어렸을 때는 되게 많이 울었는데, 아버지 돌아가시고 삼일장 치르는 내내 울고 난 후부턴 눈물 흘리지 않았어요. 정말 울고 싶을 때가 많았는데 그때마다 참았어요. 그런데 그게 좀 후회가 돼요. 펑펑 울고 싶을 때가 있는데도 울 수가 없더라고요. 괜히 울면 창피하다는 생각도 들고…… 어색하기도 하고. 태민 씨는 어렸을 때 어떻게 컸어요? 아마 온실 속에 화초처럼 자랐겠죠? 궁금하다. 휴, 이제 자야지. 태민 씨도 좋은 꿈 꿔요."

듣지도 못할 이야기를 주저리주저리 늘어놓던 성주는 태민이 덮고 있는 이불을 정리해 주고 자신의 방으로 들어와 잠을 청했다.

이른 새벽, 일찍 잠이 깨버린 태민은 주방으로 들어가 물 한 잔을 시원하게 들이키고는 서재로 걸음을 옮겼다. 피곤함이 물밀듯 밀려오지만 이미 달아난 잠은 쉽사리 오지 않았고, 어쩔 수 없이 책 한 권을 꺼내어 읽었다. 가만히 책을 읽고 있는데, 책 사이에서 뭔가가 툭 태민의 허벅지에 떨어졌다. 공책을 찢어 대충 접은 듯해 보이는 쪽지였다. 궁금증이 들어 쪽지를 펴보니 그곳에는 글 대신 그림이 그려져 있었다. 연필로 그려진 것은 면사포에 웨딩드레스를 입은 모습에 귀여운 여자애와 그 옆에 늠름하게 턱시도를 입은 남자애가 나란히 서서 웃고 있는 모습이었다. 그리고 그 밑에 써진 조그마한 글씨를 보고 태민은 피식 웃음을 지었다. 웨딩드레스 입은 여자 밑에는 강채원이라는 글씨가 씌어져 있었고, 그 옆에는 당연하듯이 태민의 이름이 있었다.

그것은 채원이 그려놓은 것이었다. 언제인지는 잘 기억나지 않지만, 태민이 한창 책 속에 빠져 있자, 골이 난 채원이 종이를 푹 찢어 무언가를 열심히 그리더니 태민의 책 속에 꽂아놓고는 그대로 책을 덮어버렸던 것이 기억났다. 그렇게 귀여운 짓을 자주 했던 채원과의 일들을 회상하며 가만히 두 눈을 감았다. 채원을 생각하자 피로가 사라지면서 마음까지 편안해졌고, 그대로 잠들어 버렸다.

한편 성주는 늦게 들어온 태민을 위해 아침밥을 차리기 위해 일찍 주방으로 내려와 음식을 하기 시작했다. 달그락거리는 소리에 잠이 깬 태민이 방문을 열고 주방을 바라보자 성주의 뒷모습이 보였다. 괜스레 헛기침을 해보았다.

"어, 일어났어요? 조금만 기다려요. 밥 다 됐어요."

"밥할 필요 없어. 안 먹을 테니까."

태민의 헛기침에 성주가 놀리던 손을 멈추고 태민을 바라보며 말했고, 성주의 말에 건조하게 대꾸하며 물 한 컵을 따라 마셨다.

"아침은 먹어야죠. 그렇게 일하고 아무것도 안 먹으면 속 버려요."

"내 몸이야. 네가 상관할 바 아니야."

"그럼 토스트 한 조각이라도 먹어요. 그럼 귀찮게 안 할게요. 우선 씻고 나와요. 준비해 놓을게요."

귀찮게 하는 성주 때문에 짜증을 내는 태민을 달래듯 태민의 등을 밀며 욕실로 들여보냈다. 태민은 성주의 등쌀에 어쩔 수 없이 욕실로 들어와 씻고 나왔다.

밥을 먹지 않을 것 같았던 태민을 위해 간단한 토스트를 굽고 접시에 차려놓았던 성주는 또 자신이 반지를 빼놓았다는 것을 알아차리고 얼른 방 안으로 들어갔다. 반지를 손가락에 끼우고 다시 주방으로 내려오다가, 식탁에 앉아서 토스트를 먹고 있는 태민의 모습에 다시 방으로 돌아왔다. 화장대 앞으로 다가가 자신의 모습을 보며 긴 머리를 질끈 묶고는 스킨과 로션을 차례대로 발랐다. 하얀 자신의 피부가 마음에 든 성주가 거울에 비친 자신을 흡족하게 바라보고 있을 때 문 열리는 소리가 들려왔다. 빠르게 주방으로 내려간 성주는 태민이 남겨놓은 토스트를 자신의 입에 물고는 설거지를 했다.

설거지를 끝내고 집 안을 구석구석 쓸고 닦았다. 거실 청소를 끝마치고 태민의 서재로 갔다. 책상 위에 대충 널브러져 있던 책을 청소하던 성주 눈에 작은 쪽지 하나가 발견됐다. 귀여운 캐릭터가 그려진 쪽지에는 채원이라는 이름과 태민의 이름이 씌어져 있었다. 그들의 알콩달콩 연애 행각이 성주 머릿속에 그려졌다. 성주도 메모지에 청소를 하다 쪽지를 발견한 자신을 그려놓고는 '죄송합니다'라는 글씨를 적어 책상 가운데에 그 쪽지를 놓았다. 그리고는 그 귀여운 쪽지는 조심스럽게 접어 서랍에 넣어두었다.

3

"다녀오세요. 일찍 들어오시고요."

매일같이 늦게 집에 들어오고 일찍 집을 나서 버리는 태민에게 성주는 또다시 쓸데없는 말을 했다. 집에선 밥 한 끼 제대로 먹지 않은 태민이지만, 그래도 성주는 두 달여 동안 매일같이 그를 위해 밥을 차리고 치우고를 반복했다.

다정한 말은커녕, 눈길조차 주지 않는 태민이지만 성주는 다정스럽게 말하고 매일 저녁 듣지도 못할 말만 곁에서 주저리주저리 늘어놓는 낙으로 하루하루를 버텨갔다.

인간이라 그런지 그런 생활도 쉽게 적응을 하여 그런대로 잘 살아가고 있었고 나름대로 노하우라는 것도 만들었다. 그동안 성주는 틈틈이 희주와도 만남을 가졌고, 두 사람은 빠르게 친해져 편하게 언니 동생 하는 사이로 발전했다. 그 시간 동안 성주가 가장 감사한 것은 바로 자신의 성격이었다. 아무리 모진 말을 들어도 꿋꿋하게 잘 버텨내는 자신이 그렇게 자랑스러울 수 없었다. 남들이 보면 드세다고 하겠지만 그래도 성주는 자신의 이런 성격이 좋았다. 그렇게 두어 달을 잘 버텼다.

매일 똑같이 흘러가는 하루를 맞이한 성주는 습관적으로 하는 청소를 마친 후 욕실로 들어가 간단한 샤워를 하고 나옴과 동시에 핸드폰이 울렸다.

"네."

[언니, 나 희주.]

"어, 희주야. 무슨 일이야?"

[호텔로 오라고 전화했어. 오늘 일이 없어서, 커피나 한 잔 하자고. 어차피 딴 카페에서 커피 사 먹느니, 우리 호텔 걸 팔아줘야 하지 않겠어? 나오세요.]

희주가 말하는 호텔은 태민이 일하는 곳을 의미했다. 한 번도 그가 일하고 있는 곳을 가보지 못한 성주는 기대에 부풀어 흔쾌히 약속을 잡고, 멋도 한껏 부린 후 호텔로 향했다.

호텔 앞에는 희주가 나와서 그녀를 기다리고 있었다. 사뿐사뿐 호텔 쪽으로 차분하게 걸어오던 성주를 발견한 희주가 촐랑거리며 성주 곁으로 뛰어왔다.

"언니!"

"응, 왜 나와 있어? 안에서 기다리지."

"안에 혼자 있음 눈치 주거든. 근데 뭘 그렇게 두리번거려?"

"되게 크다. 멋있어."

"한 번도 와본 적 없어?"

"응. 이쪽으로 올 일이 통 없어서. 들어가자. 호텔 커피가 어떤 맛인지 이 미식가가 한번 심사해 봐야겠다."

성주의 장난스런 말투에 희주가 호탕하게 웃으며 호텔 안으로 들어가 커피숍에 자리를 잡고 앉았다. 커피숍에 앉자마자 온몸에 꼿꼿이 힘을 주는 희주의 모습에 성주가 의아해하는 눈빛으로 왜 그러냐는 물음을 던졌다.

"저 사람들 내가 여기서 잡일하는 거 알잖아. 그래서 한 번씩 여길 오면 어찌나 눈치를 주던지. 언니랑 같이 앉아 있음 쟤들 놀라서 난리날걸?"

가만히 성주의 귀를 빌려달라는 제스처를 취한 희주를 보고 성주가 조심히 귀를 가져다 대자 희주가 낮게 읊조렸다. 덤덤하게 그들의 행동을 고해바치자 성주는 그녀를 측은한 눈길로 바라보았다. 없는 사람들을 멸시하는 눈동자. 그녀도 이미 겪었던 것들이었다.

"에이, 또 또 그런 눈빛. 언니도 알잖아, 우리 같은 사람들 그런 눈빛 싫어하는 거. 알면서 언니가 그런 눈빛 하면 어떡해?"

"미안, 미처 생각을 못했다. 미안해."

"으이그. 괜찮아요, 괜찮아. 그냥 해본 소리지. 하긴 이제 언니한테 해당 안 되는 말이겠다. 언니는 현대판 신데렐라잖아?"

뭐가 그렇게 즐거운지 기분 좋게 웃음 짓는 희주 때문에 성주도 덩달아 함께 웃었다. 언제나 생각하는 것이지만, 희주와 함께 있으면 웃음이 끊이질 않는다. 힘든 일에 치어 살다 보면 웃음 짓는 일이 쉽지만은 않다. 다만 한숨은 아주 쉽게 나온다. 하지만 희주는 한 번도 한숨을 쉰 적이 없다. 적어도 그녀 앞에서는. 그런 희주를 보면서 자신도 저런 웃음을 마음껏 지어봤으면 하는 생각이 저절로 들곤 했다.

잔잔한 음악에 취해 잠시 사색에 잠겼던 성주가 커피 잔을 들고 한 모금 넘기려는 찰나, 그녀 앞에 뒤로 단정히 묶은 쪽진 머리에 검은색 정장을 차려입은 여자가 다가왔다. 성주는 자신을 향해 품위있는 걸음으로 걸어오는 여자를 보며 그녀가 누군지 얼른 기억을 더듬었다. 아, 식장에서 봤던 바로 그 여자. 온몸에 당당함을 지닌 채 성주에게 다가온 여자는 다름 아닌 태민의 호텔 지배인이었다.

"어머, 사모님이 어쩐 일이세요?"

"아, 커피 한 잔 하려고요."

"그러세요? 근데 희주 씨하고는 어떻게······."

예쁘장한 얼굴에 영업용 미소를 걸친 그녀가 성주에게 친근하게 물으면서도 희주를 잔뜩 경계하는 모습에 성주는 희주와의 대화가 순간 머릿속을 스쳐 지나갔고, 성주는 희주의 손을 잡고 보란 듯이 들어 보였다.

"친한 동생이에요. 아주."

아주라는 말을 강조하자, 순간 당황한 그녀는 말없이 꾸벅 인사하고는 다시 자기 자리로 돌아갔다. 성주는 희주와 마저 커피를 마시며 도란도란 이야기를 나누었다. 달콤한 커피가 바닥을 보일 때쯤 성주의 핸드폰이 울렸다.

"오늘 핸드폰 자주 울린다. 기분 너무 좋은데?"

"언니도 참. 받아봐."

오늘따라 자주 울려주는 핸드폰 때문에 성주가 우스갯소리를 하자, 희주가 성주의 핸드폰을 들어 성주에게 건네주었다.

"네."

[지금 당장 사무실로 올라와!]

"무슨 일이야?"

"글쎄, 나도 잘 모르겠네."

"화가 많이 난 것 같은데? 빨리 가봐."

핸드폰을 타고 흘러나온 소리에 걱정 어린 눈빛으로 말하는 희주에게 미안해진 성주는 할 수 없이 어색한 미소만을 남긴 채, 태민이 있는 사무실로 걸음을 옮겼다.

"사장님, 사모님 오셨습니다."

[들여보내.]

잔뜩 긴장한 성주의 모습에 덩달아 긴장한 여비서가 성주를 안내했고, 조용히 문을 닫아주었다. 문이 닫히는 소리에 긴장감이 고조됐지만, 애써 숨기고는 겉으로 웃으며 왜 그러냐는 물음을 던졌다.

"회사는 뭐 하러 왔어?"

"아, 아는 동생이 차 한 잔 하자고 해서요. 여기 직원이라서 그냥 이쪽으로 약속을 잡……."

"이제 본격적으로 하겠다는 거야, 뭐야?"

"무슨 뜻이에요?"

"내 말뜻 잘 알 텐데, 왜 모른 척하지?"

"아니요, 당신의 말이 도통 무슨 뜻인지 알 수가 없네요. 미안해요, 일행이 있어서 그만 가볼게요."

도통 무슨 말을 하고 있는지 알아들을 수 없던 성주는 태민의 뒷이야기는 듣지 않고 그대로 사무실을 빠져나왔다. 문고리를 잡고 힘겹게 숨을 고르던 성주의 모습에 여비서가 얼른 다가와 괜찮으냐고 물었다.

"괜찮습니다. 일 보세요."

자신을 걱정하는 여비서를 향해 웃던 성주는 황급히 그곳을 벗어났다.

성주가 나가는 뒷모습을 가만히 바라보던 태민은 목을 답답하게 감싸고 있는 넥타이를 느슨하게 풀며 서류를 마저 보았다. 그러나 서류가 눈에 들어올 리 만무했고, 자꾸 윤 여사와 성주가 겹쳐 머릿속을 둥둥 떠다니며 그의 머리를 어지럽혔다.

잠시 차분히 숨을 고르던 중 태석이 아무 말도 없이 다짜고짜 들어와서 소파에 앉아 자신이 챙겨온 서류들을 펼치기 시작했다.

"뭐야, 갑자기 와서는."

"말이 필요없는 문제다. 이거 봐, 드디어 어머니가 움직였다."

자신을 황당하게 바라보며 다가오는 태민에게 더 이상 말도 하기 싫다는 듯이 서류들을 건넸고, 이게 뭐냐는 듯 서류를 펼쳐 읽던 태민의 얼굴은 점점 굳어가기 시작했다.

"뭔지 알겠지?"

"그럼 이게 지금 윤 여사가 가지고 있는 지분이란 말이야?"

"그래, 어떻게 끌어 모았는지 모르지만. 어머니뿐만 아니라 새로운 인물도 등장했어. 그 사람도 어머니가 뒤에서 조종하고 있는 듯해. 그보다 채원이네 지분도 거의 어머니 손에서 농락당하고 있다고 해도 과언이 아닐 정도야. 서서히 움직이기 시작했는데 일종의 경고라고 보면 될 거야. 당당하게 대놓고 돈놀이를 하는 셈이지."

묵묵히 태석의 이야기를 듣고 있던 태민은 답답하기만 했다. 왜 갑자기 움직이기 시작했는지, 자신의 회사가 아니라 왜 하필 채원이네 회사인지, 도대체 뭘 생각하고 있는지, 도저히 윤 여사의 생각을 알 수 없었다. 태민은 두 주먹을 불끈 쥐고 이를 악물었다.

"그리 크지도 않는 기업을 흔들어서 뭘 어쩌겠다고."

태민이 태석에게 자신의 생각을 솔직하게 털어놓자, 태석은 그가 눈치 채지 못하게 길게 한숨을 내쉬었다.

"이유는 딱 하나, 너와 채원이 문제겠지. 더 정확히 말하면 널 흔들기 위해서야. 내가 말했잖아, 일종의 경고라고. 그거야, 윤 여사가 서서히 움직이는 이유."

그랬다. 윤 여사가 일을 시작했다면 이렇게 자신을 드러내고 공격을 하지는 않았을 터, 지금 일은 일종의 예비 막을 치고 있는 상태라고 볼 수 있었다. 태민 자신만 들어갈 수 있는 공간을 만들어주고 나중에 터뜨리기 위해 철저히 막을 치고 있는 윤 여사는 나중을 위해 먹이를 꽁꽁 감싸고 저장해 놓는 거미와도 같았다. 자신은 이제 막 거미줄에 걸려든 먹잇감이 된 것이다. 하지만 거미줄에 걸렸다고 해서 이렇게 손 놓고 있을 수만은 없었다.

"휴, 그럼 지금 채원이네 상태는?"

"거의 죽을맛이지. 누군지 파악이 안 된다면 더 나을 테지만, 윤 여사라는 게 확실한데 어떻게 손을 쓸 수도 없는 상황이잖아."

태민은 어쩔 수 없다는 태석의 말에 깊은 생각에 빠졌다. 채원이에게 피해가 가지 않고 자신이 가만히 할 수 있는 일. 자신을 만만히 보고 있던 윤 여사의 간담을 서늘하게 만들 수 있는 일이 생각났다.

"태석아, 네가 나 좀 도와줘야겠다. 내가 나설 수 있는 문제가 아니니까 네가 좀 나서주라. 윤 여사 돕고 있다는 그놈, 네가 확실히 밟아줘. 그럼 자연히 윤 여사 귀에 들어가겠지. 그럼 그땐 내가 나설게."

"거기서 네가 나서겠다고? 나서서 어쩌게. 네가 나서면 채원이는……."

"방아쇠는 윤 여사가 당겼으니, 난 발사를 해야 하지 않겠어?"

"무슨 뜻이야?"

"너와 내 관계가 철저히 숨겨져 있다는 거 알지?"

"그걸 이용하겠다는 거야?"

"오랜만에 널 좀 써먹어야겠다."

한참 웃고 있을 윤 여사의 얼굴을 생각하던 태민의 눈에는 살기가 뿜어져 나왔다. 그리고 입가에는 잔인한 미소가 걸쳐졌.

'지금 많이 웃고 있으세요, 윤 여사님. 나중에 피를 토할 날이 있을 테니.'

태민이 날카롭게 웃음 짓자 태석 역시 그가 어떤 생각을 하고 웃는지 눈치 채고 자신도 살짝 웃음을 걸치다 이내 그 표정들을 감추었다.

'어머니, 저 괴물한테 제대로 걸리면 저도 이제 어머니 못 빼드려요. 어머니가 왜 그러시는지 전 아니까 그만 하세요. 태민이한테까지 그 마음 알리고 싶으세요? 그럼 이 짓 그만 하시고 제대로 살아보시란 말예요……. 이번 일로 제발 정신 차리셨으면 좋겠습니다.'

태석은 태민과 함께 일에 관한 계획을 짰다. 그렇게 몇 시간 동안이나 일을 하던 태석은 잠시 한숨 돌릴 시간이 나자 장난말을 툭 던졌다.

"그나저나 넌 좋겠다, 밤엔 외롭지 않아서."

"미친놈. 내가 너냐?"

"내가 아니니까 밤만 하지. 네가 나였어 봐. 지금 회사에 있겠냐? 집에서 뜨거운 열기에 파묻혀 있겠지."

"변태 새끼. 너 내일부터 확실히 움직여. 그리고 나한테 꼬박꼬박 보고하고."

태석이 돌린 화제에 태민의 표정이 싸늘하게 굳어갔다. 잠시 떠올랐던 성주의 얼굴 때문에.

"이제 가라."

"참나. 그래, 이제 네놈 볼일은 끝났다 이거지? 그냥 조용히 회사 확 넘어가게 놔둘 걸. 그럼 내일부터 일 진행하마."

태석은 장난기 어린 말을 남긴 채 사무실을 떠났고, 태민은 그가 남기고 간 서류들을 정리해서 사무실 한쪽에 마련된 캐비닛 안에 넣어두었다. 캐비닛 문을 잠그고 한참을 멍하니 서 있었다. 태석이 나가고 얼마 지나지 않아 밖에서 들리는 시끄러운 소리에 태민을 문을 열고 밖으로 나갔다.

"무슨 일입니까?"

"사장님, 그게, 이분이 자꾸 자기가 사장님 장인 된다고."

"하몬! 내가 성주 걔를 낳지는 않았어도 키웠으니까내 내가 애비 아이가. 워매, 튼실하게 생긴내."

여비서와 실랑이를 벌인 사람은 성주의 아버지라는 말을 서슴없이 하는 중년의 남자였고, 태민은 비서에게 괜찮다는 듯 눈짓을 하고는 그를 사무실 안으로 모셨다. 그러자 남자는 뭐가 좋은지 싱글벙글 웃으며 사무실 내부를 꼼꼼히 살폈다.

"무슨 일이십니까?"

"아아, 참. 아니, 그것이 지 어미가 집 한 채 좀 사달라고 했더니 지랄을 했다 안 혀. 그래서 내가 쫓아왔제. 자네가 집 한 채만 사줬음 해서."

태민은 남자의 요구에 빠르게 눈빛이 바뀌었다.

'이 미친놈.'

태민은 더 이상 말을 들어줘서는 안 된다는 생각에 자리에서 일어나자, 동시에 문을 벌컥 열었다.

"이 인간이! 여기가 어디라고 와!"

"이 여편네가 미친나!"

사무실 안으로 빠르게 들어온 사람은 다름 아닌 성주의 엄마였다. 성주 모는 당당하게 소파에 앉아 있는 남자를 향해 손을 들어 때리기 시작했고, 남자는 몇 번 맞아주나 싶더니 버럭 화를 내며 그녀를 밀어버렸다. 그 힘이 어찌나 센지 성주 모는 멀리 내팽개쳐졌으나 오뚝이처럼 벌떡 일어나 남자를 향해 주먹질을 해댔다.

"미친놈! 네가 나를 쳐? 어? 네가 먼데 성주를 팔아! 왜, 집 얻어서 그년이랑 붙어먹으려고? 미친놈! 당장 나와!"

사무실에서 들려오는 소란에 산하와 여러 명의 보디가드들이 사무실 안으로 들어와 남자와 성주 모를 붙잡았다. 성주 모는 그들의 강한 손길을 어쩌지 못하고 남자를 향해 쉴 새 없이 욕을 날렸다. 태민은 자신의 장모를 붙들고 있는 보디가드들에게 손짓을 보냈고, 보디가드들은 얼른 그녀를 풀어주었다.

"나가봐."

"내는! 내는 와 안 풀어주나!"

"꺼져, 이 새끼야! 더러운 새끼."

태민을 향해 소리치는 남자를 성주 모는 입에 담기도 어려운 욕을 했다. 태민의 지시에 따라 산하와 보디가드들은 남자를 데리고 사무실을 나섰다. 태민은 아직도 흥분한 채 서 있는 성주 모를 자리에 앉혔다. 그리고 여비서에게 주스를 부탁했다. 이윽고 주스가 성주 모 눈앞에 놓이자 성주 모는 벌컥벌컥 주스를 들이켰다.

"미안하네, 내가 저 인간을 그냥……."

"괜찮습니다."

"내가 미쳤지, 내가. 저런 인간을."

"진정하세요."

뭐라 마땅히 할 말이 없던 태민은 그저 진정하라는 말만 할 뿐이었다. 그런 태민을 미안하게 바라보던 성주 모는 벌떡벌떡 뛰는 심장을 진정시키고 조심스럽게 운을 띄었다.

"내가 미친년이지, 내가. 내 딸 등골 다 빼먹고, 저 인간 꼬임에 넘어가서 눈이 확 뒤집혔지. 내가 자네니까 말하지만 성주, 내 딸 아니야. 주성국 그 인간이 형편도 안 되면서 고아원에서 데리고 온 애야. 내가 전생에 죄가 커서인지 결혼 후에 애가 안 생기는 거야. 그래서 아는 사람 소개로 작은 고아원에서 데리고 왔어. 그 작은 핏덩이가 내 집에 온 지 엊그제 같은데⋯⋯. 근데 그 어린것이 예쁘게만 보였다면 그건 솔직히 거짓말이야. 난 성주가 미웠어. 내 배 아파서 낳은 애도 아닌데 왜 내가 키워야 하나 그런 생각도 많이 하고. 그래도 엄마 하면서 잘 따르니까 키웠는데. 그 후에 생각지도 못한 쌍둥이를 낳았지. 근데 성주 나이 열네 살 때 그이가 죽었어, 어이없게도 교통사고로⋯⋯. 그 뒤로 난 그 인간 앞으로 나온 보험금을 가지고 술집을 시작했지. 할 줄 아는 거라고는 집에서 살림하는 거, 동네 여편네들 따라서 춤 몇 번 춘 것이 전부인 내가 할 수 있는 건 그것밖에 없다고 생각했어. 그래서 시작한 술집 생활이 난 싫지만은 않았네. 어차피 찌든 인생 이렇게 한바탕 놀다가 죽으면 그뿐이라는 생각이었지. 그래서 애들이고 뭐고 팽개치고 술집 하면서 저 인간을 만났지. 성주 말대로 호적으로는 아무 관계도 아니지만, 그래도 난 저 인간을 남편으로 생각하고 살았어. 근데 저 인간이 성주 결혼식에 온다고 난리잖아. 그래서 내가 나중에 성주 시집가면 집 한 채 해준다고 덜컥 약속을 했더니 그걸 가지고⋯⋯ 우리 성주 불쌍한 애야. 동생들 자기가 책임진다고 그 어린 나이에 아르바이트하면서 학교에서 장학금 받은 걸로 겨우 고등학교 마쳤어. 그저 자존심은 세서 내가 벌어다 준 돈은 쓰지 않겠다고 생난리를 쳤거든. 하긴 벌어다 준 것도 없어. 내 치장하기에 바빴어. 뭐, 우리 같은 사람들이야 무슨 자존심을 챙기느냐고 하겠지만, 그래도 성주는 자신 스스로 번 돈만 돈 취급했지 다른 요행은 바라지도 않았어. 그것 때문에 어쩜 내가 성주를 더 미워했는지도 몰라. 난 그 더러운 일을 하면서 버는데 성주는 그저 열심히 일만 해서 돈을 버니까 괜한 오기도 생기고……. 난 나약해서 작은 일에도 우는데, 그 계집애는 울지도 않고. 가끔 그 애가 무섭기도 해. 잠도 제대로 안 자고 우는 것도 안 보이거든. 하긴 자네 같은 사람들은 이런 말들 천만번을 들어도 이해 못할 거야. 겪어보지 못한 사람들은 몰라, 그 지겨운 가난을."

성주 모의 길고 긴 이야기. 태민은 그 말을 그저 묵묵히 다 들어주었다. 바쁜 와중에도 왠지 그 한풀이는 들어줘야 할 것 같았다. 물론 성주 모의 말처럼 태민은 아직 이해를 못했다. 그냥 그런 일이 있었구나 하는 정도밖에는 되지 않았다. 솔직히 화도 났다. 감히 자신의 직장까지 와서 행패를 부리는 것을 보면 성주 모를 문전박대해도 시원찮을 판이지만, 그 긴 이야기에 어쩌면 이 여자도 환경 때문에 이렇게 억척스럽게 변한 것인지도 모른다는 생각이 들었다.

성주 모는 남은 주스를 마시고는 자리에서 일어났다.

"주책없이 떠들었더니, 이제 정신이 번쩍 드네. 미안하게 됐어. 나 이만 갈게."

성주 모는 민망한지 태민의 얼굴도 똑바로 쳐다보지 못한 채 빠르게 사라졌다. 태민은 그녀를 배웅하고 싶었으나 너무도 빠르게 사라져 제대로 인사도 못 건넸다. 조금 마음이 흔들리는 걸 느끼며 태민은 다시 사무를 보았고, 어느새 그 마음은 흔적도 없이 사라졌다. 순식간에 사라진 마음은 뭘까. 태민은 자신의 마음을 스쳐 지나간 감정이 무엇인지 궁금했지만 더 이상 마음 같은 것은 신경 쓰고 싶지 않아 일에만 집중했다. 그렇게 일을 끝내고 시계를 바라보니 어느덧 시간이 아홉 시가 넘어섰고, 일찍 집으로 들어갔다.

"들어왔어요?"

"어."

"밥은 먹었어요?"

"어."

아직 아무것도 먹지 못한 태민은 성주와 함께 밥 먹는 상상을 하자 끔찍하게만 느껴져서 먹었다고 대답하고는 방 안으로 들어와 속옷을 챙겼다. 속옷을 들고 밖으로 나가자 식탁 위에 젓가락 하나 대지 않은 음식들이 성주의 손에 의해 치워지고 있었다.

'밥 안 먹나?'

맛깔스럽게 보인 음식을 왜 손대지 않았을까 생각하던 태민이 성주를 불러 세웠다.

"밥 안 먹어?"

"나중에 먹으려고요."

태민의 말에 웃으며 답한 성주는 다시 식탁을 정리했고, 태민은 대수롭지 않게 욕실로 들어가 버렸다. 오랜만에 일찍 들어온 태민에게 작은 기대를 걸었던 성주는 그의 무심한 대답에 조금씩 힘이 들기 시작했다. 자신은 노력한다고 하는 것임에도 전혀 동요되지 않는 태민 때문에 힘이 쪽 빠졌다. 성주는 깨끗한 식탁을 여러 번 행주로 닦아냈다.

딩동, 딩동.

'이 늦은 시간에 누구야?'

갑자기 시끄럽게 울어대는 초인종 소리에 인터폰을 확인한 성주는 사색이 되어 멍하니 화면을 바라보고 있었다. 샤워를 하던 태민 귀에 끊임없이 들려오는 초인종 소리에 할 수 없이 얼른 물기를 제거하고는 밖으로 나왔다. 그것도 모르는 성주는 땅에 박힌 듯 서 있었다. 태민이 왜 저래 하는 눈빛으로 인터폰 화면을 확인했다. 성주 모였다. 그리고 뒤에는 누군가가 있는 듯 보였다. 태민이 얼른 문을 열어주려고 하자, 성주가 그를 제지했다.

"열어주지 마요!"

"왜."

"그냥요. 열어주지 마세요."

애원하는 성주를 무시한 태민은 끝내 문을 열어주었고, 집 안으로 성주 모와 남자가 함께 들어왔다. 얼마나 맞았는지 모를 정도로 성주 모의 얼굴은 상처투성이였고, 남자의 손과 옷에도 핏물이 가득 묻어 있었다. 그런 엄마의 모습을 자주 보던 성주는 엄마가 걱정이 되는 것이 아니었다. 왜 저 남자가 함께 왔는지, 태민에게 어떤 말을 할지…… 그것이 걱정될 뿐이었다.

"여기가 어디라고 와요."

"니기 엄마 땜세 왔제. 내한테 사기 쳤다 아이가. 집 한 채 사준다고 식장 오지 말라 케서 안 갔더니만 내를 이렇게 뒤통수를 치나? 못된 년, 네년도 못돼 처먹은 년이다. 내가 너를 어떻게 키웠는데!"

"누가 누굴 키워요! 당신이 나를 키웠어? 웃기는 소리 하지 마! 당장 나가요, 당장! 엄마랑 해결해요. 이렇게 와서 그러지 말고! 엄마, 정말 끝까지 이럴 거야? 내가 여기서 뭘 더해? 내가 죽어주면 돼? 그럼 나한테 돈 얘기 안 할 거야? 나도 힘들어, 힘들어 미칠 것 같아! 도대체 왜 나만 보면 다들 돈 돈 하는 거야! 그리고 당신, 우리 엄마한테 왜 손찌검해? 당신이 뭔데? 우리 엄마 당신한테 맞으라고 사는 사람 아니야! 비싼 밥 먹고 당신 샌드백 노릇 하려고 사는 사람 아니라고! 내가 진작 말했지, 저런 인간하고 있지 말라고. 제대로 살아보라고! 이게 뭐야, 이게 뭐냐고! 나가요, 나가. 꼴도 보기 싫으니까 나가! 나가란 말이야!"

태민이 옆에 있는지 알면서도 성주는 화를 이기지 못하고 소리쳤고, 태민은 그런 성주를 의아해 하며 바라보았다.

'저렇게 독하게 구는 이유는 뭘까. 자신의 엄마인데도 저렇게 독하게 말하는 이유는 뭘까. 내 앞인데 아무렇지도 않게 말을 할까? 저 여자 대체 어떻게 살아온 걸까?'

태민은 소리를 지르는 성주를 진정시키기 위해 이층 성주의 방으로 데리고 갔다. 태민의 손 끌림에 할 수 없이 방 안으로 들어온 성주는 태민을 바라보지도 않고 사과를 했다.

"미안해요. 잠깐만 여기 있어요. 돌려보내고 올게요."

"됐어. 여기 있어."

태민을 지나쳐 다시 밖으로 나가려는 성주를 제지하고 태민이 밖으로 나왔다. 방 밖으로 나오자마자 휴대폰을 열어 자신의 개인 보디가드들을 부르고 거실로 걸음을 옮기자 거실에서 성주 모에게 또 손찌검과 욕을 하는 남자가 보였다. 때마침 안으로 들어서던 네 명의 보디가드들을 향해 눈짓을 보내자, 건장한 체격의 보디가드 두 명이 남자의 양팔을 잡았다. 옆에 서 있던 두 명의 보디가드들이 성주 모를 부축했다. 보디가드들에게 붙잡혀 발버둥 치는 남자를 향해 태민이 소리쳤다.

"이게 뭐 하는 짓입니까!"

"너는 또 뭔데?"

이번엔 남자의 타깃이 태민으로 변해 그는 태민에게 시비를 걸었다. 태민을 향해 듣기 거북한 욕을 하는 남자를 보디가드들이 데리고 나갔고, 태민도 뒤를 조용히 따랐다.

"이거 안 놔, 이 새끼야!"

"명대로 살고 싶으면 지금 조용히 가시는 게 좋을 것입니다. 여기가 어디라고 당신 같은 사람이 들어와서 행패입니까? 좋은 말로 할 때 입 다물고 사라지십시오. 그리고 한 번만 더 장모님 앞에 나타날 땐 정말 저승 가서 자랑할 일이 생길 테니 몸조심하시고요."

그렇게 말하는 마치 얼음비수로 핏줄을 하나씩을 툭툭 끊어버리는 것처럼 간담을 서늘하게 만들 만큼 낮고 건조한 음성이었다. 남자의 안색이 하얗게 질리더니 이내 오줌을 질질 싸버렸다. 태민은 그런 남자를 가소롭다는 듯이 바라보다 보디가드들에게 뒤를 맡기고 안으로 들어왔다. 성주 모는 대성통곡을 하며 거실에 주저앉아 있었다.

그런 성주 모에게 태민이 다가가 소파에 앉혔다. 태민의 앞에 서 있던 보디가드들은 태민에게 간단한 목례를 남기고 빠르게 집을 빠져나갔다. 그들을 묵묵히 바라보고 있던 태민은 성주 모에게 휴지를 건네주고 조용히 이층 방으로 올라가 성주를 데리고 나왔다. 성주는 울고 있는 자신의 엄마 곁으로 다가가 달래주면서 약을 발라주었다. 너무도 익숙한 손놀림을 보니 아마 지금까지 저런 일들을 반복하며 살아온 듯 보였다. 태민은 자리를 비켜줘야겠다는 생각에 자신의 방 안으로 들어왔다.

"엄마, 괜찮아?"

"내가 미안하다, 내가……."

"괜찮아. 미안할 거 없어."

성주는 너무도 창피했다. 자신이 가난하다는 것을 태민도 알 테지만, 이렇게 모습을 보여주고 싶지는 않았다. 항상 조마조마 했었는데, 끝내 일이 이렇게 터지고 말았다. 태민에게 뭐라 할 말이 없었다. 그저 미안하고 창피할 뿐이었다. 성주는 엄마의 상처를 모두 치료해 주고 자신의 방으로 데리고 들어왔다. 그리고 침대에 눕혀 편히 잠드는 모습을 지켜보았다. 미우나 고우나 자신을 키워준 엄마. 친엄마가 아니라는 것을 성주는 이미 예전에 알고 있었다. 입양됐을 때의 나이가 다섯 살이었는데 그걸 기억 못하겠는가. 그래도 자신을 이렇게 가정이라는 울타리에서 크게 해준 것만도 성주는 감사했다. 비록 자신이 힘들기는 하지만.

성주는 엄마가 잠든 것을 확인하고 조용히 방에서 나와 태민의 방 앞에 당도했다. 고맙다는 말을 하고 싶었다. 들어갈까 말까 망설이던 성주는 안 되겠다 싶어 뒤를 돌았다.

"아! 깜짝이야!"

"뭐 해, 여기서?"

"아, 아니, 그게……."

"가서 자."

물 컵을 들고 성주의 뒤에서 성주를 빤히 쳐다보고 있던 태민으로 인해 놀란 성주가 당황해하자, 태민은 성주를 지나쳐 방문고리를 잡았다.

"고맙다는 말을 하고 싶어서…… 고마워요, 정말. 앞으로는 이런 일 없을 거예요."

"잠이나 자."

성주의 말을 단번에 무시한 태민은 방 안으로 들어가 매정하게 방문을 닫아버렸다. 다른 날 같았음 그런 태민이 미웠을 테지만 오늘은 밉지 않았다. 그냥 너무도 고마웠을 뿐이다. 평소의 쌀쌀맞은 태도도 지금은 전혀 신경 쓰이지 않았다.

언젠가 엄마가 맞아서 집으로 왔던 날 그런 생각을 했었다. 자신에게 근사한 남자 친구가 있는데, 이런 일이 있을 때 해결해 주면 얼마나 좋을까. 독서실에서 공부하는 두 동생들에게 엄마가 맞았다는 말을 차마 할 수 없었던 성주는 그때 당시 모든 일들을 스스로 감수했다. 어쩌면 그건 바보 같은 생각이었는지도 몰랐다. 동생들에게 말하고 해결을 볼 수도 있었지만, 성주는 말하기 싫었다. 걱정하는 것은 자신 혼자만으로도 족했으니까. 성주는 윗층으로 걸음을 옮겼다.

성주를 지나쳐 들어온 태민은 문득 미안한 생각이 들었다. 그냥 사과한 것을 받아주는 척이라도 할 걸. 사과를 하고 싶은데도 방 안으로 들어오지 못하고 밖에서 서성이는 성주의 모습이 태민은 마냥 답답했다. 아까 그 여자와는 다른 여자가 되어 있는 성주. 도대체 그녀를 알 수 없다. 태민은 성주의 생각을 하다 잠이 들었다.

엄마의 쿨쿨거리는 소리를 듣고 있던 성주가 습관처럼 다시 태민의 방을 찾았다.

"오늘 당신한테 정말 고마웠어요. 말로 설명할 수 없을 정도로. 당신은 몰랐죠? 그저 가난한 집 여자구나 그렇게 생각했죠? 그래도 나 당신이 생각하는 그렇고 그런 여자 아니에요. 난 스스로 그렇게 생각하거든요. 가난하다고 해서 막 살아가는 인생은 아닌데……. 오늘 일 때문에 당신 눈에는 그렇게 보였겠어요. 우리 엄마 참 불쌍한 여자예요. 가끔은 엄마가 계모라는 생각을 하기도 했었지만, 내가 살고 있는 이곳이 얼마나 힘이 드는 곳인지 잘 알고 있으니까 엄마 심정 이해하고 살아왔어요. 아마 당신은 상상 못할 거예요, 적은 액수의 월세지만 그 돈을 구하기 위해 얼마나 많은 일을 해야 하는지. 매일 술에 찌든 채 돈을 벌어오는 엄마가 참 밉기도 하고 안쓰러웠어요. 그래서 엄마가 벌어온 돈은 더 더욱 손대기 힘들었는지도 몰라요. 날 데리고 온 아버지에게 보답하고 싶어 지금까지 힘들게 두 동생하고 엄마를 봉양하며 살았어요. 그래서 오늘 당신이 정말 고마웠어요. 당신 같은 남자를 미리 만났더라면 나도 사랑을 한 번쯤 해봤을 텐데, 아쉽네요. 그래도 나 이렇게 당신 옆 자리에 있는 것만으로도 만족해요. 빈껍데기뿐인 당신 옆에 있어도 이렇게 필요할 땐 기꺼이 내 남자가 되어주잖아요? 고마웠어요. 이렇게라도 좋으니 계속 당신 옆 자리에 머물고 싶네요."

오늘도 여전히 자고 있는 태민에게 자신의 속내를 펼쳐 내보인 성주는 편안한 얼굴로 잠을 청할 수 있었다.

 엄마의 일이 있고 며칠이 지났다. 그 일이 있은 후로 태민의 태도가 조금씩 달라지기 시작했다. 그동안 단 한 번도 먹지 않던 성주가 차려놓은 밥을 먹었고, 그녀를 무시하지도 않았다. 그런 태민의 작은 변화에 성주에게는 날마다 좋은 날이 계속되었다.
 아침 일찍 일어나 아침을 준비하던 성주는 갑자기 치밀어 오르는 구역질에 화장실로 달려가 모두 게워냈다. 큰일이다. 도저히 음식을 만들 수가 없었다. 화장실을 빠져나온 성주는 화장실로 들어서려는 태민과 마주했다.
 "왜 그래?"
 "아니요, 그냥……. 토스트 구워놨으니까 꼭 먹고 가요."
 "응."
 성주가 오늘따라 어딘가 아파 보였다. 항상 태민이 출근하기 전까지는 먼 곳에 서서 그의 주위를 배회하던 그녀였는데, 오늘은 먼저 방으로 들어가 버렸다. 조금 걱정이 되기도 했지만 괜한 친절을 보이면 오해할까 봐 모른 척 집을 나섰다.

 성주는 병원을 벗어났지만, 자신이 어디를 향해 가고 있는지 알 수 없이 그저 무의미하게 걷기만 했다. 눈물이 핑 돌았다. 그와 동시에 병원에서 들었던 의사의 말이 메아리치듯 자신의 귓가에 쏟아졌다.

"축하드립니다. 임신 삼 개월이 조금 지나셨어요. 한참 조심할 때입니다. 근데 몸이 많이 약하시네요. 좋은 것 많이 드시고요. 입덧 때문에 못 드셔도 당기는 음식이 있을 겁니다. 입덧 증상은 체질에 따라 달라요. 만삭 때까지 하시는 분들도 계시구요. 그렇다고 음식을 기피하시면 안 돼요. 아이를 생각해서라도 영양 보충 잊지 마세요."

두 다리가 후들후들거렸다. 차마 웃을 수가 없었다. 오히려 슬펐다. 상상도, 전혀 기다려 보지도 않았던 아기가 지금 자신의 뱃속에서 자라고 있었다.

"제가…… 아이를 낳을 형편이 안 되는데요……."

"지우시고 싶단 뜻인가요? 미혼이세요?"

"아니요, 그게 아니라……."

"아이는 신이 주신 유일한 하늘의 선물이라고 생각해요. 물론 신의 실수로 잘못 전달했을 때도 있지만요. 초음파 보셨죠? 아이의 심장이 뛰고 손발이 있어요. 하나의 생명체예요. 그래도 지우시겠어요?"

당황스러웠다. 처음 아기라는 소리에 지워야겠다는 생각이 먼저 들었다. 그런데 의사의 말에 성주는 고민했다. 지우시겠느냐는 질문에 성주는 아무 대답도 하지 않자 의사는 성주에게 초음파 사진을 건넸다. 그것을 받아 들고 나서야 성주는 자신의 생각이 얼마나 나쁜 생각이었는지 느껴졌다. 아무 생각도 하지 않고, 오로지 자신만 생각을 하고 아이를 지우겠다고 했다. 하지만 이미 뱃속에는 새 생명이 자라나고 있었다. 자신과 같은 생각을 하고 같은 음식을 먹으면서 심장을 움직여 자신이 있다는 것을 알린 아기.

"죄송합니다. 남편과 상의할게요."

짤막한 인사를 남기고 병원을 벗어나는 동안 성주는 자신의 배 위에서 손을 떼지 못했다. 한 번의 잠자리. 그것도 다른 여자의 이름을 부르면서 자신을 탐했던 남편과 자신이 만든 아기……. 마음이 너무 아팠다. 그저 막막하기만 했다. 상의라는 말 자체가 웃긴 노릇이었다. 불안했다. 뭐라고 할까? 자신이 태민의 아이를 가졌다고 한다면 그는 뭐라고 말을 할까. 성주는 떨리는 손으로 가만히 배를 감쌌다. 이런 엄마의 아픈 생각을 듣지 않았으면 하는 마음으로. 그렇게 아무 생각 없이 무작정 걷고 있을 때 핸드폰이 울렸다.

"네."

[나다. 지금 성북동으로 오너라.]

터덜터덜 길을 걸어가던 성주는 윤 여사의 전화를 받았고, 평소처럼 자신의 말만 남긴 채 전화를 끊어버렸다. 성주는 또 왜 자신을 부르는 걸까 하는 불안한 생각과 이 일을 상의해야 하는지 말아야 하는지 고민을 하며 성북동으로 향했다. 차를 타고 가면 쉽게 갈 수 있을 거리를 성주는 고민을 하며 걸었고, 때문에 다소 시간이 지체되고 말았다.

성주가 안으로 들어서자마자, 윤 여사는 톡 쏘는 눈빛으로 성주를 바라보며 짜증스럽게 말했다.

"왜 이렇게 늦었니?"

"죄송합니다. 어디 좀 다녀오느라구요."

집 안으로 들어서던 성주는 윤 여사는 눈빛에 멈칫하다가, 이내 소파에 앉으며 사정을 말했다. 윤 여사는 성주의 말을 끝으로 말없이 일어나 방으로 들어가 버렸고, 그사이 도우미 아주머니가 오렌지 주스가 담긴 컵을 성주 앞으로 내밀었다. 성주는 감사하다는 인사를 꾸벅 하고는 주스를 한 모금 마시고는 입맛을 다셨다. 그렇게 한참을 기다리고 있던 성주 앞에 윤 여사는 손에 무언가를 들고 다시 소파에 앉았다.

"아주머니, 나가서 장 좀 봐와서 반찬 좀 해요. 먹을 게 통 없네."

"방금 장 다 봐왔는데요."

"아, 먹을 만한 게 없다니까! 다시 봐와요!"

무슨 긴밀한 이야기를 하려고 그러는지 괜히 아주머니까지 집 밖으로 내보낸 윤 여사는 손에 들고 있던 작은 케이스를 성주에게 주었다.

"이게 뭔가요?"

"태민이 생모 유품이다. 끼고 있으렴. 태민이 부인 되는 사람한테 주려고 했던 거니까."

태민의 부인이 된 사람에게 주려고 했던 물건. 이건 자신이 가지면 안 될 물건임을 잘 아는 성주는 반지를 받아 든 채 주저할 수밖에 없었다.

"뭐 하니, 끼워보지 않고?"

"이건 제가 낄 물건이 아닌 것 같은데요."

주저하는 성주를 향해 표독스럽게 눈을 치켜 뜬 윤 여사는 성주의 손에서 강제적으로 반지를 빼내고 낡은 반지를 끼워주었다. 그제야 윤 여사는 흡족하다는 표정을 지어 보였다. 그리고 느긋하게 주스를 한 모금 마시는 윤 여사에게 성주가 조심스럽게 입을 열었다.

"저기, 어머니, 저……."

"뭐니. 무슨 할 말 있니? 빨리 말해."

"저, 실은…… 임신했어요……."

"뭐? 임신? 후훗. 할 건 다 하고 사는 모양이구나. 임신이라면 당연이 태민이 아이라고 말할 테지? 뭐, 그거야 나랑은 상관없어. 모름지기 남자는 아무리 싫은 여자라도 자신의 아이를 가졌다면 예뻐 보이는 법이니까. 난 네가 태민이와 사이좋게 지내는 모습을 별로 보고 싶지 않구나. 네가 할 일은 애를 낳고 평범한 부부처럼 사는 게 아니야. 태민 옆에서 돈이나 쓰면서 괴롭히는 게 할 일이지. 그리고 이런 말까지는 안 하려 했다만, 그 아이가 태민이 아이라는 보장이 없잖니? 네 근본을 잘 아는데. 더 이상 말도 하기 싫구나. 당장 가서 아이 지우도록 해라. 그런 더러운 아이는 우리 집안이 용서할 수 없다. 어차피 이 이야기가 태민이 귀에 들어간다고 해서 좋을 것도 없지 않니? 내가 말하면 좋게 말할 사람 아니란 건 너도 알 테고. 집안 시끄러워지기 전에 그 소름 끼치는 것 지우도록 해라."

그녀는 평소의 윤 여사가 아니었다. 느긋하면서도 이 상황을 즐기는 것 같아 보였다. 소리를 치고 화를 낼 줄 알았는데, 오히려 조용조용히 이야기를 하는 모습에 성주는 눈물이 핑 돌았지만 꾹꾹 눌렀다. 차라리 소리를 지르는 게 더 좋았을 텐데, 저렇게 타이르듯 이야기를 하니 더 슬프게 눈물이 나왔다. 하지만 성주는 그대로 눈물을 삼켰다. 절대 한 방울도 떨어뜨리지 않고 도로 꾹꾹 집어넣었다. 자신은 울면 안 되는 사람이니까······.

성주는 그대로 성북동을 벗어나 집으로 돌아왔다. 윤 여사에게는 그 어떤 대답도 하지 않고 말이다. 윤 여사도 굳이 성주의 대답을 들으려 하지 않았다. 당연히 자신의 말을 들을 거라 확신하는 모습이었다.

집으로 돌아온 성주는 옷도 갈아입지 않고 그대로 침대에 쓰러지듯 누워버렸다.

태민은 사무실 책상 위에 이리저리 흩어져 있는 서류들을 살피고 있었지만 머릿속은 온통 성주 생각으로 차 있었다. 왜 자꾸 성주의 모습이 머릿속을 흔드는지 알 수 없었지만, 성주가 그렇게 아파하면서도 자신에게는 아프다는 말 한마디 않고 투정 한번 부리지 않은 모습에 미안하기까지 했다. 태민은 성주의 생각으로 잠시 서류들을 접어버리고 쓰린 눈을 마사지하기 시작했다.

"어디 아프십니까?"

"어, 아니야. 오늘 일 다 끝났나?"

"네. 결재하실 건 다 하셨습니다."

"그럼, 나 먼저 퇴근하지."

한 번도 일찍 집에 들어간 적이 없던 태민이 먼저 들어간다는 말에 산하는 놀라 미처 대답도 못했고, 태민은 대수롭지 않게 일어나 서둘러 집으로 향했다. 분명 어디가 아픈데, 말을 하지 않는 성주 때문에 태민은 자신이 왠지 못된 남자가 된 것 같아 기분이 나빴다. 자신은 무뚝뚝하게 성격 더럽고 나쁜 사람이 아닌데, 왜 성주에게는 다정한 말 한마디 하지 못하는지 모르겠다. 태민은 그런 자신이 한심하게만 느껴졌다. 어차피 헤어질 사람이라면 조금이라도 친절하게 대해줘도 괜찮을 텐데. 하지만 태민은 이내 도리질 쳤다. 잘해줬다가 나중에 철거머리처럼 붙어버리면 안 되니까. 차를 주차하고 집 안으로 들어온 태민은 주방에 있어야 할 성주가 보이지 않자, 이층으로 걸음을 옮겼다.

"뭐 해?"

태민이 방 안으로 들어서자 놀란 성주가 침대에서 벌떡 일어났다.

"언제 들어왔어요? 소리 안 들렸는데."

"방금."

"미안해요. 내가 깜박 잠이 드는 바람에. 식사 준비 안 해놨는데."

어차피 먹지도 않을 음식을 매일 준비해서 뭐 하겠다는 건지, 식사 준비를 하나마나인 것인데 그걸 가지고 성주는 미안하단다. 태민은 그런 성주가 그저 신기할 뿐이었다. 무슨 여자가 저런지. 태민은 됐다는 말을 하려던 찰나, 성주의 손가락에 시선이 닿았다.

"이거, 어디서 났어."

성주의 손에 끼어진 빛바랜 낡은 반지. 그 반지를 보자마자 태민의 눈은 싸늘하게 식어갔다. 태민은 성주에게 성큼 다가가 성주의 손을 잡았고, 성주 역시 그 눈빛을 감지하고 조심스럽게 태민의 손에 잡힌 자신의 손을 빼려고 했다. 하지만 더욱 힘을 준 태민이 성주를 싸늘하게 바라보았다.

"내가 묻잖아. 어디서 났어!"

"그, 그게……."

반지의 출처를 묻는 태민 때문에 성주는 말을 하려다가 멈추었다. 태민의 눈빛이 너무도 무섭게 변해가고 있었기에 겁에 질린 성주는 멈칫하며 태민을 멀뚱멀뚱 바라보았다. 그의 눈은 어느새 붉은 핏줄이 돋아났다.

"어디서 났어! 어디서 났냐고! 너, 이게 어떤 건지 알고 끼는 거야! 너 같은 애가 끼라고 있는 반지가 아냐! 어디서 났어!!"

단 한 번도 이렇게 화를 낸 적이 없었던 태민에게 공포를 느낀 성주는 목에서 간질거리는 소리를 겨우 토해냈다.

"아니에요. 어머니가 주셨어요. 당신 친어머님 유품이라고…… 그래서 그냥……."

"그게 말이 돼?"

자신을 보며 비웃는 태민의 얼굴을 보며 성주는 점점 두려워졌다. 뭔가 잘못되어 가고 있다는 생각. 불길한 느낌. 가슴이 미어지는 아픔…….

"정말이에요. 확인해요. 어머님께 가서……."

"그게! 그게 말이 돼! 내가 가지고 있었는데!"

자신이 가지고 있었다는 태민의 말에 성주는 놀란 눈빛으로 태민을 바라보았다. 분명 어머님이 주셨던 반지를 자신이 가지고 있었다고 말하는 이 남자의 눈빛은 도둑을 잡은 형사의 눈빛을 하고 있었다.

"하, 내가 미친놈이지. 널 깜박했다, 윤 여사랑 똑같은 추악하고 더러운 계집이란 걸."

"태민 씨!"

"입 닫아. 너 같은 애가 부르라고 있는 이름 아니야."

"확인해요! 확인해 보면 되잖아요. 낮에 병원 갔다가 어머님 댁에 갔었어요. 가서 어머님이 거실 소파에 앉아서 저에게 주셨어요. 확인해 보세요."

"확인? 좋아. 확인시켜 주지."

태민은 확인이라는 성주의 말에 조롱 어린 웃음을 걸치더니 그대로 성주를 데리고 성북동으로 향했다. 아무 말도 오가지 않는 차 속은 차가운 얼음 냉동차 같았다. 태민은 기가 막혔다. 잠시잠깐 그녀가 혹시 다른 여자가 아닐까 하는 생각을 했었다. 돈에 환장한 것이 아니라 자신의 처한 상황을 그저 현실적으로 풀어가는 여자라고 생각했었다. 그런데 지금 태민 자신의 눈에 비친 성주는 윤 여사와 다를 게 없는 그렇고 그런 여자일 뿐이었다. 태민은 성주와 함께 늦은 밤 윤 여사를 찾았다.

"이 늦은 시간에 어쩐 일이니?"

"말해."

태민과 성주는 갑작스런 방문에 윤 여사는 제대로 옷도 갖추지 못한 채 그들을 맞이했다. 윤 여사는 그들을 향해 이야기하면서도 태민의 눈치를 살폈다. 예사롭지 않은 눈빛이었다.

윤 여사 역시 태민이 이런 눈빛을 뿜어낼 때는 절대 태민을 자극하지 않았다. 무슨 일이 일어날지 모르기 때문에. 윤 여사를 바라보던 태민은 윤 여사의 물음에 성주를 윤 여사에게 밀며 싸늘하게 입을 열었고, 성주는 윤 여사를 애처롭게 바라보았다.

"어머님, 이 반지."

윤 여사는 자신이 주었던 반지를 보며 상황이 어떻게 되었는지 감 잡고는 눈빛을 바꾸며 말했다.

"어머, 이거 태민이 생모 유품 아니니?"

성주의 손바닥에 놓인 반지를 바라보며 이 반지를 왜 자신에게 보여주냐는 표정으로 성주를 바라보자, 성주는 황급히 입을 열었다.

"맞아요. 어머님이 저에게 주신 반지요."

"이걸 내가? 너 무슨 말을 하는 거니? 그건 태민이가 가지고 있던 물건인데, 지금 무슨 소리를 하는 거야?"

전혀 사실과 무관하다는 듯이 윤 여사는 딱 잡아떼었고, 급기야 그녀를 도둑으로 몰아갔다. 자신을 도둑으로 모는 시어머니와 자신을 더러운 이물질을 바라보는 눈빛으로 쳐다보는 남편을 번갈아 가면서 보던 성주가 윤 여사를 향해 소리쳤다.

"어머님! 이거 낮에 어머님이 저 불러서 주신 거잖아요. 아니에요?"

"낮에 네가 우리 집에 온 건 사실이다만, 내가 언제 이걸 줬니? 낮에 아주머니도 있었는데, 아주머니한테 물어보면 되겠네."

윤 여사는 이 상황을 모면하기 위해 급기야 그 자리에 있지도 않았던 아주머니를 불렀다.

"아주머니, 오늘 내가 이 반지를 우리 며느리한테 주는 거 봤어요?"

"아니요, 못 봤는데 왜 그러세요?"

당연한 듯이 말하는 아주머니의 말을 끝으로 그들 사이에서는 그 어떤 말도 오가지 않았다. 윤 여사는 것 보라는 듯이 눈을 치켜뜨며 성주를 바라보았다. 성주는 말없이 고개만 저을 뿐이었다. 그러기를 한참 성주는 마지막 남은 힘을 끌어 모아 결백하다는 눈빛으로 태민을 바라보며 애원조로 말했다.

"나…… 진짜 아니에요……."

"입 다물어."

태민을 바라보며 간절한 목소리로 이야기하자, 태민은 더 이상은 듣기 싫다는 듯이 그녀의 말을 딱 잘라 버렸다. 그렇게 세 사람 사이게 싸늘한 기운이 감돌고 있던 무렵, 늦게 일을 마친 태석이 집 안으로 들어서면서 이상한 분위기를 감지하고 그들에게 다가갔다.

"무슨 일이에요? 다들 이렇게 늦은 시간에 집을 다 오고. 아, 형수님……."

두 눈에 눈물을 잔뜩 매달고 있는 성주의 모습을 보고, 태민에게 시선을 돌리려던 찰나, 태민은 빠르게 그곳을 벗어나 버렸다. 그런 태민의 뒷모습을 바라보던 성주는 멍한 표정으로 그대로 자리에 주저앉고 말았다. 그런 성주를 부축한 태석은 그녀를 푹신한 소파에 앉혔다. 그런 태석을 바라보던 윤 여사가 한마디 거들었다.

"당장 나가! 너 같은 도둑년을 며느리로 들였으니 내가 미쳤지!"

"어머니!"

황급히 윤 여사를 제지해 보는 태석이지만, 이미 성주의 가슴 속에 박힌 후였다. 태석은 천연덕스럽게 얼굴까지 붉히며 화를 내었다.

 태석은 윤 여사를 방으로 들여보냈다. 태석의 등쌀에 방 안으로 들어온 윤 여사의 붉어졌던 얼굴은 화사한 꽃처럼 피어났다.

 태민을 조이면 윤 여사 자신을 공격해 올 것이 자명했으니 대신 성주를 조여주면 됐다. 성주가 나쁜 짓을 하면 태민은 자연히 성주에게 이혼을 요구할 테고, 성주는 윤 여사와의 약속으로 죽어도 이혼은 못해준다며 버틸 것이다. 이 년 동안 그저 조용히 살게는 할 수 없지 않는가? 어차피 하지 못할 이혼을 가지고 태민의 속을 뒤집는 일이야말로 윤 여사에게 가장 즐거운 일이었으니까.

 윤 여사는 화장대에 앉아 화장을 지우며 만족스럽게 웃었다. 윤 여사 자신의 계산대로 성주는 잘 움직여 주었다. 다른 자존심없는 여자들 같았다면 울면서 잘못했다고 빌 줄이나 알지 와서 따질 생각을 하겠는가? 자신의 생명줄을 쥐고 있는 윤 여사 자신에게. 그러나 성주는 역시 달랐다. 돈에 미친 것도 마음에 들었지만, 자존심 강한 것 역시 마음에 들었다.

 태민과 성주 둘 다 자존심이 강하니 매사 싸움이 일 것이고, 그때마다 태민은 후회하겠지. 윤 여사 자신을 엄마로 받아주지 않은 것에 대해. 윤 여사의 마음이 아직 따뜻했을 그때, 태민은 윤 여사를 새어머니로 받아들였어야 했다. 그러나 태민은 그것을 거부했다. 그리고 경멸의 눈빛으로 바라봤다. 그 대가가 어떻게 돌아가는지 톡톡히 보여줄 것이다. 윤 여사는 화장기없는 자신의 맨얼굴을 기분 좋게 쓰다듬었다.

태석은 어머니를 방 안으로 모신 후, 멍한 눈빛으로 소파에 앉아 있는 성주에게 다가갔다.

"무슨 일이에요? 왜 그래요?"

"내가…… 도둑질을 했대요. 주성주가 도둑질을……."

도통 무슨 말인지 알아들을 수 없는 성주의 말에 태석은 그저 막막하게 성주만 바라보았다. 아무런 표정 없는 성주를 겨우 달래어 집으로 데려다 준 태석은 산하에게 연락을 취했다.

[네, 설산하입니다.]

"나야, 장태석."

[네. 무슨 일이십니까?]

"혹시 태민이 너하고 있나 해서."

[아닙니다. 무슨 일 있으셨습니까?]

"형수님하고 무슨 일이 있었던 모양이야. 어디 갈 만한 곳 없어?"

[대충 몇 군데가 있긴 한데. 우선 찾아보고 연락드리겠습니다.]

"그래. 아마 술 먹으러 갔을 거야."

[네, 알겠습니다.]

막 잠을 청하려던 산하는 급히 걸려온 태석의 전화로 대충 트레이닝 복장을 하고 차를 몰아 태민이 갈 만한 곳을 뒤졌다. 이리저리 전화를 걸어보고 찾아다녀 봐도 어느 곳에서도 그는 없었다. 마지막 곳까지 가보아도 그가 없자 산하는 그가 갈 만한 곳을 또 생각해 보았다.

맞다! 그곳에 그가 있을 수도 있겠다. 산하는 순간 그가 혼자 술을 마실 수 있는 적당한 공간이라면 그곳밖에 없다. 산하는 빠르게 차를 출발시켰다.

캄캄한 방 안에 불도 켜지 못한 채 성주는 가만히 침대 위에 앉아 있었다. 아무도 자신을 믿어주지 않는 상황에서 그녀는 자신이 얼마나 바보였는지 알 수 있었다. 태민은 모든 것을 알고 있는 것처럼 행동했다. 윤 여사의 뻔한 거짓말에 속은 자신도 그렇지만, 태민도 바보라는 생각이 들었다. 아무리 짧은 시간이지만 그래도 석 달 동안 함께 살아왔는데 자신을 그렇게 모를까 하는 마음에…….

'바보 같은 사람. 무정한 사람. 미운 사람. 못된 사람. 나쁜 사람.'

성주는 처음으로 소리없이 눈물 한 방울을 또르르 흘려보냈다. 소리없는 울음이 얼마나 아픈지 겪어보지 못한 사람들은 모른다. 차라리 엉엉 소리 내어 우는 울음보다 소리없는 울음은 찢긴 가슴에 더욱 상처를 내는 울음인 것이다. 성주는 스스로 그렇게 울고 있었다. 차마 크게 울 수는 없었다. 아직 아무도 모르는 자신의 뱃속에 자리잡고 있는 아이가 듣지 못하게.

성주는 힘겹게 침대에서 일어나 환하게 불을 밝혔다. 속이 검게 타버린 자신의 속내를 감추기 위해 성주는 스위치를 켜 밝힌

방에 또다시 촛불을 하나둘 밝히기 시작했다. 마지막 초를 세우고, 가만히 손에 쥐어진 반지를 쳐다보았다. 그리고 그 반지를 들고 태민의 방으로 향했다. 태민의 방에 들어서자, 태민의 싸늘함과 같은 느낌을 주었다. 그 싸늘함에 성주는 자연스레 몸을 움츠렸다. 그렇게 태민의 방에 쪼그리고 앉아 있던 성주는 전화 벨 소리에 힘겹게 전화기 옆으로 다가가 전화를 받았다.

"네."

[저 산하예요. 지금 태민이 형 데리고 집으로 가고 있어요. 술이 좀 과했거든요.]

"많이…… 마셨나요?"

[조금요. 금방 도착하니까 기다리세요.]

혹시라도 성주가 걱정할까 봐 산하는 그녀에게 전화를 주었고, 성주는 산하의 다정한 전화를 받은 뒤 그를 기다렸다.

시간이 조금 흘러 산하가 술이 잔뜩 취한 태민은 부축해서 집 안으로 들어섰고, 성주를 그를 침대에 눕혔다. 차라도 대접하고 싶었지만, 성주 역시 마음이 불편했기 때문에 산하를 그냥 집으로 돌려보냈다. 그를 배웅하고 성주는 태민이 불편하지 않도록 옷을 벗겨주었다.

"당신은 왜 날 못 믿죠? 내가 그렇게 못 미더운 사람이었던가요? 날 싫어한다고 해도, 그래도 나에게 조금이나마 믿음이라는 것은 있다고 생각했었는데. 당신이 조금이라도 날 생각해 줬더라면 이런 말도 안 되는 일은 벌어지지 않았을 거예요. 오늘 당신에게 말해주고 싶은 게 있었는데……. 당신이 뭐라고 해도, 그래도 알려야겠다고 생각하고 말하려고 했었는데……. 나 당신 아이 가졌대요. 당신이 사랑하는 그 여자와 날 혼동하고 안았던 그날, 하늘이 내게 선물을 주셨대요. 그 선물 같이 나누고 싶었는데. 오늘에서야 당신이 날 어떻게 생각하는지 모두 알았어요. 이 아이는 이제 나 혼자만의 선물이 되어버렸네요. 그래도 고마워요, 당신 때문에 받은 선물이니. 잘 간직할게요. 하지만 내 진심 알아줘요. 나 어려운 꿈인 줄 알지만, 당신에게 꼭 해주고 싶은 게 있어요. 하나는 당신 웃게 만드는 거랑 또 하나는 날 믿게 하는 거. 날 어떻게 생각하는지 잘 알지만, 그래도 믿고 웃게 만들고 싶어요. 만약 당신과 내가 정말 헤어질 운명이라면 이 두 가지는 꼭 이루고 떠나고 싶어요. 미안해요. 잘 자요."

성주는 평소 때처럼의 주절거림을 끝내고, 조심스럽게 태민의 얼굴을 쓰다듬어 보았다. 성주의 손길이 닿자 태민이 몸을 뒤척였지만 이내 다시 자리를 잡았다. 성주는 태민의 뒤척임에 놀라 얼른 손길을 거두고 자리에서 일어나 자신의 방으로 돌아왔다.

어차피 헤어질 사람. 이미 예고된 이별. 그에게는 사랑하는 사람이 있고, 자신에겐…… 누가 남아 있지? 사랑은 없었다. 좋아하는 마음도 없었다. 그를 향해 있는 거라고는 다만 슬픈 감정뿐. 하지만 오늘은 의문이 생겼다. 정말, 정말로 자신이 그 사람에게 아무런 감정이 없는 걸까? 모른다. 모르겠다. 거의 매일 읽는 소설책을 보면 소설 속 주인공들은 쉽게 사랑에 빠지고 아픔도 겪는다. 하지만 한 번에 사랑에 빠지는 일은 쉽지 않았다.

성주 역시도 소설 같은 화려함 속에서 신데렐라가 되었지만, 정작 그 속에 사랑은 없었다. 하지만 지금은 상황이 달라졌다. 그의 아이를 가졌다. 이 아이가 성주의 마음에 사랑의 불을 지핀 걸까? 술에 취해 자고 있는 그 사람을 들여다보면서 문득 떠오른 생각이 바로 사랑이었다. 사랑. 성주는 자신의 남편인 장태민을 사랑하고 있다……. 정말일까?

성주는 침대에 누워 배 위로 손을 올려놓았다. 아직 아무런 움직임이 없는 아이지만, 분명 뱃속에서 숨을 쉬고 살고 있다. 사실, 아직까지 모르겠다. 아이가 뱃속에서 움직이고 있다는 것도, 자신과 함께 심장을 공유해서 뛰고 있다는 것도, 자신이 먹는 음식을 받아먹는다는 것도 아직 뭐가 뭔지 모르겠다. 하지만 확실한 건 자신의 뱃속에 세 생명이 자리잡고 살고 있다. 그리고 칠 개월 후면 아이는 이 세상의 빛을 보게 될 것이다. 머리가 아파왔다. 뱃속에서 아이의 음성도 들려오는 것 같았다. '엄마 그러지 마. 나 버리지 마'라고……. 그 순간 성주는 머리를 세차게 도리질쳤다.

'그래, 이런 생각 하지 말자. 우리 아기를 위해서 절대 이런 나쁜 생각 하지 말자. 어찌 되었든 널 세상의 빛은 보게 할 거야.'

성주는 굳은 다짐을 하며, 아이를 위해 깊은 잠을 청했다.

새벽녘에야 겨우 몸을 일으켜 세운 태민은 깔끔한 자신의 모습을 보고 도로 누었다. 머리가 아파오면서 지난 기억이 새록새록 떠올렸다. 밤새 기분 나쁜 꿈에 시달린 태민은 쉽사리 침대에서 일어서질 못했다. 온몸이 쑤셔 누워 있던 태민의 귀에 익숙한 기척이 들려오자 얼른 두 눈을 감아버렸다. 잠든 것처럼.
"아직도 자네."
조용하지만 또렷하게 들리는 성주의 음성에 태민은 살짝 뒤척였다. 성주는 태민의 뒤척임에 얼른 방을 나가 버렸고, 태민이 조심스레 눈을 뜨자 침대 옆 테이블에 놓인 꿀물을 보았다. 그걸 본 태민은 코웃음을 흘렸다.
"뻔뻔스러워."
태민은 살짝 걸쳤던 비웃음은 온데간데없이 사라져 버렸고, 정색의 표정으로 낮게 욕을 읊조리고는 꿀물이 든 그릇을 들고 주방으로 향했다. 주방에서 음식을 만들고 있던 성주가 자신을 바라보자, 보란 듯이 꿀물을 싱크대에 주르륵 따라 버렸다.
"뭐 하는 거예요!"
"누가 이딴 거 달라고 그랬어?"
"태민 씨!"
"입 닥치고 내 말 잘 들어. 넌 넘보지 말아야 할 것까지 넘봤어. 그 대가가 얼마나 큰 건지 지켜보도록 해."

태민은 자신의 말을 끝내고 마저 하던 악행을 계속했다. 그녀가 만들고 있던 음식들은 모두 싱크대로 직행했고, 성주는 가만히 그 모습을 지켜보고 있었다. 자신을 바라보는 성주를 향해 비웃음을 지어 보였다. 그의 행동을 가만히 보던 성주가 하던 일을 멈추고 자신의 방으로 걸음을 옮기려던 찰나, 태민이 그녀의 앞을 가로막았다.

"왜요."

"오늘 일하는 아줌마 불러. 그리고 앞으로 서재와 내 방 출입은 자제하도록 해. 집 안에 도둑을 키우고 있는 것도 불안한데, 출입을 방치하면 안 되잖아? 참, 이제 슬슬 본격적으로 움직여야 할 텐데. 자금이 필요하지?"

태민은 성주의 눈을 똑바로 바라보며 지갑을 펼쳐 수표를 꺼내고 뿌리기 시작했다. 던져지는 수표를 따라 성주의 시선도 따라갔다. 바닥에 흩어져 있는 수표를 쳐다보던 성주가 태민을 강하게 노려보았다.

"왜, 부족해? 더 줘야 하나?"

아무 말도 않고 방바닥에 떨어진 수표를 쳐다보던 성주는 주먹 쥔 손을 떨었다. 그런 성주의 모습에 태민이 말했다.

"아하, 차마 자존심이 허락지 않다는 거야, 뭐야. 넌 이런 돈도 과분한 줄 알아. 나같이 깨끗한 사람이 너같이 더러운 여자한테 주는 돈인데, 얼마나 성스럽겠어. 안 그래?"

성주는 태민의 말에 아무 대꾸도 없이 떨어진 수표를 하나둘

주었다. 그리고 태민을 향해 성주는 힘껏 손을 뻗었다. 그녀의 손은 정확히 태민의 뺨을 강타했다. 성주의 손길에 태민은 살짝 조소를 걸치고 자신의 뺨을 어루만졌다.

"돈은 고맙네요. 내가 당신의 말에 해줄 수 답변은 이것뿐이에요."

그리고 다시 한 번 손을 들어 뻗으려는 성주의 손목을 붙잡았다.

"한 번은 가능해도 두 번은 안 되지. 너 같은 여자에게 손댈 영광을 주니까 기가 살았나 보지? 두 번씩 나를 만지려 들다니 말이야. 후훗."

"당신 같은 사람들, 정말. 나 같은 여자가 뭔데요? 나 같은 여자가 어때서요?"

성주는 도저히 들어줄 수 없는 태민의 말에 말대꾸를 했고, 그런 그녀를 바라보는 눈빛은 무섭게 굳어갔다. 자신에게 과감하게 질문을 던졌다. 어떤 여자라고 물었다.

"정말 몰라서 물어? 그럼 내가 확실히 답해주지. 너의 표본은 아마 윤 여사가 될 거야. 얼굴 반반한 걸로 남자 하나 잘 물어서 돈에 파묻혀서 살 생각을 하고 사는 여자. 돈이면 모두 되는 여자. 돈이 될 만한 것들은 모조리 훔치고 작살내고 욕심내는 여자. 너 같은 여자에게 해당되는 것들이지. 한마디로 돈에 환장한 여자. 그게 바로 너야. 주성주."

"돈에 환장한 거요? 당신 같으면 안 그랬을 것 같아요? 엄마라는 여자는 딴 남자와 눈 맞아서 자식들 내팽개치고 나가서 살았고, 그런 엄마가 날마다 술에 취해서 벌어오는 돈 자존심 상해서, 아니, 너무 불쌍해서 내 몸 하나 작살내는 한이 있더라도 일해서 돈 벌었어요. 남들 다 가지고 있는 돈 벌어보려고 일한 게 그게 돈에 환장한 거라면 맞아요, 나 돈에 환장했어요. 당신은 죽어다 깨어도 이해 못해요. 돈에 미치는 게 어떤 건지. 고맙네요, 돈에 환장한 여자라고 말해줘서."

악의 받친 성주의 말에 태민은 그런 성주에게 질려 버렸다. 얼마나 독하면 저런 말을 아무렇지도 않게 말하는지 모르겠다.

"더 이상 너랑 말하고 싶지 않군. 돈에 환장한 널 만족시키려면 일을 해야지."

땅에 박힌 듯 서 있는 성주를 지나쳐 태민은 밖으로 나갔다. 문이 쾅 닫히는 소리에도 성주는 몇 분 동안 가만히 그 자리에 그대로 서 있기만 했다.

방금 전에 있었던 일들이 차례대로 성주의 머릿속에 지나쳤다. 태민의 눈에 비친 자신의 모습은 속물이었다. 자신은 아니었지만, 태민은 자신을 그렇게 바라보고 있었다. 그의 마지막 눈빛 떠오르자, 성주는 온몸에 힘이 빠져나가 그대로 주저앉아 버렸다.

눈물이 나올 줄 알았는데, 눈물은 나오지 않았다. 아버지가 돌아가셨단 그 말을 들었던 그 순간처럼. 그리고 후회했다. 왜 그렇게 스스로를 뻔뻔한 여자로 만들었는지. 아무 말도 하지 말고 다 들어줄 걸 왜 그렇게 말을 했는지. 사실, 성주는 자신의 말을 듣고 조금은 이해해 주기를 바랐다. 돈에 환장한 여자로 결론 지을 것이 아니라 왜 그렇게 돈에 환장하게 되었는지, 자신을 이해해 주기를 바랐다. 그러나 그건 오히려 성주 자신을 공격하는 말이 될 뿐이었다.

태민은 한참 차를 몰아가다 도저히 못 참겠다는 표정으로 차를 갓길에 세웠다. 자꾸만 생각이 났다. 자신을 향해 당당히 말하는 성주의 모습이 떠올랐다. 싸구려 같은 여자. 감히 어머니의 고귀함을 자신이 가지려고 하다니. 주성주는 그런 여자였다. 태민은 자신의 어머니의 반지를 주머니에서 꺼내서 바라보고 또 바라보았다. 자신과는 그리 많은 추억을 간직하지 못한 어머니. 불면 쓰러질 듯 약한 어머니. 그런 어머니를 바라볼 때면 태민은 언제나 마음이 쓰라렸다. 그리고 다짐했었다. 꼭 의사가 되어서 어머니처럼 아픈 사람들을 치료해 주겠노라고. 하지만 자신은 꿈을 꾸면 안 되는 사람이었다. 그때 이미 그는 어떤 길을 걸어야 하는지 정해져 버린 상태였으니까.

태민은 마지막 어머니가 돌아가신 그날을 회상했다. 엄청난 고통을 겪으면서도 아프다고 한마디도 안 하는 어머니. 그리고 자신을 향해 미소 지으며 다시는 돌아올 수 없는 그곳으로 가버린 어머니. 자신의 손에 이 반지를 꼭 쥐어준 채 그렇게 떠나 버린 어머니. 태민은 반지가 담긴 손을 꼭 쥐었다. 이제 그 누구도 다시는 넘보지 못하게.

겨우 마음을 달래어 회사로 향한 태민은 오늘도 자신을 기다리고 있는 일들을 해결하기 위해 팔을 걷어붙였다. 자신의 생각을 꽁꽁 숨기고 일을 하는 태민을 산하는 이상하게 바라보았다. 분명 뭔가 있는 얼굴. 자신이 언젠가 소개했던 바에서 잔뜩 술을 먹고 아무 말도 않던 태민. 그리고 오늘은 전혀 그를 파악할 수 없도록 자신의 눈빛을 감춰 버렸다. 산하는 하던 일을 멈추고 그를 살피느라 정신이 없었다.

"뭐야, 왜 그래."

"어제 과음하셨잖습니까."

"그게 뭐."

"괜찮으십니까?"

"괜찮으니까 여기에 있지. 요즘 객실 관리가 소홀하다는 말이 들려. 확실히 하고 있는 거야?"

산하가 무슨 말을 하려고 하는지 알기에 태민은 일로 화제를 돌렸고, 괜히 산하에게 짜증을 내기 시작했다. 가끔 태민은 산하가 싫었다. 자신을 꿰뚫어 보는 눈빛이 싫었다.

태민의 딴소리에 산하는 태민이 자신에게 마음을 보여주기 싫어한다는 것을 알고 기꺼이 다른 화제에 호흡을 맞추어주었다.

"객실은 심 실장이 알아서 하고 있겠지요. 심 실장 실력 이미 아시지 않습니까? 걱정 안 하셔도 될 듯합니다. 참, 요즘 시세가 심하게 흔들리고 있다는 소리가 들립니다."

"무슨 소리야?"

"누군가 돈놀이 중이라는 소립니다. 아직 정확히 파악되지는 않았지만, 우리나라에서 기업을 한 손에 쥐고 놀 만한 사람은 한 사람뿐이지 않습니까?"

"그렇지. 우리 아버지 말고 그만한 재력을 가진 사람은 한 사람밖에 없지. 좀 더 두고 봐. 시간이 지나고 쉬고 싶을 때 나도 한번 놀아봐야 하지 않겠어?"

날카로운 얼음처럼 태민은 온몸에 날을 세운 채, 앞으로 재미있을 일들을 회상하며 미소를 짓자, 산하는 소름이 돋았다. 일에서만큼은 그는 냉혈인간이 되었다. 물론 회사 직원들을 대할 때는 그는 부드러운 사람이었다. 하지만 사사로운 정을 키우지도 않았다. 정이라는 그 못난 것 때문에 일을 그르칠 수 있다는 것이 태민의 철칙 중 하나였다. 태민은 얼굴에서 표정을 지워버리고 일에 깊이 빠지기 시작했다. 산하는 태민이 일하는 모습을 물끄러미 바라보다가 자신이 해야 할 일이 생각나 사무실을 나오기 위해 발길을 돌렸다.

"잠깐. 조금 있다가 플러스호텔 김 회장님 댁 좀 다녀와. 뭘 주실 게 있다고 하니까 받아와."

"네, 알겠습니다."

태민은 언제나 사적인 자리, 특히 집을 방문하는 일에서는 절대 자신이 가지 않는다. 자신이 그곳에 발을 들여놓는 순간 뒤에서는 수많은 소문들이 난무하기 때문에.

산하는 태민의 지시를 받들고 자신의 개인 사무실로 들어와 다른 사무를 보았다. 산하는 대학이라는 타이틀이 없었다. 고등학교 2학년, 태민의 아버지인 장 회장의 눈에 띄어 그 후로 남몰래 경영 수업을 받아왔다. 경영 수업을 받고 군대를 다녀오자 어느덧 나이는 스물세 살이 되었다. 그때부터 육 년 동안 태민의 일을 도왔다. 처음엔 자신은 경영에 대해 그지 잘 알지 못한다고 거절했었다. 하지만 장 회장은 경영은 직접 체험해 봐야 안다며 태민과 자신을 파트너로 정해주었다. 그동안 어려움을 없었다면 말이 안 된다. 작은 지식으로 많은 어려움에 부딪혔지만, 그때마다 늘 태민이 옆에서 도와주었다. 태민의 도움으로 이 업계에서도 인정받는 사람이 되었다. 산하는 그동안 자신의 삶을 파노라마처럼 머릿속에 그려보았지만, 그리 잘한 일은 없다는 생각이 들었다. 그래서 욕심이 생겼다. 앞으로 잘한 일로 기억될 만한 일들을 해봐야겠다고. 산하는 어느새 차 오르는 생각을 지우고 모니터에 시선을 던졌다.

4

성주는 조용히 옷장에서 옷을 꺼내어 갈아입었다. 태민의 행동들이 하나하나 떠올라 그녀를 괴롭혔다. 그러나 기억의 괴롭힘에도 굴하지 않았다. 자신은 힘을 내야 할 의무가 있는 사람이니까. 그런 나쁜 것들을 생각하면 안 되는 것이니까. 그녀에게는 새로운 시작이 자라나고 있었으니까. 바로 자신과 태민의 아기. 뱃속에서 자라고 있는 이 아기가 바로 성주의 새로운 시작이었다.

자신은 태민에게 온갖 모욕을 당하면서도 모질게 살지만, 아기만큼은 그렇게 살게 하고 싶지 않았다. 태어나면 모진 세상을 헤쳐 나가기 위해 하루하루 전투 모드로 살아야 하는데, 뱃속에 있을 때부터 이렇게 좋지 않은 말을 들으며 자라게 할 수는 없었다. 아빠의 못된 말 대신 부드럽고 감미로운 음악 소리를 듣게 하고 싶고, 엄마의 못된 생각 대신 재미있는 이야기를 들려주고 싶었다. 그러나 한 가지. 이 아기는 마음껏 자랑할 수 없다. 숨겨야 한단다. 이 아기는 축복받고 태어날 아기가 아니니까……

뱃속에서만큼은 모진 것을 경험하지 않게 하고 싶었지만 아기의 운명이 그렇지 못한 것에 성주는 안타깝기만 했다. 그래서 이 아기에게, 적어도 뱃속에 있는 시간만큼은 원하는 것을 해주고 싶었다. 태어나서 상처받지 않도록 명랑한 성격을 갖게 하고 싶었다.

성주는 아기를 생각하며 시내로 향했다. 시내에는 수많은 연인들이 다정하게 걸어다녔다. 한 번도 저들처럼 평범한 연애 한번 해보지 못한 성주는 그저 부럽기만 했다. 행복이 묻어나는 자연스런 웃음. 자신은 한 번도 지어보지 못한 웃음이었는데. 하지만 이제 달라졌다. 그녀에게 행복한 웃음을 선사해 줄 아기가 생겼다. 성주는 우울해지려는 기분을 바꾸고 음악 소리가 요란하게 들리는 매장으로 걸어 들어갔다.

"찾으시는 거 있으세요?"

무엇을 골라야 할지 갈팡질팡하는 성주 곁으로 친절하게 생긴 점원이 다가왔다.

"아, 태교를 위해 CD를 구입하려고요."

"어머, 임신하셨구나. 축하드려요. 아직 임신 초기세요?"

"네. 삼 개월이에요."

병원에서 의사 빼고는 축하한다는 말을 들은 적이 없던 성주는 친절한 점원의 말에 기분이 좋아져서 함박웃음을 지으며 답했다. 성주의 웃음에 점원 역시 웃으며 CD 하나를 성주에게 건네어주었다.

"음, 모차르트 피아노 협주곡과 헨델이 가장 잘나가는 편이죠. 익숙한 음악도 있고. 더 골라 드릴까요?"

"네. 되도록 경쾌한 곡이 많이 담겨 있으면 좋겠어요."

"알겠습니다. 이거하고, 이거. 다섯 장 정도면 되나요?"

이리저리 고민하는 얼굴로 고르던 점원은 CD 다섯 장을 성주에게 건넸고, 성주는 고맙다는 인사를 하고 계산대에 올렸다.

"다섯 장이세요? 육만 원입니다."

지금껏 이런 걸로 돈을 써본 적이 없던 성주는 속으로 비싸다는 생각을 했지만, 그래도 아기를 위한 것이기에 얼른 생각을 지우고 계산을 했다.

작은 쇼핑백에 담겨진 CD를 한번 쳐다보고 서점을 찾기 위해 이리저리 고개를 두리번거렸다. 사람이 가득 차 있는 게 한눈에 보이는 투명 유리로 된 서점에 들어가 태교라는 푯말이 붙은 곳으로 걸음을 옮겼다. 다른 곳에 비해 한산한 곳에 들어선 성주는 아기자기한 모양의 책을 여러 권 골라 손에 들었다.

책을 너무 많이 산 탓에 성주의 두 손 가득 쇼핑백이 들려져 있었다. 그 쇼핑백을 들고 마지막으로 찾은 곳은 바로 속옷 가게였다. 속옷 가게에 들어가기 전 성주는 심호흡을 크게 한번 하고는 가게 안으로 들어가 자신의 눈앞에 있는 점원에게 물었다.

"복대 있나요?"

"복대요? 복대 할 몸매는 아니신데. 이게 제일 짱짱한 거예요."

대수롭지 않게 복대를 건네자 성주는 침울한 표정을 지었다. 마음이 아파서. 성주는 얼른 복대를 계산하고 그곳을 벗어났다. 이걸 하고 있으면 아기가 얼마나 답답할지, 성주는 죄를 지을 수밖에 없는 자신을 꾸짖고, 버스 정류장을 향해 걸었다. 많이 돌아다니지도 않았는데 벌써부터 온몸에 힘이 쭉 빠졌다. 무거운 짐으로 팔 근육이 아파오자 성주는 왼쪽 짐을 내려놓고 생각보다 많이 아픈 오른쪽을 주물렀다.

빵빵.

순간 줄지어 오는 버스에 성주는 내려놓았던 짐을 들고는 까치발까지 하며 번호판을 확인하고 있는데 자신 앞에 서 있는 차에서 클랙슨 소리가 시끄럽게 울렸다.

"어머!"

"성주 씨, 어디 다녀와요? 타요, 데려다 줄게요."

"아니에요. 어디 가시는 길인 것 같은데…… 버스 타면 금방인데요."

"에이, 타세요. 이렇게 봤는데 어떻게 그냥 보내요? 빨리 타세요. 저기 멀리서 경찰이 딱지 끊으러 오잖아요."

세워진 차의 주인은 바로 산하였고, 산하는 있지도 않는 경찰을 핑계 삼아 그녀를 차에 태우는 데 성공했다. 물론 성주도 산하의 말이 거짓인지는 알았지만, 버스를 타고 가기엔 이미 지쳐 있었기에 속는 척 차에 탔다. 성주가 차에 올라타고 안전벨트를 매자 차가 부드럽게 출발했다.

"뭘 그렇게 많이 샀어요?"

"그냥 음악 CD하고 책 몇 권 샀더니 이렇게 많아졌네요. 근데 어디 가시던 길이셨어요?"

"사장님 심부름이요. 저기…… 주제넘은 건 알지만, 사장님과 무슨 일 있었어요?"

하지 말아야 할 질문이라는 것을 알면서도 산하는 오전 내내 아무 말도 없이 묵묵히 일만 하던 태민이 떠올라 할 수 없이 입을 열었다. 그런 산하의 질문에 성주는 묘하게, 아니, 슬프게 웃으며 말했다.

"그냥요. 일이 이상하게 꼬였어요. 난 아닌데 오해가 생겼거든요. 풀 수 없는 오해."

"사장님께서도 화가 많이 난 듯 보이던데……."

알 수 없는 말만 하는 성주를 더 파헤쳐 보기 위한 심산으로 산하가 슬쩍 그녀를 떠보았다.

"그랬을 거예요. 하지만 어쩌겠어요. 화가 풀릴 때까지 기다려 보는 수밖에요."

"오해였다면서요."

"그렇죠. 하지만 너무 단단하게 꼬인 거라 난 풀 수 없어요, 그가 풀 수밖에. 단, 노력은 해봐야죠. 빨리 풀릴 수 있게 기름칠도 해가면서. 오해가 풀릴 수 없다면 화라도 풀어야 하지 않겠어요? 노력할 거예요."

점점 더 복잡하게 만드는 말이었지만 산하는 더 이상 묻지 않았다. 성주의 말을 끝으로 더 이상의 대화는 오가지 않았다. 정확히 하자면 이야기를 꺼낼 수 없었다. 상처받은 성주의 표정과 눈빛을 읽어버렸기에…….

산하는 말없이 음악 CD를 넣고 작동시켰다. 잔잔한 음악이 흘러나왔고, 그렇게 음악 소리에 취해 있던 성주는 어느새 도착한 집을 물끄러미 바라보기만 했다. 들어가기가 무섭다. 내릴 생각을 하지 않고 차에 가만히 앉아 있자, 산하가 조심스럽게 입을 열었다.

"성주 씨."

"아, 고맙습니다."

산하의 부름을 듣고 그가 어떤 뜻으로 불렀는지 알아차린 성주는 산하를 향해 꾸벅 인사를 하고 차에서 내렸다. 산하도 뒤이어 차에서 몸을 일으켰다.

"짐이 무거우니까 제가 들어……."

"설산하."

"어? 사장님."

성주 곁으로 다가가 짐을 나누어 들던 산하와 성주 앞에는 태민이 자리잡고 서 있었고, 그는 마치 불륜 현장을 발견한 남편처럼 그들을 바라보았다.

"주성주, 빨리 들어가."

"왜 그러십니까, 사장님?"

"주성주, 뭐 하고 서 있어! 당장 들어가지 못해?!"

태민은 다짜고짜 성주를 향해 소리치자 성주는 산하가 들고 있던 쇼핑백을 받아 들고 빠르게 집 안으로 사라졌다. 성주의 뒷모습을 바라보던 산하가 말했다.

"왜 그러십니까?"

"너 저 여자랑 뭐 하다 오는 거야."

"무슨 말씀이신지…… 그저 시내에서 우연히 만났을 뿐입니다. 김 회장님 댁 가는 길에. 보시다시피 짐이 많길래 좀 들어드리려 한 것뿐입니다."

"설산하, 마지막이야. 너 저 여자하고 만나지 마. 네 앞길 망치고 싶지 않다면."

태민은 산하에게 알 수 없는 충고를 남긴 채 집으로 들어가 버렸다. 태민의 말에 산하는 바보처럼 가만히 서 있기만 했다.

집으로 들어온 태민은 성주의 방문을 벌컥 열었다. 성주는 침대 위에 사뿐히 앉아 있었다.

"어디서 더러운 짓거리를 하는 거야! 술집 딸이었다는 거 자랑이라도 하는 거야, 뭐야!"

"당신, 그 정도밖에 안 돼요? 고작 생각한다는 게 그런 싸구려 생각이에요? 걱정 말아요. 당신이 생각하는 일은 추호도 없을 테니까."

"뚫린 입이라고 말은 잘하는군. 싸구려 생각? 싸구려한테 그런 소리 들으니까 기분이 안 좋군. 그런 일이 있을지 없을지는 내가 안 봤으니 모르는 것이고, 내 말 잘 들어. 하려면 조용히 해! 그리고 적당한 사람을 상대해야지. 산하는 너무 과분한 사람 아니야? 뒷골목 양아치나 제비족이 너와 딱이지. 그 순진한 얼굴로 치밀하게 계획 세우는 여자와 간에 붙었다 쓸개 붙었다 하는 짓거리를 하는 남자. 아주 딱이군. 안 그래?"

"정말 유치하군요. 그렇게 말도 안 되는 억지나 쓰고 있으니. 당신의 말 같지도 않은 말 듣고 있고 싶지 않아요. 나가주세요."

"으흠, 이제 명령까지. 이곳은 너의 공간이다 이거야? 좋아, 나가주지. 편히 쉬시죠, 주성주 씨!"

최대한으로 비꼬면서 태민은 성주의 흔들리는 눈빛을 포착하고는 방을 나갔다. 성주는 침대에서 일어나 옷을 갈아입고 샤워를 했다. 생각도 하기 싫은 말들. 이런 말들은 수십 번도 더 들었던 말들이라 성주는 괜찮았다. 다만 그 말을 하는 사람이 남편이라는 것만 빼고는. 차가운 물줄기가 온몸을 훑고 지나가자 잠시 오그라들었던 감각들이 살아났다. 그녀는 그 감각들을 잊기 위해 노래를 웅얼거렸다.

세 곡의 노래가 끝날 즈음 성주의 샤워도 마무리되었다. 물기가 가득한 머리를 수건으로 돌돌 말아 올려놓고, 복대를 차기 위해 윗옷을 걷었다. 아직은 표가 잘 나지 않는 배를 어루만지면서 말했다.

"아가, 미안해. 너 태어나면 이 엄마가 많이 사랑해 줄게. 이해해 줄 거지? 아가, 사랑해."

뱃속에 있는 아기를 살살 달래며 복대를 차고 옷을 똑바로 했다. 그리고 음악 CD를 조용히 작동하고 침대에 비스듬히 누웠다.

"아가, 엄마 말 들려? 아까는 놀랐지? 아빠가 화가 많이 났어, 그래서 그래. 근데 넌 이런 말 안 들었다면 좋았을 텐데. 엄마가 대신 사과할게. 미안해, 이런 말 듣게 해서. 엄마는 네가 참 궁금해. 누굴 닮았는지, 성격은 어떤지, 목소리는 어떤지. 사실, 이 엄마가 네 아빠와 결혼하기 전에 그랬단다. 아빠의 모습이 어떻게 생겼는지, 성격, 목소리는 어떤지. 말은 안 했지만 되게 궁금했거든. 오늘 아빠가 잠들면 엄마는 용기 내서 엄마의 맘을 고백할 거야. 분명 아빠 얼굴 보고. 물론 못 들을 게 뻔하지만. 참, 엄마가 네 이름도 지었어. 네가 딸이면 민주, 아들이면 태성이. 근데 지금은 잘 모르니까 별이라고 부를게. 하늘이 선물해 준 별. 넌 엄마에게 그런 존재야. 별아, 사랑한다."

성주는 복대로 인해 딱딱해진 배를 조심스럽게 어루만지며 긴 이야기를 홀로 나누었다. 대답없는 메아리처럼. 성주는 아기와의 약속을 지키기 위해 시간을 빨리 흐르기를 바랐다.

한참 아기에게 책을 읽어주다 고개를 들고 시계를 쳐다봤다. 새벽 한 시. 성주는 또다시 도둑고양이가 되어 태민을 찾았다.

식탁 위에는 고급 양주가 놓여 있었고, 컵 속에는 녹은 얼음으로 추정되는 물이 고여 있었다. 성주는 긴 한숨을 내쉬고 술잔을 싱크대에 두고 태민의 방으로 향했다.

"무슨 일이지?"

태민의 방에 들어서자 자는 줄 알았던 태민의 낮은 음성이 들려와 성주는 깜짝 놀랐다.

"주성주."

순간 이대로 방을 나가려 했지만 성주를 불러 세운 태민의 목소리에 그녀는 동작 그만인 자세로 어정쩡하게 서 있어야만 했다.

"자는 줄 알았어요. 미안해요."

"너, 그 반지가 어떤 의미인 줄 알아? 그 반지는 내가 사랑하는, 내 진짜 여자한테 줄 거였어. 내 어머니가 그 반지를 내 손에 꼭 쥐어주고 눈을 감았을 때 다짐했지. 내 어머니와 같은 여자에게 이 반지를 줄 거라고. 그리고 그 주인을 찾았어. 강채원. 넌 아냐, 미안하지만 너와 난 물과 기름 같은 사이야. 절대 함께 할 수 없지. 네가 있는 그 자리는 채원이의 자리야, 네가 아니라. 그러니 착각하지 마, 넌 채원이가 오기 전에 그 자리를 잠시 맡아주고 있는 것뿐이야. 진짜 주인인 척하지 말란 말이야, 주성주."

 이미 알고 있는 사실이었다. 하지만 당사자에게 직접 듣자 묘한 기분에 억눌렸다. 가슴이 답답해졌다. 심장 위에 무거운 돌덩이가 올려진 느낌. 숨을 쉴 수 없을 정도로 답답해지자 괜한 헛기침이 흘러나왔다. 그리고 촉촉해지는 느낌이 들었다. 눈이…… 눈이 촉촉해졌다.

 "난 사랑을 몰라요. 그 흔한 짝사랑도 해보지 못했어요. 그딴 감정 놀이할 시간이 나에겐 주어지지 않았으니까요. 그래서 당신의 애틋한 그 마음을 몰라요. 그래도 당신이 사랑하는 그녀가 참 부럽다는 생각은 드네요. 잘 자요."

 부럽다는 말을 여운처럼 남긴 채 사라지는 성주의 말 때문에 태민은 감고 있던 눈을 부릅떴다.

 '부럽다니, 도대체 왜? 설마, 아니다. 그럴 리가 없다. 성주가 내 마음을 원한다고? 말도 안 된다. 그건 있어서도 안 된다. 감히 날? 천하에 장태민을 주성주가? 안 되지. 너 같은 여자는 날 좋아하면 안 되는 걸 몰라? 주성주, 착각 그만 해. 넌 날 좋아하면 안 될 여자야!'

 성주의 말이 어떤 의미인지 알면서도 강하게 부정해 보는 태민은 머릿속을 메우는 성주의 생각을 지우기 위해 샤워실로 들어가 차가운 물을 틀고 옷을 입은 채로 그 물을 온몸으로 받았다.

 태민의 방을 벗어나 자신의 방으로 들어온 성주의 얼굴은 잔뜩 붉어져 있었다. 자신의 마음을 고백하고 말았다. 성주는 창피하기도 했지만 흐뭇하기도 했다. 어찌 되었든 아가와의 첫 번째 약속을 지켰으니까. 그렇게 흐뭇한 미소를 지으며 침대에 누우려는데, 때마침 배가 고파왔다.

그동안 음식 냄새도 제대로 맡지 못한 탓에, 당연히 음식은 식도를 넘어가지 못했다. 그런데 그 순간 딸기가 너무 먹고 싶어졌다. 참아보려고 했으나 뱃속에 아기는 자꾸 딸기를 달라 아우성을 쳤고, 결국 성주는 참지 못하고 지갑을 챙겨 과일 가게를 찾아 나섰다. 다행히도 늦은 시각까지 문을 연 과일 집을 찾아 딸기를 한 봉지 사가지고 왔다. 흐르는 물에 딸기를 씻던 성주는 예쁘고 고운 빛깔을 내는 딸기만 따로 고급 접시에 담아두었다. 그리고 못생긴 딸기를 크게 한입 베어 먹고는 단맛을 음미했다.

늦은 새벽 시각, 한창 잠을 자던 태석은 요란하게 울리는 전화벨 소리에 잠이 깨고 말았다. 태석은 늦은 시각에 울리는 벨 소리 때문에 짜증스럽게 수화기를 들었다.

"여보세요!"

[……]

"여보세요. 전화를 걸었음 말을 해야지! 이 시각에 장난질이야!"

[태석 씨, 안녕하세요……]

뜻밖의 목소리. 태석은 놀라 잠시 동작을 멈추고 자신의 귀를 의심했다. 하지만 재차 들려오는 목소리는 거짓이 아니었다.

"채원 씨……?"

[잘 지냈죠?]

"물론요. 그나저나 웬일로 저에게 전화를……."

[태민 씨에게 전화하면 큰일나잖아요. 근데 태민 씨 소식이 궁금해서요. 잘…… 지내죠?]

"그럼요. 결혼…… 했다는 건 알죠?"

[네. 저, 이렇게 전화해서 미안해요. 태석 씨, 부탁이 있어요. 좀 도와주세요. 저 도저히 여기서 이렇게 하루하루 못 보내겠어요. 숨 막혀서 못살겠어요. 저 한국 들어가서 태민 씨랑 결혼하고 싶어요. 이제 어찌 되든 상관없어요. 태민 씨하고 살면 뭔들 못하겠어요? 그러니 태석 씨가 좀 도와주세요. 제발…… 부탁이에요.

"채원 씨 입장만 생각하면 어떡합니까. 채원 씨야 그렇게 살 수 있겠죠. 하지만 태민인 달라요. 아직은 때가 아닙니다. 이렇게 막무가내로 전화해서 떼쓴다고 되는 것이 아니지 않습니까? 저 채원 씨 부탁 못 들어드립니다. 그럼 먼저 전화 끊겠습니다."

태석은 흐느껴 우는 채원에게 미안하기도 했지만 그래도 확실히 맺고 끊는 성격을 소유한 태석인지라 이런 부탁은 받아들일 수 없었다. 짧은 시간 동안의 생각이긴 하지만 아직은 때가 아니라는 판단하에 내린 결정이었다. 태석은 채원의 전화 때문에 이미 잠은 달아난 상태였다. 하지만 내일을 위해 억지로 잠을 청했다.

태민은 샤워를 마치고 방으로 들어와 서랍 속에 넣어두었던 채원이의 사진을 꺼내보았다. 이렇게 사진을 보고 있으니 금방이라도 자기야 하면서 다가와 안길 것 같았다. 태민은 사진을 한없이 바라보다가 조용히 탁자 서랍에 넣어두고 방문을 열었다.

깜깜한 거실을 벗어나 정원으로 나왔다. 아직은 날씨가 쌀쌀해 자신의 온몸을 감싸는 찬 기운에 으스스 몸을 떨며 정원을 어슬렁어슬렁 걸어다니기를 반복했다. 한참을 정처없이 걷던 태민은 문득 바지 주머니 속에 있는 핸드폰을 꺼내서 시간을 확인했다. 어느덧 시간은 흘러 여섯 시를 향하고 있었고, 두 시간을 걸었다는 게 놀라면서도 흘러버린 시간이 아쉬워 힘없는 실소를 터뜨렸다. 태민은 시원한 공기를 크게 들이마시고는 집 안으로 들어갔다.

오늘도 어김없이 성주는 먹지도 않을 음식들을 만드느라 정신이 없어 보였다. 하지만 달라진 것이 있었다. 입을 꾹 다문 채, 미소는커녕 오히려 인상을 쓰며 분주하게 움직였다. 꼭 무언가를 참고 있는 듯한 얼굴로.

"쓸데없는 짓을 하고 있군. 내 말을 뭐로 들은 거야? 아줌마 구하라고 하지 않았던가?"

"제가 할 수 있는 일이니까요. 태민 씨가 먹든 안 먹든 난 상관없어요. 내가 할 도리만 하면 되니까요. 정 제가 만든 음식이 싫으시면 식탁에 놓인 딸기라도 드세요."

강하게 밀어붙이듯 말하는 성주의 말에 사뭇 당황한 태민은 무어라 반격도 못하고 그녀의 말대로 움직이는 자신을 발견했다. 빨갛고 예쁘게 생긴 딸기 하나를 입 안에 담고 태민은 말을 끄집어냈다.

"이건 어디서 났지?"

"어제 너무 먹고 싶어서 사가지고 왔어요."

"흠, 이딴 게 목구멍으로 넘어가나 보지? 대단하군."

먹고 싶어 사 왔다는 그 말이 성주의 얼굴과는 전혀 매치가 되지 않았다. 저렇게 천사 같은 얼굴을 하고 말하는 뻔뻔함. 태민도 오기가 생겼다. 태민은 접시를 자신의 눈높이에 맞게 들어 보였고, 이내 그 접시는 태민의 손을 떠나 바닥으로 추락하고 말았다.

쨍그랑!

성주는 접시 깨지는 소리에 놀라 잠시 가슴을 쓸어내리다가 이내 이리저리 흩어진 접시 파편들을 향해 다가왔다. 그리고 하나씩, 하나씩 유리 조각을 줍기 시작했다. 짜증스럽게 바라보던 태민의 눈이 심하게 커지기 시작했다. 성주의 손에서 새빨간 피가 뚝뚝 떨어지고 있었기 때문이다. 그녀의 행동을 당장 멈추게 하고 싶었지만 순간 그를 지배한 것은 쓸데없는 자존심이었다.

자신의 손에서 피가 나는 것을 알면서도 유리 조각을 줍는 성주를 보고, 그녀를 막아서는 행동이 태민 자신의 자존심을 상하게 하는 짓일 거라는 생각이 들었다.

태민은 애써 성주를 무시하고 돌아서 거실에 놓인 TV를 켰다. TV에서 무슨 소리가 흘러나오는지 도통 귀에 박히지 않았고, 온 신경은 성주의 움직임 하나하나만 주시하고 있었다. 유리 조각을 모두 치운 성주는 피가 흐르는 손을 수건으로 감싼 채 이층 방으로 올라갔고, 태민은 도저히 안 되겠다 싶어 구급상자를 찾아 그녀의 방으로 따라 올라갔다. 자신의 침대 위에서 조심스럽게 피를 닦고 있는 성주를 한심스럽다는 듯이 바라보던 태민은 피가 흐르는 손을 움켜쥐었다.

"아얏."

태민의 손길이 다소 거칠었는지 성주는 작은 신음을 했고, 그 신음 소리에 태민은 다시 부드럽게 손목을 잡고 상처를 살폈다.

"너 바보야?"

"아니요."

"피가 나면 바로 약을 발라야지, 멍청하게 그걸 다 치우고 있어!"

"소리 지르지 마요. 할 일은 끝내고 보는 성격이라서 그래요. 근데 태민 씨 방금까지 나한테 화나 있던 사람 아니에요?"

감정 쌓인 성주의 말에 태민은 뜨끔했지만 무시하고 그녀의 손에 붕대를 감아주었다.

"고마워요."

"오해하지 마. 동정심을 발휘한 것뿐이니까."

끝까지 잔인하게 말하는 태민 때문에 성주는 씁쓸한 미소를 흘렸다.

성주의 미소를 뒤로하고 태민은 회사로 나가기 전 태석에게 연락을 취했다.

[어, 무슨 일이야?]

"그놈 어떻게 됐어?"

[반 죽쳤지. 이제 너만 움직이면 될 거야.]

"그래? 고맙다. 태석아, 지금 나 회사로 갈 테니까 회사로 와. 작전회의 좀 하자."

[그래. 나도 바로 출발할게.]

태민은 자신을 아직도 어린 그 장태민으로 알고 일을 꾸민 윤 여사가 다시는 그런 짓을 하지 못하게 일을 계획했고, 실행에 있어 차질이 생기지 않도록 점검하는 차원에서 도모자인 태석을 불렀다. 태석과 간단한 통화를 마친 태민은 그대로 차를 타고 출근길에 나섰다.

태민이 나가고 나자, 성주는 긴장으로 제대로 쉬지 못했던 숨을 몰아쉬었다. 태민은 모르겠지만 성주 자신과 태민이 서로 가깝게 앉아 있었던 일은 없었다. 단 한 번, 그녀를 안았을 때 빼고는······.

자신의 손에 남아 있는 태민의 온기를 조금이나마 느껴보기 위해 붕대가 감긴 손에 얼굴을 가져다 대었다. 그리고 두 눈을 감고 자신을 정성껏 치료하던 태민을 떠올렸다. 그 순간 심장이 두근거렸고, 갑작스런 신체 변화에 성주는 화들짝 놀랐다. 심장이 빠르게 움직이고 있었다. 급기야 성주는 숨이 턱턱 막히기까지 했다. 처음 느끼는 몸의 변화에 성주는 어떻게 해야 할지 막막하기만 했고, 그저 심장이 진정하고 제자리를 찾기만을 기도할 뿐이었다. 시간이 흐르자 심장의 두근거림은 차츰 진정이 되었고, 이런 변화에 놀라 멍하기만 했다.

"별아, 엄마 이제 어떡하니. 큰일이다."

성주는 자신의 배를 바라보며 걱정스럽게 물었다. 하지만 아기는 어떤 대답도 하지 않았다. 다만 아기 대신 가슴이 말했다. 마음이 움직이는 대로 하라고…….

가슴의 대답에 성주는 고개를 좌우로 세차게 흔들었다. 그리고 이렇게 말했다.

"알잖아, 난 그럴 수 없다는 걸……."

회사에서 만난 산하와 태민의 사이에는 알 수 없는 냉기가 감돌고 있었다. 여태껏 단 한 번도 없던 일이었다. 산하를 대하기가 어색한 태민은 괜스레 헛기침을 해보기도 하고, 서류를 뒤적거리기도 했다. 때마침 등장한 태석의 모습에 태민은 다른 날보다 더 기쁘게 환영했다.

"뭐냐, 이상하게. 네가 해주는 환영 치고 너무 요란하다?"

"자식, 요란하기는. 반겨줘도 난리네. 그나저나 일은 어디까지 진행됐어?"

"아직 어머니가 감을 못 잡고 있어. 허둥지둥이지 뭐."

태석은 소파에 앉아 느긋하게 커피 한 잔을 마시며 말했다.

"그럼 잘됐군. 너와 내가 도모한 것을 슬슬 밝힐 때가 됐어."

"그렇지."

평소와 다르게 근심이 가득한 얼굴을 하고 앉아 시큰둥하게 반응하는 태석을 태민이 이상한 눈초리로 바라보았다.

"무슨 일 있어?"

"아니, 그냥. 근데 너 혹시 결혼하면 준다는 큰어머니 유품 말이야. 그거 채원 씨 줬어?"

"아직 안 줬지. 안 그래도 내가 그 반지 때문에 진짜…… 됐다."

유품이라는 말에 태민은 기분 나쁜 기억을 태석에게 털어놓으려다 말자 태석은 '뭐야' 라는 얼굴을 하고 하던 이야기를 마저 했다.

"너 그 반지 우선은 그냥 어머니께 그대로 맡겨둬."

"무슨 소리야?"

어머니께 맡겨두라는 태석의 말에 태민은 다시 한 번 확인을 요했고, 태석은 왜 그러냐는 말에 입을 열었다.

"무슨 소리긴? 말 그대로지."

"무슨 말인지 제대로 해봐!"

"아, 깜짝이야. 너 독립하고 얼마 안 돼서 어머니가 너희 집에 갔었어. 그리고 네 허락받고 직접 큰어머니 유품 관리하시기로 했다고 그랬어. 난 네가 허락했대서 그냥 대수롭지 않게 생각했지. 너 몰랐어? 어떻게 자식이란 녀석이 하나밖에 없는 유품을 그딴 식으로 관리하냐."

태민은 아찔했다. 도저히 납득이 가지 않았다. 그 반지는 분명 자신이 관리했었다. 유리로 만들어진 케이스에 직접 보관했었다. 그가 독립한 지 팔 년이 흘렀는데, 그 반지를 초기에 가져갔다고? 무슨 소린지 도통 알 수가 없었다. 작년 어머니 기일 날 그 반지를 꺼내어 확인했었는데. 그럼, 지금까지 가지고 있던 반지는 뭐란 말이지?

태민은 끝없이 올라오는 의문을 풀기 위해 황급히 집으로 향했다. 막히는 차 사이로 이리저리 날렵하게 움직여 도착하자마자 반지를 보관하던 서재로 향했다. 제일 마지막 칸 서랍을 열자 투명한 유리관을 발견했고, 그 유리관 속에는 어머니의 유품이 고이 안착되어 있었다. 태민은 어처구니없는 표정으로 주머니 깊숙한 곳에 넣어두었던 반지를 꺼냈다. 똑같은 반지가…… 두 개다……. 긁힘 하나 다르지 않은 똑같은 반지. 태민은 망연자실한 표정으로 두 반지를 번갈아가며 쳐다보고 또 쳐다보았다. 두 반지를 비교하며 바라보던 태민은 한참을 들여다보고서야 겨우 다른 점을 발견했다. 그제야 태민은 실없는 웃음을 지어 보였다. 팔 년 동안 고이 간직한 반지는 가짜. 윤 여사가 성주에게 준 반지는 진짜. 태민은 제대로 윤 여사에게 농락당한 자신이 한심해서 그저 허탈한 웃음만 지었다.

"왜 그래요? 무슨 일이에요?"

성주는 갑자기 집으로 들어온 태민이 무언가를 확인하더니 그대로 얼음이 되는 모습을 걱정스레 바라보았다. 허무하게 웃고 있는 태민이 걱정된 성주는 차마 그에게 다가서지 못하고 방문 고리를 부여잡은 채 살며시 입을 열었다.

"주성주, 너 반지 누가 줬어?"

자신을 쳐다보지도 않은 채, 싸늘하게 식어버린 말투로 이미 지나가 버린 반지 이야기를 꺼내는 태민이 성주는 두렵기만 했다. 지나간 일을 들먹이면서 또 어떤 잔인한 이야기를 꺼낼까? 여전히 성주에게 뒷모습만을 보이며 태민은 아무런 미동도 하지 않고 차분히 성주의 대답을 기다렸다. 성주도 태민이 기다리는 답이 무엇일까 생각을 하다가, 그가 원하는 답을 해줘야겠다는 생각을 하고 대수롭지 않게 입을 놀렸다.

"이제 와서 그게 뭐가 중요하죠?"

"난 중요해! 누가 줬어?"

"……어머님께서요. 제 기억은 그렇게 말하지만 현실이 아니라잖아요. 직접 저에게 주셨던 어머님도, 당신도 아니라고만 말했잖아요. 그래서 저도 제 기억을 다시 쓰려고요."

그동안 태민의 행동이 말은 안 했지만 가슴속 상처가 된 성주는 무덤덤하게 말했고, 그런 성주를 태민은 뒤돌아서 안타깝게 바라볼 뿐 아무 말도 하지 않았다. 아니, 못했다. 너무 미안해서. 말로 표현할 수 없을 정도로 미안한 마음이 도를 넘어 오히려 성주가 원망스럽기까지 했다. 바보같이 제대로 말하지도 못한, 아니다. 아니었다. 그녀는 분명 자신이 아니라고 주장했지만 어리석은 자신이 받아들이지 않고 그저 그녀를 몰아붙이기에 급급했다.

태민은 서랍 문을 닫고 손에 쥐어진 어머니의 유품을 물끄러미 바라보았다. 그리고 그 반지를 들고 방문 앞에 서 있는 성주에게 다가갔다. 자신을 향해 걸어오는 태민을 보고 성주는 본능적으로 한 걸음 물러섰다. 두려운 듯 긴장이 역력한 표정으로 자신을 바라보는 성주를 안타까운 눈으로 바라보던 태민은 가느다란 그녀의 손을 들어보았다.

"결혼반지 어디 있어?"

"방에요. 일할 때 잃어버릴까 봐 잠시 빼두었어요."

"그럼, 어쩌지? 이게 더 중요한 건데. 그래도 이건 빼면 안 돼. 알았지?"

태민은 성주의 길고 가느다란 손가락에 어머니의 반지를 끼워주었다. 어머니의 진짜 반지. 그 반지의 주인은 채원이지만, 잠시만 성주가 맡아주었음 하는 바람에서였다. 이 반지로 아팠던 만큼 이반지로 그 마음이 치유되었음 했다.

그것은 성주를 위해 만들어진 반지인 것처럼 빈 곳 없이 딱 맞았다. 따뜻한 손가락에 차가운 금속 물체가 끼워지고, 더군다

나 그것이 자신을 아프게 했던 반지라는 것에 놀란 성주가 황급히 손에서 반지를 빼내어 태민의 손에 올려놓았다.

"이걸 왜 나에게 주는 거예요?"

"잠시만 네가 맡아주었으면 해."

"싫어요. 왜 그래요. 도대체 또 무슨 말을 하려고 이래요!"

성주는 태민의 행동에 겁을 먹고 그에게 소리쳤다. 그런 성주가 안쓰러웠지만, 태민은 더 이상 아무 말도 하지 않고 다시 반지를 끼워주었다.

"내가 오해했어. 아무 말 말고 잠시만 이 반지를 끼고 있어줘. 잠시만 맡아줘. 이 반지."

'강채원 씨가 돌아오기 전까지 말이죠?'

성주는 태민이 차마 못한 말을 이미 알았다. 사람의 마음은 빛보다 더 빠르게 전달되는 것.

이미 태민의 마음은 성주의 마음 깊숙이 전달되고 말았다. 천 마디 말보다 더 빠르게 전해진 마음.

성주는 조심스럽게 자신의 손에 끼어진 반지를 바라보았다. 이 반지의 주인은 채원이 아닌 자신일 거라는 착각이 들 정도로 반지는 성주의 손에 너무도 잘 맞았다. 성주는 고개를 들어 태민과 시선을 마주했다.

"당신을 용서하는 그날 돌려 드릴게요."

태민은 성주의 말에 안도의 한숨을 내쉬었다. 만약 끝까지 반지를 거부하면 어쩌나, 이 불편한 마음을 어쩌나 하고 마음 졸였다. 태민은 처음으로 성주의 손을 오랫동안 만져 보고 또 만져 보았다. 참 고운 손. 일을 많이 한 탓에 다소 거칠기도 했지만, 예쁜 손이었다. 그 손에 취해 있던 태민은 복수심과 적개심이 활활 타올라 온몸이 뜨거워지는 것을 느꼈다.

용의주도하고 치밀한 여자, 윤미라. 윤 여사의 귀여운 짓거리를 모두 감상했으니 이제 감상문만 제출하면 된다. 태민은 자신의 감상문을 보고 기절할 윤 여사의 모습을 상상하며 살짝 조소를 지었다. 태민은 성주를 뒤로하고 방으로 들어가 편한 옷으로 갈아입고 다시 거실로 나왔다. 태민의 편안한 옷차림에 소파에 앉아 TV를 보던 성주가 물었다.

"회사 안 가요?"

"어."

일요일에도 집에 있지 않고 일에 묻혀 살던 사람이, 뭔 일인지 회사 가기를 거부했다. 그런 태민은 아무렇지도 않게 성주 옆에 나란히 앉았다. 갑자기 변한 태민의 행동은 성주를 어색하게 만들었다. 지금 이렇게 나란히 앉아 있다는 게 꿈만 같았으나 불편했기에 살짝 엉덩이를 들어 옆으로 자리를 옮겼다.

'뭐야, 저 여자. 내가 그렇게 싫어?'

태민은 괜스레 성주의 행동이 미웠다. 민망하고 어색한 것은 자신도 마찬가지였다. 그러나 자신의 행동이 너무도 미안해서 그런 건데 성주는 피하기만 했다. 태민도 자신의 행동이 어색해서 도로 자리에서 일어나 방으로 가버렸다.

'역시…… 였어.'

성주는 잠시 느낀 태민의 따뜻한 태도에 착각을 했다. 하지만 착각이면 어떠랴, 잠깐이라도 마냥 행복했으면 됐다. 오랜만에 편안함을 느낀 성주는 방에서 아기에게 노래도 들려주고, 책도 읽어주며 시간을 보냈다.

저녁때가 되어 성주가 주방으로 내려왔다.

"어? 어디 가요?"

"어. 갈 데가 있어."

막 식사 준비를 하려던 성주는 무심히 나가 버리는 태민을 보고 꺼내던 재료들을 다시 집어넣었다. 그리고 딸기를 꺼내어 먹었다.

밖으로 나온 태민은 과일 집에 들렀다. 냉장고를 열어보니 딸기가 조금밖에 남아 있지 않은 것이 눈에 띄었다. 태민은 며칠 동안 성주가 다른 건 먹지 않고 오로지 딸기만 먹었던 것이 생각났다. 아마도 천 원짜리 한 장 쓰는 것도 무서워하는 성주가 그렇게 좋아하던 딸기도 사 먹지 못했을 것이라 멋대로 단정 지은 태민은 딸기를 한 박스 사 들고 다시 집으로 돌아왔다.

딸기 상자를 들고 주방으로 가자, 역시나 조금 남아 있던 딸기는 흔적도 없이 사라졌다. 딸기를 식탁에 둔 후 성주는 뭐 하고 있나 싶어 이층으로 올라갔다. 그런데 약간 열려져 있는 문틈으로 이상한 소리가 새어나왔다.

"안 돼…… 안 돼……. 아버지 죽지 마, 죽지 마. 아버지……

제발……. 안 돼요, 아버지…… 나 여기 있잖아. 아버지 죽으면 난 어떡해. 나 어떻게 살아. 나 어떻게 살라고 그래……. 아버지…… 아버지, 아버지! 아악!"

문을 열고 들어가 보니 성주는 악몽에 시달리는 듯 식은땀을 흘리며 몸을 떨고 있었다. 태민은 성주의 몸을 흔들었다.

"성주야! 성주야, 정신 차려!"

꿈…… 꿈이었다. 지독한 꿈. 십일 년 동안 겪어온 것이다. 언제나 늘 이맘 때쯤 꾸는 악몽. 아버지의 죽음, 그리고 무너지는 자기 자신을 바라보고 있는 또 다른 자신. 꿈은 항상 그렇게 반복되어 왔다. 성주의 거침없는 비명 소리에 태민이 꿈속에서 헤매고 있는 성주를 깨웠고, 태민의 음성과 꿈이 겹치면서 살며시 눈을 뜨고 태민을 바라본 성주는 안도의 숨을 내쉬었다.

"왜 그래?"

"힘들어요. 잊혀지지가 않아요, 아버지의 그 모습이…… 잊혀지지가 않아요."

아직도 꿈에서 본 것들이 생생하게 기억나자, 성주는 멍하게 주저리주저리 이야기를 늘어놓았다. 태민은 사색이 되어 있는 성주의 모습에 놀라 자신도 모르게 그녀의 이마에 손을 올렸다.

"물 갖다 줄까?"

"가지, 마요……."

땀으로 젖어버린 성주의 이마를 손으로 살짝 닦아주던 태민이 아직도 꿈에서 제대로 깨어나지 못하는 성주를 안정시키기 위해 물을 가지러 가기 위해 자리에서 일어서자, 성주가 그의 옷자락을 잡고 조용히 읊조렸다. 그녀의 음성에 태민은 도로 침대에 걸터앉았다. 태민이 자리에 앉자, 성주는 하던 이야기를 마저 했다.

"나…… 그날이 제일 슬펐어요. 아버지는…… 나에게 신과 같은 존재였어요. 나, 사실 아버지 친딸 아니에요. 어떻게 아버지와 함께 살게 되었는지는 기억나지 않지만. 날 이렇게까지 키워주신 분이셨는데……."

들었던 기억이 난다. 성주의 엄마가 찾아와 했던 말들이 태민의 머릿속에 차례로 나열되어 가고 있었다. 몰랐었다. 성주가 이 일을 알고 있을 거라고는 생각지도 못했다.

성주가 알고 있다는 사실에 태민은 그녀가 달라 보였다. 알 수 없는 뭔가가 태민의 마음을 툭툭 건드렸다. 만약 자신이었다면, 그런 엄마가 싫어서 가출이라도 했을 것이다. 그들 입으로 들어가는 돈을 버느니 차라리 혼자 쓰면서 살 수 있는 돈을 벌었을 것이다. 하지만 성주는 그러지 못했나 보다. 아마도 자신을 그런 집으로 데리고 와준 것이 고마워 지금껏 은혜를 갚고 있는 것인지도 몰랐다.

"멍청한 짓이지."

"그때 난 가족이 필요했는지도 몰라요. 어찌 되었든 함께 울어줄 수 있는 그런 가족……."

가족. 참 오랜만에 들어보는 단어였다. 어머니가 돌아가신 이

후로 태민에게 가족이라는 말은 해당사항이 없었다. 세상은 혼자 살아가는 것이라고 생각했으니까. 그런데 그 가족이라는 말이 뜻밖의 사람 입에서 나왔다.

'과연 윤 여사라면 가족을 저렇게 간절히 원했을까? 아니, 윤 여사에게는 가족은 필요없다. 그럼 주성주, 이 여자는 정말 윤 여사와 다른 여자일까? 믿을 만한 여자일까?'

태민은 슬슬 성주에게 관심이 갔다. 자신이 어쩌면 잘못 생각하고 있는 것은 아닐까 하는 의문도 들었다.

"다시 자."

"고마워요."

태민은 식은땀을 흘리며 침대에 누워 있는 성주에게서 벗어났고, 성주는 그의 작은 호의가 그저 고맙고 감사하기만 했다. 자신의 이야기를 들어준 것만으로도 많은 발전이었다. 얼굴 한 번 찡그리지 않은 것 또한.

성주의 방을 나온 태민은 왠지 성주의 곁에 있어주고 싶었으나 괜한 짓일 거라는 생각에 자신의 방으로 돌아왔다. 하지만 꺼림칙한 마음은 숨길 수 없었다. 그냥 옆에 있어줄 걸 그랬나 하는 고민에 빠졌다.

"오늘 성북동 갈 거야. 준비해."

"거긴 왜요?"

"그럴 일이 있어. 준비해, 데리러 올 테니까."

요즘 들어 무뚝뚝하기는 하지만 화 한번 내지 않은 태민이 무슨 일인지 가지 않던 성북동을 가겠다고 나섰고, 태민의 뒤를 따라 배웅하기 위해 뒤따르던 성주에게 태민이 차에 올라타면서 말했다. 성주는 뭐라 말을 하려다 말았고, 태민은 차를 출발시켰다. 그런 태민의 차를 빤히 바라보던 성주는 조용히 입을 열었다.

"오늘은 안 되는데…… 어쩌지?"

성주는 차가 점처럼 보일 때까지 가만히 서서 이리저리 머리를 굴려 생각하다가 어쩔 수 없다는 얼굴로 집으로 들어왔.

태민은 매끄럽게 뚫린 도로를 질주하면서 연신 웃음이 흘러나왔다. 오늘 드디어 윤 여사의 간담을 서늘하게 해줄 날이 온 것이다. 얼굴이 새하얗게 질려서 눈에는 붉은 핏발을 세운 채 자신을 바라볼 그 얼굴을, 자신을 죽일 듯이 노려보는 그 눈빛을, 자신이 깔보던 사람에게 당해 분하다는 표정을 본다면 죽어도 여한이 없을 정도였다. 그렇게 즐거운 마음으로 회사에 출근한 태민에게 산하가 다가가 물었다.

"무슨 좋은 일 있으십니까?"

"오늘 감상문 제출하는 날이거든. 내가 저번에 지시했던 돈놀이 말이야. 오늘 풀어."

"네, 알겠습니다."

이제 확실히 보여줄 때가 됐다. 자신이 얼마나 성장했는지, 자신을 건드리면 어떻게 되는지 보여줄 때가 왔다. 태민은 어느새 도착한 태석과 함께 이런저런 대화를 나누었다.

"그럼 이제 준비 완료야?"

"그렇지. 윤 여사가 가지고 놀던 것들이 내 수중으로 들어오기 시작했거든. 아마 윤 여사 머리 싸매고 누워 있을걸."

"하여튼. 너 오늘 집으로 올 거지?"

"당연하지. 만찬을 즐기면서 살필 게 하나 남았거든."

태민은 태석과 함께 한동안 시간을 보냈다.

어느덧 시간이 흘러 감상문을 제출할 때가 왔고, 태민도 성주를 데리러 집으로 향했다. 성주는 화이트와 블랙이 적절히 섞인 정장 차림으로 태민을 기다리고 있었고, 태민은 성주를 차에 태우고 성북동으로 향했다.

"근데 오늘 왜 가요?"

"즐거운 구경거리가 있어서."

"그럼, 오래 있을 거예요?"

"밥만 먹을 거야."

성북동을 가는 내내 초조하게 앉아 있는 성주를 보고 태민은 미안하기만 했다.

'분명 그때의 일을 생각하고 있겠지. 반지 사건이 일어났던 그때.'

태민과 윤 여사가 본의 아니게 한패가 되어 성주를 몰아붙였던 그날을 생각하고 저렇게 초조한 것이라 생각한 태민은 조용히 성주의 이름을 불렀다.

"성주야."

"네?"

"그런 표정 짓지 마."

"뭐가요?"

"불안한 표정 짓지 말라고. 걱정할 것 없어. 그때 일은 잊어."

성주는 태민이 어떤 말을 하는지 뒤늦게야 알아차렸다. 하지만 그건 태민이 잘못 짚은 것이었다. 성주가 불안해하는 이유는 따로 있었다. 윤 여사만 알고 있는 사실, 자신이 아이를 가졌다는 것. 그리고 그 아이를 지우라며 조소 띤 윤 여사의 모습이 머릿속을 온통 메웠다.

'만약 알게 되면 그는 뭐라고 말할까? 싫다. 제발 아무 일도 없었으면……'

성주는 가는 내내 속으로 기도했다.

어느새 성주와 태민은 성북동에 도착했고, 심기가 몹시 불편해 보이는 윤 여사와 마주했다.

"이렇게 갑자기 찾아오다니 무례하구나."

"자식이 부모님 댁 찾아오는 게 무례한 겁니까?"

성주를 향해 소리치는 윤 여사를 태민이 막아섰고, 성주는 불안하기만 했다. 서로를 바라보며 으르렁거리던 태민은 배가 고프다며 식탁에 자리를 잡았다. 식탁 위에 음식이 차려졌다. 윤 여사가 젓가락을 들려고 하자 태민은 반지 하나를 꺼내어 윤 여사에게 건넸다. 그 반지를 보자 윤 여사의 얼굴색이 순간 바뀌었으나 얼른 그 색을 지우고 원래의 색을 되찾았다. 그런 윤 여사의 천연덕스러움에 태민은 눈썹을 파르르 떨더니 힘주어 말했다.

"팔 년 동안 본의 아니게 고이 보관하고 말았네요."

"뭐?"

"반지 하나 가지고 팔 년 동안 참, 나잇값을 하셔야죠, 윤 여사님."

가만히 그들을 바라보던 성주는 태민이 윤 여사에게 내민 반지를 보고 자신의 손에 끼워진 반지로 시선을 던졌다.

'똑같은 반지가 두 개였구나…….'

"너!"

"요즘 돈놀이 하신다면서요? 저도 오늘부터 하기 시작했는데, 일이 재미있게 돌아가더군요. 누군지는 모르겠지만 저와 맞대결 하는 분은 오늘부로 파산이겠던데요? 누군지 참 바보 같지 않아요? 그렇게 발자국을 내놓다니. 아, 맞다. 윤 여사님, 요즘 제 호텔 지분을 가지고 노신다면서요? 미리 말씀드리죠. 한 번만 더 더러운 짓거리 하고 다니시면 이걸로 안 끝납니다. 장난은 오늘부로 종지부를 찍으시기 바랍니다. 식사하시죠. 잡설이 길었네요."

"너, 너! 어디서, 어디서 감히!"

"얄팍한 지식 갖고 하시기엔 판이 너무 크지 않았습니까? 아무리 윤 여사님이 치밀한 사람이어도 이 세계는 다르죠."

조목조목 따지듯 이야기하는 태민 때문에 흥분한 윤 여사는 더 이상 말을 잊지 못했고, 숨이 곧 넘어갈 듯 아슬아슬한 모습으로 앉아 있었다. 하지만 태민은 아랑곳하지 않고 느긋하게 음식의 맛을 음미하며 식사했다. 그들의 모습을 숨죽여 바라보던 성주는 윤 여사의 입에서 아무런 말이 나오지 않자 안도의 한숨을 내쉬었다. 그러나 그것도 잠시, 윤 여사의 화살은 성주에게로 향하고 있었다.

"자고로 여자가 집에 잘 들어와야 하는데! 네가 들어오고 나서 나와 태민이 사이가 이렇게 됐어. 알아? 너! 태민이한테 말은 했니?"

윤 여사가 무엇을 노리고 하는 말인지 안 성주는 가슴이 철렁 내려앉았다. 윤 여사의 말에 태민이 자신을 바라보는 시선이 느껴졌다.

"무슨 말이야?"

"너 몰랐구나. 네 마누라 말이다. 얼마나 더러운 짓거리를 한지 아니? 너의 아······."

"어머님! 그, 그만 하세요. 태민 씨, 미안한데 나가고 싶어요. 먼저 일어날게요."

윤 여사의 입을 타고 흘러나오려던 아기라는 소리를 겨우 막아낸 성주는 불안한 행동으로 의자에서 일어서자, 태민도 따라 일어섰다.

"성주가 저랑 결혼하고 싶어서 한 거 아니라는 걸 누구보다 잘 아시는 분께서 여자가 집에 잘 들어와야 한다고 말씀하시니 조금 웃기는군요. 저와 윤 여사님 사이가 얼마나 좋았다고 성주에게 그런 핑계를 대십니까?"

자꾸 성주를 몰아가는 윤 여사가 보기 싫어 태민은 성주를 데리고 밖으로 나와 버렸다. 숨도 제대로 쉬지 못하는 성주가 너무 불안해 보였다. 꼭 쓰러질 것처럼. 무엇 때문이었을까? 태민은 그런 성주를 으스러져라 안아주었다. 이렇게라도 하지 않으면 안 될 것 같았다. 갑작스런 태민의 행동에 성주는 놀라 그의 품에서 빠져나오려 했으나 태민은 더욱 힘을 주었다. 성주는 태민의 품 안에 자신을 맡겼다. 그러기를 한참, 번뜩 정신을 차린 태민이 성주를 놓아주고 괜한 헛기침을 했다.

"흠흠, 집에 가자."
"저기, 오늘 친정집에 좀 가봐야 해요."
"왜?"
"실은, 오늘이 아버지 기일이에요."

태민은 성주의 말에 아차 싶었다. 태민은 성주의 말에 대꾸도 하지 않고 그녀를 차에 태웠다. 그리고 차를 빠르게 출발시켰다.

"가다가 정류장에서 내려주고 가요."
"내가 그렇게 나쁜 놈이었나?"
"네?"
"장인 어른 기일에도 참석하지 않을 정도로 나쁜 놈으로 보였나 이 말이야."

"아, 그게 아니라…… 집에 가서 쉬라는 뜻이었죠."

갑작스런 태민의 말에 성주가 얼른 설명했고, 태민은 피식 웃었다. 항상 당당한 모습, 드센 모습만 보여주던 성주가 저렇게 당황하는 모습도 있었다는 것이 웃겼다. 참 다양한 모습을 보여주는 여자. 태민은 그저 웃으며 차를 몰았고, 백화점 주차장에 차를 세웠다.

"여긴 왜요?"

"빈손으로 가?"

"됐어요. 오늘 음식도 많이 했는데."

"누가 오늘 먹을 거 산대? 그냥 조용히 따라와."

최고급 식품점만 들러 물건을 고르는 태민을 성주가 말려보았지만, 태민은 그런 성주의 손을 붙잡고 이리저리 데리고 다니며 물건을 사기에 바빴다. 태민의 양손 가득 담긴 물건과 성주 자신의 손에 있는 쇼핑백을 들어 보이며 성주가 투덜거렸다.

"너무 많아요. 이렇게 많이 사면 뭐 해요? 다 먹지도 못할 텐데."

"너 이런 거 좋아하잖아. 괜히 내숭 떨지 마."

무례하기 짝이 없는 태민의 말이건만, 성주는 사실이라는 듯 인정하며 고개를 끄덕였다.

"사실, 좋긴 하네요. 우리 집에 이렇게 먹을 게 많지 않았는데. 동생들 먹을 복 터졌네요."

그제야 사실대로 실토하는 성주의 말에 태민이 입을 삐죽이며 차 트렁크에 물건을 실었다.

'무슨 여자가 내숭을 떨다가도 그만두는지.'

확실히 보통 여자들과는 달라 보이는 성주를 이제 조금씩 이해가 가는 태민은 트렁크에 가득 담긴 물건을 흐뭇하게 바라보았다. 태민은 만족스러운 웃음을 지으며 빠르게 차를 출발시켰다.

한참을 내달리던 차는 작은 동네에 멈춰 섰고, 태민은 이런 동네가 있다는 걸 TV로 보아 알고는 있었지만, 실제로 보는 것은 달라도 너무 달랐다. 길이 너무 좁아 차가 들어갈 수 없어 골목 한쪽에 차를 세워두고 내렸다. 도대체 이런 곳이 존재할까 하는 표정으로 둘러보자 성주가 피식 웃었다.

"그렇게 보지 말아요. 그래도 난 여기서 얼마나 행복하게 살았는지 알아요? 아, 짐 혼자 못 들겠다. 동생들 부를게요."

성주가 핸드폰을 들어 두 동생들에게 연락을 하자 얼마 되지 않아 성준과 성민이 차가 세워진 곳으로 달려왔다.

"누나!"

"잘 지냈어? 우선, 이것 좀 들어."

"응. 아, 안녕하세요, 매형."

"어어. 근데 누구지? 내가 잘……."

"전 주성준이고, 옆에 애는 성민이에요. 머리 스타일을 보면 구분이 되시죠?"

성격이 무척이나 밝은 성준이는 결혼식 이후 처음 보는 태민에게 매형이라는 호칭을 잘도 쓰며 태민을 반갑게 맞이했다. 옆에 말없이 서 있는 성민도 소개하자, 성민은 어색하게 인사를 건넸다.

"안녕하세요."

태민과 짤막한 인사를 나누고 각자 물건을 나누어 들고는 성주의 작은 집으로 갔다.

"엄마!"

"왔어? 연락이 없어서 모르나 했더니. 아, 자네 왔는가? 이렇게 집에서 보니 밖에서 보는 것보다 인물이 훨씬 훤하구만."

"엄마도 참. 다 준비했어요?"

"그럼. 절하고 식사하자."

"네. 성준아, 준비해."

성주는 자신을 반기는 엄마를 껴안으며 인사를 나누었고, 성주 옆에 서 있던 태민을 발견한 엄마는 넉살을 떨었다. 그런 성주와 성주 엄마를 바라보던 태민은 작은 미소를 흘렸다. 친딸과 친엄마가 아니라는 사실이 무색할 만큼 그들의 사이는 좋아 보였다. 어느 가정에나 있는 딸과 엄마의 사이처럼 가끔은 싸우고, 가끔은 서로를 달래며 지낸 모녀 사이였다. 그들은 누가 뭐래도 그렇게 보였다.

어느덧 준비를 마친 성준은 말끔하게 차려입고 제사상에 절을 올리고 술을 따르고 평소 성준의 모습을 찾아볼 수 없을 정도로 늠름하게 제사를 지냈다. 태민도 그들을 따라 절을 올렸다.

'아버지, 보고 있어요? 이제 정말 행복해지려나 봐요. 아버지, 사위 정말 멋있죠? 이 사람이 이제 나한테 잘하려고 노력하는 것 같아 보여요. 고마워요. 다 아버지 덕분이에요. 오늘 많이 드시고 가세요. 하늘나라에서 사귄 친구 분들하고도 나눠 드시고요. 아버지, 보고 싶어요.……'

성주는 아무도 모르게 살짝 눈물을 닦았다. 소리없이 우는 그녀의 눈물은 아무도 몰랐다.

제사를 모두 마치고 그들은 오랜만에 다같이 모여앉아 저녁 식사를 했다. 하지만 성주는 어김없이 음식을 먹지 못한 채 딸기만 먹고 있었다. 그런 성주가 이상하게 느낀 성주의 엄마는 그녀를 방으로 데리고 들어왔다.

"너, 설마 임신했니?"

"엄마, 조용히 해. 아직 그 사람 몰라. 그러니까 조용히 하고 있어."

"왜 말을 안 하고 있어, 이 멍청한 계집애야."

"그럴 일이 있어. 당분간 그 사람이 알아선 절대 안 돼. 그게 나 살리는 길이야. 알지? 엄마, 나랑 약속 지켜야 돼. 절대, 절대 말해선 안 돼. 알았지?"

무슨 일 때문인지 성주는 한사코 임신 사실을 밝히는 일을 미뤘고, 성주 엄마는 할 수 없이 성주와 약속을 할 수밖에 없었다.

엄마에게 확답을 받은 성주는 엄마와 함께 밖으로 나와 거실에 있는 사람들과 합류했다.

그들 사이에 성준과 태민이 도란도란 이야기를 나누고 있을 때, 성민은 무슨 생각을 하는지 좀처럼 아무 말도 하지 않고 그저 묵묵히 자리만 지키고 앉아 있었다. 한 번도 본 적이 없던 집인지라 조금은 신기하기까지 한 태민이 온 집을 두리번거리며 구석구석 바라보자 성민이 불렀다.

"저기 매형, 저 좀 잠깐 보세요."

"응."

무슨 일인지 아무 말도 하지 않고 자리를 지키고 앉아 있던 성민이 태민을 데리고 집 밖으로 나왔고, 말없이 담배 한 개비를 태민에게 건넸다.

"나, 담배 안 피우는데."

"그러세요? 참 드문 사람이네요. 요즘 사람들 담배 안 피우고 세상 버티기 힘들다고들 하잖아요."

"그렇지. 답답한데 풀 데가 없으니까."

태민의 말을 끝으로 아무 말도 하지 않던 성민이 담배에 불을 붙이고 길게 한 모금 빨았다. 태민도 성민이 말하기를 기다리다 야경을 바라보고 속으로 감탄했다.

"야경 좋죠?"

"어? 응, 좋네."

"우리 같은 사람들을 위해 만들어진 거예요. 이런 거라도 마음껏 보고 힘내라고. 우리 삼 남매 이 야경 보고 정말 힘 많이 냈어요."

"부럽네, 이런 것도 마음껏 보고."

"그럼요. 아마, 저희보다 누나가 이거 보면서 힘 더 많이 냈을 거예요. 우리야 누나 덕분에 편하게 살아서 굳이 힘낼 필요가 없었거든요. 우리 누나 제가 봐도 여자로서 매력이 없어요. 돈이라면 무슨 짓이라도 할 사람인데 그런 여자한테 누가 매력을 느끼겠어요. 근데 잘 보면 그게 매력이에요. 보통 여자들에게는 눈을 씻고 찾아봐도 없는 현실적인 생각. 우리 누나요, 그 흔한 사랑 꿈 한번 꾼 적 없는 사람이에요. 다른 여자들 백마 탄 왕자 기다리고 있을 때 우리 누나는 돈 벌려고 아르바이트 했고, 다른 여자들 치장하고 있을 때 우리 누나는 번 돈으로 우리 옷 사 입혔어요. 다른 여자들 성공하고 싶어 안달할 때 우리 누나는 돈 벌어서 우리 성공하는 꿈 꿨어요. 우리 누나 바보예요. 육신만 주성주지 속은 텅텅 비었어요. 돈 욕심도 다 우리 때문에 부리는 거예요. 우리 없었음 그렇게 돈 욕심 안 부렸을 거예요. 아파도 아프다는 말 하지도 않고, 힘들어도 힘들다는 말 안 하고…… 이제 매형이 좀 도와주세요. 정말 여자답게 변할 수 있게. 아프면 아프다고 어리광도 부리고, 힘들면 힘들다고 소리치고 할 수 있게. 부탁할게요, 우리 누나 펑펑 소리 내서 울 수 있게 만들어주세요."

태민은 성민의 말에 말없이 그저 고개만 끄덕였다. 그리고 보니 성주는 태민에게 그 모진 말들을 들었어도 눈 한가득 눈물만 매달 뿐 흘리는 꼴을 본 적이 없었다. 그때마다 그 눈빛이 항상 마음에 걸렸었는데 이런 사정이 있었나 보다. 태민은 말없이 깊은 야경만 바라보다 입을 열었다.

"의대 안 힘들어?"

"이제 초긴데 힘들 게 있습니까? 학비도 매형네 집에서 다 대주고 하는데. 걱정할 거 없이 편하게 생활하고 있어요. 그러니까 자연히 공부에만 매달리게 되더라고요. 고맙습니다."

"고맙긴. 공부 열심히 해. 이제 그만 들어가자."

성민과 태민이 나가고 성주는 성준에게 그동안의 안부를 묻고 이야기하다가 자신의 방으로 들어왔다. 변한 것은 없었다. 마치 매일 이곳에서 생활하고 있는 것처럼, 누구도 성주의 방에는 손도 대지 않았다. 하지만 주인을 잃은 방은 차갑기만 했다.

"누구 방이야?"

언제 들어왔는지도 모르게 방 구석구석을 살피던 태민이 말문을 열었다.

"제 아지트였죠."

"너무 썰렁하군."

"나 방 꾸미고 그럴 여유 없던 사람인 거 알잖아요. 금전적으로 여유가 없으니 마음의 여유라도 얻고 싶어서 책을 읽은 거구요. 저 책들도 다 학교 선생님들께서 주신 책들이에요. 고등학교 때 선생님께서 소원이 뭐냐고 물으셔서 아무 생각 없이 말했죠. 책을 마음껏 읽고 책 속에 파묻혀 보는 겁니다. 그 말이 참 안쓰럽게 들리셨나 봐요. 선생님들끼리 책을 모아서 제게 주셨어요, 선물로. 선생님들 덕분에 제 소원이 풀린 거구요. 때문에 이 책들 제겐 보석이에요. 마음의 보석."

태민은 책들을 만지며 보석이라는 성주의 말에 가슴이 잔잔하게 출렁였다. 반짝이고 속칭 알이 큰 그런 것만 보석으로 취급할 줄 알았지, 저런 것을 보석이라 칭하는 여자가 정말 여자일까 싶은 생각도 번뜩 머리를 스치고 지나갔다.

성주에게 있어 책은 그랬다. 무작정 외로움을 느끼고 있을 때 친구가 되어주기도, 지치고 힘들 때 위로를 해주기도, 욕심이 생길 때 그 욕심을 채워주기도 했으니 이보다 더 값진 보물은 없었다. 성주는 책꽂이에 차례로 배열된 책 중 한 권을 꺼내 태민에게 건넸다.

"시간 날 때 읽어봐요. 좀 어린 동화이긴 하지만, 생각을 많이 하게 하는 책이에요. 부모도 없이 힘들게 사는 한 아이가 친구도 없이 외롭게 지내요. 그러면서 숲 속에 있는 나무, 꽃, 곤충들과 친구가 되면서 겪는 이야기예요. 재밌겠죠? 읽은 만하니까 머리 식힐 겸 봐요."

"응."

태민은 성주에게서 책을 받아 들고 책을 이리저리 훑어보았다. 그렇게 누구 하나 말을 꺼내는 사람 없이 적막함과 함께 시간이 흘러갔다. 자신의 방을 그리워하며 한참을 바라보던 성주는 이제 가야겠다는 생각을 하고 자리에서 일어났다.

"태민 씨, 가야죠."

"여기서 안 자고 갈 거야?"

태민이 성주를 배려해 말했지만, 성주는 희미하게 웃어 보이고는 고개를 좌우로 흔들었다.

"당신 내일 출근해야죠."

자신을 배려해 주는 성주의 마음 씀씀이에 태민은 괜찮다고 했으나 성주의 마음은 불편했다. 그래서 한사코 거절하고 집으로 돌아왔다.

태민과 나란히 들어온 성주는 당연한 듯이 자신의 이층 방으로 사라졌다. 태민은 그녀의 뒷모습을 바라보았다. 너무도 쓸쓸해 보였다. 그게 보기가 싫어 성주를 따라 걸음을 옮기려던 찰나, 괜한 동정이다 싶어 이내 자신의 방으로 들어왔다.

여자들은 남자가 베푸는 호의에 자신에게 관심이 있는 줄 알고 착각을 한다는데, 괜한 동정심을 발휘하면 이 년 뒤에 채원이 돌아왔을 때 일에 차질이 생길 수 있다. 그렇기에 어느 정도 선을 긋고 살아야 한다. 성주가 정말 자신을 사랑하게 되면 안 되니까.

5

태민이 성주와 함께 성주의 집을 다녀온 후로 여러 달이 흘렀다. 태민과 성주가 산 지도 벌써 일 년이 되어가고 있었고, 계절 역시 그들을 뜨거운 태양 아래로 인도했다. 7월의 날짜를 알리는 달력이 벽에 걸렸으나 그들은 허무하게 흘러버린 시간을 알아채지 못했다.

그동안 태민은 성주에게 잘해주려고 최선을 다하고 있었다. 그걸 아는지 모르는지 성주는 요즘 들어 부쩍 억지만 늘어버렸다. 지금 이 상황도 그랬다. 순 억지를 쓰고 있었다. 벌써 아줌마를 쓰라는 소리를 한 지 다섯 달을 넘어가고 있었다. 말은 두 사람 살림이라 할 것이 없다고 하지만, 육십 평이 넘는 집을 혼자 청소하고 빨래하고 거기다 밖의 정원까지 혼자 다 관리하면서, 이제는 일까지 하시겠단다.

"나 집에서 이렇게 있는 거 답답해요. 아무것도 안 하고 있는 게 얼마나 심심한지 알아요?"

"안 돼."

"제발요."

"주성주, 안 돼. 한 번 안 된다면 안 돼. 내일부터 아줌마 올 거니까 이번에도 내보내면 나도 너 장모님께 도로 반납할 거야. 알았지?"

"일하는 아줌마 오면 난 뭐 하고 있어요? 그렇게 힘든 일도 아니에요. 태민 씨 밥해준 후 오전 타임으로 다섯 시간 정도 일하고 집에 와서 청소하고 빨래하면 끝이고, 정원 관리는 일요일 날 하면 되는데 뭐 하러 아줌마 들이고 일도 못하게 해요?"

라면서 이렇게 억지를 쓰고 있었다. 아침부터 출근을 해야 하는 사람을 붙잡고 저렇게까지 하는 거 보니 이번에야말로 확답을 받아내려는 모양이었다. 급기야 성주는 나가려는 태민을 붙잡고 늘어졌다.

"태민 씨, 이번에 놓치면 진짜 자리 없대요. 희주가 얼마나 힘들게 구해줬는데, 희주랑 일하니까 괜찮다니까요?"

"이봐, 주성주 씨. 나 회사 출근해야 돼. 도우미 아줌마 안 쓰는 것까진 봐주지. 그 대신 일은 안 돼."

태민은 끝까지 안 된다고 단단히 쐐기를 박아버리고 무심하게 출근길을 나섰다. 성주는 냉정히 돌아서 가버리는 태민을 보고 입을 삐죽거렸다. 그리고 전화기를 들어 힘없이 번호를 눌렀고, 신호가 얼마가지 않아 상대편이 전화를 받았다.

"희주야, 나."

[왜, 안 됐어?]

"한사코 안 된다고 말리는데 어쩌니."

[그럼 어쩔 수 없지. 형부도 참.]

"진짜 미워 죽겠어."

[이젠 밉단 말도 서슴없이 하네? 어쩌겠어, 안 된다는 걸. 그냥 집에서 고상하게 차나 마시세요.]

"쳇, 너무해. 나도 일하고 싶은데."

[푼수 언니, 어쩌겠어요. 서방님이 한사코 안 된다고 하시는데.]

"너 왜 자꾸 나한테 푼수라고 그래?"

[언니 정말 푼수 됐어. 예전처럼 형부 무서워하지도 않고, 얼마나 푼수 됐는데?]

하긴 그 세 달 동안 성주나 태민은 참 많이 변했다. 정작 그들 자신들은 얼마나 변했는지 모르지만. 성주는 희주의 말에 피식 웃으며 태민을 떠올렸다. 그와 함께 잠을 자거나 사랑을 나누는 건 아니지만 친한 친구처럼, 연인처럼 태민은 자신을 따뜻하게 대해주려고 노력했고, 자신도 그에게 조금씩 투정도 부리고 있었다.

아주 오래전에 생각했었다. 자상한 태민은 자신이 사랑하는 사람에게 얼마나 잘 대해줄까? 자신에게 그렇게 하지 않겠지? 라고. 하지만 천성은 버리지 못하나 보다. 시간이 지나고 서로가 익숙해지자 태민은 그녀에게 상냥하게 잘 대해주려 했다. 자신에게 기댈 수 있도록 한쪽 어깨를 빌려주는 사람이 되려고 했다.

"그런가? 적응이 됐다고 해야 되나? 그 사람하고 산 지 이제 일 년이 다 되어가잖아. 벌써 팔 개월이나 지났는데."

[아이는 괜찮아?]

"그럼. 어찌나 활발하게 움직이는지, 낮에는 복대 풀고 있는데 죽겠어."

[형부한테 말해야 되지 않을까? 이제 곧 애 나올 텐데…….]

"그래도 아직은 아닌 거 같아. 좀 더 있다가. 우리 사이가 어떻게 될지 아직은 모르잖아."

시간이 지날수록 행복이란 색은 점점 짙어져 갔다. 그 행복이란 시간 속에 그동안의 불안과 초조, 두려움과 무서움도 잊어가고 있었지만 한 가지 잊지 못한 것이 있었다. 그들 앞에 나타날 운명. 이미 예정된 운명인 그 여자가 남아 있었다. 자신이 태민과 현실 속에 살고 있는 거라면, 강채원 그 여자는 태민의 마음을 붙잡고 살고 있었다. 성주는 채원의 존재를 한시도 잊을 수가 없었다. 먼 타국에서 홀로 있을 채원을 생각하면 자신이 이렇게 행복해도 될까, 어찌 되었든 그녀의 남자인 태민과 이렇게 사이가 좋아도 될까 라는 생각. 성주는 희주와 전화통화를 하다 말고 생각의 바다에 빠지고 말았다.

희주 역시 그녀가 아무 말도 하지 않는 것을 보고 이미 그녀가 생각을 하며 멋대로 상상하고 있을 거라 예상했다. 희주는 그런 성주가 답답하기만 했다. 예전에 태민과 그 여자가 결혼을 약속했던 사이였다지만 어찌 되었든 지금 태민의 옆에 있는 사람은 그녀인데 뭘 저렇게 고민하는지 이해가 되지 않았다. 막말로 골키퍼가 있어도 골 넣는 이 시대에 결혼 약속을 했다는 이유로 부인이란 여자가 저렇게 절절매고 있으니. 희주는 그녀가 안쓰럽기도 했지만, 바보 같기도 했다. 희주는 더 이상 그녀가 맘대로 생각을 펼치지 못하도록 막아섰다.

[그만 생각해!]

"휴…… 한숨밖에 안 나온다."

[그러니까 생각하지 마. 언니는 바보야? 언니가 뭐 하러 그 여자 입장까지 생각해? 지금 언니 한 몸 생각하는 것도 내가 보기엔 벅차. 언니는 홀몸이 아니잖아. 어찌 되었든 형부 아이까지 가졌는데, 그 여자 온다고 물러날 거야? 쓸데없는 생각 지우고, 나랑 시장이나 가자. 나 먹을 거리 다 떨어졌어.]

"그래. 아니다, 그리지 말고 우리 집으로 와. 같이 저녁 먹자."

[싫어. 불편해. 형부 얼굴 보기도 그렇고.]

"참나. 얼굴 한번 제대로 못 봤으면서 형부 소리는. 안 그래도 태민 씨가 너 궁금해해. 하도 내가 희주, 희주 해서. 잔소리 말고 일 끝나는 대로 집으로 와. 시장은 내일 보고. 안 오면 너랑 안 논다. 저녁에 보자."

저녁 약속을 거절할 게 뻔한 희주였기에 성주는 얼른 먼저 전화를 끊어버렸다. 그리고 갑갑하게 배를 감싸던 복대를 풀자, 별이의 활발한 움직임이 느껴졌다. 힘찬 움직임을 견디지 못한 성주는 작은 신음과 함께 소파에 앉아 정좌호흡 운동을 했다. 지난번 희주가 자신이 아는 언니에게 배웠다면서 가르쳐 준 운동이었다. 태아에게 산소를 공급해 주는 운동으로 허리를 펴고 반가부좌를 틀로 앉아 양손을 배꼽 부분에 모으고 코로 숨을 충분히 들이마신 후 다시 길게 뱉는 형식의 운동이었다. 성주는 운동을 반복했다. 그러나 조금 하다 보니 너무 힘들어 다시 숨을 고르다가 복식호흡에서 흉식호흡으로 바꾸어 운동했다. 자꾸 딸기만 먹는 걸 보면 딸 같은데, 움직이는 걸 보면 아들 같다.

그렇게 잠시 쉬고 있다가 몸이 근질거려서 움직여야겠다는 생각에 몸을 일으켰다. 예전과는 다른 몸 상태 때문에 일하는 속도는 더뎠지만, 그동안 나름대로의 노하우가 생긴 덕에 성주는 많은 힘을 들이지 않고도 청소를 끝낼 수 있었다. 성주는 어제저녁 태민과 함께 봐온 장을 풀고는 몇 가지 밑반찬을 만들었다. 세탁기에서 말끔하게 건조된 빨래를 개켜 태민의 방 서랍장에 넣고, 자신의 방 서랍장에도 넣어두었다. 그리고 나서 태민의 셔츠를 다림질하고 정리했다. 희주가 올 것을 감안해 더 깨끗이 청소를 끝낸 성주는 또다시 수화기를 들었다. 늘어버린 건 투정뿐만이 아닌 듯싶다. 그녀의 수다도 장난이 아니게 늘어버렸다.

[네, 크레타호텔 사장실입니다.]

"저, 성주예요. 태민 씨 바쁜가요?"

[안녕하세요, 사모님. 잠시만 기다리세요.]

성주는 공손하게 전화를 받는 비서의 말에 잠시 수화기를 귀에 대고 그가 빨리 전화 받기를 기다렸다. 얼마 시간이 가지 않아 그가 전화를 받았다.

[왜?]

"오늘 일찍 들어올 수 있어요?"

[아마도. 왜?]

"오늘 희주가 오기로 했거든요."

[아. 그 애?]

"그 애라니, 처제라고 부르라니까."

[알았어. 일찍 갈게.]

"알았어요."

성주는 태민에게 반강제적으로 희주를 처제로 불러주기를 바랐고, 태민도 성주의 성화에 어쩔 수 없이 얼굴도 모르는 희주를 처제라고 불러야만 했다. 태민이 잔소리한다고 핀잔을 주는 것도 재미있어 웃으며 전화를 끊었다. 태민과의 전화를 끝으로 할 일이 없어진 성주는 자신의 방으로 들어와 음악을 들었다. 피아노 협주곡만 들어서 그럴까? 뱃속에 벌이는 피아노 소리와 사람 목소리를 구분하는 것 같기도 했다. 피아노 소리가 들릴 때는 활발하게 움직이다가도 사람 목소리가 들리면 움직임을 멈췄다. 그런 반응이 재밌어 가끔 장난을 치기도 했다. 그렇게 피아노 소리에 취해 한참을 흥얼거리던 성주는 어느새 자신도 모르게 스르르 잠에 빠져 버렸다.

얼마의 시간이 흘렀는지 모를 시각. 성주는 문 열어달라는 초인종 소리에 얼른 일어나 거울을 한번 보고 대충 머리를 정리하고는 누가 왔는지 확인했다. 다름 아닌 희주였다.

"들어와."

황급히 문을 열어주고 안으로 들어온 희주는 그동안 본 적 없던 집을 실제로 보곤 놀라고 신기해하며 이리저리 구경하기에 바빴다. 그동안 희주를 집으로 초대한 적은 한 번도 없었다. 그럴만한 형편도 여유도 없다가 이제야 조금 태민과의 사이가 좋아지면서 이런 기회도 생긴 것이다. 성주는 고개를 돌려 구경하는 희주를 소파에 앉혔다.

"나중에 천천히 봐. 그러다가 목 떨어지겠다. 일은 잘했어?"

"그럼. 힘들어 죽겠다. 아, 뭘 사야 할지 몰라서 아기 옷이랑 신발이랑 장난감 조금씩 샀어."

희주는 들고 있던 쇼핑백을 성주에게 내밀자, 성주는 감동받았다는 표정으로 선물을 꺼내보았다. 작은 옷과 신발, 딸랑거리는 장난감. 아직 한 번도 아기의 옷을 사본 적이 없던 성주는 희주의 선물이 너무도 고마웠다. 아기 옷을 얼굴에 부비며 촉감을 온몸으로 느껴보는 성주를 향해 희주가 입을 열었다.

"형부 오시기 전에 빨리 숨겨. 걸리면 뭐라고 할 거야?"

"아, 맞다. 기다려."

성주는 희주의 말에 황급히 물건을 쇼핑백에 집어넣고 이층 방으로 들어가 옷장 깊숙한 곳에 집어넣었다. 성주의 뒤를 따라 희주가 방으로 들어왔다. 성주는 희주가 들어오는 것을 보고 돌아서서 볼록 부른 배 위에 복대를 둘렀다. 점점 커지는 배를 감추기 위해 복대를 최대한 꽁꽁 감싸는 성주의 얼굴은 어느새 붉어져 있었다. 그런 성주가 희주는 안타까웠지만 현실은 어쩔 수 없는 것이었기에 말을 아꼈다.

"여기가 언니 방이야?"

"응. 넓지?"

"넓으면 뭐 해. 적막하다."

"그래도 우리 별이랑 마음대로 이야기 나눌 수 있는 유일한 공간이라고."

성주는 자신의 공간을 자랑스럽게 소개하며 희주를 데리고 방을 빠져 나왔다. 마침, 태민이 안으로 들어와 딱 마주쳤다.

"일찍 오셨네요?"

"응."

"아참, 인사해요. 여기는 엄희주, 우리 남편. 알지?"

"응, 안녕하세요. 엄희주라고 합니다."

어색하게 서 있는 태민을 향해 희주는 인사를 건넸고, 태민도 반갑게 인사를 했다.

태민은 방으로 들어가 옷을 갈아입고 씻는 동안, 성주는 희주와 함께 저녁을 차렸다. 식탁 가득 성주가 만든 음식을 맛있게 먹던 희주와 태민은 급속도로 빠르게 친해졌다. 낯을 가리는 태민과 달리, 전혀 낯가림이 없는 희주는 태민에게 형부 형부 하며 친근하게 대했고, 태민 역시 그동안 성주에게 시달린 탓에 처제라는 말이 잘도 나왔다.

"처제는 우리 호텔에서 일하다가 왜 옮겼어?"

"형부가 돈을 너무 조금 줘서요."

"아닌데, 정직원 아니어도 월급은 잘 줬는데. 그러지 말고 우리 호텔로 다시 나와. 내가 자리 하나 만들어줄게."

"허이고, 됐어요. 그런 낙하산 제일 싫어해요. 어차피 저 이제 곧 학교 다시 다닐 거예요."

"어머, 정말? 희주 너 다시 다니기로 했어? 등록금 덜 모아졌다며."

"아는 분이 도와주셨어."

"잘됐다, 정말."

저녁 식사를 마치고 소파에 앉아 성주가 깎아주는 과일을 먹으며 도란도란 이야기를 나누었고, 성주는 과일을 접시에 담아두고는 포크로 딸기만 한없이 먹었다.

"딸기랑 원수졌나 봐. 딸기만 먹네."

"그러게요. 아, 오늘 진짜 저녁 잘 먹었다. 오랜만에 잘 먹은 것 같아. 이제 가야겠다. 형부, 오늘 밥 잘 먹었어요. 다음에는 밖에서 사주세요."

"더 놀다 가지."

"나도 내일 출근해야 되고, 형부도 출근해야죠. 갈게. 안녕히 계세요."

"잘 가, 처제. 다음에 봐."

시간이 늦었기에 성주는 가겠다고 일어서는 희주를 더 붙잡지 못하고 그녀를 배웅했다. 대문 밖에서도 몇 마디 대화를 나누던 성주는 희주가 택시를 타고 가는 모습을 바라본 후에야 뒤돌아서 집으로 왔다.

"갔어?"

"네."

"성격이 참 좋아."

"그렇죠? 사람을 참 편하게 하는 재주가 있어요."

"참, 내일 갈 데가 있어."

"어디요?"

"우리 호텔 창립 기념파티."

"파티요? 그런 덴 한 번도 간 적이 없는데."

그동안 태민은 파티와 성주가 체질적으로 맞지 않다는 것을 판단, 웬만한 파티에는 참석하지 않았다. 혼자 가기도 그래서였다. 하지만 이번은 달랐다. 자신의 호텔 창립 기념파티인데 사장인 사람과 그의 부인이라는 사람이 동행하지 않는다면 분명 남의 말 하기 좋아하는 사람들의 입방정에 시끄러울 수도 있었다. 어쩔 수 없이 태민은 성주 몰래 회사에서 잠깐 시간을 내어 성주에게 알맞은 파티 복을 직접 보고 골라놓았다. 연분홍 빛이 감도는 살짝 가슴 라인과 등 라인을 적절히 공개한 옷. 가슴 라인이 보이는 게 조금은 마음에 걸렸지만, 성주에게 너무도 잘 어울릴 것 같아 큰맘먹고 옷을 골랐다. 태민은 자신이 직접 옷을 골랐다는 사실이 믿기지 않아 피식 웃어 보이자, 성주가 입을 열었다.

"휴, 큰일이네요. 내일 몇 시에 해요?"

"일곱 시에 시작할 거야. 오후쯤에 내가 집으로 올게."

"네."

성주는 태민이 일어나 기지개를 켜며 방으로 들어가는 것을 보고 자신도 일어서 방으로 돌아왔다. 그리고 침대에 눕자, 자연스럽게 시선은 천장으로 향했다. 쉽게 잠이 오지 않아 천장을 바라보며 양 한 마리 두 마리를 세어갔다.

"휴, 오늘따라 양이 많이 뛰논다. 벌써 만 마리째니. 별아, 시간이 흐르면 흐를수록 엄마는 모르겠다. 앞으로의 일을 전혀 모르겠어. 아무 생각도 없어. 그저 시간이 흘러가는 대로, 세월이 흘러가는 대로. 별아, 네가 엄마 입장이라면 어떻게 할 거야? 그 사람이 돌아오면 널 가진 엄마는 아빠를 포기해야 될까, 아님 아빠에게 매달려야 할까?"

성주는 그동안 눌러두었던 욕망이 올라와 마음이 불편했다. 이 행복을 가지고 싶었다. 한 번도 누리지 못했던 행복이라 계속 가지고 싶었다. 욕심이 생겨 버렸다. 태민이 이렇게까지 자신에게 잘해주는 걸 보면, 조금은 희망이 있으리라 생각했다. 그 희망에 기대어보아도 될까 라는 생각. 욕심인 것을 알지만 그래도 그 욕심을 품고 싶었다. 성주는 두 눈을 꾹 감았다. 그리고 조용히 양이 뛰노는 꿈속으로 스르르 빠져들었다.

"오늘 잊지 말고."
"네. 잘 다녀와요."
"응."

성주는 출근하는 태민을 배웅하고 막 집으로 들어서다 울리는 전화벨 소리에 급히 다가와 전화를 받았다.

"네."

하지만 건너편에선 아무 소리가 들리지 않자, 성주는 다시 한 번 말했다.

"여보세요? 전화를 하셨으면 말씀하셔야죠."

성주는 아무 말도 하지 않는 상대를 재차 확인했지만, 상대는 여전히 아무 말도 하지 않고 그대로 전화를 끊어버렸다. 허무하게 끊긴 전화를 보고 성주는 뭐야 라는 말을 남기고 똑같은 일상을 반복했다. 요즘 들어 무척 다르게 일을 경영하는 태민은 오늘 역시 회의를 느긋하게 진행하고 있었다.

"합병 건은 아직 지켜보도록 하죠. 그리 급할 것은 없으니. 그럼 오늘 이것으로 회의 마치고, 저녁에 있을 기념파티는 잘 준비됐죠?"

"네. 준비는 모두 끝났습니다."

"수고했어요."

태민은 회의를 끝낸 후, 자신의 사무실로 돌아와 마지막 사무를 보고 있었다. 한창 사무에 열을 내며 일하던 태민 앞에 산하가 자꾸 기웃거렸다. 그런 산하가 정신 사나웠는지 태민이 하던 일을 멈추고 그를 쳐다봤다.

"뭐 할 말 있어?"

"그게, 저……."

"뭔데? 빨리 말해."

"실은……."

"아, 설 비서 나중에 이야기하자. 나 성주 데리러 가야겠다."

자꾸 말을 망설이고 있던 산하를 빤히 쳐다보던 태민은 손목시계 한번 확인하더니, 더 이상 기다려 줄 수 없다는 듯 일어나 성주를 데리러 가겠다며 황급히 회사를 빠져나갔다. 그 뒷모습을 바라보며 산하가 조용히 중얼거렸다.

"채원 씨…… 돌아왔대요……."

태민은 차를 타고 부지런히 집으로 향했고, 성주는 그를 기다렸다는 듯이 얼른 가방을 챙겨 들고 태민의 차에 올라탔다.

"미용실부터 들러야 하는데, 어디로 갈 거예요?"

"있어. 내가 잘 아는 곳."

평범한 옷차림을 하고 차에 탄 성주에게 태민은 자신이 가장 아끼는 한 사람을 소개하기 위해 그곳으로 차를 이동했다. 자신의 어머니 다음으로 아끼는 사람을 소개해 주고 싶었다.

그렇게 한참 차를 움직여 삼층 건물로 되어 있는 샵에 도착했다. 태민은 차를 세워두고 성주와 나란히 안으로 들어가자, 젊어 보이는 한 여자가 다가와 반갑게 아는 척을 했다.

"동생이 어쩐 일이야?"

"누나도 참. 알지? 성주."

"알지, 그럼. 안녕하세요. 태민이 외친척이에요. 민경희."

"아, 네. 안녕하세요."

'태민 씨의 외가 친척이라는데 어머님은 윤 씨……. 친어머니가 아니었구나.'

짧은 커트머리에 다소 터프하게 생긴 여자와 반갑게 인사를 하던 태민은 자신의 옆에 가만히 서 있는 성주를 소개했고, 그 여자는 자신을 태민의 사촌누나라고 소개했다. 그 후 성주를 여러 벌의 드레스가 걸린 곳으로 안내했다. 그리고 연분홍 색의 드레스를 꺼냈다.

"갈아입고 나와요. 태민이가 직접 고른 거예요."

성주는 드레스의 깊게 파인 디자인이 맘에 걸렸지만, 태민이 직접 골랐다는 말에 아무 말도 하지 않고 갈아입었다. 성주의 아름다운 몸매를 자랑이라도 하고 싶은 듯 몸에 착 감긴 옷은 성주의 몸을 그대로 드러냈다. 드레스 위로 살짝 드러난 배에 시선을 던지자 놀란 성주가 황급히 말을 끄집어냈다.

"제, 제가 배가 좀 나온 편이라서……."

의상 쪽에서 일이 년 일한 게 아닌 경희는 성주가 거짓말을 하고 있다는 것 정도는 쉽게 알 수 있었다. 아무래도 임신을 한 모양이었다.

'왜 숨기려 할까? 임신한 게 죄도 아닌데.'

하지만 경희는 아무 말 없이 똑같은 디자인의 마터니티 드레스를 성주에게 건넸다.

"이걸로 다시 갈아입어요. 배가 나와서 안 되겠어. 축하해요, 임신 같은데. 그건 숨기면 안 되는 거예요."

배부른 것만 보고 단번에 성주가 임신한 사실을 알아버린 민경에게 어색하게 웃던 성주는 다시 옷을 갈아입었고, 다행히도 부풀은 배는 드러나지 않았다. 다시 차려입고 나온 성주의 모습이 만족스러운 경희는 성주가 신을 구두를 앞에 놓았다. 성주는 조심스럽게 작은 구두 속으로 발을 맞추었다. 그녀의 모습에 만족한 경희는 그녀를 데리고 큰 거울 앞에 앉혔다.

"원래 내가 직접 안 해주는데. 그래도 동생 마누라니까 해주는 거예요."

"감사합니다."

성주는 경희의 웃음에 인사를 하자, 경희는 '눈 감으세요'라는 말을 하고 그녀의 얼굴에 화장을 했다. 파티장의 조명을 생각해 펄이 들어간 메이크업을 했다. 그리고 머리에 웨이브를 주고 살짝 뒤로 묶어서 그녀의 긴 머리를 그대로 살렸다. 성주의 목에는 딱 봐도 비싸 보이는 목걸이와 귀걸이를 걸친 후에야 태민 앞에 그녀를 선보였다. 성주의 모습에 태민은 잠시 동공이 심하게 커졌지만, 본래의 눈으로 돌아왔.

"근데 누나, 이건 내가 고른 디자인하고 좀 다른 것 같은데?"

"응, 다른 옷이야. 네 부인의 몸매가 안 되셔서 그건 못 입어."

"무슨. 저렇게 말랐는데, 그걸 못 입는단 말이야?"

"허이구, 네가 디자이너야? 어떻게 그렇게 잘 알아? 시끄럽게 굴지 말고. 돈 잘 버는 동생아, 누나 구제해 줘야 하는 거 알지?"

"알았어. 통장으로 돈 부칠게."

"참! 동생 축하하네."

갑작스럽게 축하 인사를 건넨 경희의 말에 태민은 뭐가 하는 눈빛으로 물으려다 금세 고맙다며 고개를 끄덕였다. 경희의 축하 인사는 애 아빠가 되는 것에 대한 인사였는데, 그걸 알 턱이 없는 태민은 오늘 자신의 회사 기념일을 축하한다는 소린 줄 안 것이었다. 성주는 경희의 축하 인사에 가슴이 철렁 내려앉았고, 그들의 행동을 숨죽여 바라보는데 다행히도 태민은 대충 넘겼다.

축하 인사를 하는 경희를 뒤로하고 태민은 성주와 함께 파티에 참석하기 위해 길을 나섰다. 태민도 언제 갈아입었는지, 말끔한 턱시도 차림이었다.

성주와 함께 태민이 나란히 파티가 열리는 장소로 들어가자 이곳저곳에서 카메라 플래시가 터졌고, 각계의 인사들이 그들에게 모여들었다. 태민이 그들을 향해 자연스럽게 인사를 하고 대화를 나누는 반면, 성주는 어떻게 해야 할지 몰라 어색한 미소를 지어 보이며 태민 옆에 꼭 붙어 있었다.

"먹고 싶은 거 있음 먹어."

태민은 성주에게 귓속말로 소곤거리자, 성주도 그에 대한 답변으로 그의 귀에 이렇게 속삭였다.

"혼자 민망해서 못 먹겠어요."

성주의 말에 태민은 피식 웃고는 그녀를 데리고 딸기로 만들어진 음식들 앞으로 다가갔다. 딸기로 만든 파이부터 시작 딸기 주스까지, 온통 딸기로만 만들어진 것들이 가득했다.

"태민 씨, 이제 딸기 장사도 해요? 되게 많다. 돈 아까워. 이거 다 안 먹으면 버리는 거잖아요? 나중에 집에 갈 때 싸가요. 알았죠? 근데 사람들이 딸기는 입에도 안 대네."

"너 먹으라고 주문한 거야. 딸기 아니면 입도 안 대면서."

"밥은 먹잖아요. 아까워, 정말."

"그거 조금 먹으면 해결되나?"

태민은 그녀에게 딸기 요리가 가득 담긴 접시를 내밀자, 그녀는 맛있게 음식을 먹었다. 딸기로 만든 음식을 복스럽게 먹는 성주의 모습을 흐뭇하게 바라보던 태민은 자신에게 다가오는 사람들을 바라보고 한숨을 내쉬었다.

"아휴, 힘들어 죽겠네."

"당신이 주인공이잖아요. 인사하고 와요."

"혼자 있기 민망하다며. 그냥 내 옆에서 웃고 있으면 돼."

태민은 성주와 함께 나란히 사람들의 인사를 받았다. 그 옆에서 가만히 딸기 주스를 마시던 성주를 배려하기 위해 태민이 자신을 둘러싼 사람들에게 말했다.

"식사들 하셔야죠? 저도 식사 좀 해야겠네요."

태민의 말이 어떤 의미인지 안 사람들은 간단한 목례만 남기고 각자 흩어졌다. 태민은 성주를 향해 웃어 보이자, 성주도 웃었다. 성주는 자신이 들고 있는 접시에 담긴 딸기 하나를 태민의 입에 넣어주고 자신도 한입 베어 먹었다. 다정스럽게 있는 그들에게 한 사람이 조심스럽게 다가왔다.

"태민 씨……."

성주와 함께 웃고 있던 태민은 자신을 나지막이 부르는 목소리에 순간 굳은 채 고개를 돌렸다. 태민의 모습에 성주도 따라 고개를 돌렸다.

"채원아……."

그들 앞에 눈물 흘리며 서 있는 사람은 다름 아닌 채원이었다. 놀란 태민은 채원이의 이름을 한번 부르는 것을 끝으로 그저 가만히 바라보기만 했다. 다가가려 했지만, 옆에 서 있는 성주 때문에 차마 다가서지 못하고 서 있었다. 그 옆에 가만히 서 있던 성주는 태민의 입에서 흘러나오는 이름에 성주는 가슴속에 무언가가 쿵 내려앉는 것을 느꼈다. 이름만 들어 왔던 그녀가, 자신이 그렇게 두려워하던 그 운명이 와버렸다. 성주는 두근거리는 마음을 진정시키고 빤히 바라보다 빨리 자리를 비켜줘야겠다는 생각을 했다. 서로를 애타게 바라보는 눈빛을 봐버렸기 때문에……

"오, 오랜만에 본 친구인가 봐요. 난 바람 좀 쐬고 올게요. 얘기 나누세요."

성주는 황급히 자리를 비켜주었다. 성주의 뒷모습을 바라보던 태민은 채원을 데리고 조용한 곳을 찾아들어 갔다. 그사이 많이 말랐다. 아름답고 귀엽던 그녀가 아니었다. 마음고생을 많이 한 얼굴이었다. 태민은 채원의 볼을 살짝 만져 보았다.

"잘 지냈어?"

"응……. 태민 씨는 좋아 보이네……."

태민은 더 이상 말을 하지 못하고 그녀를 꽉 껴안았다. 그동안 이렇게 안고 싶은 적이 한두 번이 아니었다. 매일 그리워하고 보고 싶어했던 사람. 하지만 순간 성주는 왜 생각이 나는 걸까. 태민이 채원을 껴안고 있는데 누군가 후다닥 달아나는 소리가 들려왔고 잠시 그곳에 시선을 던졌던 태민은 이내 채원을 바라봤다.

홀 안에서 마주친 그들의 사이를 피해준 성주는 태민과 채원이 안고 있는 모습을 멍하니 지켜보다 금방 정신을 차리고 후다닥 도망치듯 밖으로 나왔다. 차 오르는 숨을 몰아쉰 성주는 지금의 자신을 보고 싶었다, 어떤 모습인지. 홀 안에서 보았던 채원과 자신을 비교해 보고 싶었다, 누가 더 태민과 잘 어울리는지.

하지만 사람들의 눈에 띄지 않게 몸을 숨기고 있던 성주는 태민이 채원과 함께 차를 타고 가는 모습을 보고 말았다. 그 모습을 보고 성주는 자리에 그대로 주저앉아 버렸다. 그런 성주를 언제 왔는지 산하가 부축하여 일으켰다.

"괜찮아요?"

"아, 네……."

산하는 부축에 성주는 풀린 다리에 힘을 주었다.

'이제 시작인 것일까?'

산하는 안 되겠다 싶어, 성주를 차에 태워 집으로 데려다 주었다. 산하는 그런 성주가 걱정스러웠지만, 한사코 괜찮다는 말에 어쩔 수 없이 발길을 돌려야만 했다.

성주는 집으로 들어와 소파에 털썩 주저앉았다. 아무 생각도 나지 않았다. 이제 어떻게 해야 하는지, 성주는 도무지 알 수가 없었다.

채원이와 함께 빠져나온 태민은 집으로 전화를 하기 위해 핸드폰을 들었다. 그런 태민의 손을 채원이 덥석 잡아버렸고, 그녀의 손길에 하던 일을 멈추고 말았다.

"나 보고 싶었어?"

"……응."

"나도, 나도 태민 씨 무척 보고 싶었어."

"근데 채원아, 우리가 약속한 시간은……."

"알아, 알고 있어. 하지만 그때까지 못 기다리겠어. 내가 어떻게 기다려. 당신과 한시도 떨어지기 싫은데. 태민 씨, 나 아무래도 좋아. 이제 우리 집이 어떻게 되든 상관 안 해. 난 태민 씨만 있으면 돼."

태민은 자신을 향해 매달리는 채원을 달래기 위해 갓길에 차를 세웠다. 울면서 말도 제대로 못하는 채원을 태민은 꼭 안아주면서 달래듯 등을 쓸어주었다. 그토록 기다리던 채원이가 돌아왔다. 그 채원이가 이제는 모든 것을 포기하겠다며 그에게 매달렸다. 태민은 고민에 휩싸였다. 이것을 어떻게 해결해야 하는지…….

태민은 채원이를 달래고는 최고급 호텔로 가 방을 잡고 채원이를 묵게 했다. 태민은 겉옷만 벗어놓고는 채원과 침대에 나란히 누웠다. 그리고 그동안 나누지 못했던 이야기를 마음껏 나누었다. 그러나 태민은 채원과 함께 이야기를 나누는 동안에도 자꾸 성주가 마음에 걸렸다. 어떻게 집으로 갔는지도 궁금했다.

채원과 한참을 이야기하고 나서 시계를 확인해 보니 어느덧 시각은 자정을 넘어섰고 도저히 마음에 걸리는 성주 때문에 안 되겠다 싶어 일어서자 채원이 붙잡았다.

"태민 씨…… 가지 마…… 내 옆에 있어줘……."

채원은 떨리는 손끝으로 태민을 붙잡았고, 태민은 차마 뿌리칠 수 없어 그대로 채원 옆에 누웠다. 태민은 결국 집에 들어가지 못했다.

성주는 뜬눈으로 태민을 기다렸지만, 태민은 끝내 집으로 돌아오지 않았다. 성주는 기다리다 지친 몸으로 욕실로 들어가 몸을 씻었다. 흐르는 물에 온몸을 맡기고 있던 성주는 타월로 몸을 감싸고 방으로 들어와 잠을 청하기 위해 침대에 누웠다. 그러나 잠은커녕 정신이 점점 또렷해져 왔다. 태민과 채원이 나란히 차를 타고 가던 모습이 자꾸만 떠올랐다. 자신을 채원이라는 여자와 착각하고 안았던 첫날밤도 생각했다. 아마 '그들은 밤새 그렇게 사랑을 나누었겠지'라는 불순한 생각. 성주에게는 그 어떤 특권도 없었다. 그들 사이를 질투하는 것도 성주는 해선 안 되는 일이었다. 그들에게는 당연한 만남이었으니까. 이미 알고 있었는데, 그녀가 돌아올 거라는 것을 알고 있었는데도 막상 닥치니 그때의 마음과는 달랐다. 그녀에 대한 미안한 마음도 사라져 버렸다. 그 마음 대신 그녀를 미워하는 마음만 가득했다. 그 마음을 지우기 위해 무던 애를 쓰고 있었지만 잘되지 않았다. 이제 어떻게 해야 할지 그저 막막하기만 했다.

한참 생각을 하고 있던 성주는 울리는 핸드폰 벨소리에 귀찮은 몸을 일으켜 전화를 받았다.

"네, 주성주입니다."

[언니, 나 희주. 뭐야, 어떻게 된 거야?]

"무슨 소리야?"

[형부하고 내연의 여자, 기사 타이틀이 이게 뭐야, 이게. 혹시, 그 여자 돌아왔어?]

성주는 흥분할 대로 흥분한 희주의 말에 어떤 말도 할 수가 없었다. 기사가 어떻게 나왔든 간에 채원은 돌아왔고, 태민이 채원과 함께 사라진 것은 어디까지나 사실이었기 때문이다. 성주가 아무 말이 없자, 희주가 조심스럽게 다시 물어왔다.

[정말 돌아온 거야? ……언니는 어떻게 할 거야?]

"아직은 아무 생각 없어."

[잡아, 형부 잡으라고. 과거야 어찌 됐든 형부는 지금 언니의 남편이야. 법적으로 그렇게 되어 있다고. 언니는 형부 아이도 가진 여자야. 별이, 아빠 없이 혼자 키울 자신 있어? 내 말 잘 들어. 그 여자가 뭐라고 하든 무시해. 형부가 이혼을 원한다고 해도 언니는 꿋꿋이 버텨. 언니도 어차피 이혼할 형편이 못 되잖아. 이혼하면 두 동생들은 어떻게 해? 언니 시어머님이 그랬다면서, 이혼하면 국물도 없을 줄 알라고.]

성주는 희주의 말에 잊고 있었던 사실을 알아차리고 아차 싶었다. 맞다. 그녀에게는 선택권이 없었다. 그녀는 태민과 이혼을 할 수도 없었고 무조건 그 사람과 함께 살아야 했다. 자신은 두 동생들을 위해서도 그에게 필사적으로 매달려야 하는 수밖에 없었다.

"희주야, 언니 좀 쉬고 싶다. 나중에 통화하자."

성주는 먼저 전화를 끊어버리고는 또 한참을 멍하니 앉아 있었다.

아침이 밝아오자 성주는 집에 들어오지 않은 그의 옷과 속옷을 챙겨 쇼핑백에 담은 후 자신도 대충 편한 옷으로 갈아입고는 태민의 회사로 향했다. 가는 내내 이미 알려진 얼굴인 성주는 사람들의 시선에 고개를 푹 숙이고는 황급히 회사 안으로 들어섰다. 사무실로 들어서자 앉아 있던 여비서가 일어나 꾸벅 인사를 했다. 성주는 여비서의 인사에 간단한 목례로 답해주었다. 그러나 무슨 영문에서인지 안절부절못하고 서 있었다. 그런 여비서에게 성주는 웃으며 말했다.

"저 왔다고 말 좀 전해주세요."

"저, 저기, 죄송한데요. 안에 손님이 와 계셔서요."

"누구요?"

손님이 왔다는 말에 성주는 누가 그를 찾아왔기에 비서가 저렇게 안절부절못하나 생각하며 사무실로 한 발자국 다가갔다. 한 발자국 더 내디디려던 성주는 그대로 굳은 채 멈춰 섰다. 사무실 안에서 들리는 화기애애한 웃음소리.

자신 앞에서는 한 번도 크게 웃지 않았던 태민의 웃음소리와 함께 높은 톤의 여자의 여자의 웃음소리가 들렸다. 성주는 눈으로 직접 보지 않아도 태민이 누구와 함께 있는지 직감적으로 느낄 수 있었다.

이젠 태민과 더 이상 함께할 수 없구나. 그렇지만, 그렇지만 욕심내고 싶다. 성주는 그 욕심을 마음속에 담아놓고 어쩔 줄 몰라 하며 서 있는 여비서에게로 다가갔다. 그녀가 무안하지 않도록 웃음을 지어 보았지만, 어색할 뿐 별 도움은 되지 않았다.

"이거 사장님 속옷이랑 셔츠예요. 드리세요."

"그래도 얼굴 보시고 가시는 게……."

"아, 아니에요. 됐어요. 그럼."

성주는 들고 있던 쇼핑백을 비서에게 건네곤 다리에 힘을 주어 한 걸음 한 걸음 힘겹게 걸어갔다. 엘리베이터에 서서 자신이 서 있는 층을 향해 달려오고 있다는 것을 알려주는 붉은 숫자판에 시선을 주고 있었다. 무언가 울컥 터지려는 것을 간신히 참으면서 말이다. 어느새 도착한 엘리베이터는 성주를 맞이하기 위해 문을 활짝 열었고, 성주는 망설임없이 엘리베이터에 몸을 실었다.

태민은 회사까지 따라 나온 채원 때문에 도무지 일을 할 수가 없었다. 한참 채원과 희희낙락 웃고 노는데 비서가 노크를 해왔다.

"들어와요."

"사장님, 이거."

여비서가 안으로 들어와 소파에 앉아 있는 태민에게 쇼핑백을 건넸고, 태민은 비서를 올려다보았다.

"이게 뭡니까?"

"사모님께서 사장님 갈아입을 옷을 챙겨주고 가셨습니다."

여비서는 채원이 들으라는 듯 사모님이라는 말을 강조했다. 채원 역시 그 의도를 알고 여비서를 쏘아봤다. 태민은 그들의 눈싸움에는 신경도 쓰지 않고 다시 말을 이었다.

"언제 왔다 갔습니까?"

"얼마 되지 않았습니다."

얼마 되지 않았다는 비서의 말에 태민이 튕기듯 자리에서 일어났다. 소파에 함께 앉아 있던 채원은 돌아보지도 않은 채 뛰었다. 엘리베이터를 타고 내려가 호텔 밖으로 나와 성주를 찾았다. 한참을 뛰어다닌 후에야 겨우 버스 정류장에 서 있는 성주를 발견하고는 성주에게로 다가갔다.

"주성주."

"어? 태민 씨."

온몸에 땀을 비 오듯 흘리고 자신을 부르는 태민의 모습에 성주는 놀란 얼굴로 바라보았다. 그에게 다가가 자신이 가지고 있던 손수건으로 얼굴을 닦아주자, 태민이 성주를 제지하고 낮은 음성으로 말했다.

"왔으면 날 보고 가야지."

"그냥요."

"차라도 마시고 가."

"됐어요. 가서 일 봐요."

"싫어. 커피숍이라도 가자."

태민은 끝까지 됐다는 성주를 단박에 무시한 채 거의 끌고가다시피 가게 안으로 들어섰다. 조용한 창가에 태민과 성주가 마주하고 앉았다. 종업원이 그들을 향해 다가왔다.

"주문하시겠습니까?"

"딸기 주스 두 잔이요."

태민은 성주가 좋아하는 딸기 주스를 주문하곤 성주를 가만히 바라보았다. 성주는 태민이 부담되어 눈을 마주치기는커녕 창밖의 사람들만 바라봤다.

"어젠…… 어떻게 갔어?"

"산하 씨가 데려다 줬어요."

태민은 자신이 미처 챙기지 못한 성주를 산하가 챙겨다는 말에 자존심이 상했고, 짜증도 밀려왔다.

"앞으로 산하나 딴 남자 차 덥석 덥석 타지 마."

성주는 앞으로라는 태민의 말에 피식 힘없는 웃음을 터뜨리고 말았다.

'우리에게 앞으로가 있을까?'

성주는 가만히 자신에게 질문을 던졌다. 성주는 태민의 말에 아무 대꾸도 하지 않았다. 마음이 어떤 대답도 하지 않았으니까. 태민의 말을 마지막으로 그저 조용히 앉아 각자의 생각 속에 빠져 있는 그들 앞에 주문한 주스가 나왔고, 성주는 컵에 꽂아진 빨대에 입술을 가져다 대었다. 길게 한 모금 마시자, 시원한 딸기가 부드럽게 목을 타고 넘어갔다. 태민 역시 한 모금 마시며 성주의 눈치를 살폈다.

"성주야, 저기 말이야."

성주는 태민이 어떤 말을 꺼낼지 알고 있었다. 아직은 아니고 싶다, 아직은. 태민에게 그 말을 듣고 싶지 않았다. 성주는 그가 말을 꺼내기도 전에 얼른 그의 말을 막아섰다.

"태민 씨, 제가 먼저 이야기할게요. 태민 씨가 채원이라는 분하고 어떤 약속을 했는지 잘 알고 있어요. 우선 미안해요. 당신이 그분과 약속했듯이 저 역시 어머님과 약속을 했어요. 당신은 바라겠지만…… 나 이혼 못해줘요. 난 당신이 채원 씨와 살림을 차려도 할 말 없어요. 다만 이혼만은 안 돼요. 당신이 어떤 말을 해도 난 뭐라 할 말이 없어요."

태민은 성주의 입에서 예상치도 못한 이야기가 흘러나오자 무섭게 인상이 구겨져 갔다. 그러나 성주는 꿋꿋하게 이야기를 끝마쳤다.

"주성주, 너 지금 그걸 말이라고 하는 거야? 살림을 차려?!"

"방법이 없잖아요. 이혼만은 할 수 없다구요."

"입 다물어! 한 마디만 더 해!"

"먼저 일어날게요."

양쪽 눈에 눈물을 한가득 머금던 성주는 도저히 자리에 못 있겠다는 듯 일어나 가버렸고, 태민은 또 그렇게 성주는 그냥 보내 버렸다. 태민은 살림을 차리라는 성주의 말에 화가 나 어찌할 바를 몰랐고, 끝내 끓어오르는 화를 억누르지 못하고 테이블을 주먹으로 내려쳐 가게 내 모든 사람들의 시선이 태민에게로 집중되게 만들었다.

성주는 눈에 가득 담긴 이슬이 흐르기도 전에 소맷자락으로 쓱쓱 문질러 닦아버렸다. 참을 거다. 이런 일이 생길 거라는 거 이미 알고 시작했으니까 참을 거다. 참을 수 있다. 스스로 체면을 걸어보았지만, 눈물은 성주를 멀리하고 흐르기 시작했다. 주체할 수 없이 흐르는 눈물은 끝없이 닦고 또 닦으면 되지만 욱신거리는 마음은 어찌할 수가 없었다. 그가 이야기하려 했다. 자신에게 이혼을 이야기하려 했다. 그의 입에서 나올 이혼이라는 단어가 듣기 싫어 살림까지 차리라는 차마 하고 싶지 않았던 말까지 해버렸다. 성주는 그런 자신이 바보 같다고 생각했다. 정말 자신의 말처럼 태민과 채원이 살림을 차리고 사는 걸 보면 가슴 아파할 거면서. 성주는 봇물 터지듯 쏟아지는 눈물을 어찌하지 못하고, 버스 정류장을 지나쳐 계속해서 걸었다.

태민이 겨우 걸음을 떼어 사무실로 돌아오자, 채원은 차갑게 식어버린 표정으로 굳어버린 것처럼 소파 위에 가만히 앉아 있었다.

"그 여자한테 갔다 온 거야?"

"성주야, 주성주. 그 여자가 아니고."

성주를 향해 싸구려 여자를 지칭하는 말처럼 들리는 채원이의 호칭이 듣기 싫어 태민은 정정해 주었고, 그의 말에 채원이 그제야 고개를 들어 믿을 수 없다는 눈빛으로 태민을 바라보았다.

"나한테는 그냥 그 여자일 뿐이야. 나와 당신 사이에 끼어든 여자일 뿐이라고!"

"성주도 우리와 똑같은 피해자야!"

"지금 내 앞에서 그 여자 편드는 거야?"

"그런 게 아니잖아."

"언제 헤어질 거야?"

채원이 아무 감정 묻어나지 않는 말투로 말하자, 태민은 잠시 망설였다. 이렇게 빨리 성주와의 이별이 다가올 줄은 몰랐었다. 뭘까, 이 마음은······.

"기다려 줘······ 서로 정리할 게 남았어."

시간을 벌고 싶었다. 사실 성주와 헤어지기 위해 준비할 것은 많았다. 윤 여사와 성주의 계약 조건도 자신이 정리해 줘야 할 문제였다. 그것으로 시간을 좀 더 벌어보고 싶었다.

"무슨 정리? 둘이 얼마나 살았다고 정리까지? 설마 마음의 정리를 한다는 건 아니지?"

"그런 거 아냐. 성주 일로 정리할 게 있어. 윤 여사와 얽혔어, 성주. 그 일만 해결되면 성주와······."

"성주, 성주, 성주! 내 앞에서 그 여자 이름 부르지 말란 말이야! 그렇게 다정하게 부르지 말라고! 난 한시도 당신 잊은 적 없어. 당신 보고 싶고, 당신 목소리 듣고 싶어 미칠 것 같았다고. 그때 당신 나랑 약속했잖아, 누구에게도 마음 주지 않기로 약속했잖아."

태민은 채원의 절규를 고스란히 가슴에 담았다. 자신 때문에 먼 타국에서 홀로 지내다 온 여자다. 자신은 여전히 이 여자를 사랑하고 있는데, 이 여자는 뭐가 그렇게 불안한 걸까. 태민은 채원을 으스러지도록 안아주었다.

"마음 주지 않았어. 다만…… 그냥 지켜주고 싶을 뿐이야."

채원은 태민의 말에 그를 빤히 쳐다보았다.

'맙소사!'

채원은 태원의 말에 충격을 받았다. 정말…… 사랑을 시작한 모양이었다. 그는 마음을 주지 않았다고 했지만, 그건 스스로가 깨닫지 못한 것뿐이었다. 그는 분명 그녀에게 사랑을 느끼고 있었다. 채원은 이렇게 태민만 바라보며 기다렸다가는 그를 뺏길 것만 같았다. 채원은 태민의 따뜻한 품을 떠났다.

"오늘 호텔로 올 거지?"

"오, 오늘?"

"기다릴게."

머뭇거리는 태민을 기다리겠다는 말로 그가 빠져나갈 수 없도록 올가미를 뒤집어씌었고, 사무실을 벗어나 윤 여사의 거처인 성북동으로 향했다. 태민이 못한다면 자신이 나서서 해결할 수밖에 없었다. 채원은 스스로 윤 여사를 찾았다.

"나와 약속했던 것보다 일찍 돌아왔구나. 내 말이 우습게 들려나 보지?"

"아닙니다. 제 사랑이 너무 커서요. 도와주세요, 어머님."

"내가 말했지. 난 태민이의 불행을 보며 즐기고 싶다고."

그랬다. 윤 여사는 태민에게 된통 당한 일이 잊혀지지 않았고, 복수를 꾀하던 중 채원이 돌아오자 다시 빠르게 계산을 했다. 채원을 어떤 방법으로 이용해 태민을 망가뜨릴지. 분하고 억울한 마음을 드디어 풀 수 있는 기회가 온 것이다. 복수에 눈이 먼 윤 여사의 손이 파르르 떨려왔다. 윤 여사는 채원을 살며시 살폈다. 왠지 분위기가 달라 보였다. 천사 같은 얼굴이었던 채원에게선 따뜻한 미소는 보이지 않았다. 싸늘하고 아무런 감정이 없는 표정만 있을 뿐이다.

채원은 윤 여사에게 빌며 태민의 감정을 떠올렸다. 이미 자신을 떠나보내고 새로운 사랑을 시작한 남자. 채원은 태민을 갖기 위해서라면 기꺼이 악녀가 되기로 마음먹었다. 사랑 때문에 죽기도 하는데 뭔 짓을 못할까.

"태민 씨는 그 여자를 사랑하고 있어요."

"뭐야?

"그 여자에게 사랑의 감정을 느낀다구요. 어머님이 원하시는 태민 씨의 불행, 이제 끝났다고요. 무슨 말인지 모르시겠어요?"

윤 여사는 악에 받친 눈빛으로 말하는 채원을 보고 그 말이 사실이라는 것을 금방 알 수 있었다. 윤 여사는 머리를 빠르게 회전시켰다. 세상에서 가장 불행한 일은 사랑을 포기해야만 하는 일이란 걸 윤 여사는 그 누구보다 잘 알고 있었다. 자신도 경험하지 않았는가. 물론 누군가의 강제적임에 의해 포기한 것은 아니었지만, 너무도 냉정했던 태민의 아비인 장 회장에게 마음을 품었다가 그 사랑을 포기했었다. 다른 것에는 윤 여사를 자유롭게 해주었던 장 회장은 사랑만큼은 하지 못하게 했다. 장 회장을 사랑한다는 윤 여사의 고백을 단번에 묵살시켜 버렸다.

그날 이후 윤 여사는 사랑을 포기하고 점점 불행해지는 자신을 발견했었다. 이제 더 이상 사랑은 없었다. 다만 미련과 집착만 남았을 뿐. 야속한 장 회장을 잊기 위해 강제적으로 자신의 감정을 지워야만 했던 윤 여사는 피눈물을 흘렸다. 그 후 윤 여사는 장 회장에 대한 미움을 태민에게 풀었다. 순전히 오기인 것이었다. 사랑을 포기해야 하는 마음이 얼마나 아픈 것인지 장 회장이 모른다면, 그의 아들 태민에게는 알려줘야 한다.

윤 여사는 잔인하게 미소 지었다. 채원은 윤 여사와 빠르게 대화를 주고받았다. 잠시 후 윤 여사만 믿겠다는 말을 남기고 채원이 자리에서 일어서 방문을 열었을 때, 태석이 그 앞에 가만히 서 있었다. 화들짝 놀란 채원이 설마 들었을까 하는 생각에 그의 안색을 살폈다.

"끝내는 오셨군요."
"반가워요."

"웃지 마세요. 소름 끼치니까."

한 번도 이런 말을 한 적이 없던 태석의 행동에 채원의 안색은 순식간에 하얗게 변했다. 윤 여사와의 거래 내용을 모두 들었나 보다. 채원은 태석을 끌다시피 밖으로 데리고 나왔다.

"태석 씨, 제 말 좀 들어주세요."

"무슨 말을 더 듣습니까?"

"제가 태민 씨를 얼마나 사랑하는지 아시잖아요. 나 태민 씨 때문에 모든 걸 포기하고 유학까지 간 사람이에요. 근데 그 사람이 변했어요. 나만 사랑하겠다고 약속했던 사람이 변했다구요. 그럼 난 어떡해요. 난 어떡하느냔 말예요."

"그래도 이건 아니라고 봅니다."

"태석 씨, 아무 말 말아주세요. 제발, 제발……."

채원은 자신의 사랑을 지키기 위해서 하면 안 되는 짓까지 했지만, 태석은 그녀를 무작정 미워하고 욕할 수 없었다. 이 모든 일은 자신의 생모가 꾸민 일이니까. 채원과 태민, 성주 역시 모두 피해자였기에 누구 하나만을 나쁘다고 할 수는 없는 노릇이었다. 태석은 끝내 울음을 터뜨리고 우는 채원을 할 수 없이 달래주었다.

태석은 채원을 그녀가 묵고 있는 호텔에 데려다 주고 태민의 회사로 차를 돌렸다.

태민은 태석이 온 것을 알고 있음에도 불구하고 그를 무시하고 일을 계속했고, 묵묵히 그를 지켜보던 태석은 도저히 못 기다리겠다는 듯 그에게 다가가 서류를 빼앗았다.
"일 그만 하고 나랑 얘기 좀 해."
"할 얘기 없어."
"끝은 맺어야 할 거 아니야. 마무리해야지."
"몰라. 나도 모르겠어! 성주가 이혼 못해주겠대. 나가서 살림 차리라고 하더라."

태석은 태민의 입을 타고 나오는 말을 믿을 수 없었다. 하지만 그건 분명한 사실이었다. 오죽했으면 나가서 살림을 차리라는 말까지 했을까. 또 그 말을 자신의 남편에게 한 성주의 마음은 얼마나 찢어졌을까. 아무래도 태석은 이 일에서 빠져야 할 듯싶었다. 태석은 태민에게 좋은 쪽으로 해결하라는 말만 남기고 집으로 돌아와 버렸다.

태민은 여전히 채원을 사랑하고 있다고 확신했다. 그런데 자꾸 그 사랑 가운데를 성주가 가로막고 있었다. 모든 것을 다 가진 채원과 태민 자신 하나밖에는 가진 것이 없는 성주. 당연히 채원에게 가야 하는 걸음이 왜 자꾸 성주에게 가려는지. 태민은 자신의 마음을 알아채지 못했다. 그 마음은 사랑이 아니라 동정인 게 분명한데. 왜 사랑보다 동정이 우선시되고 있는지. 채원에 대한 태민의 마음은 절대 흔들리는 일 없을 거라고 다짐했었는데. 절대 채원을 잊지 않을 것이라 다짐했는데, 그 마음은 이제 없었다……. 채원은 태민 자신이 없어도 살 수 있을 것 같았다. 하지만 성주는 자신이 지켜주고 싶었다. 모든 것을 버린 성주에게 자신이 하나둘씩 채워주고 싶다. 뭘까? 분명 이 마음은 동정인데, 왜 동정이 아닌 것처럼 느껴질까? 이젠 정말 모르겠다…….

그렇게 시간은 허무하게 흘러가고 있었다. 태민은 어떻게 해결을 해야 할지 전혀 갈피를 잡지 못하고 있었다. 그 와중에 성주는 윤 여사 앞에 무릎을 꿇고 앉아 있었다.

"채원이가 돌아왔더구나."

"알고 있습니다."

"채원이가 울며 매달리더구나, 제발 자신과 태민의 사랑을 봐달라고."

"어, 어머님."

"이혼해라."

"어머님, 이건 약속하고 다르잖아요. 저, 그냥 태민 씨 옆에 있을게요. 옆에만 있게 해주세요……."

"시끄럽다! 이혼하고 떠나! 그게 너와 나의 마지막 계약 조건이야."

"계약 조건이라니요, 어머님. 그럼, 그럼 전 어떡해요. 전 어떡해요, 어머님……."

성주는 끝내 윤 여사 앞에서 펑펑 눈물을 쏟아내고 말았다. 윤 여사의 발에 매달려 통곡하는 성주는 윤 여사는 매정하게 떼어내고 방으로 들어가 버렸다. 성주는 무너지듯 울고 또 울었다. 이것이 그동안 행복에 대한 대가인가 보다. 성주는 아무런 희망을 품을 수 없었다. 그나마 믿고 있던 윤 여사의 조건이 바뀌어 버렸으니 말이다.

성주는 비틀거리며 성북동을 벗어나고 있을 무렵 가방 속에서 핸드폰이 요란하게 울렸다.

"네, 주성주입니다."

[안녕하세요. 강채원이에요.]

전화기로 들리는 목소리에 성주는 온몸에 힘을 주었다.

"네…… 안녕하세요."

[좀 뵙고 싶습니다. 지금 태민 씨 호텔 커피숍에 있어요. 오실 수 있나요?]

만나자는 제안을 성주는 피하고 싶었다. 하지만 이건 피한다고 해서 해결될 일이 아니었다.

"알겠습니다. 그쪽으로 바로 갈게요."

성주는 가겠다는 말을 남기고 전화를 끊어버렸다. 성주는 평소 버릇대로 버스 정류장으로 향하려다 걸음을 돌려 택시를 잡아탔다. 버스처럼 군데군데 거치지 않고 가기에 생각보다 빠른 시간에 약속 장소에 도착할 수 있었다. 성주는 택시비를 지불하고 힘겨운 걸음으로 호텔 커피숍으로 향했다.

커피숍 창가 쪽에 한 여자가 앉아 있었다. 성주가 그 여자를 향해 다가가자 그녀 역시 성주를 발견하고 살짝 자리에서 일어났다.

"구면이죠. 반갑네요."

"네……."

성주에게 자리를 권하고 앉자, 그들을 지켜보던 종업원이 다가와 성주에게 꾸벅 인사를 했다.

"안녕하세요, 사모님. 뭐 드시겠습니까?"

종업원이 마치 성주와 마주하고 앉은 채원은 보이지 않다는 듯 성주에게만 메뉴판을 건네자 채원은 어이없다는 웃음을 지었다. 그 웃음을 알아차린 성주는 자신이 보고 있던 메뉴판을 채원에게 건넸으나 그녀는 무시하고 커피를 주문했고, 무안해진 성주는 딸기 주스를 주문했다. 주문을 받은 종업원이 그들 곁에서 벗어난 후 시간이 꽤나 흘렀지만 두 사람은 아무 대화도 나누지 않았다. 그러기를 한참, 채원이 건조한 입을 열었다.

"태민 씨에 대해 얼마나 알아요?"

"네?"

갑작스런 질문에 성주는 당황했다. 그녀의 질문에 딱히 대답할 만한 것을 찾지 못했기 때문이다.

"유치하게 이런 말 안 하려 했는데. 드라마 대사가 괜히 있는 게 아닌가 봐요. 막상 드라마처럼 내가 이런 상황에 닥쳐 보니 나도 이 말이 먼저 튀어나오네요. 나에 대해서는 어느 정도 알 거라고 생각이 드네요, 그쪽 표정을 보니."

"신혼여행 가서 알았어요."

"할 건 다 했네요."

마치 자신의 자리를 뺏고 할 짓은 다 했구나 라는 듯한 채원이의 말투에 성주는 기분이 나빠졌지만, 무어라 대꾸하지 않았다. 그렇게 또다시 대화가 끊어진 가운데 주문한 커피와 딸기 주스가 그들 앞에서 서로의 향과 빛을 뽐내고 있었다.

"그럼 내가 태민 씨와 미래를 약속했다는 것도 알겠네요?"

"네…… 시어머님 때문에 어쩔 수 없이 헤어졌다는 것도요……."

"맞아요. 우린 어쩔 수 없이 헤어졌어요. 하지만 이건 헤어졌다고 볼 수 없어요. 잠시 서로 얼굴만 보지 않았을 뿐, 우린 서로를 갈망하고 있으니까요. 이제 그 자리 그만 꿰차고 앉아 계시죠. 남의 자리에 마치 진짜 주인처럼 앉아 있는 거 보기 안 좋네요."

"한 번도 내 자리라고 생각한 적 없어요……. 희망을 품었던 적은 있었지만, 그쪽이 태민 씨와 사랑을 주고 받았다는 거 알아요. 나 역시 그에게 사랑을 주고 있어요. 일방적이지만, 그를 사랑하고 있다구요."

"그쪽 사랑은 나에게 중요하지 않아요. 당신의 그 일방적인 사랑 때문에 나와 태민 씨가 아프고 힘들다구요. 솔직히 난, 그쪽이 태민 씨를 사랑하고 있단 말도 못 믿겠어요. 그렇고 그런 집안에서 자랐다는데, 돈 하나 때문에 마음을 농락하는 건 잘못된 거 아닌가요?"

자신을 비웃는 채원을 보고 성주는 두 주먹을 불끈 쥐었다. 착한 여자라 생각했었다. 사랑 때문에 그 먼 곳까지 간 여자라면 필시 착할 거라고 생각했었다. 하지만 그녀는 점점 악의를 드러내고 있었다. 성주는 치미는 화를 겨우 참으며 차분하게 말을 끄집어냈다.

"말은 함부로 하는 게 아니에요. 돈 때문이냐구요? 그럼요, 돈은 사람이 살아가는 데 있어서 없어서는 안 될 것이죠. 하지만 그 돈 하나 때문에 마음을 팔진 않아요. 말은 그딴 식으로 하라고 있는 게 아니에요."

"그딴 식? 당신이 하고 있는 짓거리나 생각해! 내가 왜 거기까지 갔는데. 왜 너 같은 여자가 태민 씨 옆에 앉아서. 어머님도 헤어지라고 했다는데, 왜 비키지 않는 거지? 돈이 필요해? 태민 씨 옆에서 더 뜯어먹을 돈이 남았어? 위자료로 얼마를 원하는데! 집 한 채를 원해? 아님 평생 먹고 죽을 만큼의 돈이 필요하냐구!"

짝!

성주는 도저히 그녀의 말을 들어줄 수가 없었다. 악에 받쳐 고래고래 소리 지르는 그녀의 뺨을 성주는 힘껏 내려쳤다. 분했다. 그런 모욕적인 말까지 들어버린 게 분해 성주는 거친 숨을 내쉬며 씩씩거렸다. 모두가 조용해진 그때, 싸늘하면서 낮은 태민의 음성이 성주의 귓가를 파고들었다.

"주성주, 뭐 하는 짓이야."

"태, 태민 씨……."

성주의 입에서 태민의 이름이 흐르자, 맞춘 듯 채원은 울기 시작했다. 방금 전의 그 모습은 온데간데없이 순진한 천사의 얼굴로 울고 있었다. 그리고 보란 듯이 성주 앞에 무릎을 꿇었다.

"헤어져 주세요. 저 태민 씨 없으면 못살아요……."

"채원아, 뭐 하는 거야! 일어나!"

성주는 가만히 서서 채원을 향해 다가가 그녀를 감싸 안은 태민을 바라보았다. 그러자 태민이 울고 있는 채원을 일으켜 의자에 조심스럽게 앉히고 성주에게 시선을 돌렸다.

"너 이게 무슨 짓이야!"

"태민 씨……."

"어디다 손을 대! 미쳤어? 너 왜 그래, 주성주!"

"이야기 못 들었어요? 나한테 했던 말 하나도 못 들었어요?"

"들었어! 무릎 꿇고 헤어져 달라고 하는 소리 들었어!"

"그럼 못 들은 거예요. 강채원 씨가 나한테 어떤 말을 했는데요."

"실망이다…… 주성주."

태민은 더 이상 성주와 아무 말도 하고 싶지 않았다. 더 길게 이야기하면 무슨 짓을 할지 자신도 몰랐기에 태민은 여전히 어깨를 들썩이며 울고 있는 채원이를 데리고 성주를 스쳐 지나갔다.

"나도! 나도 당신한테 실망했어요. 어떻게 날……."

태민은 성주의 말에 멈추었던 걸음을 다시 떼었다. 성주는 그들의 뒷모습을 바라보며 무너지듯 웃음을 지었다. 아무것도 남아 있지 않는 웃음. 그 웃음처럼 성주에게는 이제 아무것도 남아 있지 않았다. 오로지 뱃속에 자리잡고 있는 아기 별 말고는…….

태민은 아직도 울고 있는 채원을 달래느라 정신이 없었다. 성주에게 맞은 뺨은 빨갛게 부어 있었다.

"그러게 뭐 하러 성주를 만나. 내가 한다고 했잖아."

"하긴 뭘 해. 손만 놓고 있으니까 그랬지. 당신, 미워 죽겠어. 내가 왜 그런 여자한테 뺨까지 맞아야 해!"

"미안해. 찜질하자."

태민은 더 이상 채원에게서 성주의 말을 듣기가 싫어 그녀의 말을 막고는 부어오른 뺨을 물수건으로 찜질해 주었다. 그리고 성주와 채원의 일을 회상했다.

한참 사무를 보던 중 산하가 다급한 얼굴로 들어와 태민에게 말했다.

"지금 커피숍에서 채원 씨와 성주 씨가 만나고 있답니다."

태민은 산하의 말에 얼른 일층 커피숍으로 향했고, 보지 말아야 할 장면까지 목격하고 말았다. 채원을 때리는 성주의 눈빛을 본 태민은 그제야 자신의 마음을 깨달았다. 장태민은 주성주를 동정하는 것이 아니다. 동정이 아니면 이 마음은 뭐란 말인가? 흔들리는 눈빛에 상처받았다는 성주의 눈빛에 태민은 성주를 안아주고 싶었다. 하지만 성주 앞에서 무릎 꿇고 비는 채원을 무시할 수는 없었다. 자신이 사랑했던 여자니까. 그래서 괜히 성주에게 소리치고 화를 냈다. 왜 그랬냐는 안타까운 마음에서 우러나온 화였다. 하지만 그 마음은 끝까지 성주에게 전달되지 못했다.

태민은 우선 흥분한 채원을 달래는 것이 우선이라고 판단했고, 채원을 그녀가 묵고 있는 호텔방으로 데려와 침대에 눕혔다.

"잠 좀 자. 피곤해 보인다."

"응."

태민은 침대에 누운 채원이의 얼굴을 쓰다듬어 주고 가만히 바라보았다.

어떻게 집으로 돌아왔는지 기억도 나지 않은 성주는 멍하게 자신의 배를 감싸고 있는 복대를 풀었다. 별이의 활발한 움직임에 위로받고 싶었다. 그 어마어마한 일을 당했음에도 불구하고 성주는 정신을 차리기 위해 애를 썼다. 무너지지 말자, 무너지지 말자……. 하지만 별이는 엄마를 위로해 줄 마음이 없나 보다. 움직임이 없었다. 그 활발했던 움직임이 오늘따라 뜸했다. 그때 성주는 배에서 오는 갑작스런 통증으로 인해 털썩 바닥에 주저앉고 말았다. 아기의 움직임에서 오는 통증이 아니었다. 점점 심하게 밀려오는 통증에 성주는 급기야 쓰러져 바닥을 기었다. 성주가 기어가는 길 따라 피가 묻어나기 시작했고, 성주는 아이가 잘못됐음을 직감적으로 느낄 수 있었다. 성주는 더욱 힘을 내어 간신히 전화를 들어 성민에게 전화를 했지만 받지 않았다. 성주는 점점 몽롱해지는 정신을 간신히 붙잡고 수화기를 들었지만, 누구에게 전화를 해야 할지 몰랐다. 성주는 이 상황에서도 고민에 빠진 자신을 비관하며 한줄기 정신을 놓으려던 찰나, 그녀의 가방 속에 담아두었던 핸드폰이 울렸고 마지막 희망이라는 생각으로 핸드폰으로 힘겹게 다가갔다.

[여보세요, 형수님.]

"으윽…… 도련님……."

[형수님! 왜 그래요, 형수님.]

"배가…… 흐흑…… 배가 아파요……."

겨우 자신이 아프다는 말을 전한 성주는 끝내 한줄기 남은 정신마저 놓고 말았다.

잠을 설치던 채원이 새벽녘에야 겨우 깊은 잠 속에 빠져들자, 태민은 꺼두었던 핸드폰을 켰다. 핸드폰을 켜자마자 부재중 통화를 알리는 문구가 쏟아졌고, 그에게 급한 용무가 있는 사람이 누구일까 살펴보니 태석과 성민, 간간이 성준과 희주의 통화 내역도 확인할 수 있었다. 태민은 가장 편한 태석에게 전화를 걸었다.

"무슨 일이야?"

[여기 대학병원이야. 빨리 와.]

"병원? 왜, 어디 아파?"

[형수님…… 쓰러지셨어.]

태민은 성주가 쓰러졌다는 태석의 말에 황급히 전화를 끊고는 병원으로 향했다. 태민은 성주가 갑자기 쓰러져 버린 이유가 자신이란 생각이 들어 좌절했다.

태민이 병원에 들어서 성주가 입원한 병실을 확인하고 달려갔다. 병실 앞 복도에 놓인 간이 의자에는 태석과 성민, 성준, 그리고 희주가 앉아 있었다. 태민의 쿵쾅거리는 발걸음 소리에 그들은 모두 시선을 돌려 태민을 바라보았다. 그들을 향해 태민이 한 발짝씩 다가가자 태석이 먼저 다가왔다.

"무슨 일이야?"

"형수님…… 유산됐어……."

"유산이라니?"

자신과 성주가 뭘 했다고 임신을 했단 말인가. 그리고 그 아이가 유산이 됐다고? 태석의 입에서 유산이라는 말이 나오자 무슨 뜻인지 몰라 태민이 다시 물었다. 태민의 물음에 태석은 한심하다는 듯이 고개를 살짝 좌우로 흔들었다.

"팔 개월째 접어들었었대. 근데 아기가 스스로 자살을 했어."

"마, 말도 안 돼……. 무슨 임신? 나한테 단 한 마디도, 한 마디도 안 했는데!"

"형부가 지우라고 할까 봐 무서워서 말 못했대요. 시어머니도 알고 계셨는데 지우라고 말씀하셔서, 차마 형부한테까지 말 못한 거예요. 똑같은 말 들을까 봐."

태민은 믿을 수 없다는 얼굴로 병실 안으로 들어갔고, 성주의 손을 붙잡고 우는 장모를 달래는 성주의 모습을 볼 수 있었다. 태민이 병실로 들어오자 따라 들어오던 사람들을 향해 태민이 조용히 말했다.

"다들 나가. 처남들, 장모님 모시고 나가 있어."

성민은 태민과 성주를 단둘이 두고 싶은 마음은 없었으나 성주의 끄덕임에 자신의 엄마를 데리고 밖으로 나오고, 병실 문을 닫았다.

"무슨 말인지 하나도 모르겠으니까 설명해."

"설명이요? 하라니 해야죠. 신혼여행 갔던 그날, 술에 잔뜩 취해서 들어와 날 채원 씨로 오해하고 안았어요. 그날 덜컥 아이가 생겼나 봐요. 그것도 모르고 있다가 삼 개월쯤 되어서 입덧 증상 때문에 알았어요. 순간 지워야겠다고도 생각했었는데 자꾸 아기 모습이 뇌리에 박혀서 못 지웠어요. 당신 모르게 하려고 나중에 태어나서 어쩔 수 없을 때 말하려다가, 그래도 알려야겠다는 생각에 어머님께 말씀드렸더니 지우래요. 지워야만 한대요. 그래서 당신에게 더 더욱 말을 못했어요. 당신도 그럴까 봐. 아기가 태어나면 말해야지. 태어나서 어쩔 수 없게 되었을 때 말해야지 했어요. 근데…… 끝내 이렇게 되고 말았네요."

성주의 길고 긴 이야기에도 믿지 못하겠다는 얼굴을 하고 있던 태민은 해서는 안 될 말까지 내뱉고 말았다.

"그 애, 진짜 내 애가 맞아?"

"당신, 정말 끝까지 잔인하네요. 당신 편한 대로 생각하세요. 이미 죽은 아이, 이제 필요없잖아요."

성주의 눈에는 눈꼬리를 타고 눈물이 흘러내렸다. 잔인한 태민의 말이 비수가 되어 성주의 가슴을 찔렀다. 그가 미웠다. 자신을 아직도 믿지 못하는 태민이 성주는 너무도 미웠다. 성주가 흐르는 눈물을 닦고 냉정하게 말했다.

"나가주세요. 태민 씨하고 있는 거 불편하네요."

그 말을 하고 벽을 향해 돌아누운 성주는 더 이상 아무 말도 하지 않았다. 태민 역시 그 자리를 지키고 있을 수가 없었다. 태민이 병실 밖으로 나오자 성민이 그를 쳐다보고 있었다.

"제 말을 잘못 해석하셨군요. 전 누나가 매형 품에 안겨 울 수 있게 해달라는 뜻이었지, 이렇게 울게 해달라는 뜻이 아니었습니다. 딱 한 대만 치겠습니다. 아픈 누나를 대신해서."

퍽!

성민이 일방적으로 말을 끝내고 태민을 향해 강한 펀치를 날리자 태민의 몸이 기울어졌다. 하지만 태민은 어떤 반격도 하지 않았다. 성민은 쓰러진 태민을 향해 한 마디 더 했다.

"앞으로 웬만하면 제 눈에 띄지 말아주십시오."

성민은 태민에게 말을 던지고 병실 안으로 들어가 버렸고, 모든 것을 지켜보고 있던 희주가 다가와 태민을 일으켰다. 그리고 태민과 함께 병원 휴게실을 찾았다.

"이게 마지막이죠?"

"뭐?"

"언니와 관계 말이에요. 매듭 지으신 거죠?"

"아직은 아니야."

그랬다. 적어도 태민에게 있어 아직은 아니었다. 이렇게 어이없게, 허무하게 그녀와 헤어질 수는 없었다. 자신에게 받은 상처로 곪아버린 가슴을 안고 있는 여자와 이렇게 헤어질 수는 없었다.

"더 주실 상처가 남았나요?"

"처제!"

"언니 저 정도로 힘들어요. 아이를 잃었으니까요. 모두 제자리로 돌아왔잖아요. 형부도 그토록 사랑하는 사람 만났고, 언니도 처음처럼 혼자 몸이 되었고요……."

"저대로 그냥 보내라고? 난 그렇게 못해."

"사랑하지 않잖아요! 그런데 어떻게 같이 있고 위로해 줄 수 있다는 거죠? 동정으로요? 그건 한계가 있어요. 언니 몸 추스르려면 시간이 좀 걸려요. 유산이라 해도 아기 낳은 것과 같이 몸 관리 받아야 한다는군요. 몸조리하는 사람 더 힘들게 하지 마세요."

희주는 그에게 다짐을 받아야 했다. 성주가 아파하는 모습은 더 이상 볼 수 없었다. 희주는 이제야 성주를 이해할 수 있을 것 같았다. 희주는 그가 어떤 말이라도 해주기를 바랐다. 하지만 그는 아무 말도 하지 않고 일어났다. 그를 따라 희주도 자리를 박차고 일어났다.

"형부!"

"처제, 강요하지 마. 나 아직 아무것도 준비되지 않았다고. 우선 성주 회복하고 나서, 그때 가서 정리해도 늦지 않다고 생각해."

태민은 희주의 부름에 조용히 이야기했고, 희주도 아무 말도 할 수가 없었다. 그의 말 한 마디 한 마디가 왠지 너무 절실했다.

태민은 희주를 지나쳐 산부인과 병동에 있는 신생아실을 스쳐 지나가다 걸음을 멈춰 섰다. 신생아실에는 많은 아기들이 누워 있었다. 태민은 신생아실로 다가가 아기들을 바라보았다. 천사, 그 아이들은 천사였다. 만약 성주가 아이를 낳았다면 저 아이들 틈 속에서 우리 아기도 자라고 있었을 텐데……. 태민은 끝내 빛을 보지 못한 아기에게 너무도 미안했다. 그렇게 한참 동안 아이들을 바라보는데, 옆으로 살짝 태석이 다가왔다.

"예쁘지?"

"그러네."

"아마 그 아이도 이렇게 예뻤을 거야."

"이럴 줄은 몰랐다. 일이 이렇게 될 줄은 몰랐어."

"네가 잘못한 건 아니야. 형수님이 제대로 말을 안 하고 관리를 못한 탓도 있겠지."

"내가 알았어야 했어. 내가 알고 잘 챙겨줘야 했는데."

"너 바보 같다는 생각이 든다. 아직 사태 파악이 안 되나 본데, 너에겐 채원이가 있어. 형수님이 아니라. 일이 이렇게 되고 말았는데, 너에겐 이제 와서 뭘 할 수 있어. 난 이 일에 끼고 싶지 않아서 물러나 있었는데 안 되겠다. 태민아, 형수, 아니, 이제 형수도 아니겠다. 성주 씨 힘들지 않게 보내줘."

태민은 태석의 말에 피식 힘없이 웃었다. 다들 자신만 보면 성주와 헤어지란다. 자신은 아무 준비도 안 되어 있는데, 성주에게서 아무 말도 못 들었는데 주변 사람들이 직접 나서서 이 일에 대해 매듭을 지으려 하고 있었다. 태민은 태석의 어깨를 한번 두드려 주고 자리를 떴다. 그리고 성주의 병실을 찾아 들어갔다.

"내일 다시 올게."

"오지 마요. 안 오셔도 돼요."

"성주야, 우리 이러지 말자. 너 몸 빨리 나아야 하잖아."

"당신 얼굴 안 보면 빨리 회복해요."

아이를 잃어서일까. 성주는 날카로웠다. 그리고 냉정했다.

"내일 올게."

냉정스럽게 자신을 떨쳐 내려는 성주를 뒤로하고 태민은 채원이 있는 호텔로 돌아왔다. 날은 이미 환하게 밝아져 있었고 채원은 언제 깨어났는지 일어나 TV 앞에 앉아 있었다.

"어디 갔다 와?"

"병원에."

"병원? 무슨 일 있어?"

"성주가 유산했어."

채원은 유산이라는 말에 말없이 고개를 끄덕였다. 그 아이 때문에 그렇게 태민에게 매달렸나 보다. 아기…….

자신도 갖지 못했던 아기. 태민이의 아기를 그 여자가 가졌다가 잃어버렸다. 채원은 미안한 마음보다 안도의 마음이 드는 자신을 발견하고는 자신이 왜 이렇게까지 됐나 하는 생각이 들었다. 이런 여자가 아니었는데. 사랑 앞에서 이렇게까지 되어버린 자신이 너무 웃겨 채원은 피식 웃음을 터뜨렸다. 그녀의 웃음에 태민은 기분 나쁘게 인상을 찡그렸다.

"그게 웃겨?"

"아니, 전혀. 슬픈 일이잖아."

"근데 왜 웃어?"

"예전 같았음 내가 이 말을 듣고 어땠을 것 같아? 울었겠지. 눈물을 흘리며, 그 처지에 놓인 여자의 슬픔에 위로의 말을 던졌겠지. 팔 개월이라는 시간 동안 당신도 변했겠지만, 나도 변했어. 그런 내가 웃겨서. 내 자신이 너무 웃기고 웃겨서. 그래서 웃었어."

맞다. 채원은 변했다. 변해도 너무 많이 변해 있었다. 예전의 그 어리고 순수한 여자가 아니었다. 채원은 온몸에 얼음 칼을 지닌 채 돌아왔다. 그녀가 타국에 있는 동안 무슨 일을 하면서 어떻게 지냈는지 태민은 모른다. 채원은 TV를 꺼버리고 옷을 갈아입었다.

"어디 가게?"

"문병 가야지."

"채원아, 이러지 말자. 성주 지금 아파. 아기까지 잃어서 슬픈 애라고."

"태민 씨는 안 슬퍼?"

채원은 궁금했다. 애를 가지고 있던 그녀가 아파한다면, 당신도 함께 아픈지. 하지만 태민은 그 어떤 대답도 하지 않았다. 그런 그의 침묵이 채원에게는 더 확실한 대답이었다. 눈에 보이지는 않지만, 그의 상처 입은 마음을 알 것 같았다. 채원은 그의 침묵에 입던 옷을 도로 벗어버리고 욕실로 들어갔다. 채원이 욕실로 들어가자 태민은 다시 밖으로 나왔다. 시계를 보니 어느새 출근 시간이 다 되어 있었다. 어찌 됐든 일은 해야 하는 거니까.

회사로 나오자 이미 소식을 들은 산하가 태민의 뒤를 졸졸 따랐다.

"성주 씨는 어떻게 됐어요? 병원에 갔다는 말만 들었는데."

"유산됐어. 임신했었나 봐."

"유산? 형은 몰랐단 말이야?"

"설 비서, 여기 회사야. 사적인 이야기는 나중에 해. 오늘 저녁 스케줄은 잡지 마. 지금부터 사무실에 아무도 들이지 마. 전화 연결도 하지 말고, 회의도 잡지 마. 밀린 서류나 가지고 와."

산하에게서 아무 말도 나오지 못하도록 입막음을 하고 태민은 밀린 서류들을 꺼내어 작업하기 시작했고, 산하 역시 아무 말도 하지 못하고 그가 편히 일을 할 수 있도록 나가주었다. 태민은 일을 하면서도 성주를 잠시도 잊지 못했다. 병원에서 밥은 제대로 먹는지, 잘 쉬고 있는지 여러 가지 궁금증이 복합적으로 태민의 머릿속을 어지럽혔다. 태민은 그 생각들을 지우기 위해 더욱 집중해서 서류를 검토했다.

성주는 병원에서 나오는 미역국을 한 숟가락 먹고는 다시 수저를 내려놓았다. 그러자 옆에 있던 희주가 다시 손에 수저를 쥐어주었다.
"왜 그래? 먹어야지. 먹어야 힘날 거 아니야."
"안 먹혀. 못 먹겠어."
"그럼 안 먹고 죽을 거야?"
희주가 쥐어준 숟가락을 다시 내려놓자, 희주가 소리쳤다. 그녀의 외침에 성주가 흘러내린 머리카락을 쓸어 올리고 쉰 목소리로 말했다.
"죽긴, 내가 죽으면 우리 별이 네가 키울 거야?"
"그러니까, 그렇게 안 먹으면 젖도 안 나와. 별이 인큐베이터에 있으니까 언니가 젖을 짜서 간호사들한테 가져다줘야 하잖아."
"알았어. 희주야, 너 정말 회사 안 나가봐도 돼?"
"걱정 마, 휴가 써서 괜찮아. 언니 나을 때까지는 있어줘야지."

성주는 고맙게도 희주의 보살핌을 받을 수 있었고, 침대에서 몸을 일으키자 희주가 부축해 주었다.

"어디 가려고?"

"우리 별이 보려고."

"그래도 좀 쉬지. 그렇게 움직이면 되나?"

"이런 가벼운 운동은 해야 돼. 몸을 움직여야 얼른 회복되지."

성주는 희주의 부축임을 받고 신생아 중환자실로 향했다. 그곳에는 유산됐다던 별이가 숨 쉬고 있었다. 온몸을 소독하고 안으로 들어가 별이가 누워 있는 인큐베이터로 다가갔다. 그곳에서 아직 눈을 뜨지 못하고 입에 호흡기를 달고 누워 있는 작은 체구의 아기가 보였다. 성주는 별이의 모습에 눈물이 핑 돌았다. 성주가 별이를 보며 눈물을 흘리자, 별이의 담당의사로 보이는 한 여자가 다가와 화장지를 건넸다.

"아기 이름이 뭐예요?"

"별이요."

"별? 태명이었나 봐요? 태명 말고 진짜 이름 안 지었어요?"

"민주요. 남편 이름을 따서."

"민주, 민주가 참 강한 것 같아요. 팔 개월 만에 일찍 세상에 나왔는데, 호흡 곤란 이상만 있을 뿐 다른 건 괜찮아요. 호흡 곤란도 가끔일 뿐, 스스로 숨을 쉬고 싶어하는 강한 의지가 보여요. 조금은 버겁기는 하지만요."

"몸무게가 어느 정도 돼요?"

"1500gm이요. 민주가 호흡만 스스로 한다면 인큐베이터에 있지 않아도 돼요. 보통 인큐베이터 신세를 지는 아이들은 호흡곤란이나 다른 합병증 때문에 이곳을 벗어나지 못하는 거죠. 물론 몸무게도 그렇지만. 민주의 경우에는 다른 팔삭둥이보다 상태가 아주 좋은 편이에요. 이때 태어나는 아이들은 폐에도 문제가 많고, 신생아 망막증이라는 병도 있는데, 다행히도 민주는 그 병들을 벗어났어요. 조산임에도 불구하고 이렇게 아무 병도 걸리지 않고 태어난 거 보면 하늘에서 도와준 것 같아요. 시간 날 때마다 감사하다고 비세요."

성주는 의사의 말에 안도의 한숨을 내쉬었다. 민주의 상태가 아주 좋다는 말에 성주는 조심스럽게 질문을 던졌다.

"그럼 호흡만 해결되면 데리고 가도 되나요?"

"그럼요. 지금 상태로 봐서는 빠르면 삼 일 정도 되면 괜찮을 것 같아요. 폐가 약해서 그렇지, 다른 문제는 없으니까요."

"일주일 후에 제가 퇴원을 하려고 하는데 괜찮을까요?"

묵묵히 그들의 대화를 듣고 있던 희주가 성주의 말을 막아서려 했으나, 성주는 잡고 있던 손에 힘을 주었고 그 힘의 사인을 알기에 다시 묵묵함으로 돌아갔다. 그리고 성주는 하던 대화를 마저 했다.

"일주일이라면 가능할 것도 같아요. 솔직히 아직은 모르죠. 시간이 흘러봐야 하니까. 그래도 당분간은 이곳에 있는 게 더 좋을 것 같은데."

"우선은 여기서 몸을 좀 추스른 후에 병원을 옮기려고요. 좀 멀리."

"그동안 호전되는 상태를 봐서 알려 드릴게요. 민주는 아직 중환자실에 있기 때문에 면회가 하루에 두 번으로 제한되어 있어요. 오전 오후 타임으로 나누어져 있으니까요, 그 시간대에 맞추어서 오시구요. 우유는 짜서 가지고 오셔야 한다는 거 들으셨죠?"

"네."

성주는 의사에게 인사를 남기고 돌아오는 길에 지난 기억을 떠올렸다. 태석과 전화 통화를 끝으로 성주는 정신을 놓고 말았다. 깨어보니 이미 아이는 태어난 후였고, 제왕절개 수술을 한 탓에 마취가 풀리며 수술 부위가 많이 아파왔다. 성주는 통증을 느끼며 함께 옆에 있는 태석에게 물었다.

"도련님, 아기 어떻게 됐어요?"

"무사해요. 미숙아로 태어난 것치고 괜찮대요."

아기가 무사하다는 말에 성주는 하늘의 신들을 모두 찾아가며 감사하다고 빌었다.

"도련님, 아기 숨겨주세요. 부탁이에요. 제발…… 네?"

"아기를 숨기다니요?"

"태민 씨한테 아무 말 말아주세요. 어차피 저 이제 태민 씨와 헤어져야 하는 거 아시잖아요. 깨끗하게 헤어지고 싶어요. 아이로 태민 씨 발목 잡고 싶은 마음 추호도 없어요. 그러니까 제발 유산됐다고, 그렇게 말해주세요."

그랬다. 이 모든 것은 성주와 태석이 꾸민 사기극이나 다름없었다. 적어도 태민에게만은. 성주는 자신의 선택을 후회하지는 않았다. 미련이 남지 않았다면 그건 거짓말이고, 아이로 발목을 잡고 싶지 않다는 것은 더 더욱 거짓말이었다. 아이를 이용해서 그를 잡아두고 싶다는 마음은 몇 백 번이나 들었다. 하지만 이미 마음 떠난 사람을 그렇게 잡아둔다고 해서 달라지는 것은 아무것도 없었다.

자신이 태민에게 했던 말처럼 그가 정말 살림을 차리고 나가 살게 된다면 허울뿐, 이름뿐인 부인으로 살게 될 것이고 그게 무슨 의미가 있나 싶었다. 단 팔 개월뿐이었지만 성주는 편안하게 누릴 만큼 누렸다고 생각했다. 이 정도면 충분하다고 생각했다. 아니, 충분을 넘어 과분한 것이었다. 그런데도 욕심이 생겼다.

이제 그 과분을 넘어서 욕심이 생겨 버린 것이었다. 그 욕심을 숨기는 것이 얼마나 힘든 것인지 성주는 이번에서야 뼈저리게 느꼈다. 태민을 만나기 전, 자신은 욕심을 낼 필요도 없었고 과분한 것을 받은 적도 없어 그저 가진 것만으로도 충분히 살아왔으니까. 성주는 자신을 넘어서 뛰어나오려는 욕심을 숨기고 병실로 돌아왔다.

성주가 작은 비닐 팩을 챙겨 들고 윗옷을 벗자 희주가 물기

가득한 수건을 준비해 성주에게 건넸고 성주는 수건으로 탱탱하게 부어오른 가슴을 깨끗하게 닦았다. 그리고 병원에서 준 모유 착유기로 젖을 짜기 시작했다. 젖이 어느 정도 차자, 병원에서 준 비닐 팩에 짠 젖을 담고 양을 표시했다. 아기가 엄마 젖을 직접 빨아야 하는데, 하늘은 그것마저 허락하지 않았다. 이렇게 짠 우유를 민주가 있는 중환자실 냉장고에 넣어두면 간호사가 체크된 것을 보고 시간에 맞춰 아이에게 우유를 준다고 했다. 우유를 짜는 모습을 지켜보던 희주가 킥킥거렸다.

"왜?"

"젖소 부인 같아."

"맘 아픈 언니한테."

조금은 무례할 정도로 생각없이 내뱉은 희주의 말에 성주가 나무랐지만, 사실 본인도 웃겼다. 상상력 하고는. 그나마 민주의 상태가 아주 좋아 이런 장난 말이 오갈 수 있는 거였다. 다른 미숙아 엄마들은 언제나 눈물을 달고 산다는 말을 들은 적이 있었다. 그래서 그나마 건강하게 태어나 준 민주에게 고마웠다. 못난 엄마를 만나 지금 힘들게 숨을 쉬고 있는 민주에게 성주는 너무도 고마웠다. 성주는 팩에 표시된 적당량까지 다 짜낸 후 우유를 희주에게 건넸고, 희주가 그것을 들고 신생아 중환자실에 갖다주고 오겠다며 병실을 나갔다. 그런데 희주가 나가자마자 다시 문 열리는 소리가 나자 성주는 쳐다보지도 않고 말했다.

"뭐 놔두고 갔어? 민……."

"나 왔어."

순간 가슴이 철렁했다. 입에서 민주라는 이름이 튀어나오려던 찰나, 타이밍 절묘하게 태민이 말을 끊어 자신이 왔음을 알렸다. 성주는 태민의 음성에 그를 쳐다보지도 않고 침대에 누워 그에게 등만 보여주었다.

"오지 말라고 그랬잖아요."

"궁금해서……. 밥은 먹었어?"

"밥이라도 잘 먹어야 하지 않겠어요? 하긴 밥 잘 먹는 내가 당신에겐 식충이처럼 보일 수도 있겠네요. 나 피곤해서 자야겠어요. 그만 가세요."

퉁명스럽다 못해 비꼬기까지 하는 성주는 잔다며 눈을 감아버렸다. 정말로 잘 마음은 없었는데, 눈을 감은 탓인지 성주는 스르르 잠에 빠져들고 말았다.

태민은 거칠던 숨소리가 차츰 고르게 바뀌자 성주가 잠이 들었음을 알게 됐다. 태민은 성주의 흰 손을 잡았다. 그리고 제대로 보지 못했던 얼굴을 마음껏 바라보았다. 성주는 정말 출산을 한 사람의 몰골을 갖추고 있었다. 그렇게 작았던 얼굴이 퉁퉁 부어 있었다, 복어처럼. 그러나 피부만큼은 여전했다. 아기 같은 피부. 크림을 만지고 있다는 느낌을 줄 정도로 부드러웠다. 그 느낌에 매혹되어 있던 태민은 시끄러운 소리를 내며 들어오는 희주에게 황급히 조용하라는 제스처를 취했다. 태민의 제스처에 희주는 동작을 멈추고 곁으로 다가왔다.

"언니 자요?"

"응. 얼마 안 됐어."

"음료수 드실래요?"

"아니야, 이제 가야지. 처제도 왔으니. 얼굴 보러 온 거야, 봤으니까 됐어."

다소 부드러워진 희주가 태민에게 음료수를 건넸으나 태민은 거절하고 일어나 가버렸다. 혼자 쓸쓸히 가는 태민을 배웅해 주고 싶었으나 자고 있는 성주를 혼자 있게 할 수 없어 그냥 안에서 그에게 잘 가라는 인사만 했다.

그 후에도 태민은 늘 꾸준히 병원을 찾았지만, 매번 자고 있는 성주의 모습만 한참 들여다보고 갔다. 그를 옆에서 지켜보던 희주는 문득 그도 성주를 사랑하는 게 아닐까라는 생각을 해보았다. 그러다 아닐 거라고 고개를 도리질 쳤다. 만약 정말로 성주를 사랑하고 있다면 저렇게 불쌍하다는 표정으로 바라보지는 않겠지. 희주는 이제 이들의 관계를 시간에 맡기기로 했다.

성주의 몸은 빠르게 회복됐다. 집에서 온갖 음식을 만들어온 엄마 때문에 그럴 것이다. 사골이며 온갖 보양식들을 만들어오는 엄마 때문에 성주는 자신이 점점 돼지가 되어가고 있다는 것을 느꼈다.

"엄마, 이제 그만 가져와. 엄만 제대로 먹기나 하는 거야?"

"아, 나야 대충 끼니만 때우면 되지."

성주는 오늘도 양손 한가득 바리바리 싸온 엄마를 걱정했다. 자신은 점점 얼굴이 살이 붙어가고 있는 반면, 엄마는 점점 말라가고 있었기 때문이다. 사실, 엄마에게도 유산됐다고 거짓말을 했다. 엄마를 못 믿어서가 아니었다. 그렇게 거짓말을 해놔야 나중에 쉽게 떠날 수 있을 것 같았다. 성주가 미역국 한 그릇을 깨끗하게 비우고 포만감에 즐거워하고 있을 때 그들 앞에 불청객이 나타났다. 다시는 만나고 싶지 않은 사람, 강채원……. 그 여자가 병실 안으로 발을 들여놓는 순간, 성주의 얼굴은 굳어가기 시작했고, 희주는 직감적으로 그녀가 태민의 여자라는 것을 알았다. 커다란 꽃다발을 들고 서 있는 채원은 정말 아름다웠다. 희주가 그녀의 외모에 넋을 잃고 바라보고 있자, 성주가 희주를 불렀다.

"희주야, 엄마 모시고 가서 밥 좀 사드려. 언니 지갑 가지고 가서."

"에잇, 나도 돈 있어. 엄마, 가세요."

희주는 자신의 엄마도 아닌 사람에게 잘도 엄마라 부르며 그녀를 데리고 자리를 비켜주었다. 그들이 나가자 채원이 성주에게 다가와 꽃다발을 안겼다.

"고맙습니다."

받고 싶지 않았으나 성주는 예의상 받아 들고 형식적인 인사말을 던졌다. 성주의 인사말에도 아무 말이 없던 채원이 의자에 앉아 조용히 입을 열었다.

"유산하셨다고요……."
"그렇게 됐네요."
"나 별로 반갑지 않죠?"
"그쪽이 반갑다면 난 조금 정신이 돈 여자죠. 안 그래요?"
"그래요. 알아요, 그 마음. 나 당신한테 하소연하고 싶어서 왔어요. 여자 대 여자로서 당신이 내 말을 가장 잘 들어줄 것 같다는 생각이 들었거든요. 난 상류층 가정에서 부족한 거 없이 자랐어요. 외동딸이었기 때문에 부모님 사랑도 한몸에 받으면서요."

성주는 남부러울 것 없이 자랐다며 당당히 말하는 채원이 미웠다. 그런 여자가 무슨 하소연할 것이 많아 여기까지 왔는지. 욕까지 치밀어 올랐다. 한 대 때려주고 싶기도 했다. 그걸 아는지 모르는지 채원은 계속해서 자신의 이야기를 늘어놓았다.

"그 덕분에 성격이 낙천적이고 활발하고, 고집도 세고 그래요. 근데 그 고집쟁이가 처음으로 한 남자를 만나 사랑에 빠지게 되었죠. 그리고 그 사람과 영원을 약속하며 결혼하기로 했죠. 그때부터 일은 어긋나기 시작했어요. 그 남자가 마음이 변해서도 아니었고, 제 마음이 변해서도 아닌 태민 씨 어머니의 반대에 의해서죠. 하지만 그 사람과 난 약속했어요, 이 년 후엔 꼭 서로의 반려자가 되겠노라고. 그 약속을 간직한 채 난 허울뿐인 유학길에 올랐어요."

그랬다. 허울뿐인 유학. 채원은 할 수만 있다면 유학길을 포기하고 태민과 살고 싶었었다. 힘들게 세운 아버지의 피와 살 같은 회사 가지고 협박만 하지 않았어도 채원은 모든 것을 포기하고 그와 살려 했었다. 펑펑 쓰던 돈도 필요없었다. 그녀에게는 오로지 태민의 사랑만 있음 모든 것을 해결할 수 있었다. 씁쓸한 웃음을 머금고 채원이 말을 이었다.

"사랑 때문에 상처받은 나를 그곳에선 그 누구도 위로해 주지 않았죠. 오로지 술만이 날 위로해 줬어요. 매일 술기운에 잠을 자고 일어나기를 반복하며 보냈어요. 그 누구와 말 한 마디도 나누지 못한 채. 사실, 말하기가 싫었어요. 이러는 제가 이상해서 하루는 병원을 찾았죠. 심한 우울증에 대인 기피증이라는 판명을 받았어요. 그 우울증 때문에 여러 번 죽고 싶다는 생각을 참아내느라 혼났어요. 그때부터 전 변하기 시작했어요. 내가 스스로 생각해도 잔인할 정도로. 난 당신을 여러 번 죽이고 또 죽였어요, 마음으로."

유학을 온 지 한 달 정도 되자 채원은 어느새 술병을 쥐고 있는 자신을 발견했다. 이러다간 태민에게 달려가기도 전에 죽을 것이란 생각이 들었다. 그래서 찾은 곳이 정신병원이었다. 병명은 우울증과 대인 기피증. 사람 만나는 것을 좋아하던 채원이 어쩌다 이렇게 되었는지. 술에 취해 일어나 멍하니 앉아 있다 보면 어느새 왼쪽 손에는 칼이 쥐어져 있었다. 자살 충동. 그 충동을 이겨내는 일이 채원이라는 한 인간을 360도 변하게 만들었다.

"사랑이라는 게 무서운 거더군요. 한순간에 사람을 이렇게 바뀌게 한 걸 보면 말이죠. 그렇게 생활하다가 도저히 참을 수 없어 자포자기한 심정으로 한국에 돌아왔죠. 그리고 처음 약속한 대로 그와 행복하고 싶은데, 또 이렇게 힘이 드네요. 성주 씨, 나 계속 힘들어야 하나요?"

채원의 파란만장한 유학 이야기를 들은 성주는 가슴이 쿵 내려앉았다. 마지막 그 말이 성주를 죄책감에 휩싸이게 했다. 자신이 그렇게 만든 것도 아닌데, 마치 자신이 유학을 보낸 것인 양 죄책감이 들었다. 성주는 피가 날 정도로 아랫입술을 꽉 깨물었다. 이 사이에 짓이겨지는 아랫입술의 통증보다 가슴을 죄어오는 통증이 더 심했다. 뭐라고 답해야 할까? 나도 내 외롭고 힘들었던 인생을 이야기하고 동정심을 사야 할까. 도저히 답이 나오지 않았다. 아무런 말도 하지 않고 그저 입술만 질겅질겅 깨물고 있는 성주에게 채원이 다시 입을 열었다.

"그쪽이 기다리라면 그러죠. 다만 너무 오래 기다리게 하진 마세요. 여기서 더 기다리면 정말 자살할지도 모르거든요."

채원은 성주에게 마지막 경고를 던졌다. 경고와 협박 사이를 왔다 갔다 하는 위협적인 말. 채원은 마지막 인사를 남기고 뒤돌아서 가버렸다. 성주는 채원의 이야기를 다시 처음부터 더듬어보았다. 찬찬히 이야기를 기억 속에서 재생하던 중 문득 하늘이 원망스러웠다. 처음부터 행복한 사람은 죽을 때까지 그 행복을 누리고, 그렇지 못한 사람은 과분한 행복을 느낄 때면 대가를 치러야 하는 것이 하늘의 법인 것 같아 속이 상했다. 그러고 보니 성주와 채원은 정말 대조적이었다. 부잣집 딸로 태어나 남부러울 것 없이 모든 것을 누리며 살아온 채원과, 모든 것을 포기하고 살아온 성주.

그러고 보면 하늘이 공평하다는 말은 다 거짓말이다. 성주는 채원이 사 온 꽃향기를 맡았다. 성주의 코는 한 마리의 나비가 되어 꽃망울에 그대로 앉아버렸다.

향기에 취해 있던 성주가 핸드폰 알람 소리에 깨어 꽃을 대충 놓아두고 민주가 있는 신생아실로 향했다. 민주는 상태가 아주 좋아서 혼자 숨을 쉴 수도 있게 되었고, 몸무게도 많이 늘었다. 신생아실 앞에서 이름을 호명하자 간호사가 아이를 안아 보여 주었고, 성주는 아기를 한없이 바라보았다.

그 모습을 멀리서 슬프게 바라보는 한 남자가 있었다. 장태민. 자신의 아이도 아닌데 저렇게 보고 좋아하는 성주의 모습에 차마 다가가지 못하고 발길을 돌려야만 했다.

"형부!"

막 병원 문을 열고 나가려던 찰나, 희주는 목소리가 들려 고개를 돌리자 그곳에는 희주와 장모가 나란히 서 있었다. 태민은 그들에게 다가갔고, 장모를 향해 꾸벅 인사를 드렸다. 태민의 인사에 장모는 그를 따뜻하게 맞이해 주었다.

"자네 왔는가."

자신과 성주의 일을 아는지 모르는지 장모는 그에게 그저 따뜻하게만 대해주었다.

"언니 보고 가는 거예요?"

"아니, 병실에 없어. 신생아실 앞에서 아기들 구경해."

신생아실 앞에 있다는 태민의 말에 희주가 화들짝 놀라며 뛰어갔고, 멍하니 희주의 뒷모습을 바라보던 태민이 덩그러니 혼자 있게 된 장모를 모시고 병실로 걸음을 옮겼다.

희주는 아직도 신생아실 앞에서 민주를 보고 있는 성주에게 얼른 뛰어갔다.

"언니! 여기 있으면 어떻게 해! 형부가 언니 여기 있는 거 봤단 말이야!"

"뭐? 그, 그래서 뭐래?"

"아는 눈치는 아니야. 빨리 들어가. 이러다가 진짜 걸리겠다."

성주는 희주 말에 순간 멈춰 버린 숨을 몰아쉬었다. 만약 정말로 태민에게 민주를 들켰다면 성주는 숨이 멎고 말았을 것이다. 성주는 이제 민주도 괜찮아졌으니 슬슬 준비를 해야겠다고 생각했다. 그를 떠날 준비를. 성주와 희주가 병실로 돌아오자 그 안에서는 태민과 엄마가 이야기를 나누고 있었다. 태민이 들어오는 성주를 발견하고 환하게 웃어주었다. 진작 저렇게 웃어줄 것이지……. 성주는 태민의 웃음을 이제 보지 못하는 것이 아쉽기만 했다. 성주를 봤으니 이제 가야겠다고 일어나는 태민을 성주가 붙잡았다.

"나 퇴원할 거예요. 수속 좀 밟아줘요."

"지금 퇴원해도 돼?"

"진작 해도 됐어요. 병원 답답해요. 나 집에 가고 싶어요."

태민은 집에 가고 싶다는 성주의 말에 알겠다며 퇴원 수속을 하기 위해 밖으로 나갔다. 성주는 태민이 나가자 희주에게 물건을 챙겨달라고 하고 옷을 갈아입었다. 그리고 민주 담당 의사를 만나러 갔다.

"제가 오늘 퇴원하기로 했거든요. 민주는 내일 제 여동생이 데리러 올 거예요."

"네, 알겠습니다."

다른 산모였다면 절대 그냥 보내주지 않았을 테지만, 성주는 크레타기업 며느리로 알려진 탓에 신원이 확실해 의사도 알겠다고 대답했다. 성주는 의사에게 민주를 잘 보살펴 달라고 인사하고 짐을 싸고 기다리고 있던 희주, 엄마와 함께 태민의 차에 몸을 실었다. 엄마와 희주를 차례대로 집에 데려다 주고 겨우 자신의 집에 도착했다. 집은 생각보다 깨끗했다. 자신이 흘렸던 하혈이 말라붙어 있을 줄 알았던 성주는 방이 깨끗한 것을 보고 태민에게 무심하게 말했다.

"도우미 아줌마 오시나 보죠?"

"아니, 젊은 사람들이 아줌마 쓰면 욕먹는다고 그랬잖아. 태어나서 처음으로 청소해 봤어."

성주의 짐을 들고 있던 태민은 뿌듯하다는 듯 말했고, 성주의 짐을 들고 자신의 방으로 갔다.

"이걸 왜 가지고 들어가요."

"여기서 지내, 이제."

태민은 성주를 혼자 둘 수 없었다. 그래서 성주가 입원해 있는 동안 성주 방에 있던 짐을 자신의 방으로 옮겨두었다. 토를 달며 안 된다고 할 줄 알았던 성주는 아무 말도 않고 태민의 방으로 들어와 침대에 누웠다.

"배 안 고파? 죽 끓여줄까?"

"태민 씨가 직접요?"

"응."

"……먹고 싶어요."

"알았어. 누워서 쉬고 있어."

성주는 다정다감한 태민을 조금은 느끼고 싶었다. 나중에 그를 회상했을 때 기억할 수 있는 좋은 추억거리. 성주는 그와 추억을 만들고 싶었다. 비록 자신 혼자만 생각할 추억이겠지만. 태민이 끓여온 죽을 기다리는 시간은 상당했다. 맛도 그다지 있는지 모르겠다. 확실히, 처음 끓인 티가 나는 죽이었다.

"별로야?"

"아니요, 맛있어요."

그녀의 맛 평가를 기다리던 태민은 성주가 아무 말이 없자, 유도심문으로 그녀의 평가를 들을 수 있었다. 성주는 처음으로 태민이 만들어준 죽을 끝까지 다 먹었다. 태민은 빈 그릇을 흐뭇하게 바라보고는 성주를 침대에 눕혔다.

"좀 자. 피곤하잖아."

"태민 씨도 이리 오면 안 돼요?"

뜻하지 않게 성주는 그의 품을 원했고, 태민은 조금은 망설였지만, 곧 성주의 옆 자리에 누웠다. 그리고 성주를 꽉 껴안았다. 성주는 아버지 이후 이렇게 따뜻한 품은 처음이었다. 성주는 그 온기를 조금 더 느껴보기 위해 태민의 품을 파고들었다. 그렇게 따뜻한 품에서 하루를 보낸 성주는 살며시 눈을 떠보았다. 태민은 회사에 갔는지 보이지 않았다. 성주는 덮고 있던 이불을 걷고 깨끗하게 몸을 씻고 단장을 했다. 그리고 일찍 희주의 집을 찾았다. 희주의 집 가득 민주의 울음소리가 울려 퍼졌다.

"아휴, 민주 난리도 아니야. 내가 아무리 어르고 달래도 자기 잠 자고 우유 먹을 때 빼고 계속 울어."

성주가 집에 들어서자마자 희주는 못 참겠다는 듯 불만을 토해냈고, 성주는 잔뜩 성이나 울고 있는 민주를 안았다.

"아이고, 우리 민주가 그랬어요?"

성주가 안아 두어 번 흔들며 달래자, 언제 울었냐는 듯 민주는 생글생글 웃기 시작했다. 그 모습에 희주는 어이가 없어 헛웃음을 지었다.

"허, 참나. 이게 사람 가리네. 너 크고 보자."

"희주야, 잠깐 앉아봐."

성주는 민주를 안고, 희주에게 대화를 요청했다.

"왜?"

"민주 데리고 떠날 때가 된 것 같아서. 돈은 충분히 있으니 있을 만한 곳 좀 찾아봐 줘."

"어차피 언니가 떠날 거라고 그러니 내가 아는 곳이 하나 있긴 한데. 언니가 간다면 나도 그곳에서 언니랑 같이 생활하고 싶어."

"안 돼. 넌 여기서 학교도 다니고 그래야지."

"됐어. 나도 언니랑 민주랑 같이 있고 싶어. 여기 혼자 있으면 내 마음이 불편해."

"고맙다."

성주는 희주의 고마움 때문에 눈물이 흘렀다. 그 눈물에 희주는 민주를 받아 들고 성주에게 손수건을 건넸다.

"아기 앞에서 엄마가 그렇게 울면 돼? 언니는 안 우는 강한 사람인 줄 알았는데."

"눈물 같은 거 이제 내 삶에서 지워진 줄 알았는데, 결혼하고 나서는 이렇게 눈물이 자꾸 난다. 바보같이……. 이제 강해져야 하는데. 어쨌든 희주야, 정말 고마워. 나 내일이라도 당장 가고 싶은데."

"전화 한 통화면 돼. 내일이라도 당장 갈 수 있어. 언니 하고 싶은 대로 해."

빨리 이곳을 벗어나고 싶었다. 안 좋은 기억은 모두 묻어버리고 이곳을 벗어나 민주와 새로운 시작을 하고 싶었다. 민주가 커서 학교에 다니고 또 어른이 되는 것을 바라보는 동안 힘든 일이야 있겠지만, 그래도 그 어떤 힘든 일도 이겨낼 수 있을 것 같았다. 민주는 자신과 태민이 만든 사랑스런 아기이니까. 이 아기만 있으면 모든지 할 수 있을 테니까.

성주는 오랜 시간 동안 희주에 집에 머물렀다. 민주에게 젖을 물리고 자는 모습을 지켜보던 성주는 핸드폰을 들어 태석에게 전화를 걸었다.

"도련님, 저예요."

[네, 형수님.]

"저 지금 뵙고 싶은데."

[그러세요. 어디서 만날까요? 댁으로 갈까요?]

"아니요. 저 지금 나와 있거든요. 제가 그쪽으로 갈게요."

성주는 태석과의 통화를 끊고 잠들어 있는 민주의 이마에 베이비 키스를 남겼다.

성주는 차를 타고 태석과 만나러 가기 전 법원에 들려 이혼서류를 받아왔다. 이혼 합의서라는 서류를 바라보는 성주의 눈에는 그 어느 감정도 남아 있지 않은 눈빛이었다. 아니, 남은 감정을 지우고 있는 눈빛이었다. 성주가 약속 시간보다 다소 늦게 도착을 한 바람에 서둘러 태석이 있는 곳으로 다가갔다.

"죄송해요. 너무 늦었죠?"

"아닙니다. 괜찮아요. 앉으세요."

성주는 태석이 권하는 자리에 앉고, 서둘러 말을 했다. 이런 일에 시간을 벌어봐야 좋은 것은 없고, 또, 마음속에 욕심이 일어나 버릴 수도 있으니까.

"도련님, 저 부탁이 있습니다."

"네, 말씀하세요."

"저, 조만간 떠날 거예요. 아직, 어디로 가야 할지 저도 잘 모르겠어요. 그래도 어차피 그를 떠나야 하는 건 당연한 거예요. 이제, 당연한 일이 되어버렸어요. 그것 때문에 부탁할 게 있어요. 우선 염치없는 말이지만, 저희 집 좀 돌봐주세요. 아직 두 동생들 공부도 해야 하고, 돈 들어갈 데는 많은데, 제가 도저히 가족들과 함께 있을 수가 없어서 아무런 도움을 못 줘요. 나중에 자리잡고 돈을 벌게 되면 제가 다달이 돈을 부칠 테지만, 그동안만이라도 좀 도와주세요."

"너무 빠른 거 아닙니까?"

"아니요, 오히려 늦었죠. 저 때문에 맘 아파하고 있을 다른 사람이 있잖아요. 도와주실 거라 믿어요. 또 한 가지, 태민 씨에게는 아무 말씀 하지 말아주세요, 제가 떠난다는 말."

태석은 성주의 간절한 부탁에 그저 알겠다고 말했다. 그러자 성주는 그에게 작은 상자를 꺼냈다.

"이게 뭡니까?"

"그동안 감사의 표시예요. 그리고 앞으로 잘 부탁한다는 뜻에서요. 뭘 사야 할지 몰라서……."

성주는 부끄러운 듯 끝까지 말을 잇지 못했고, 태석은 그 상자를 열어보았다. 만년필이었다. 그동안 수많은 여자들에게서 여러가지 선물을 받았다. 하지만 만년필 선물을 처음이었다. 그동안 옷 선물이나 넥타이 선물, 구두나 이런 것들만 받아왔었는데.

 태석은 선물을 고맙게 받아 들고 성주를 집까지 데려다 주었다. 성주는 편하게 집으로 돌아와 짐을 싸기 시작했다.

 태민은 날이 가면 갈수록 난폭해지는 채원을 감당하기가 너무 힘이 들었다. 술도 잘 먹지 못했던 사람이 거의 술로 생활을 하고 있다고 해도 과언이 아닐 정도였다. 태민은 오늘도 술을 마시고 있는 그녀를 제지했다.

 "채원아, 너 진짜 왜 그래!"

 "내가 뭘? 내버려 둬!"

 "네가 이러는데 어떻게 그래! 원하는 거 해줄게. 그러니까, 제발!"

 "원하는 거? 태민 씨 진짜 나쁜 사람이다. 나만 원하는 거였어? 나만, 나만 그러는 거야? 내가 당신한테 매달리고 있는 거야?! 내가 사랑하는 사람들 사이 갈라놓고 있는 악역인 거야?"

 "아니야. 아니라고! 그러니까 그만 해."

 "나도 그만 하고 싶어. 나도! 당신 그만 놓고 싶다고. 근데 그게 안 되는 걸 어떡해? 이미 맘 변한 사람한테 구차하게 매달리고 있는 거 나도 싫다고!"

채원은 악에 받친 소리에 태민은 우는 채원을 가슴속에 파묻히도록 꽉 끌어안았다. 그녀의 눈물이 너무 가슴 시리게 했으니까. 태민은 시린 가슴을 채원의 체온으로 녹여주기를 바랐다. 채원은 여전히 가슴속에 살아 숨 쉬고 있었다. 채원을 생각하면 가슴속에 잔잔하게 웃음을 짓게 했다. 근데 그 웃음이······.

"채원아······."

"아무 말 하지 마. 나 당신 말 듣기 싫어······."

"미안해······."

"아무 말도 하지 말고. 미안해하지도 마. 미안할 짓 하지 말란 말이야."

채원은 두려웠다. 이미 태민의 마음을 알아버렸는데, 정작 그를 놓지 못하고 있었다. 처음엔 당당하게 다시 태민을 찾을 거라고 생각했다. 그래서 그를 찾기 위해 노력했다. 그러나 그 일이 점점 힘들어진다. 자신 앞에서 자꾸 변한 마음을 드러내고 있는 태민이 미웠다. 그런데 지금 대놓고 말을 하려는 모양이다. 자꾸 미안하단다. 채원은 그 말이 듣기 싫어 두 손으로 귀를 막아버렸다. 하지만 그 틈 사이로 태민의 이야기를 흘러들어 왔다.

"채원아, 미안해······."

"그러지 마. 태민 씨, 나 버리지 마. 나 태민 씨 없이 어떻게 살아?"

"넌 많은 걸 가졌잖아……. 좋은 부모님과 좋은 집. 남부러울 거 없이 고생 한 번 안 하고 편하게 행복하게 살았잖아……."

"내 행복은 태민 씨만이 줄 수 있는 거야. 그걸 왜 몰라!"

"아니, 네가 착각한 거야. 넌 나 없이도 행복할 수 있어. 하지만 성주는 아니야. 나로 인해 행복할 수 있는 사람이야……. 내가 없으면 행복할 수 없어. 지켜주고 싶어, 내 품에 안겨서 편하게 마음껏 울게 해주고 싶어……."

채원은 태민의 말을 끝으로 손에 잡히는 모든 물건들을 집어 던졌다. 마시고 있던 술병도, 컵도, 손에 잡히는 대로 모든 물건을 던지고 부셨다. 그러나 태민은 그런 채원을 말릴 수가 없었다. 저렇게 해서라도 마음이 풀린다면 그것으로 만족해야 하니까. 태민은 너무 마음이 아팠다. 죽을 때까지 지켜준다고 약속했는데, 영원하자고 약속했는데. 목숨과도 같은 그 약속을 깨버린 자신이 원망스럽고 미웠지만 이것만은, 성주를 품 안에서 마음껏 울 수 있게 해주고 싶다는 것만큼은 지키고 싶었다.

"가! 가버려! 어떻게 나한테 이럴 수 있어! 난 당신을 위해서 다 버렸는데! 당신 죽을 때까지, 죽어서도 용서 못해!"

"……용서하지 마, 채원아. 죽을 때까지 용서하지 마. 미안하다."

채원은 용서하지 말라는 태민의 눈물 섞인 음성에 무너져 내렸다. 터져 버린 울음을 끝내 참지 못하고 오열을 했다. 시간을 되돌리고 싶었다. 무슨 일이 있어도 그때 그렇게 윤 여사의 말대로 하지 말 걸. 집이 어찌 되든 이 사랑을 잡을 걸. 사랑 하나만 보고 달려갈 걸. 사랑 하나만 보고, 그저 앞만 보고 달릴 걸. 채원은 후회했다. 지나 버린 그 시간을 후회하고 또 후회했다. 하지만 부질없는 짓이었다.

채원은 울다 지쳐 쓰러지기에 이르렀고, 태민은 쓰러진 채원을 데리고 급히 응급실을 찾았다. 눈물자국이 선명하게 남은 채원을 바라보고 태민도 눈물을 흘렸다. 한때 사랑했던 여자. 아직도 마음 한구석에선 그녀를 사랑한다는 작은 외침도 있었다. 하지만 두 마음을 품을 수는 없는 모양이다. 구석에서 들려오던 그 작은 외침도 점점 줄어들어 버렸으니까……. 링거액을 반 정도 맞을 무렵 채원은 살짝 의식이 돌아왔다.

"괜찮아?"

"여기가…… 어디야?"

"병원. 너 쓰러졌어."

"나 가고 싶어, 집에…….""

"알았어. 가자."

채원은 집에 가고 싶다며 몸을 일으켰고, 태민은 간호사를 불러 채원의 가느다란 손에 꽂힌 주삿바늘을 빼고 그녀를 안아 들었다. 그리고 차에 실어 그녀를 집으로 데려다 주었다.

태민은 도저히 맨정신으로 버틸 수 없어, 채원과 자주 가던 고급 바를 찾았다. 술을 빌려 이 마음을 위로받고 싶었다. 태민의 말을 듣고 채원은 오열을 하며 쓰러져 버렸다. 그 순간이 자꾸 머릿속에 떠올라 미칠 것 같았다. 사람 마음이라는 게 이렇게 한순간에 바뀔 줄 태민 자신도 미처 몰랐었다.

사실 태민은 최근까지만 해도 자신이 성주를 사랑하고 있다는 것을 몰랐다. 그런데 병원에서 신생아실 앞에 아기를 바라보며 미소 짓는 성주를 보고 가슴이 알싸하게 아파온 후 그제야 마음을 깨달았다. 아기를 가졌다는 말을 안 한 성주의 잘못도 있었지만, 가장 큰 잘못을 한 사람은 자신이었으니까. 임신했다는 말도 숨기게 할 만큼 자신은 잘못을 저질렀으니까. 태민은 확 오르는 취기에 성주가 보고 싶어졌다. 자신 때문에 아파했을 성주의 상처를 보듬어주고 싶었다.

태민은 대리운전을 불러 안전하게 집으로 돌아왔다. 그리고 집 안에서는 어느 때보다 환하게 웃고 있는 성주가 자신을 맞이했다.

"술 많이 마셨네요."

"성주야…… 주성주……."

태민은 애꿎은 성주의 이름만 끊임없이 불렀다. 그에 일일이 답해주는 것도 귀찮은 일이건만 성주는 꼬박꼬박 대답해 주었다. 성주는 전혀 귀찮지 않은 표정으로 일일이 대답을 해주면서 태민의 옷을 벗겨주었다.

"성주야…… 나 채원이한테 너무 미안하다……."

"뭐가 그렇게 미안해요?"

"그냥 다."

성주는 태민의 말에 씁쓸한 미소를 지었다.

'걱정 말아요. 이제 당신이 채원 씨한테 미안한 마음 안 들게 해줄게요.'

태민은 잠에 들었는지, 더 이상 어떤 말도 하지 않았다. 성주는 부엌으로 가서 꿀물을 쟁반에 받쳐 들고 다시 방 안으로 들어왔다. 꿀물 쟁반을 탁자 위에 올려놓고, 태민의 얼굴을 쳐다봤다.

"그렇게 마음 아파할 거 없어요. 앞으로 술 조금만 마시고 힘들어하지 말구요. 너무 일에만 매달리지 말고 웃으면서 살아요. 당신 때문에 참 많은 걸 얻어가는 것 같아요. 눈물 흘려보고 싶다는 소원도 당신 때문에 이뤘고, 나한테 과분한 행복 넘치도록 받았고 당신한테 너무 고마워요. 나, 당신한테 바라는 거 있었는데, 나로 인해 웃는 모습 보고 싶었는데, 못 보네요. 사랑했어요. 아니, 지금도 사랑하고, 앞으로도 그러고 싶어요······."

성주는 계속 말을 이을 수가 없었다. 쏟아지는 눈물 때문에, 목이 메는 눈물 때문에. 자고 있는 얼굴을 처음으로 만져 보았다. 따뜻한 얼굴, 자상한 얼굴. 성주의 그의 얼굴을 찬찬히 만져 보며 손길을 눈가로 가져다 대었다. 눈물 자국이 찍혀 있는 걸 보니 많이 울었나 보다. 성주는 태민의 눈물 자국을 부드럽게 쓸었다.

오후 한 시가 넘어서야 깨어난 태민은 성주를 찾았다. 그러나 방 곳곳을 뒤져도 성주는 보이지 않았다. 태민은 불길한 생각에

사로잡혀 그녀의 방으로 올라갔다. 너무도 깨끗했다. 황급히 다시 방으로 돌아와 성주의 옷을 넣어둔 장롱과 서랍을 뒤져 보았지만 성주의 물건은 한 가지도 남아 있지 않았다. 그 와중에 자리고 지키고 있는 게 있었으니 쟁반 위의 꿀물과 편지봉투 하나. 태민은 봉투를 열어 내용물을 확인했다. 그 내용물을 본 태민은 어이없는 실소를 터뜨렸다.

이혼 합의서……. 봉투 안에는 이혼 합의서가 작성되어 넣어져 있었다.

아침 일찍 성주는 태석의 도움으로 채원이 있는 곳을 찾아갔다. 채원은 병원에 왔던 그 반듯한 모습이 아니었다. 자신에게 경고했던 그 말처럼 자살하기 일보 직전의 사람처럼 보였다.

"왜 왔죠?"

"당신과 약속했잖아요."

"뭐요?"

"당신과 태민 씨 행복 빌어드리려고요. 저 오늘 떠나거든요. 당신에게 하고 싶은 말이 너무 많았는데……. 당신 같은 사람은 내 마음 백번천번을 얘기해 줘도 모를 거예요. 사람은 직접 겪어야 알거든요, 바보라서. 다만 당신이 유학 가서 겪었던 그들은 나에게 아무것도 아니에요. 자살하고 싶은 충동 참아내느라 힘들었다고 했죠? 나같이 돈 벌기 위해 갖은 고생 하는 사람들 그런 생각도 갖지 못해요. 그 생각보다 일해서 돈 벌어야겠다는 생각이 우선이니까. 당신은 호강하며 산 거예요, 유학 가서도.

만약 당신이 거기서 돈을 걱정해야 했다면 그런 생각을 하고 있을 시간이 있었을까요? 솔직히 말하면 나 당신과 태민 씨 행복 빌어주기 싫어요. 하지만 태민 씨의 불행은 보기 싫어요. 그래서 내가 떠나는 거예요. 나로 인해서 태민 씨 아파하는 거 보기 싫어서. 어차피 우리 운명은 이렇게 만들어졌나 봐요. 운명의 대가는 받아야겠죠? 그럼 안녕히 계세요."

성주는 채원이 힘들었다며 털어놓았던 건 자신에게 아무것도 아니라는 말과 함께 그녀에게 충고 비슷하게 말을 던졌다. 자신 같은 사람 앞에서 그 걸 가지고 고생이었다고, 고통이라고 말하지 않았으면 하는 바람에서. 성주는 속이 상했지만 편안하게 웃으며 그곳을 떠났다.

6

오 년 뒤.

"스텔라, 민주가 또 대장놀이 중이야."

"정말요? 내가 못살아."

성주는 수녀님의 장난기 어린 말에 놀라 민주를 찾았다.

"장민주, 너 자꾸 이럴 거야?"

"어, 엄마다. 너희들 빨리 우리 엄마한테 인사드려."

"너 자꾸 이러면 엄마가 뭐 한다고 그랬어?"

"엄마, 그 이야기 백 번째인 거 알아? 나도 다 알아. 근데 이모가 엄마는 절대 그렇게 못한댔어. 엄마가 나 쫓아내고 오 초도 안 되어서 찾는다고 그랬어."

성주는 도저히 도움이 안 되는 희주를 잡히면 죽는다고 속으로 욕하면서 민주의 손을 잡고 집으로 돌아왔다. 성주는 어느새 훌쩍 커버린 민주 때문에 골머리를 썩고 있었다. 다섯 살이 된 민주는 모든 것이 다른 아이들에 비해 빨랐다. 언어 능력이나 지능은 거의 초등학교 1학년 수준이었고, 태민의 리더십 기질을 그대로 받았는지 수녀원에 있는 아이들의 대장 노릇을 하곤 했다. 그때마다 성주는 한 번만 더 그러면 쫓아낸다고 그랬는데도 씨도 안 먹히는 걸 보니 희주의 농간이 있었던 모양이다.

 집으로 막 들어선 성주는 옷을 갈아입고 거실로 나오자 민주가 방으로 들어가 그림 한 장을 가지고 나와 성주에게 툭 던졌다. 화가 날 때의 버릇이다. 성주는 그걸 고치기 위해 매를 들었다.

 "너, 엄마가 물건은 좋게 주는 거랬지!"

 "기분이 좋아야 그렇게 주지."

 "민주 바보야? 기분대로 행동하면 된다고 했어, 안 했어!"

 "치, 그림 봐. 나랑 엄마랑 이모랑 셋 다 머리 긴 사람뿐이야. 그리고 셋 다 치마 입었어. 무슨 뜻인지 몰라?"

 성주는 그림을 손가락으로 짚어가며 조목조목 따지기 시작했다. 성주는 말문이 막혀 버렸다. 뭐라 할 말이 없었다. 자라는 동안, 조금씩 말을 배우면서 아빠에 대해 물어보면 성주는 태민에 대해 조금씩 이야기해 주었다. 굳이 숨길 필요가 없었으니까. 그러나 과거의 모습만 말해줄 뿐 현재의 모습에 대해선 말해주지 않았다. 그가 어찌 살고 있는지 모르기도 했지만 아직은 때가 아니라고 생각했다.

"그래서 어쩌라는 거야?"

"정말 몰라?"

"엄마는 민주 말 하나도 모르겠어."

"바보, 엄마는 바보야. 나가서 아빠 만들어와."

성주는 민주의 발칙한 말 때문에 그만 박장대소하고 말았다. 알고 한 말인지, 모르고 한 말인지는 모르겠으나 확실히 어린아이가 할 말은 아닌 듯싶었다. 분명 누가 가르쳐 주어서 저런 말을 하는 것일 거다. 누가 알려줬는지 대충은 짐작하지만 말이다.

"엄마는 능력이 없어서 못 만들어와."

"못 만들어? 그럼 희주 이모 시켜서 돈 주고 사 와. 이모가 그러는데, 엄마가 조금만 눈웃음치면 아빠 한 트럭은 만들어올 수 있다고 그랬어."

"장민주, 쓸데없는 소리 하지 말고 빨리 엄마가 내준 숙제 해라."

"또 내 말 피한다. 이 착한 딸이 이해하지 뭐."

민주는 인심 쓴다는 표정으로 자신의 공부방으로 들어갔고, 성주는 집안 청소를 하며 지난 오 년을 회상했다. 희주가 말한 곳은 고아원을 운영하는 산골 수녀원이었다. 그곳에서 공부를 해서 유치원 교사 자격증을 취득하고 고아원의 아이들 선생님으로 일을 하며 따로 집도 얻었다. 희주는 공부를 중단하고 옷가게를 차렸다.

오 년이라는 시간은 참 많은 것을 바꿔놓았다. 성주 자신은 어느새 한 아이의 엄마가 되어 있었고, 희주는 왈가닥 아가씨가 되어 옷가게를 크게 번성시켰다. 처음엔 노점상으로 시작해서 지금은 번듯한 가게에 자기 자신이 직접 디자인해서 만든 옷도 팔고 있었다. 그중 몇 개는 연예인들이 입고 나올 정도로 많이 알려졌다.

그동안 간간이 집이 궁금하기도 했으나, 차마 연락을 할 수 없어 성민이의 통장으로 매달 백만 원씩 생활비를 붙이고 있었다. 두 동생들도 지금쯤 열심히 의사 공부를 하고 있겠지? 엄마도 잘살고 있을 것이다.

성주는 그들이 자신이 없어도 이제 잘살 거라 생각하고 일부러 그들을 찾지 않았다. 다만 가장 궁금한 사람이 태민이었다. 그가 결혼을 했는지, 어쨌는지 일체 그에 대한 이야기는 신문이든 TV에서든 찾을 수가 없었다. 왜 아무 말도 나오지 않는 것인지 조금은 불안하기도 했다. 그에게 정말 무슨 일이 있는 건 아닌가 하고 말이다. 그러나 그것도 성주의 괜한 걱정일 뿐이다. 그는 누구보다 잘살 사람이니까. 성주는 누구보다 이 생활을 만족하며 살고 있었다. 너무 행복하고 좋은 생활.

태민은 전혀 다른 곳에서 일을 하고 있었다. 자신이 운영하던 일개 호텔이 아닌 한 기업의 전무가 되어 일을 하고 있었다. 모든 것을 총괄하는 크레타기업으로 옮겨와 모든 것을 운영하고 있었다. 아직 젊은 나이에 전무가 된 것은 너무 이른 것이 아닌가 하며 반대하는 이도 있었으나, 태민은 그 사람들이 찍소리도 내지 못하도록 경영에 힘을 쓰고 있었다.

"아직도야?"

"더 이상 추적하기가 힘듭니다. 희주라는 분 역시 전혀 추적이 되지 않고 있습니다. 사모님은 말할 것도 없고 말입니다. 차라리 공개적으로 찾으시는 게……."

"그럼 전 국민들한테 그 절절한 사연을 공개하라는 거야, 뭐야! 설산하, 왜 가면 갈수록 그렇게 생각이 짧아져! 내가 무슨 작은 벤처 사업가야? 내 이미지가 우리 기업의 이미지인 거 잊었어?"

"죄송합니다. 제가 생각이 짧았습니다. 하지만 정말 더 이상 추적이 힘듭니다."

태민은 조그만 일에도 불쑥불쑥 화를 내는 예전의 성격으로 돌아오고 말았다. 성주와의 결혼 생활 동안 잠시 부드러워진 듯했으나 성주가 떠나고 그는 본모습으로 돌아왔다. 자신을 좌지우지할 수 있는 성주를 태민은 무슨 일이 있어도 찾아야 했다.

"해외로 뜬 기록은 없으니까 한국에 있겠지. 무슨 일이 있더라고 꼭 찾아야 해."

"지시가 있으니 다시 한 번 추적하겠습니다만, 이번에도 찾지 못하면 그만 포기하셔야 할 것 같습니다."

 태민은 포기하라는 산하의 말에 좌절하듯 머리를 감싸 안았다. 허무하게 성주가 떠나 버린 후 태민은 성주를 찾기 위해 수없이 많은 노력을 했다. 하지만 성주는 어디로 꽁꽁 숨었는지 찾을 수가 없었다. 성주는 그녀의 가족들에게도 그 어떤 연락도 하지 않고 매달 백만 원씩 돈을 부치고 있었다. 그래서 그것을 통해 추적을 해보았으나 통장 명의는 성주의 것이 아니었다. 장민주라는 사람의 이름으로 된 통장이었다. 그것으로도 추적을 하려 했으나 불가능했다. 하지만 그것에 굴하지 않고 태민은 지난 오 년 동안 단 한 번도 성주를 찾는 일을 멈추지 않았다. 주변에서는 그만 포기하라고 성화였지만 태민은 포기하지 않았다. 포기가 되지 않았다. 성주가 보고 싶어 미칠 것 같았다. 꿈에라도 한번 나와주면 좋으련만, 그녀는 매정했다. 태민은 안타까운 마음을 표정으로 드러내며 산하에게 다시 한 번 지시를 내렸다.

 "설 비서, 한 번만 더 수고해 줘. 아니, 계속 수고해 줘. 십 년이든 이십 년이든 내가 죽을 때까지 성주 찾는 일, 포기하지 말아줘. 부탁이다. 내 마지막 소원이야."

 산하는 너무도 절실히 말하는 태민 때문에 아무 말도 할 수가 없었다. 그의 말대로 성주를 찾는 일에 더 매달려 봐야겠다. 아무래도 태민을 포기시키는 일은 그만 해야 할 듯싶었다. 저렇게 절실한 사람을 보고 그만 포기하라고 하면 태민은 정말 죽어버릴지도 몰랐다. 산하는 알겠다는 뜻을 표하고 태민이 오늘 소화해야 할 스케줄을 읊었다.

"오늘은 별 스케줄은 없습니다. 다만 출장 건이 하나 잡혀 있습니다."

"출장? 무슨 출장?"

"회장님께서 저번에 말씀하신, 실버타운 사업 추진하시겠다고 하셨습니다. 부산 쪽에 좋은 자리가 있어서 결정하신 것 같습니다. 내일 부산 출장입니다."

태민은 실버타운 사업이라는 말에 인상을 있는 대로 구겼다. 분명 그 사업은 안 된다고 말씀드렸는데, 무슨 일인지 한 번도 태민의 의견을 무시하지 않았던 분이 이번만큼은 과감하게 무시하고 돌진하셨다. 태민은 도대체 무슨 생각을 하고 그러는지 알아봐야 할 것 같아 회장실로 걸음을 옮겼다.

"회장님, 전무님께서 오셨습니다."

[들어오라고 해.]

태민이 회장실 안으로 들어가자, 온화한 표정의 노인이 소파에 앉아 그를 맞이했다.

"앉아라."

태민은 자리에 앉자마자, 회장을 바라보며 소리쳤다.

"제가 그렇게 말씀드리지 않았습니까! 실버타운은 아직 아니라고 말씀드렸지 않습니까! 지금은 아닙니다. 사업도 시기라는 게 있죠. 지금 이끌어가는 것만으로 솔직히 힘이 듭니다. 실버타운이 말이야 쉽죠. 복지 문제 아닙니까? 조금이라도 허술한 점이 있으면 안 되는 걸 아시지 않습니까?"

"너는 네 아비 문제인데도 허술하게 할 것이냐?"

여전히 느긋한 표정으로 앉아 태민의 말을 빠짐없이 듣고 있던 장 회장은 허허 웃으며 뜻밖의 이야기로 태민의 말을 맞받아치자 태민이 놀란 눈으로 장 회장을 바라보았다.

"그게 무슨……."

"내가 너한테 회사 넘기고 뭘 하겠느냐. 나도 산 좋고, 물 좋은 곳에서 편안하게 노후를 보내야 하지 않겠느냐? 미래의 장 회장을 위해서 하는 것이야. 그러니 너도 이 아비가 묵을 곳이라 생각하고 잘해보도록 해라."

"아버지, 당연히 제가……."

"여긴 회사야. 아버지는 사적으로 집에서 이야기하고. 장 전무, 내가 믿는 사람이 장 전무밖에 더 있겠나? 이번 일 잘 부탁함세."

뭐가 그리 좋은지 연신 허허거리며 웃던 장 회장은 태민의 두 손을 꼭 부여잡아 힘으로도 강력히 부탁하는 것을 느끼게끔 했다. 태민은 자신의 아버지가 벌써 노후를 생각하는 나이가 되었다는 말에 조금은 씁쓸하게 웃어넘겼다. 어릴 적 자신에게 가장 큰 산이었던 아버지가 가끔은 너무 싫기도, 매정하다라고 생각했었지만 그래도 그는 자신에게 가장 큰 산이었다. 그런데 오늘따라 그 산은 낮은 동산처럼 보이는 이유는 무엇일까? 태민은 돋보기 안경을 끼고 사무를 보는 아버지를 한번 쓱 바라보고는 회장실을 나서려던 찰나, 그의 아버지가 불렀다.

"태민아, 미안하구나."

"무슨 뜻이세요?"

"네가 나에게 처음 등을 돌렸던 그날을 난 잊을 수가 없구나. 네 엄마가 오늘따라 왜 이렇게 보고 싶은지 이유를 모르겠구나. 곧 기일이 다가와서 그러는 건지. 네가 요즘 성주를 찾고 있는 거 안다. 포기하고 싶어도 절대 포기하지 말거라. 내가 네 엄마를 포기한 그날이 내겐 죽고 싶을 만큼 끔찍한 날이 되어버리더구나."

장 회장은 처음으로 그에게 인간다운 말을 남겼다. 언제나 태민을 보고 딱딱한 사무적인 말이나 화를 내는 말뿐이었는데. 태민은 장 회장의 조언으로 힘을 얻었다.

회장실 밖에서 대기하고 있던 산하는 태민이 나오자 그 뒤를 따랐다.

"내일 출장이랬나?"

"네."

"지금 실버사업에 관한 자료 좀 가져와."

"왜 마음이 갑자기 바뀌셨습니까?"

"아버지가 사실 집이니까. 준비해, 당장."

태민의 뒤를 따르던 산하에게 지시를 내리자, 산하는 방향을 바꾸고 어디론가 향했다. 태민은 산하와 반대 방향으로 걸었고,

자신의 사무실로 들어와 남은 사무를 보았다.

아버지 장 회장의 속 이야기에 태민이 잠시 사무에 손놓고 있는데 노크 소리가 들렸다.

"네. 들어오세요."

"이봐, 장 씨."

"태석이 왔냐? 뭐야, 그 짐 가방은?"

"스웨덴 지사로 발령 받았다."

갑작스런 지사 발령이라는 말에 태민이 벌떡 일어나 성큼성큼 태석에게 다가갔다. 잔뜩 굳어진 표정으로 다가오는 태민이 부담된다는 듯이 태석이 뒤로 물러나며 소리쳤다.

"왜 와, 인마. 일 봐, 인사나 하러 온 거야."

"무슨 소릴 하는 거야! 웬 발령이야?"

"아버지께 부탁했어, 그쪽으로 가고 싶다고."

"갑자기 왜? 싫다고 난리칠 땐 언제고."

"그땐 한국 여자들이 더 좋았거든. 지금은 외국 여자들이 더 좋아. 그래서 가려는 거다."

장난꾸러기 같은 미소를 머금은 태석의 말에 태민이 그러지 말고 우선 앉으라고 했다. 태석은 짐 가방을 내려놓고 사무실 가운데 마련된 소파에 앉았다.

태민의 얼굴이 많이 핼쑥해져 있었다. 성주를 찾아 헤맨 지 벌써 오 년이니, 이제는 포기했으면 하는 게 태석의 심정이었다. 모든 것을 다 알고 있는 태석은 성주와의 약속대로 아무 말도 하지 않고 오 년 동안 태민을 지켜보았다. 단순히 약속 때문에 말을 하지 않았던 것은 아니었다. 왠지 이 일에 끼어들고 싶지 않았다. 저들이 정말 운명이라면 언젠가는 만나게 될 것이라 생각해서였다. 그 생각을 오 년 동안 지속한 것은 태석 자신도 놀라운 일이었다. 그리고 또 한 가지. 태석은 성주가 나타나지 않기를 바랐다. 만약 성주가 다시 나타난다면 자신의 어머니인 윤 여사의 행패가 다시 시작될 것이고, 그때는 걷잡을 수 없이 일이 커질 것 같다는 불길한 예감 때문이었다.

다른 남자에게 웃음을 팔며 술을 따라주는 윤 여사의 젊은 시절 모습이 태석은 아직도 생생했다. 다른 사람처럼 더럽다는 생각은 들지 않았다. 어머니 윤 여사의 웃음 속에서 슬픔을 찾아버린 태석이었으니까. 자신이 태민과 함께 윤 여사의 행패를 막는 일에 동참한 것은 윤 여사를 혼내기 위함이 아니라 깨닫게 하기 위함이었다. 그러나 윤 여사는 알지 못했다. 이제 더 이상 윤 여사도, 태민도, 이 한국도 싫었다. 그저 혼자 살고 싶단 생각뿐이었다. 그래서 미리 준비해 왔었다, 떠날 준비를. 그리고 오늘, 태석은 한국을 떠난다.

"언제 와?"

"평생 살지도 몰라."

"결혼은 하고 가야지."

"내 말 뭐로 들었어? 외국 여자가 더 좋다니까."

"윤 여사님 기절하겠네. 아무튼 잘 갔다 와라. 몸조심하고."

"그래."

태석은 태민과 짧은 인사를 나누고 회사를 빠져나와 공항으로 향했다. 그리고 쓸쓸히 홀로 비행기에 몸을 실었다.

성주는 인형을 들고 놀다가 잠이 든 민주를 안아 들고 방으로 들어가 침대에 눕혔다. 잘 때는 정말 아기 같은데, 왜 깨어나서 말만 하면 성주를 훈계하는 시어머니가 되는지. 성주는 낮에 민주가 자신에게 주었던 그림을 들여다봤다. 민주의 그림에는 아빠가 자리할 수 있도록 한곳을 비워둔 채 그림을 마무리지어 놨다. 성주는 그림을 한참 들여다보다가 곱게 접어 서랍 속에 넣었다.

저녁 늦게서야 희주는 양손에 짐을 가득 들고 돌아왔다.

"이게 다 뭐야?"

"정장 가공한 거야. 언니 거."

"내 거? 뭐 하러 이렇게 많이. 네가 만들어준 거 다 못 입어보고 죽겠어. 너무 많잖아."

"말을 해도 참. 민주 옷도 몇 벌 가져왔어. 확실히 서울 쪽이 천 값은 싸. 그리고 돈도 부쳤어."

"그래, 수고했다."

"민주는 자?"

"응. 밥은?"

"먹고 왔지."

희주는 양손에 들고 있던 옷 보따리를 내려놓고 외투를 벗었다. 그리고 옷을 끄집어내어 바닥에 늘어놓고 성주에게 구경시켜 주고 옷을 대보기도 하고 혼자 기분이 좋아 난리도 아니었지만, 성주는 그저 웃고 희주가 하는 대로 가만히 앉아 있었다.

"그나저나, 민주 호적 어떻게 할 거야? 오늘 언니한테 이적하긴 했는데. 이제 곧 학교도 들어가야 할 텐데. 이름 헷갈려 하면 어떡해."

"어쩔 수 없지. 오 년 동안 장민주로 행복하게 살았으니까 됐어."

"형부 찾아가서 호적만 올려달라고 하면 안 돼?"

"그런 소리 하지 마!"

"화내지 마. 나도 답답해서 그래."

"휴, 그만 자자. 민주 똑똑해서 조금만 설명해 줘도 이해할 거야."

성주는 희주와 민주의 아빠 문제로 조금 다투는 듯했으나, 희주의 마음을 알기에 성주는 그 마음만 고맙게 받기로 하고 잠을 자기 위해 민주 방으로 들어갔다. 성주와 희주가 장만한 집은 방 두 개짜리 작은 집이었기에 따로 성주의 방은 없었다. 그래도 이런 집에서 살 수 있게 된 것만으로도 성주는 감사했다.

성주는 잠든 민주를 빤히 바라보는데 자꾸 태민의 얼굴과 겹쳐지는 것을 보고 힘없는 미소를 걸쳤다. 민주의 얼굴은 태민과 너무도 똑 닮아 있었다. 쌍꺼풀이 얇게 진 눈만 성주를 닮았고,

날이 선 코나 입술은 딱 태민이었다. 성주는 그렇게 하염없이 민주를 바라보고 또 바라봤다. 오늘도 민주라는 작고 예쁜 딸을 바라보고 있자니 어느새 또 날이 저물어갔다.

"언니, 오늘 유치원 쉬는 날이지?"

"응."

"그럼 나 좀 도와주라. 방송국에서 또 주문이야. 오늘 옷 만들다 시간 다 가겠어."

"그래, 알았어. 민주야, 이모 가게 가자."

아침 일찍 밥을 식탁 위에 거하게 차려놓은 성주는 희주와 마주 앉자 희주가 그녀에게 도움을 청했고, 희주의 가게를 나가는 것이 유일한 나들이였던 성주와 민주도 바삐 움직여 준비를 마치고 식탁에 앉아 식사를 했다.

"희주 이모, 나 만 원만 줘봐."

"만 원은 뭐 하게?"

"그 돈으로 아빠 사게. 이모가 그랬잖아, 돈 많으면 아빠 자동으로 생긴다고."

민주는 아침부터 생뚱맞게 돈을 찾더니 이렇게 말했고, 희주는 지난번 장난스럽게 성주에게 했던 말을 주워듣고 말하는 민주 때문에 그만 웃음을 터뜨렸다.

"봐, 민주 앞에서 아무 말 하지 마. 저러니까."

성주는 앞으로 입조심하라는 압박을 주자, 희주는 입을 삐죽거리더니 지갑에서 만 원을 꺼냈다. 그 모습에 성주가 놀라 희주의 손을 붙잡았지만 희주는 성주의 손을 털어내고 민주의 고사리 같은 손에 만 원을 쥐어주었다.

"우리 민주는 흥정 잘하지? 이모 가게에 있다가 잘생긴 사람이 지나간다 그럼 얼른 붙잡아서 돈을 주고 말해. '우리 엄마가요, 얼굴도 예쁘고 통장이 세 개나 있어요' 그럼 아빠 생긴다."

"정말? 알았어."

"엄희주! 너 자꾸 애 데리고 그럴래? 장민주, 빨리 이모한테 다시 만 원 줘."

"싫다. 이건 내가 받았어. 만날 내 돈만 주래. 엄마도 욕심쟁이야."

돈을 당장 돌려주라는 성주의 말에 민주는 돈을 꽁꽁 접어 자신이 들고 다니는 작은 가방에 집어넣었다. 그걸 바라보는 성주는 포기하고 조금 남은 밥을 마저 먹고 희주의 작은 승용차를 타고 이동했다.

희주는 가게에 도착하자마자 자신의 작업실로 들어가 버렸고, 성주는 희주가 만들어놓은 옷들을 정리하느라 정신이 없었다. 옆에서 민주도 옷걸이를 가져다주며 열심히 일을 도왔다. 성주가 손님들에게 한창 옷을 팔고 있을 때 희주는 주문량을 마쳤는지 지친 몸으로 가게로 돌아왔다. 피곤함을 느낀 그녀가 구석에 앉아 목을 주무르고 있을 때 곁으로 다가온 민주가 소리쳤다.

"희주 이모 피난다!"

민주의 소리에 놀란 성주가 다가가 살피자 손가락에 피가 조금씩 묻어나는 것을 보고 놀라 말했다.

"왜 이러는 거야?"

"아, 바느질하다가 그런 거야. 괜찮아."

대수롭지 않게 휴지로 쓱쓱 피를 닦는 희주의 터프함에 성주가 어이없어하자, 민주가 희주의 손에 든 휴지를 확 빼앗았다.

"이모도 바보다. 아프면! 대일밴드를 붙이는 거야. 아이 참, 아빠 사려고 했는데 밴드 값으로 돈 들어가겠네. 약국 갔다 올게. 엄마, 나 아이스크림 사 먹는다."

민주는 아침에 희주에게 받았던 돈을 꺼내 들고 딸랑딸랑거리며 나갔고, 희주와 성주는 서로를 바라보며 살짝 미소를 머금다가 크게 웃고 말았다. 민주의 저런 귀여움 덕택에 가끔 이렇게 둘 다 크게 웃는 일이 종종 있었다.

민주는 돈을 들고 가게를 벗어나 약국으로 가던 중 고개를 갸우뚱하더니 방향을 바꾸어 한 남자에게 다가가 손가락으로 톡톡 건드렸다. 그 남자가 뒤돌아 민주를 내려다보았다.

"저기 아저씨, 아저씨는 몇 살이세요?"

"왜 그러니, 꼬마야?"

"아저씨 참 잘생겼네요."

민주는 키가 훤칠한 남자에게 넉살 좋게 말을 붙였고, 그 남자는 차가운 눈빛을 풀고 민주의 눈높이에 맞추어 쭈그려 앉았다.

"아저씨 서른다섯 살인데."

"음. 그럼 우리 엄마랑 딱 세 살 차이네요. 우리 엄마 되게 예쁘고 돈도 많아요. 통장이 세 개래요. 그리고 덤으로 만 원도 드릴게요. 사실 우리 이모가 아파서 밴드 사려고 했는데 나한테는 아빠 사는 게 더 중요하거든요."

초롱초롱한 눈으로 구구절절 설명하며 꾸깃꾸깃 접은 만 원을 남자에게 건네자 남자는 피식 웃으며 민주의 볼을 살짝 꼬집었다.

"너 몇 살이니?"

"지능은 여덟 살 수준이긴 하지만, 나이는 다섯 살이에요."

당돌함에 잘난 척까지 겸비한 민주의 말에 남자는 엄마라는 사람이 궁금해졌다. 어떤 사람인지는 몰라도 참 아이를 밝게 키웠다는 생각이 들었다. 남자는 지갑을 열어 만 원짜리를 민주의 손에 쥐어주려 하자, 민주가 손을 빼냈다.

"우리 엄마가 돈은 함부로 받는 거 아니랬어요. 아저씨, 핸드폰 좀 줘봐요."

뾰로통한 표정으로 돈을 거부한 민주는 남자에게 핸드폰을 원하자 남자는 핸드폰을 민주에게 건네주었다. 민주는 번호를 누르는가 싶더니 다시 남자에게 전해주었다.

"이거 우리 엄마 번호예요. 관심있으면 전화 주세요."

남자는 민주의 하는 짓이 귀여워 머리를 쓰다듬어 주자 민주가 걸음을 돌려 약국으로 보이는 곳으로 걸어가자 옷가게 문이 열리더니 한 여자가 튀어나와 소리쳤다.

"민주야! 너 거기서 뭐 하고 서 있어. 너 과자 사 오지 마. 사 오면 혼낼 거야."

가게 문을 연 여자를 본 남자는 눈이 휘둥그레졌고, 이미 멀어진 민주에게 뛰어가 민주를 붙들고 말을 걸었다.

"꼬마야, 너 방금 저 사람이 엄마야?"

"네. 엄만데요? 왜요? 우리 엄마 봤어요? 예쁘죠?"

남자는 민주의 얼굴을 빤히 들여다보다가 웃는 얼굴로 '아니야'라고 말하자, 민주는 금방 시무룩해져 가던 길을 돌아서 가버렸다. 민주의 뒷모습을 빤히 바라보던 남자에게 딴 남자가 다가왔다.

"전무님!"

"분명하지? 주성주 맞지?"

"네, 맞습니다. 어떻게 하시겠습니까?"

"그냥 가. 지금은 아닌 것 같군. 아이가 있어. 저 꼬마 애."

훤칠한 키의 그 남자는 바로 태민이었다. 부산에 있는 땅을 보러 가던 중 땅주인과 만나기 위해 시내에 있는 한 카페에서 약속을 잡았다. 그 사람과 만나 막 차를 타고 가려고 하는데 민주가 다가온 것이다. 다만 귀여운 아이가 말하는 것이 재미있어 상대하고 있었는데, 이런 우연이라니……. 태민은 당황스럽기만 했다. 또 성주에게 애가 있다는 것에 분노가 일어났다. 자신은 오 년 동안 성주를 찾아 반 폐인처럼 살았는데, 성주는 자신을 떠나 행복하게 살고 있었다. 애까지 낳아서. 태민은 자신의 핸드폰에 찍힌 번호를 보고 산하에게 핸드폰을 넘겼다.

"핸드폰 번호로 조회해 봐. 주소 나올 테니까."

"네, 알겠습니다. 우선 차에 타시죠. 가셔야 합니다."

"음."

태민은 그토록 바라던 성주를 찾았지만, 돌아온 것은 분노였다. 가정이 있을 줄은 꿈에도 생각하지 못한 것이었다. 성주는 이제 자신을 잊어버린 것일까. 태민은 속이 상해 미칠 것 같았다. 성주를 배신한 사람은 자신이었는데, 왜 성주에게 배신감을 느끼는 것일까. 태민은 돌아오는 내내 분노와 배신감에 휩싸여 이를 꽉 깨물었다.

태민은 서울로 돌아와 산하의 조사가 끝나기를 바랐다.

"주소 파악됐습니다."

"어디지?"

"통신사 주소로는 수녀원이었습니다. 그쪽으로 연락을 취했더니 그곳에서 운영하는 유치원 교사라고 했습니다. 그리고 최근에 성주 씨 호적으로 주민주라는 다섯 살 꼬마가 올라왔습니다. 저기, 그런데 한 가지 이상한 점이 있는데……."

태민은 민주라는 이름에 자신이 들었던 나이를 매치시켰다. 산하의 말에 태민은 그제야 안심했다. 민주가 다섯 살이라면 아이는 분명 성주가 유산했던 그 시기에 낳았어야 계산이 맞는다. 하지만 속이 상했다. 왜 그걸 자신에게 속였는지. 태민은 알았다며 산하에게 당분간 스케줄은 잡지 말라고 일러두었다. 태민은 도저히 일할 기분이 들지 않아 사무실을 나가려던 찰나, 누군가 안으로 들어왔다. 채원이었다.

"어디 가?"

"집에. 무슨 일이야?"

"난 이제 무슨 용건이 있어야 당신 찾을 수 있는 사람이 된 거야?"

"채원아."

"긴장하지 마. 나도 자존심 있어. 뭐, 이미 무너진 자존심이긴 하지만 이제라도 세워야 하지 않겠어? 나도 당신 접었다는 말 해주러 왔어. 나, 대성그룹 둘째 아들하고 결혼할지도 몰라. 이미 집안끼리는 말 오가고 있어. 나도 지쳐서 그냥 엮어주는 대로 가려고. 죄책감 갖지 마, 나도 그만큼 잘못했으니까. 나 당신한테 행복하란 소리 듣고 싶어서 왔어. 당신이 그 말 해주면 오기로라도 행복해질 것 같아서."

오자마자 자신의 일을 낱낱이 고하는 채원의 모습은 그녀를 처음 보았을 때와 같은 모습이었다. 말투가 다소 거칠기도 하고, 비꼬는 말투도 있었지만 말 하나하나에는 진심이 담겨 있었다. 태민도 진심 어린 표정으로 말했다.

"축하해. 채원아, 행복해라."

태민의 마지막 말을 들은 채원은 피식 웃으며 태민에게 안겨왔다. 정말 행복한 미소를 지으면서도 연신 눈물을 흘렸다. 이제 이렇게 안겨서 울 날도 오늘이 마지막이 될 테니……. 처음과 마지막. 시작과 끝은 뗄래야 뗄 수 없는 것인가 보다. 언제나 시작처럼은 될 수 없다는 것…… 시작을 했으면 끝도 당연히 해야 하는 것처럼…….

채원은 그렇게 태민과의 인연의 고리를 끊었다. 이제 확실히 그들 사이는 끝이었다…….

그 끝은 언제나 슬픔을 안겼다. 채원 역시도 피해갈 수 없었다. 그 슬픔에 취해 채원은 태민의 품에서 모든 미련을 쏟아냈다.

한바탕 눈물 바람을 일으키던 채원은 태민에게서 떨어진 후 안녕이라는 말도 남기지 않고 뒤돌아서 가버렸다. 태민은 채원의 마음을 이해한다. 그녀는 왜 아무런 인사를 하지 않고 떠나는지. 안녕이란, 정말 그와의 모든 것을 잊었을 때 할 수 있는 말일 테니까. 태민은 한결 가벼운 마음으로 집으로 돌아왔다.

민주는 저녁밥을 먹고 후식을 먹는 와중에도 뭐가 그리 좋은지 혼자 자꾸 깔깔대며 웃고 있었고, 성주는 민주를 품에 꺼안았다.

"민주는 뭐가 그렇게 좋아?"

"엄마는 몰라도 돼. 참, 어떤 아저씨한테 전화 오면 다정하게 받아야 돼."

"어떤 아저씨?"

희주의 질문에 민주는 으쓱해하며 말했다.

"내가 아빠 될 사람 구했어. 나이도 엄마랑 딱 세 살 차이야. 핸드폰 번호 가르쳐 줬으니까 연락할 거야."

희주는 민주의 말에 배를 움켜잡고 자지러지듯 웃기 시작했고, 반면 성주는 얼굴색이 눈에 띄게 바뀌었다. 그리고 눈으로 레이저 빔을 쏠 것처럼 민주를 노려봤다. 그 눈빛에 희주는 위험함을 느끼고 얼른 민주를 안았다.

"아이, 언니. 도끼눈 그만 떠. 애가 장난한 걸 가지고. 그런 걸로 전화하면 그놈이 미친 놈이지. 언니는 좋겠수. 민주가 조금 크면 언니 진짜 재혼할 수밖에 없겠다."

성주가 화를 내는 것은 당연지사, 희주는 민주를 사수하며 성주의 화를 풀어주기 위해 자신만의 방법으로 노력했다. 그러나 오늘따라 성주는 쉽게 화를 풀지 않은 채 방으로 들어가 버렸다. 희주는 이상한 낌새를 눈치 채고 민주를 자신의 방으로 들여보냈다. 그리고 성주의 방으로 따라 들어갔다.

"언니, 왜 그래."

그녀는 울고 있었다. 닭똥 같은 눈물을 훔치더니 떨리는 목소리로 입을 열었다.

"나 정말 재혼이라도 해야 되나?"

"무슨 소리야?"

"민주가 지금은 어려서 저렇지만, 좀 더 커서 사춘기 오고 그러면 비뚤어질 것 같아. 난 최선을 다했다고 생각했는데, 민주에게는 그 자리가 너무 큰가 봐. 도저히 내 힘으로는 채워줄 수가 없어 속상해. 어떡하니?"

"맞아. 언니 말대로 민주가 크고 사춘기가 오면 심각해지겠지. 근데 정말 정 가는 남자 없어?"

"나설 입장이 아니잖아. 이 세상 사람들 내가 누군지 다 아는데."

"하긴 그 타이틀 벗지 못하긴 하지. 아직 사람들은 언니가 그집 사람이 아니라는 걸 모르니까."

성주 역시 아버지 없이 크는 것이 얼마나 서러운 것인지 익히 알고 있었다. 사람이 사람을 만나다가 서로 맞지 않아서 헤어진 것이 나쁜 일도, 부끄러운 일도 아닌데 세상의 인식은 달랐다. 난 괜찮은데도 사람들은 동정의 시선을 던졌고, 작은 실수가 있을라치면 어김없이 욕이 나왔다. '아비 없는 자식들은 다 똑같다' 라고 말했다. 세상은 그랬다. 성주는 자신의 아이에게만큼은 이 고통을 몰려주고 싶지 않았다. 성주는 심각한 고민에 빠졌지만, 자신은 아무것도 할 수 없는 무능력함에 한숨만 하염없이 내쉬고 있었다.

태민은 다시 부산을 찾았다. 성주를 만나기 위해서가 아니었다. 그때 그 아이를 다시 보고 싶어서였다. 그 아이를 본 이후 자꾸 눈앞에 어른거려 잠조차 편히 잘 수가 없었다. 태민은 성주가 근무하는 수녀원을 찾았고, 그곳은 아이들 놀이 시간인지,

많은 아이들이 밖에서 자유롭게 흙장난을 하며 뛰어 놀고 있었다. 그 많은 아이들을 구경하던 태민 옆에 민주가 다가왔다.

"우와, 아저씨 진짜 왔다. 우리 엄마 만나러 왔어요?"

"아니, 너하고 이야기하고 싶어서. 근데 엄마는 어디 있어?"

"엄마 지금 수녀님하고 이야기 중이세요."

태민은 여전히 초롱초롱한 민주를 바라보고 주머니에서 사탕을 꺼내주었다. 처음에는 그 사탕도 받지 않으려고 했지만 예쁘다는 말에 언제 그랬냐는 듯 경계를 풀고 사탕을 먹기 시작했다.

"넌 이름이 뭐야?"

"장민주예요."

장민주…… 분명 호적상으로는 주민주로 되어 있는데 장민주라고 이름을 불렀으면, 그 일이 더 더욱 확실한 것이 되어가고 있었다.

"민주야, 너 아저씨 아빠 삼고 싶댔지? 아저씨 따라서 하루만 놀아주면 민주 아빠 해줄게."

"진짜요? 진짜 아빠 해줄 거예요? 나 노는 거 되게 잘해요."

"그래? 그럼 아저씨 차 타자."

민주는 아빠가 되어준다는 태민의 말에 냉큼 차에 올라탔고, 민주와 태민을 실은 차는 빠르게 움직였다.

아이들의 놀이 시간이 끝나고 모두 안으로 들어와 점심을 먹고 있는데, 점심 먹는 시간만큼은 철저히 지키던 민주가 보이지 않아 성주는 또 장난치려고 그러겠거니 하고 대충 찾아다녔다. 하지만 아무리 찾아도 아이가 보이지 않자 불길한 생각이 들어 수녀원에 있는 수녀님들과 함께 온 사방을 다 뒤져가며 민주를 찾아보았다. 하지만 그 어느 곳에서도 민주는 보이지 않았다. 성주는 반정신이 나간 상태로 갔던 곳을 또 가보고 봤던 곳을 또 봤지만 민주는 어디에도 없었다.

"스텔라, 아무래도 신고해야겠어."

한 수녀님의 말에 성주는 '조금 더 찾아보고요'라고 말하고는 희주에게 전화를 걸었다.

"희주야!"

[왜, 언니?]

"혹시 민주 거기 갔니?"

[무슨 소리야. 민주가 여길 어떻게 와. 무슨 일 있어?]

"민주가 없어졌어. 흐흑……."

[뭐? 언니 울지 말고 잘 찾아봐. 나 지금 갈게.]

성주는 참았던 눈물이 터져 나왔고, 아무 말도 하지 못한 채 그대로 주저앉았다. 그런 성주를 달래주던 수녀님은 성주의 핸드폰을 들고 성주에게 건넸다.

"전화 왔어."

성주는 얼른 핸드폰 발신을 확인했다. 예상대로 모르는 번호였고 성주는 조심스럽게 전화를 받았다.

[주성주.]

익숙한 목소리. 지난 오 년 동안 듣지 못했던 음성이었는데도 성주의 뇌와 귀는 그 목소리를 또렷하게 기억하고 있었다.

"태, 태민 씨……."

[민주 내가 데리고 있어. 당분간만 데리고 있을 테니까 걱정 마.]

전화가 끊어졌다. 옆에서 숨죽이고 지켜보던 수녀님이 얼른 물었다.

"누굽니까? 협박 전화예요? 아는 사람입니까?"

"네……. 수녀님, 저 아무래도 휴가 좀 내야겠어요. 민주 찾으러 가야겠어요."

"그래요. 무사해야 할 텐데."

성주는 수녀님의 걱정을 뒤로하고 가방을 챙겨 밖으로 나왔다. 그녀의 뒤를 따라 수녀님이 자신의 차를 가지고 가라며 차키를 주었고 성주는 고맙다는 말을 남기고 차에 올라타 시동을 걸었다. 최대한 밟을 수 있는 데까지 속도를 내어 달렸다. 제발, 민주가 아무 말도 하지 말아야 할 텐데.

태민은 민주를 데리고 집으로 와서 민주와 즐겁게 놀아주려고 노력 중이지만, 민주의 반응은 시큰둥했다.

"민주는 재미없어?"

"네. 우리 아빠 되려면 재미있어야 되는데."

"민주는 아빠가 왜 필요해?"

"우리 엄마가 불쌍해서요. 엄만, 아빠 이야기만 하면 눈이 촉촉해지거든요."

민주는 금방 시무룩해져서는 가지고 놀던 인형을 조용히 내려놓았다. 태민은 그런 민주를 품 안에 안아주었다.

"엄마가 울어?"

"네. 내가 아빠에 대해서 물어보면 엄마가 말해줬어요. 우리 아빠는 되게 착했대요. 엄마가 나 뱃속에 담고 있을 때 아빠가 만날 딸기도 사다 주고요, 그래서 난 과일 중에 딸기가 가장 좋아요. 또 우리 엄마 아팠을 때 죽도 끓여주고 그랬대요. 근데 맛은 없었는데 엄마가 맛있다고 해주니까 좋아했대요."

태민은 민주의 말 하나하나에 모든 감각들이 멈추었다. 딸기는 성주가 아이를 가졌을 때 먹던 과일이었다. 성주는 이 아이에게 자신이 했던 일들을 말해주었다. 아빠라는 사람에 대한 이야기를 태민 자신이 했던 일들을 말해주었다. 이것으로 모든 것은 확실해졌다.

태민은 민주에게 자신이 아빠라는 말을 해주려 했으나, 이미 민주는 태민의 품에서 잠이 들어버려 태민은 아쉬움을 뒤로하고 자고 있는 민주를 안아 들고 자신의 침대 방에 눕히고 나왔다. 그때 현관 벨이 울려 확인해 보니 문밖에 있는 건 초조한 얼굴을 한 성주였다. 태민이 문을 열어주자 성주는 황급히 안으로 들어와 민주를 찾아나섰고, 태민은 그런 성주를 붙잡았다.

"지금 자, 방에서."

성주는 태민의 말에 그의 뺨으로 손을 치켜올렸고, 살과 살의 마찰음이 집 안을 울렸다. 기분 나쁜 소리. 태민은 거친 성주의 손길에 인상을 썼지만 이내 풀고 성주를 강제적으로 소파에 앉혔다.

"이게 무슨 짓이에요! 애를 유괴하다니."

"유괴라니. 아빠가 아이 데리고 가는데 유괴라는 단어는 잘못 선택한 것 같군."

"아빠라니요? 아이라니요? 누가 누구 아빠고 아이라는 소리예요!"

"그럼, 아빠에 대해 묻는 애에게 날 이야기해 준 이유는 뭐지?"

성주는 태민의 말에 아찔함을 느꼈다. 민주가 아빠에 대해 말한 모양이었다, 성주는 태민의 말에 흔들리는 눈빛을 간신히 붙잡았다.

"아무 이유 없어요. 남자라곤 당신밖에 없어서 그냥 말해준 것뿐이에요."

"그럼, 민주가 입양아란 소리야?"

"내 아이예요."

"당신 아이? 그럼 애 아빠는 누구지?"

자꾸 캐묻는 태민의 물음에 성주는 그 어떤 대답도 하지 못하고 태민을 바라보았다.

"당신이 말 못한 이유 내가 대신 설명해 줄까? 이 아이는 내 아이니까. 오 년 전 당신 뱃속에서 죽었다던 그 아이는 미숙아로 태어나서 빛을 봤고, 지금 저렇게 멀쩡히 살고 있는 내 진짜 딸이니까."

성주는 말없이 고개를 숙였다. 뭐라 할 말이 없었다. 성주는 그의 말을 무시하고 애원조로 입을 열었다.

"태민 씨, 왜 이래요. 도대체 왜 이래요. 민주 속인 건 당신 발목 잡기 싫어서였어요. 당신 채원 씨하고 잘살 텐데, 나와 민주 없으면 잘살 텐데 내가 어떻게 당신한테 그런 말 할 수 있겠어요. 내가 한국에 있는 게 싫어요? 내가 당신 눈앞에 또 이렇게 나타나서 그러는 거예요? 그럼 내가 숨을게요……. 당신 눈에 절대 띄지 않는 곳에서 그렇게 살게요……. 제발, 우리 민주 건들지 말아요. 당신이 채원 씨 없으면 못사는 것처럼 나도 우리 민주 없으면 못살아요. 제발요……."

두 눈 가득 눈물과 함께 불안한 심기를 드러내는 성주를 태민은 손을 들어 그녀의 눈물을 닦아주었다. 성주의 말에 한이 그대로 담아져 있었다.

"가더라도…… 책임지고 가……. 나 사랑한다고 그랬잖아. 앞으로도 그런 싶다고 그랬잖아! 근데, 근데 그렇게 가버리면 난, 난 어떡해?"

"그 말이 싫었어요? 내가 당신 사랑한다는 게…… 그렇게 싫었어요?"

"그게 아니야! 아니란 말이야! 너의 그 말이 내 가슴에 새겨져 버렸어. 아무리 지우고 싶어도 지워지지 않아. 지난 오 년 동안 내가 널 얼마나 찾아 헤맸는지 알아? 한 번도 잊은 적 없어. 보고 싶어 미칠 것 같았다고! 어디에 숨어서 울고 있을까. 내가 그 눈물 닦아줘야 하는데, 내 품 안에서 울게 해야 하는데!"

태민의 가슴속 응어리가 화산처럼 터져 나왔고, 그의 거친 고백에 성주는 두 손으로 입을 막았다. 믿을 수 없는 고백. 입 사이로 터져 나오려는 울음소리를 성주는 간신히 막아내고 있었다. 태민은 입을 틀어막고 우는 성주의 두 손을 자신의 목에 두르게 하고 살며시 다가가 입술을 훔쳤다. 따뜻하면서도 오묘한 키스. 성주의 머릿속에는 아무것도 떠오르지 않았다. 그저, 지금 이 시간이 멈춰 버렸으면 하는 바람뿐이었다. 그렇게 오랜 시간 그들은 뜨거운 키스를 나누었다.

잠이 깬 민주가 방에서 나오다 태민과 성주의 키스하는 장면을 목격하곤 큰 소리를 냈다. 성주는 부끄러워 고개도 들지 못하고 있었지만, 태민은 민주의 말에 크게 웃을 뿐이었다. 아무리 생각해도 다섯 살 난 애가 할 말은 아닌 듯싶었다. 태민은 민주를 안아주고는 성주를 품 안에 가뒀다.

"미안해. 그리고 사랑해."

"고마워요. 나도 당신 사랑해요."

태민은 성주의 부끄러운 고백에 환하게 웃어주었다.

일주일이라는 시간이 지났다.

아직 그 누구에게도 성주는 자신이 돌아왔다는 연락을 하지 않았다. 아니, 못했다. 갑자기 떠났다가 갑자기 나타난 게 미안해서.

성주는 태민의 집으로 돌아온 후 희주에게 연락을 취해 부산에서의 생활을 모두 청산했다. 예전에 성주가 쓰던 방은 민주의 방으로 아기자기하게 꾸며놓았고, 민주는 태민에게 잘도 아빠라 부르며 따랐다.

도시 생활과는 차이가 있었지만 민주는 다행히도 집 근처에 있는 유치원을 다니며 빠르게 적응했다. 물론 그곳에서도 여전히 대장놀이를 했다. 매일같이 일찍 집에 들어오는 태민과 일주일은 정말 부부의 생활이었다. 태민과 결혼하고 헤어진 근 육 년 만에 찾아온 신혼생활.

어느새 태민과의 생활이 평범한 일상이 되어버린 성주는 평소 때처럼 민주를 방으로 데리고 들어와 동화책을 읽어주고 잠이 드는 것을 확인하고 나서야 방으로 들어왔다. 성주가 방 안으로 들어오자마자 태민은 성주를 강제로 침대에 눕히고 자신도 그 옆에 누워 성주를 자신의 품 안에 가둔 채, 성주의 손을 가지고 손장난을 걸었다.

"근데 나 궁금한 거 있어요. 당신 오 년 전 그날, 술 취해서 잠자지 않았어요?"

"아니, 나 실은 네가 나 자고 있을 때 했던 말들 다 들었어. 그냥 모른 척한 것뿐이야. 그날도 그랬지. 채원이한테 헤어지자고 했는데 채원이가 울다가 쓰러졌고, 도저히 맨정신으로 버티기가 힘들어 술을 마셨는데, 네 말을 들으니까 잠이 확 깨는 거 있지?"

"휴, 창피해. 그나저나 도련님은 언제 가신 거예요? 언제 오신댔어요?"

"한 이 주 됐을걸? 말하는 거 보면 아예 스웨덴에서 살 분위기야."

"도련님도 빨리 장가가셔야 할 텐데."

"그러게."

"도련님 돌아오면 희주 소개해 줄까 하는데 어때요?"

"처제? 나이 차이가 너무 나잖아. 그리고 윤 여사를 어떻게 감당해?"

"희주 성격에 어머님한테 호락호락하게 당하진 않을 거예요. 도련님 저대로 놔뒀다가는 총각귀신으로 늙어죽기 딱이죠."

"모르겠다, 워낙 여자한테 인기 많은 놈이니 내버려 두고, 우린 자자."

태민은 관심없다는 듯이 성주에게 말하고 달려들었다. 성주의 배 위로 올라가서 성주를 내려다보고 볼에 살짝 뽀뽀하더니 입을 열었다.

"우리 둘째나 만들까?"

"으이그, 진짜."

태민은 성주의 핀잔에도 아랑곳하지 않고 하던 일을 마저 하려 했으나 방해꾼이 나타나 버렸다.

"엄마, 나 잠 깼어."

베개를 끌어안고 문을 연 딸을 태민은 한숨짓고 바라봤고, 성주는 배시시 웃으며 민주에게 안기라는 제스처로 두 팔을 활짝 벌렸다. 그러자 민주는 쪼르르 달려와 성주의 배 위에 누웠다.

"민주야, 너 때문에 동생 못 낳아주겠다."

"왜? 아기는 손만 잡고 자면 생긴댔어. 자, 엄마 손이랑 아빠 손. 이제 동생 생기겠다. 그치?"

민주는 성주의 손과 태민의 손을 맞잡게 해주고 웃자, 태민은 그런 민주의 이마에 뽀뽀를 해주었다. 민주는 성주의 배 위에 누워 성주의 두근거리는 심장 박동 소리를 들으며 잠에 빠져들었고, 성주는 가만히 민주를 옆으로 눕혔다. 그렇게 셋은 나란히 침대에 누워 잠에 빠져들었다.

"오늘 저녁에 민주 데리고 성북동 가서 인사드려요. 정식으로 인사 못 드렸잖아요."

아침 출근을 도와주던 성주는 윤 여사 때문에 그다지 가고 싶은 마음은 들지 않았지만, 그래도 시댁이었기에 할 수 없이 태민에게 먼저 일렀다.

"알았어. 그보다 장모님께는 언제 연락할 거야? 오늘 무슨 일이 있어도 연락드려. 여기 온 지 일주일이나 지났는데. 알았지?"

"알았어요. 일찍 들어오세요."

"응."

태민은 성주의 품에 안겨 있던 민주와 성주의 뺨에 뽀뽀를 해주고 출근했다. 성주는 서둘러 민주도 유치원 버스에 태워 보내고 집으로 돌아와 심호흡을 크게 하고 전화기를 들었다. 태민의 당부처럼 성주도 오늘 무슨 일이 있어도 집에 연락을 해야겠다고 다짐하고 번호를 꾹꾹 눌렀다.

[여보세요?]

"엄마…… 나 성주."

[뭐, 뭐? 서, 성주? 어디야, 성주야! 이 계집애! 너 어디야! 잡히기만 해봐. 흐흑, 내가 얼마나 찾았는지 알아? 못된 년.]

"나, 집이야. 태민 씨 집 오자마자 연락하려고 했는데, 정신이 없어서 못했어. 엄마, 미안해……."

[흐흑, 못된 년. 언제 온 거야?]

성주는 오 년 만에 처음으로 친정집에 전화를 걸었고, 성주의 전화에 엄마는 전화기를 붙잡고 한바탕 눈물을 쏟아냈다. 성주는 지난 오 년 동안의 일을 빠짐없이 이야기했고, 안부를 묻고 두 동생들의 생활을 듣는 동안 시간은 빠르게 흘렀다.

[언제 민주 데리고 와, 우리 외손녀 보고 싶다. 꼭 너 같은 딸 나와야 하는데. 그래야 너도 속 좀 썩지. 꼭 데리고 와. 내가 다 말해줄 거야. 네 성질머리 내가 다 꼬질러 줄 거야.]

"알았어. 내일, 아니다. 오늘 저녁이라도 갈 수 있음 갈게."

성주는 엄마와의 긴 통화를 끊고, 오랜만에 느긋하게 집안 향기에 취해 있었다. 자신이 지낸 지난 오 년이 평범한 일상이었음에도 불구하고 태민과 함께 행복하게 산 지금이 진짜 일상인 것처럼 느껴지는 자신이 스스로 어이가 없었다. 사람, 스스로 생각하고 느낄 줄 알고 동물 중에 가장 간사한 것. 성주는 자신 역시 간사한 사람이라는 것이 웃겼다. 태민과 살기 전엔 스스로 난 간사하게 세상을 살아가는 사람들과 다르다고 생각했었는데, 사람이라면 누구나 다 간사하다는 것을 뼈저리게 느꼈다.

성주는 유치원에서 돌아온 민주를 씻기고 아동 정장으로 갈아입혔다. 그리고 자신도 민주의 옷 색깔에 맞추어 갈아입자, 때맞춰 태민이 도착했고, 나란히 차를 타고 성북동으로 향했다. 성북동에는 성주의 시아버지인 장 회장도 함께 자리하고 있었다.

"민주야, 인사드려. 할아버지야."

성주는 자신의 옆에 꼭 붙어 있던 민주에게 인사를 하게끔 했고, 사교성이 좋은 민주는 얼른 장 회장에게 인사를 하고는 서슴없이 그에게 다가가 안겼고, 기분이 좋은지 장 회장은 얼굴에 미소를 머금었다. 그 와중에도 윤 여사는 못마땅한 얼굴로 앉아 있다가 성주를 따로 방으로 불렀고, 태민은 성주를 못 들어가게 붙잡았지만, 성주는 괜찮다며 방 안으로 따라 들어갔다.

"너 제정신이야! 어디다 발을 들이는 거야! 저딴 애를 데리고 와서!"

"어머님, 저딴 애라니요. 그러지 마세요. 태민 씨 아이예요."

"내가 알 게 뭐야! 더러운 년!"

쫙!

성주는 민주를 모욕하는 말에 대들자, 윤 여사는 성주에게 욕을 했고 급기야 뺨에 손을 올렸다. 윤 여사는 왼쪽으로 돌아간 성주의 얼굴 반대편을 또 때렸다. 그렇게 양쪽을 번갈아가면서 때리는 윤 여사의 눈에는 독기가 뿜어져 나왔다. 성주의 뺨을 때리는 소리에 태민은 얼른 안으로 들어가 성주를 보호했다.

"이게 뭐 하는 짓입니까!"

"내가 맘에 들지 않아 그런 것인데 왜 그러느냐!"

뻔뻔스럽게 태민에게 대응하는 윤 여사 때문에 장 회장은 안고 있던 민주를 도우미 아줌마 품에 안기고 윤 여사와 태민 내외가 있는 방 안으로 다가갔다. 장 회장은 뻔뻔스러운 윤 여사를 가여운 눈빛으로 바라보다가 얼른 눈빛을 지워 버리고 냉한 기운이 감도는 빛으로 말했다.

"너희는 이만 가보거라. 당신도 그만 하시오."

"내가 왜요? 너, 내가 가만 놔둘 것 같아?"

"그만 좀 하세요! 성주 털끝 하나라도 건드리면 나도 윤 여사님 어떻게 할지 모릅니다. 제가 예전에도 말씀드렸죠? 방아쇠는 이미 당겨졌습니다. 곱게 윤 여사님이라고 불러줄 때, 조용히 사시길 바랍니다. 지금껏 아버지 보고 참았습니다만, 이젠 아버지 명예를 위해서라도 못 참겠군요. 오늘 이 시간, 지금이 윤 여사님께 드리는 마지막 경고인 걸 똑똑하신 윤 여사님께서 모르시진 않으시겠죠?"

태민은 자신을 향해 표독스런 모습을 하고 있는 윤 여사에게 얼음 비수를 심장 한가운데에 꽂았고, 그의 말에 윤 여사는 분에 못 이겨 온몸을 파르르 떨기까지 했다. 태민은 아직도 멍한 상태로 서 있는 성주를 데리고 민주와 함께 그 더럽고 추악한 집을 빠져나와 차에 올랐다.

윤 여사의 손자국 모양 그대로 빨간 색을 띠며 부풀어 오른 성주의 볼에 태민은 미안한 마음으로 얼굴을 쓸었다. 그의 안쓰러운 눈빛과 손길에 성주는 괜찮다는 웃음을 지어 보였고, 태민은 그 웃음으로 더 더욱 미안해 고개를 들 수 없었다. 성주의 무릎에 앉아 있는 민주 역시, 어른들의 분위기가 좋지 않다는 것을 알았기에 어떤 말도 하지 않고 가만히 앉아 성주에게 안겨 있었다.

"괜찮아?"

"그럼요. 그거 맞았다고 해서 죽는 것도 아닌데."

"휴, 앞으로는 오지 말아야겠어. 올 곳이 못 되는 곳이야."

"나, 이해해요. 어머님이 왜 절 싫어하시는지. 아마 자신의 젊은 시절의 모습을 보는 것 같아 싫으신 거겠죠. 가난한 집 딸로 태어나서 안 해본 일 없이 온갖 고생을 하고 살아왔던 그 시절이 지금은 생각도 하기 싫으신 거겠죠. 원래 사람이라는 게 그렇잖아요. 올챙이일 적 생각 못한다고. 사람들은 그 올챙이일

적을 생각하고 싶어하지 않아요. 자신의 치부를 들켜 버리는 것과 같다 느끼니까요. 나도 사실, 이렇게 좋은 집에서 행복하게 사니까 예전 일은 까맣게 잊어버린 것 같거든요. 내가 이렇게 말해도 태민 씨는 모를 거예요. 우리 같은 사람들의 속마음을."

성주는 윤 여사가 이해가 됐다. 자신도 한때, 아니, 어쩌면 지금도 윤 여사와 같은 마음이 깊은 곳에서 자라나고 있을지도 모른다. 만약 자신도 윤 여사와 같은 성격이었다면 태민을 이용해 부를 누리고 살았을 것이다. 하지만 그럴 성격이 못 되는 사람이 바로 성주였기에 그저 조용히 살고 있는 것인지도 모른다. 성주는 자신의 말에 태민이 이해 못할 거라는 걸 알고 있다. 아마 태민은 죽을 때까지 그걸 모를 것이다. 가진 자들의 법칙. 알고 싶지도 않고, 알 필요도 없는 것. 그게 가진 자들의 법칙이었다. 성주는 윤 여사를 통해 그 모든 것들을 뼈저리게 느낀 탓에 그저 태민을 보고 웃기만 했다. 성주의 생각대로 태민은 알지 못했다.

태민은 성주의 말을 이해 못한 채 차를 출발시켰다. 여전히 성주의 품에 안겨 있던 민주가 빤히 성주를 바라보자 성주가 '왜?' 하며 웃어 보였지만 민주는 따라 웃지 않고 성주의 부푼 뺨을 어루만졌다.

"우리 민주가 많이 놀랐나 보네. 민주야, 엄마 괜찮으니까 걱정 마."

민주의 손을 성주가 붙잡고 달래자, 민주가 흐느끼기 시작했다. 어지간히 놀란 모양이었다. 하긴 민주가 태어나고 단 한 번도 성주가 누구와 크게 싸우는 것을 본 적이 없었던지라 민주가 놀란 것은 당연했다. 성주는 민주를 꼭 껴안아주었고, 옆에서 운전을 하던 태민은 놀라 급기야 차를 갓길에 세우기까지 했다.

"왜요? 빨리 가요."

"애가 이렇게 우는데, 민주야. 그만 울고, 우리 민주 인형 사러 갈까?"

"지금 있는 것도 많아요. 민주는 괜찮으니까 빨리 집에나 가요."

태민은 민주를 연신 쓰다듬어 주며 달랬지만, 민주는 여전히 무반응이었다. 오늘따라 많이 놀란 민주를 성주는 빨리 집으로 데리고 가서 잠을 재우고 싶었다. 성주는 태민을 재촉해 다시 차를 출발시켰고, 돌아오는 동안 잠이 들어버린 민주를 조용히 침대에 눕히고 방으로 돌아와 전화기를 들었다.

"엄마."

[성주야, 오늘 못 와?]

"그럴 것 같네. 내일 갈 테니까 걱정 마. 잘 주무세요. 내일 갈게."

[그래. 내일 오기 전에 연락해라.]

성주는 아쉬운 마음에 힘없는 목소리로 말했고, 그녀와 마찬가지로 성주의 엄마도 힘이 쭉 빠져 버렸다. 오 년. 그 긴 시간 동안 단 한 번도 연락이 없던 딸이었다. 그런 딸이 야속하기는 했지만, 그래도 꼬박꼬박 보내오는 돈이 그녀가 어딘가에서 잘 살고 있는 것을 알려주었기에 그저 조용히 아무 탈 없이 살아주기만을 기도했다. 그런데 그런 딸이 돌아왔다. 그것도 자신과 같은 딸 하나를 낳아 데리고 왔다.

 그 긴 이야기를 성주에게 듣기 전에는 그녀의 행동이 밉기만 했다. 밖에서 무슨 짓을 해서 돈을 보냈는지까지 의심했었다. 그러나 그녀는 자신의 가장 자랑스러운 딸이었다. 아무리 힘든 역경 속이라도 자신과 같은 방법을 쓰진 않았다. 그게 자신과 가장 다른 딸의 모습. 그녀의 생모가 어떤 사람인지 궁금하기만 했다. 어떤 사람의 유전자를 받아 태어났기에 저렇게 반듯한 것인지. 자신이 그렇게 노력해 성주의 엄마가 되고 싶었지만, 완전히 성주의 엄마가 될 수는 없었다. 성주와 자신은 극과 극의 사람들이니까.

 성주와의 통화를 끊은 엄마는 아들들이 공부하는 방문을 조심스럽게 열었다. 자신은 해낼 수 없었던 일들. 어린 나이에 성주는 어느 엄마들보다 두 동생들을 지극정성으로 가르치고 보살폈다. 두 아들은 이 지긋지긋한 생활을 벗어나고자 공부한 것이 아니었다. 자신을 위해 노력하는 성주에게 보답하고 싶어 공부한 것이었다. 자신들이 성주에게 보답하는 길은 그 길뿐이었으니까. 성주 엄마는 가만히 아들들의 공부하는 모습을 조용히 지켜보았다.

성주는 전화를 끊고 나서 옷을 갈아입었다. 욕실에서 샤워를 끝낸 태민이 얼음 팩을 들고 성주 옆으로 다가와 볼에 가져다 대자, 차가운 기운에 성주가 몸을 움찔했으나 곧 잠잠해졌다.

"생각보다 많이 부었네. 근데 어디다 전화했어?"

"엄마한테요. 오늘 저녁에 가기로 했었거든요."

"그래? 내일 일찍 가서 장모님이랑 있어. 저녁에 갈게."

"네. 태민 씨, 민주한테 좀 가봐요. 오늘 놀라서 자꾸 깰 거예요."

성주는 점점 녹아가고 있는 팩을 잠시 탁자 위에 올려놓고 말하자, 태민도 자리에서 일어났다.

"그래, 알았어. 오늘만 민주랑 잘 테니까 푹 쉬어. 알았지?"

"알았어요. 나 걱정 말고 민주랑 잘 자요."

태민은 성주를 살포시 안아주고 민주의 방으로 걸음을 옮겼다. 한 번도 민주와 단둘이 자본 적이 없던 태민은 긴장도 되고 떨리기도 했다. 아빠로서 해준 것이 없었기에 태민은 그저 민주에게 부끄럽기만 했다. 작은 침대에 누워 곤히 잠든 딸 민주. 죽은 줄만 알았던 아이가 살았다는 그 말을 들었을 때 태민이 내뱉은 첫 마디는 '감사합니다'였다. 그랬다. 민주가 살아 있다는 것이 얼마나 감사한 것인지 아무도 모를 것이다. 그만큼 민주는 태민에게 있어 너무도 감사하고 존귀한 존재였다.

사실 생명체의 소중함이 어떤 것인지 직접 느껴보지 못한 태민에게는 뱃속에 있던 민주에게 그리 큰 애정이 있지 않았다.

그렇기에 민주가 죽었다는 말에도 그다지 큰 슬픔을 느끼지 못했다. 자신으로 인해 너무 일찍 세상의 빛을 봐버린 탓에 그 끝의 희망도 느껴보지 못해 꺾긴 꽃망울이 되어버려서 그저 안타까움과 미안함 마음만 들 뿐이었다. 오히려 성주가 더 걱정되었다. 그런데 그 아이가 살아서 자신에게 아빠라고 불렀을 때 태민은 너무 미안하고 감사해서 눈물이 나왔다. 이런 소중한 보물을 잃을 뻔했는데도 자신은 슬프지 않았다는 사실에. 하지만 이젠 그 미안함을 숨기기로 했다. 앞으로 그 미안함을 대신해 훨씬 더 잘해주고 아낌없이 사랑해 줄 거니까. 하지만 또 다짐이 무너져 버렸다. 이 작은 천사에게 상처를 주고 말았다. 얼마나 놀랐으면 한참 호기심 많을 나이의 아이가 아무 말도 묻지 않고 그저 조용히 있었을까.

태민은 침대 위에 곰돌이가 그려진 보드라운 실크 잠옷을 입고 잠든 민주를 안아 들었다. 그리고 조심스럽게 벽 쪽에 다시 눕히고 자신도 그 옆에 누워 작은 천사를 바라보았다. 핏줄이라는 게 이런 건지, 태민은 처음 느꼈다. 그러고 보니 성주와 만난 후부터는 모든 것이 그에게는 처음 있는 일뿐이었다.

태민은 자신과 성주를 닮은 민주를 바라보며 옛 생각에 빠져들었다. 그와 성주가 처음 만난 그때. 흘러버린 시간만큼 변한 자신과 성주의 모습. 태민은 그 시간 속에 조금씩 빠져들어 갔다.

이른 새벽 태민은 잠든 민주와 성주를 뒤로하고 회사로 출근을 했다. 성북동을 다녀온 그날과 새벽 사이에 일은 벌어지고 말았다.

"합병됐단 말이야? 어떻게 하룻밤 사이에!"

"저도 잘······."

"다음 주면 갈기갈기 찢겨 파산될 회사를 무슨 합병이란 말이야!"

"회장님의 지시였습니다. 저도 모르는 사실인데, 그 회사의 회장이 윤 여사님의 조카분이셨고, 그 회사 역시 회장님께서 도와주신 듯합니다."

"뭐? 윤 여사 조카? 아버지가 도와준 것이란 말이야?! 그래, 부채가 얼마 정도야?"

"소유한 집과 땅이며 별장, 빌딩을 뺀 부채가 팔천억 정도 됩니다."

"팔천억? 지금 장난하는 거야? 무효화시켜! 당장!"

"그렇게 할 수가 없습니다. 이미 합병 조치가 취해진 상태입니다. 타격을 받지는 않지만."

"타격을 받는 게 문제가 아니야! 왜 우리가 그딴 것들 돈을 갚아줘야 해! 정말 안 되겠군. 좋아. 그 부채 당장 갚아주지. 그들이 소유한 것들 다 빨아들여. 그리고 윤 여사 뒤 제대로 캐봐. 이렇게 당하고 있을 수는 없지! 지금 당장!"

깔끔한 옷차림이 아닌 대충 옷을 걸쳐 입고 회사에 나온 태민은 산하의 보고에 어이가 없어 고개를 설레설레 흔들었다. 그들에 비해 작은 회사였지만 그래도 이름이 알려진 기업이었다. 그런데 얼마 전부터 그 기업이 매스컴을 타고부터 휘청대기 시작했다. 매스컴으로부터 이리저리 찢기기 시작한 기업은 그들 사이에서 곧 부도가 날 거라는 말이 떠돌았다. 처음에 대수롭지 않게 생각했던 곳이었는데 지금 윤 여사란 여자 때문에 그 기업의 부채를 몽땅 떠안게 되었다.

물론 그 때문에 회사가 휘청거리지는 않는다. 이 정도로 휘청대면 그건 정말 아무것도 아닌 기업이겠지만 태민의 회사는 그런 작은 올챙이 기업이 아니었다. 한 나라를 대표하는 기업이니까. 하지만 그가 아무런 영양가 없는 기업을 합병해야 하고 그 기업이 윤 여사의 가족이 경영했고, 그들 때문에 돈을 써야 하는 것이 단지 짜증나고 싫은 뿐이었다. 태민은 윤 여사의 합병을 순순히 받아들였다. 좋다. 이렇게까지 하고 있으니 그도 어쩔 수 없다. 참는 것도 한계가 있다. 윤 여사는 이미 도를 넘어서 버렸다. 그걸 넘어버린 게 얼마나 큰 잘못인지 느끼게 할 것이다. 태민은 장 회장에게 연락을 취했다.

[무슨 일이냐.]

"합병 문제 말입니다."

[그래. 그게 왜?]

"아버지! 왜 윤 여사 일이라면 이렇게 느긋하신 겁니까! 저에게 사업에서 가장 중요한 것이 무엇이라고 가르치셨습니까! 사사로운 정은 단칼에 끊으라고 하시지 않았습니까! 윤 여사님과 아버지의 정은 회사와 무관하게 해달라고 하지 않았습니까! 이렇게 가다간 조만간 윤 여사에게 회사가 넘어가겠습니다. 아버지! 뭐라 말 좀 해보세요!"

[그거 하나 때문에 우리 회사가 흔들릴 만한 기업도 아니지 않느냐.]

"제가 말하는 건 그게 아니지 않습니까! 윤 여사의 짓인 걸 뻔히 알면서 왜 그러세요, 왜! 저 이번엔 그냥 못 넘어갑니다. 무슨 일이 있어도 윤 여사 콩밥 먹일 겁니다! 아버지하고 태석이 때문에 참고 넘어가려 했습니다만 이번만큼은, 아니, 지금까지 당한 것들 다 갚아줘야겠습니다. 혹시 윤 여사와 같이 있음 전하십시오. 이미 발사는 시작됐다고 말입니다."

태민은 윤 여사란 여자에게 저렇게까지 약한 아버지가 싫었다. 자신의 생모에게는 그 흔한 웃음조차 짓지 않았던 아버지는 윤 여사에게만큼은 관대했다. 뭘까, 이렇게까지 관대한 이유가. 그래서 그런 것일까. 그는 아버지가 싫었다. 아니, 싫지는 않았지만 좋지도 않았다. 자신의 어머니를 대하는 것과 확연히 다른 아버지의 모습이 태민은 싫기보다는 의문이 갔다. 뭐가 다른 여자일까. 자신의 어머니와 윤 여사, 똑같은 여자인데도 그들은 뭐가 그렇게 서로 달랐을까.

태민은 아버지와의 통화를 끊고 서류들을 들고 급히 회의실로 향했다. 이번 문제로 당분간 집에 들어가기는 틀린 것 같았다.

일찍 일어난다고 일어난 성주는 태민이 남긴 메모를 보고서야 그가 회사에 갔다는 것을 알았다. 아침 식사도 거르고 나간 태민이 걱정되어 전화했지만, 무슨 일인지 핸드폰은 꺼져 있었다. 성주는 여러 번 전화를 했지만 끝내 태민은 받지 않았고, 할 수 없이 수화기를 내려놓아야만 했다. 성주는 주방으로 걸음을 옮겨 민주가 먹을 아침을 만들기 시작했다.

"민주야, 일어나야지."

"우음. 조금만."

"민주야, 일어나서 유치원 가야지. 오늘만 가면 내일 쉬잖아. 어서 일어나?"

"싫어……."

오늘따라 쉽사리 자리에서 일어나지 않고 자꾸 어리광을 부리는 민주를 성주는 어제 일이 자꾸 마음에 걸렸다. 아무래도 너무 놀란 모양이었다. 성주는 어쩔 수 없이 민주를 다시 침대에 눕혔다.

"그럼 엄마가 오늘 유치원 선생님께 말할게. 우리 민주 오늘만 유치원 쉬는 거야. 다음부터는 꼬박꼬박 유치원 가야 해."

"응."

민주는 성주의 말에 눈도 뜨지 않고 고개만 끄덕이며 답하고 이내 잠에 빠져들었다. 성주는 한숨을 내쉬고 민주가 덮고 있는 이불을 정리해 주었다. 그리고 방에서 나와 차려진 음식들을 냉장고에 넣어두고, 오 년 전 그때처럼 평범한 일상으로 돌아가 일을 하기 시작했다.

"네, 주성주입……."

[언니!]

한참 청소기를 돌리고 있던 성주는 앞치마 주머니에서 느껴지는 진동에 핸드폰을 받아 들자, 희주의 활기찬 목소리가 들려왔다. 성주는 피식 웃음을 머금었다.

"오랜만이네요, 엄희주 씨."

[장난치지 마! 난 언니 보고 싶어 죽는 줄 알았어. 어떻게 한 번도 안 찾아와? 이제 나는 필요없다 이거야?]

"무슨 소리야. 너 방송 일 하느라 바빠서 언니가 못 가는 거지. 어때, 일은 할 만해?"

[방송 일이야 다 그렇지. 이번에 나 옷 또 협찬한다. 영화인데 완전 대박감이야.]

"어머, 정말? 진짜 축하한다. 언니가 뭐 도와줄 일 없어? 옆에서 언니가 허드렛일이라도 도와줄까?"

[그것보다, 나 언니의 디자인이 필요해. 언니 장식 같은 거 잘하잖아. 어때? 도와줄 수 있어?]

서당 개 삼 년에 풍월을 읊는다더니 오 년이라는 시간 동안 희주의 옆에서 일을 하다 보니 성주가 장난식으로 그려본 장식 모양이 희주에게 조금은 도움이 되었던 모양이다. 성주는 희주의 청에 흔쾌히 그리하겠다고 했고, 서둘러 청소를 끝내놓고 희주가 부탁한 일을 하기 시작했다.

한참 스케치북에 장식을 그리다 보니 어느덧 시간이 너무 많이 흘러버렸다. 민주가 너무 오래 자는 것 같아 황급히 민주의 방으로 올라간 성주는 동공이 심하게 흔들리기 시작했다.

"미, 민주야!"

성주는 온몸이 식은땀으로 젖은 채, 신음하는 민주를 안아 들고 어찌할 바를 모른 채 민주의 이름만 애타게 불러댔다. 그러다 문득 핸드폰이 생각나 태민에게 전화를 걸었지만 태민은 여전히 전화를 받지 않았고 할 수 없이 민주를 업고 택시를 잡아타 병원 응급실을 찾았다.

태민은 겨우 잠시 회의를 멈추고 휴식을 취하기 위해 다시 사무실로 돌아와 꺼진 핸드폰을 주머니에서 꺼내어 켰다. 그러자 성주의 부재중 전화가 스무 통 가까이 있었고, 무슨 일이 생긴 것 같은 불길함에 태민은 얼른 성주에게 전화를 했다.

[태민 씨!]

신호가 얼마 가지 않아 성주는 울먹이는 목소리로 태민을 찾았다.

"무슨 일이야! 왜 그래?"

[미, 민주가…… 아파요. 흐흑.]

끝내 울음을 터뜨린 성주의 말에 태민은 놀라 의자를 박차고 일어났다. 태민은 울지 말라고 성주를 달래고 전화를 끊었다.

그의 다급한 목소리에 산하가 안으로 들어와 왜 그러냐고 물었고, 태민은 산하에게 뒤를 부탁하고 병원으로 향했다.

민주가 입원한 병실로 향하자, 민주는 깊은 잠에 빠져 있었고, 성주는 그 옆에서 펑펑 눈물을 쏟아내고 있었다.

"성주야."

"태민 씨."

조용히 성주를 부르자 성주는 눈물이 가득한 얼굴로 태민을 바라봤다.

"무슨 일이야?"

"몰라요. 그냥 의식이 없어서. 담당 의사 만나야 하는데, 겁이 나서 못 만나겠어요."

아직 왜 그런지도 모르는 성주는 태민을 앞세워 담당 의사를 만나러 갔다. 담당 의사와 마주 앉은 태민과 성주는 긴장으로 마른침을 삼켰다.

"장민주 보호자세요?"

"네, 제가 민주 아빠입니다."

"민주가 미숙아로 태어난 기록이 있던데, 미숙아는 커도 다른 애들이 비해 전체적으로 약한 편이에요. 정신적 충격은 더 더욱 그렇고요. 아무래도 쇼크에서 오는 일시적인 발작 증상인 듯합니다만, 다른 건 깨어난 후에 검사를 해봐야겠습니다. 우선은 충분한 휴식과 안정이 필요한 때이니까 각별히 신경 써주시구요."

태민과 성주는 일시적인 발작 증상이라는 말에 이제야 마음을 놓았다. 미숙아라서 그런지 몸이 약한 민주가 어제 일로 아프기까지 한 것이다. 안도의 한숨을 내쉰 태민과 성주는 다시 민주의 병실로 가던 도중 태민이 걸음을 멈추었다.

"미안한데 아무래도 나 다시 회사로 가봐야겠어."

"오늘 전화도 안 받던데, 무슨 일 있어요?"

"윤 여사가 사고를 좀 쳤어. 나 가볼게. 저녁에 올 테니까 민주 간호 잘하고 있어, 걱정 말고."

태민은 서둘러 급하게 병원을 나섰다. 태민을 배웅하던 성주의 머릿속에 윤 여사님이 아닌 윤 여사라고 불렀던 태민이 떠올랐다. 무슨 일이 있어도 깍듯이 '님' 자를 붙이던 태민이었는데. 시어머님은 무슨 일을 또 저질러 태민의 속을 뒤틀리게 했는지 성주는 불안하기만 했다. 그렇게 태민이 조그맣게 보일 때까지 그 자리에 서서 가만히 생각에 잠겼다.

다시 회사로 돌아온 태민은 하던 회의를 마저 했다. 한참 회의를 진행하는데 조심스럽게 들어온 산하가 태민에게 귓속말을 남겼다.

"갑자기 주식시장이 술렁거리고 있습니다."

산하의 말에 태민은 황급히 회의를 접고 사무실로 돌아왔다. 태민의 뒤를 따라 산하도 함께 들어왔다.

"무슨 말이야? 주식시장이 술렁인다니?"

"그게, 누군가가 회사 주식을 끌어 모으고 있다는 소문이 있습니다."

"주식을 모아? 그게 소문이 났단 소리야?"

"이미 몇몇 주주들은 손을 턴 상태입니다."

"그럼 정말 넘어가고 있단 소리야?"

"그렇습니다."

갑자기 들은 소리라 태민은 이게 어떻게 돌아가는 것인가 한참을 멍하니 앉아 있었다. 갑자기 크레타기업을 상대로 돈놀이를 하는 사람이 누구일까? 태민은 급히 주주들의 명단을 살폈다.

"혹시 외국인이야?"

"아직 정확히 파악된 바는 아니지만, 한국인이고 다른 주주들에 비해 조금 더 많은 지분과 주식을 확보하고 있다 들었습니다."

태민은 산하의 말에 다시 명단을 살폈다. 그 많은 주주들 속에 눈에 띄는 이름. 윤미라. 태민은 혹시나 하는 눈빛으로 산하는 바라보았다.

"아무래도 윤 여사님께서 일을 벌이신 듯 보입니다. 정확한 것은 아니지만, 처리하는 방법은 예전 호텔 지분을 가지고 장난하셨던 때와 같습니다. 이미 주식과 지분은 넘긴 주주들은 해외로 몸을 숨겼습니다."

"지금부터 빨리 단서를 잡아. 난 회장님 좀 뵈어야겠어."

"안 계십니다. 윤 여사님과 별장에 가셨답니다."

태민은 일어서서 가려던 걸음을 멈췄다. 윤 여사와 함께 아버지가 별장을 가셨다면 이 일은 확실히 윤 여사의 짓이다. 태민은 알겠다고 고개를 끄덕였고, 산하가 나가자 전화를 걸었다. 스웨덴에 있는 태석에게로.

[어, 태민아. 왜?]

"태석아, 한국에 좀 와줘야겠다."

[왜. 무슨 일 있어? 참, 형수님 찾았다며? 산하한테 들었다. 저번에 전화했더니 너 형수 만났다고 하더라고. 다시 전화하려고 했는데 시간이 안 나더라. 그 일 때문에 오라는 거야? 파티라도 하려고?]

"아니, 윤 여사님 때문에."

태석은 수화기 속에서 흘러나온 음성에 잠시 아무 말도 하지 못했다. 또 무슨 일을 저질렀길래 태민이 전화까지 해서 한국에 오라는 것인지. 태석은 불안했다.

'어머니……. 이번엔 뭔가요?'

[그래, 알았다.]

힘없이 답한 태석이 먼저 전화를 끊었다.

순간 태민은 문득 괜히 전화를 했나 싶었으나 이젠 확실히 정리할 때가 왔다. 보통 일도 아닌 크레타기업 전체가 흔들리고 있지 않은가? 윤 여사를 막아줄 사람은 태석밖에 없다고 판단했다.

윤 여사와 함께 별장으로 온 장 회장은 여전히 말없이 경치만 바라봤다. 호화로운 별장 안의 기운은 싸늘했다. 가을이라는 계절 탓도 있었지만, 장 회장과 윤 여사 사이에 흐르는 싸늘한 기운 때문에 별장 안은 더 더욱 추웠다. 가만히 소파에 앉아 있는 윤 여사에게 등 돌리고 서서 탁 트인 경치만 하염없이 바라보는 장 회장. 윤 여사는 도저히 참을 수 없다는 듯이 소리쳤다.

"무슨 말이든 하란 말이에요!"

"여기서 더 무슨 말을 해야 하지?"

"나 보고 말하라구! 나 보고 말해요, 날 보라고!"

날카롭게 날이 선 윤 여사의 음성에 장 회장은 천천히 몸을 돌려 윤 여사를 바라보았다. 아무런 감정이 담겨 있지 않는 눈. 모든 것을 체념한 듯한 표정. 윤 여사는 그런 장 회장에게 다가가 뺨을 내려쳤다.

"그딴 표정 짓지 마!"

윤 여사의 불량한 행동에 장 회장은 허무한 웃음을 던졌다. 그리고 천천히 입을 열었다.

"뭐가 더 필요해?"

"내 손아귀에 당신 회사가 있다는 거 몰라요?"

"알아."

"알면서 나한테 이러는 거야? 이제 회사 필요없어? 당신 잘난 아들, 장태민한테 물려줘야 하잖아. 그런데도 필요없어?"

"태석이한테도 물려줄 재산이지."

장 회장 내뱉은 이 말은 거짓이 아니었다. 장 회장은 태민과 태석에게 똑같이 재산을 물려줄 생각이었다. 윤 여사가 행패만 부리지 않았다면 그렇게 되었을 것이다. 하지만 이미 회사 반 이상이 윤 여사의 손아귀로 들어가 버렸다. 그녀가 이런 짓을 꾸민다는 것을 장 회장은 이미 알고 있었다. 그러나 그저 말없이 지켜만 봤다. 너무 처량한 모습 때문에. 장 회장의 마음을 얻지 못해 허전한 빈 마음을 물질로 달래려 한다는 것을 알고 있었으니까.

"태석이한테도 물려줄 재산? 흥, 웃기는 소리 하지 마! 그딴 거짓말에 내가 속을 것 같아? 내가 경고했었죠, 내 마음에 상처 준 것 복수하겠다고? 이제 때가 왔거든요. 당신이 무너지는 꼴을 내 눈으로 확인할 거거든."

"그것으로 당신의 마음이 풀어진다면 상관없어."

이제 아무것도 필요치 않았다. 회사도, 그 누구도. 그저 장 회장은 아무도 없는 곳에서 조용히 살다 조용히 갔으면 하는 것이 마지막 남은 소망이었다. 윤 여사에게 용서를 비는 것도 그중 하나였다.

아무것도 남아 있지 않는 눈빛의 장 회장을 바라보는 윤 여사의 눈에는 차가운 눈물이 한 방울씩 떨어졌다. 밉다, 저런 모습이. 자신을 동정하는 눈빛이 윤 여사는 끔찍이도 싫었다. 동정의 눈빛이 아닌 사랑의 눈빛을 원했는데.

"당신이란 사람 정말 잔인해! 내 마음을 그렇게 몰라요? 나도, 나도 여자라구요, 여자!"

하지만 돌아오는 것은 빈 메아리뿐이었다. 아무것도 담기지 않은, 허공을 가득 메워 버리는 빈 침묵. 지금까지 살아오면서 항상 겪었던 것이 오늘만큼은 싫었다. 오늘만큼은 자신을 여자로, 아내로 대해주기를 바랐다. 그러나 그는 그렇게 하지 않았다. 살아서 그의 옆 자리에 있는 것은 자신인데 여전히 그의 마음속에 숨 쉬는 사람은 태민의 생모였다. 그래서 태민이 그렇게 미웠는지도 모른다. 만약 자신도 장 회장에게 사랑을 받았다면 태석에게 하는 것보다 태민에게 더 잘했을지도 모른다.

윤 여사는 지금껏 인생을 헛산 것 같아 쓴웃음이 터져 나왔다. 싸움을 걸어도 좋았다. 무슨 말이라도 했으면 그것만으로 만족하게 살았을 텐데.

처음엔 욕심이었다. 마음이 아니라 그저 이 남자의 옆에서, 원치 않았던 자식이지만 그래도 배 아파 낳아 자신에게 가장 큰 힘이 되어준 아들 태석이 원하는 것은 모두 해주며 살고 싶었다. 그래서 그와의 하룻밤을 기회로 잡았다. 이미 죽은 마누라를 잊지 못한 남자쯤은 살면서 자신의 것으로 만들면 된다고 생각했었다. 그러나 그것으로 끝이었다.

그 하룻밤 이후 그는 어떤 신체 접촉도 하지 않았으며 잠도 따로 자야만 했다. 그런데 언제부터인가 그가 자꾸 눈에 들어오기 시작했다. 다른 여자를 잊지 못하는 그가 미웠고, 점점 가슴이 아파왔다. 그런데 그는 자신의 아픔은 보이지 않는 듯 그저 두 눈만 감고 있을 뿐이었다. 사랑. 숱한 사랑을 하고 행복하고 아파하고 이별하고를 몇 십 번 겪어버린 그녀였지만, 사랑은 무심하게도 또 한 번 찾아와 버렸다. 더러운 남정네들의 틈 속에 온몸이 더럽혀졌지만, 그래도 마음만은 깨끗하다고 자부했던 그녀였다. 더러운 몸뚱이를 줄 수 없어 깨끗한 마음만 주려고 했는데, 그는 그것도 싫다고 그랬다. 그는 그녀의 마음까지도 더러운 시궁창 보듯 했다. 그렇게 그녀의 마음은 좌절되고 말았다. 과거에 한이 맺혀 독한 눈물이 흘러나왔다.

"그 여자가 죽은 지 몇 십 년이 흘렀는데! 나는! 나는 왜 안 된다고만 하느냐구요!"

"당신은 당신이고, 그 사람은 그 사람이니까. 당신이 그 사람을 대신할 수 없어."

윤 여사의 입에서 태민의 생모가 거론되자, 장 회장은 칼같이 잘라 버렸다. 넘보지 말라는 경고. 장 회장은 태민의 생모가 죽은 그날 마음의 문을 닫아버리고 철창까지 만들어 버렸다. 아무도 들어오지 못하게. 하지만 동물의 본능은 어쩌지 못한 채 윤 여사는 장 회장과의 하룻밤으로 협박을 해왔다. 가소로웠다. 자신을 만만히 보는 윤 여사의 행동이 귀엽기까지 했다. 그래서 기꺼이 응해주었다. 장 회장이 원한 것은 정부 노릇이었지만, 윤 여사는 장 회장의 부인 자리를 원했다. 그래서 그렇게 해주었다. 어차피 비어 있는 자리. 그렇게 그녀가 원하는 것을 해주었다. 그런데 윤 여사는 점점 욕심내지 말아야 할 것까지 욕심을 냈다. 바로 장 회장 자신의 마음. 누구에게도 줄 수 없는 이 마음을 윤 여사가 원했다. 그러나 장 회장은 돌아섰다. 절대 줄 수 없는 것. 그 후로 윤 여사는 걸핏하면 복수하겠다는 말을 입에 달고 사는 여자가 되어버렸다. 다른 건 다 주어도 줄 수 없는 게 바로 장 회장의 마음인 것을 어쩌겠는가. 장 회장은 여전히 아름다운 미모를 갖고 있는 윤 여사를 빤히 바라보았다.

"냉정한 사람. 남 앞에선 다정한 척, 최고의 남자인 척. 가증스러워."

"당신도 그렇게 해주길 원했지 않았나?"

"그딴 가증스러움을 원했는 줄 알아요? 당신의 진짜 마음을 원했다구요!"

"그럼 이런 짓은 하지 말아야지."

"내가 왜 이렇게까지 하는지 한 번이라도, 아니, 단 일분일초라도 생각해 본 적 있어요? 나에게 무관심한 당신 관심 끌어보려고 별의별 짓을 해도 당신은 눈 하나 깜짝하지 않았어요!"

윤 여사의 절규에 가까운 말에 장 회장은 듣기 괴롭다는 듯 밖으로 나가 버리자 윤 여사는 마지막으로 그를 잡고 싶다는 생각을 했다. 더러운 짓거리가 아니라 순수한 마음을 알아주고 받아주었으면 했다. 윤 여사는 주머니 속에 있던 휴대폰을 꺼냈다.

"나야. 주식 원상태로 다 돌려놔."

윤 여사는 빠르게 자신의 의사만 전달하고 강하게 힘을 주어 폴더를 닫아버렸다.

마지막, 어쩌면 인생에서 끝이 되어버릴 수도 있는 생명을 담보로 하는 진짜 도박. 윤 여사는 힘겹지만 또박또박 한 걸음 한 걸음 내디며 욕실로 향했다. 욕실 변기 위해 앉아 욕조 속에 차오르는 물을 빤히 바라보았다. 출렁이는 물속에 비치는 자신의 모습을 지워 버리고 살며시 안으로 몸을 담갔다. 그리고 손에 쉬고 있던 칼을 빤히 바라보았다. 도박. 처음이자 마지막인 목숨을 건 도박을 윤 여사는 시작했다.

태민은 갑작스런 연락에 황급히 병원을 찾아야만 했다. 윤 여사의 자살기도. 무엇이 두려워 자살을 기도했을까. 뻔뻔하고 도도한 그 여자가 뭐가 무섭고 불안해서 자신의 손목을 그은 것일까. 태민은 병원을 향해 가는 내내 의문덩어리는 점점 더 커져만 갔다.

이쪽저쪽 빠르게 차를 움직여 가고 있는데 휴대폰이 요란하게 울려댔다.

"네, 장태민입니다."

[사장님, 주식들이 다시 제자리를 찾았습니다.]

'이건 또 뭐야? 주식들이 제자리로 돌아왔다? 그럼 윤 여사가 아니었단 말이야?'

"누구 짓이야?"

[윤 여사님입니다.]

'윤 여사가 한 일이 맞는데, 다시 제자리로 돌아왔다? 설마, 진짜 죽으려고 마음먹은 거야? 그래서 다 돌려주고 가려고?'

"알았어."

태민은 갑자기 받은 전화로 어떻게 된 것인지 머리를 빠르게 회전시켜 짜 맞추기 시작했다.

윤 여사가 자살을 하려 했고, 윤 여사가 가지고 놀던 주식들이 제자리로 돌아왔다면, 윤 여사는 태민을 궁지에 몰려고 했던 것이 아니었단 소리다.

'그럼, 아버지?'

한참을 내달린 차는 어느새 병원 앞에 도착했고, 윤 여사가 입원한 병실로 향했다. 아직은 의식불명의 상태. 피를 너무 많이 흘린 탓이란다. 물속에서 손목을 그었다는 것. 정말 죽으려 했다는 이야기다. 단지 눈길을 끌기 위해, 자신의 만행을 용서해 달라는 의미에서의 자살기도가 아닌, 정말 이 세상과 하직할 마음으로 손목을 그은 꼴이 되었다. 태민은 화장기가 전혀 없는 창백한 윤 여사의 얼굴을 마주했다. 정말 참 아름다운 여자라는 생각이 들었다. 하지만 이내 얼른 그 생각을 지워 버렸다. 이 여자는 아름다움을 포장한 더러운 악녀니까. 태민이 잠들어 있는 윤 여사를 뒤로하고 일어나려던 찰나, 장 회장이 병실 안으로 들어왔다.

"왔구나."

"무슨 일이 있으십니까?"

"……이제 올 때까지 온 것 같구나."

분명 그들 사이에 뭔가가 있었던 것 같지만 태민은 알 수 없었다. 아버지 장 회장과 대화를 나누고 싶었으나 많이 지쳐 보이는 모습에 발길을 돌려야만 했다. 태민은 신경이 너무 곤두선 까닭에 온몸이 피곤하게 굳어가자 회사로 가던 차를 돌려 집으로 향했고, 집 안으로 들어서자 성주는 무언가를 바삐 만들고 있었다.

"뭐 하는 거야? 민주는?"

"엄마 집에 있어요. 당분간 엄마랑 지내라고 하려고요."

"장모님 힘드시게. 근데 그건 뭐야?"

"어머님 병원에 계신다면서요. 아버님이 계속 계실 순 없잖아요. 죽 만들어서 병원에 가려고요. 당분간 저도 거기 있을 테니까 걱정 마세요."

집으로 들어선 태민을 바라보지도 않고 죽 끓이기에 공을 들이던 성주는 죽을 다 만들었는지, 보온병에 죽을 담았다. 보온병은 식탁 위에 올려놓고 언제 챙겨놓았는지 옷 가방으로 보이는 것을 챙겼다. 그러자 태민이 성주가 들고 있던 짐 가방을 들어주면서 따라 나섰다.

"왜요? 들어가서 쉬어요."

"어떻게 혼자 보내. 데려다 줄게."

성주의 만류에도 불구하고 태민은 기어이 성주를 차에 태웠다.

태민은 짐 가방을 뒷좌석에 싣고, 다시 운전대를 잡았다. 굳이 성주가 가서 시중을 들지 않아도 돌봐줄 사람은 얼마든지 있지만, 왠지 그냥 지켜보고 싶었다. 왠지 모르게.

  "집에 죽 남겨놨으니까 먹어요. 밥도 있고 반찬도 있으니까 식사 거르지 말구요. 알았죠? 혼자 먹기 싫으면 엄마 집에 가서 먹어요. 민주도 보구요. 알았죠?"

  "으이그, 잔소리. 내가 무슨 세 살 먹은 애도 아니고. 그만 들어가."

  "알았어요. 조심해서 가요."

  차에서 내린 성주는 무슨 걱정이 많은지 태민을 민주 대하듯 하고 그의 차가 사라질 때까지 물끄러미 바라보며 배웅했다. 태민의 큰 차가 까만 점이 되자 성주는 서둘러 병실로 향했다. 병실 앞에는 사람들의 근접을 막는 검은 양복을 차려입은 남자들이 줄 서 있었고, 성주가 다가서자 단번에 그녀를 막아섰지만, 성주를 알고 있는 것처럼 보이는 한 남정네의 손짓에 성주는 병실 안으로 들어갈 수 있었다.

  병실 안에는 힘없이 누워 있는 어머님 옆에 시아버지가 자리잡고 있었고, 성주가 들어오자 그 기척에 뒤를 돌아 성주를 바라보며 힘없이 웃어 보였다. 성주는 그 웃음에 고개를 숙여 인사를 하고 옆으로 다가가 옆에 놓인 의자에 엉덩이를 붙였다.

  "어머님은 좀 어떠세요?"

"아직은 의식이 없다. 근데 넌 왜 왔어? 민주 돌봐야지."

"걱정 마세요, 아버님. 오늘 제가 있을 테니까 그만 들어가 쉬세요."

"아니다. 깨어나는 거 봐야지."

성주의 호의를 단칼에 자른 장 회장은 말없이 가만히 윤 여사의 얼굴을 들여다보았다. 이렇게까지 할 줄은 꿈에도 상상 못했다. 독한 짓을 하긴 했어도 이 정도까지는 아니었는데. 자신의 마음이 뭐가 그리 대단하다고 이렇게까지 하면서 관심을 끌고 마음을 얻으려는 것일까. 장 회장은 자신의 마음이 윤 여사에게 얼마나 큰 것이었는지 미처 깨닫지 못했다. 그 순간 윤 여사의 작은 뒤척임이 있었고, 서서히 눈을 떴다.

"일어나 보구려. 괜찮소?"

"……."

아무런 말이 없는 윤 여사. 옆에서 지켜보던 성주도 얼른 컵에 물을 따라 윤 여사에게 마시게끔 했고, 한 모금 들이키던 윤 여사는 무표정한 얼굴로 장 회장과 성주를 번갈아가며 바라보았다.

"……."

"어머님, 저예요. 성주예요. 모르시겠어요?"

"나 손 아파. 너무 많이 아파."

"여보?"

깨어난 윤 여사를 향해 성주는 자신을 확인시켰으나 윤 여사는 아무 말도 하지 않았고, 다시 누워버렸다. 갑작스런 윤 여사의 행동 변화에 놀란 장 회장과 성주는 윤 여사의 담당 의사를 찾았다.

"베르니케(wernick aphsia)라고도 부르는 감각성 실어증입니다. 이 병은 말을 할 수 있지만 다른 사람의 말을 알아듣지 못하는 병입니다. 남의 언어를 들을 수는 있지만, 어떤 의미인지 이해하지 못하는 상태입니다. 우리말밖에 이해하지 못하는 사람이 외국어를 들었을 때와 같은 상태라고 보시면 됩니다."

장 회장은 망연자실한 표정으로 의사를 바라봤다. 그런 장 회장을 데리고 성주는 다시 병실로 돌아왔다. 장 회장과 성주가 안으로 들어오자 잠시 시선을 던지던 윤 여사는 이내 고개를 돌려 버렸다. 그런 윤 여사에게 성주가 다가가 끓여온 죽을 그릇에 담으며 말했다.

"어머님, 배 안 고프세요?"

"날씨가 추워."

다시 한 번 확인하고 싶었다. 부질없는 짓이것만, 이미 의사가 진단을 내렸으나 성주는 정말 윤 여사가 그런 말도 안 되는 병에 걸렸는지 다시 확인하고 싶었다. 원래의 윤 여사로 돌아와 주기를 바라며. 그러나 헛된 바람이었다.

성주는 더 이상 아무 말도 하지 않고 죽이 담긴 그릇을 윤 여사 앞에 놓았고, 천천히 죽을 떠 먹였다. 그 모습을 가만히 지켜보던 장 회장은 살며시 병실에서 나갔다.

성주는 죽 한 그릇을 깨끗하게 비운 윤 여사를 안쓰럽게 바라봤다. 그렇게 도도하고 당당하던 윤 여사는 이제 없었다. 성주는 의사가 처방해 준 약을 먹이고 나서야 병실 밖으로 나와 태민에게 전화를 걸었다.

"나예요."

[응. 깨어나셨어?]

"깨어나시긴 했는데. 그보다, 도련님은 오셨어요?"

[응, 지금 내 옆에 있어. 지금 말해주려고.]

"그럼 말해주고 병원으로 와요, 빨리."

[응.]

성주의 전화를 받은 태민은 잔뜩 굳은 얼굴로 자신과 마주 앉아 있는 태석을 쳐다봤다. 태민의 굳은 표정에 태석의 얼굴도 자연스럽게 굳어갔다.

"뭔데 그래? 빨리 말해봐. 어머니 정말 대단한 일 벌이신 거야?"

"다행히 일은 손도 대기 전에 해결됐어. 윤 여사님께서 원상태로 돌려놨어."

"휴~ 다행이다. 근데 왜 그래? 표정이 왜 그렇게 어두워? 혹시, 형수님하고 어머니하고 또 싸움 났어?"

"아니, 아니야. 그게 아니고, 태석아. 잘 들어. 무슨 일이 있으셨는지는 모르지만 윤 여사님 지금 병원에 계신다. 자살기도 하셨어."

태민의 말에 태석의 몸은 급격히 딱딱하게 굳어갔다. 그의 얼굴엔 긴장이 넘쳤다. 어머니의 자살기도. 태석은 더 들어볼 것도 없이 일어나 태민과 함께 병원으로 향했다.

태석은 조수석에 앉아 간절히 기도했다. 제발 아무 일도 일어나지 않았기를. 그러나 이미 등 돌린 하늘은 태석의 기도를 들어주지 않았다.

병원에 도착한 태석은 무너지듯 윤 여사를 붙잡고 눈물을 흘렸다. 윤 여사는 자꾸 엉뚱한 말만 늘어놓았다. 그녀는 자신이 그렇게 사랑하고 자랑스러워하던 아들의 말도 제대로 알아듣지 못했다.

"어머니, 저란 말입니다! 장태석!"

"벌써 밤이야. 집에 갈래."

동문서답. 태석은 답답하고 미칠 것 같아 복장을 두드렸다. 잔뜩 흥분한 태석을 태민이 데리고 병원 휴게실을 찾았다. 태민이 내미는 음료수를 한 모금 마신 태석은 태민에게 물었다.

"어때, 우리 어머니 저러고 있는 거 보니까?"

"착잡해. 그냥."

"넌 그냥 착잡하지? 난 무너진다. 왜 내가 우리 어머니 물 먹이는 일에 동참한 줄 알아? 단지 싫어서가 아니야. 빨리 깨달으라고. 여긴 우리가 정복할 수 없는 곳이라는 걸 빨리 알려주고 싶어서. 아버지 마음도, 우리가 사는 이 상류층 사회도 아무리 발버둥 쳐도 어머니의 것이 될 수 없으니 포기하라고. 난 아버지가 야속했어. 넌 나가 살아서 모르겠지만, 어머니와 아버지는 집 안에서 거의 남남처럼 지내셨어. 밖에 나가서 여보 찾고, 당신 찾았지. 널 왜 미워하셨는지 알아? 너희 생모, 아버지 마음속에 있는 그 생모가 미워서 널 괴롭히는 것을 낙으로 삼으신 거야."

태민은 봇물 터지듯 나오는 이야기에 귀를 기울였다. 한 번도 듣지 못했던 이야기. 뭔가가 더 있을 것 같은데, 더 이상 태석은 아무 말도 하지 않았다. 태민에게 이해해 달라는 말도, 용서해 달라는 말도 하지 않고 태민의 어깨를 두드리고는 병실로 들어가 버렸다. 한 번도 사랑을 주지 않았다? 아버지가 어머니를 마음속에 담아두셨다? 윤 여사가 아니라? 의문이었다. 거의 평생을 살았다고 해도 과언이 아닐 정도로 윤 여사와 오래 사신 분이 마음을 주지 않았다니. 태민은 픽 웃었다.

'태석이 잘못 알고 있는 거야.'

먹고 있던 음료수를 쓰레기통에 버리고 자신도 병실로 걸음을 옮겼다.

그로부터 한 달이 지났다. 장 회장은 모든 일들을 정리하고 경영에서도 손 뗄 준비를 하고 있었다. 한참 마지막 정리를 하고 있는데 태석이 찾아왔다. 장 회장은 오랜만에 태석과 마주하고 앉아 점심식사를 하고 있었다.

"태석아, 미안하구나."

"아버지가 미안하실 게 뭐가 있으세요. 제 어머니가 받아야 할 벌이니까 받으신 거겠죠. 누구 원망도 하지 않습니다. 태민이도 아버지도. 다 제 어머니가 자초한 일인걸요. 그래도 차라리 교도소가 아니라 다행입니다. 저렇게 사는 것이 어쩌면 어머니께 더 좋을 수도 있어요. 아버지, 감사합니다. 그래도 저희 모자 이만큼 클 수 있었던 건 아버지 덕분 아닙니까?"

"뭐라 할 말이 없구나. 스웨덴 지사에서 네가 열심히 노력만 해준다면 그쪽을 너에게 맡기고 싶구나."

"걱정 마세요. 열심히 하겠습니다. 그리고 아버지. 어머님은 제가 모시고 가겠습니다. 더 이상 한국에서 민폐 끼치게 하고 싶지 않습니다."

장 회장은 태석의 말에 그를 말려보고 싶었으나 완고한 눈빛에 할 수 없이 허락하고 말았다. 태석은 그저 감사하다는 말만 남길 뿐이었다. 그렇게 한국의 모든 일들을 빠르게 정리한 태석은 자신의 어머니의 손을 꼭 붙잡고 스웨덴으로 떠났다.

모자를 배웅하고 돌아온 태민과 성주는 한동안 그 어떤 말도 하지 않았다. 뭘까? 이제 모든 것이 해결됐으니 마음이 좋아야 하는데 이 불편하고 가슴 아픈 것은…….

집으로 돌아와 씻고, 민주를 재운 성주는 방으로 들어와 화장대에 앉아 로션을 바르다 말고 태민에게 물었다.

"태민 씨, 이젠 어머님도 안 계시니까 말해봐요. 어머님 어떠셨어요? 정말 태민 씨에겐 나쁜 어머니였어요?"

갑작스런 성주의 질문에 태민은 과거를 회상했다. 처음 윤 여사가 집으로 들어왔을 때 태민은 그저 반항하기에 바빴지만, 한결같이 윤 여사는 태민에게 잘해주려 노력했었다. 그러나 태민은 그 성의를 무시하고 끝내 집을 나와 생활했었다. 그 후론 잘 모르겠다, 어떤 어머니였는지.

아무 말 없이 침대에 비스듬히 누워 책을 읽던 태민 곁으로 성주가 다가가 침대 위에 누우며 말했다.

"나 어머님 방 청소하면서 일기장 비슷한 거 읽은 적이 있는데, 이거 말해주면 태민 씨가 자책할까 봐 말 못해주겠어요."

"뭔데?"

"그럼 자책하지 마요. 예전에 반지 사건 기억나요? 어머님이 당신 골탕 먹이려고 했던 게 아니었어요. 그 반지, 아버님이 진짜 어머님께 선물한 반지라는 걸 아시고 그 반지를 끼면 정말 자신이 태민 씨 엄마가 된 것 같은 기분에서였대요. 근데 그동안 변해 버린 어머님이 그걸 나쁘게 이용하기는 하셨지만요."

태민은 성주의 말에 아무 말도 하지 않았다. 그 사건을 쉽게 이해하기란 어려운 문제니까. 성주는 그런 태민을 빤히 바라보다가 볼에 살며시 뽀뽀해 주었다.

"이제 다 괜찮아졌잖아요. 해피엔딩은 아니지만 그래도 새드로 끝나지는 않았잖아요. 그만 마음 풀어요."

"음. 그래. 너랑 이렇게 있게 됐으니까. 난 이것만으로 만족해."

"나도요. 고마워요. 그리고 사랑해요."

"내 옆에 있어줘서 고마워. 나도 사랑해."

작	가	후	기

    작년 겨울 때 썼던 작품을 드디어 손에서 놓았습니다. 이 작품의 완결 지을 때만 해도 과연 이 작가후기를 쓸 수 있을까 하는 생각을 했었는데. 로맨스다우면서도 독자들이 꺼리지 않게 그런 로맨스 이야기를 만들어보고 싶었습니다. 그래서 여주를 다른 로맨스에 비해 조금 차별을 둬봤습니다. 돈이라는 물질에 대해 조금 현실적으로 그려봤는데, 잘 전달이 되었을지는 모르겠네요. 솔직히 조금 떨립니다. 어떤 말들을 옮겨야 할지 모르겠습니다.

    어쩌면 뻔한 로맨스가 될 이야기를 성주와 채원이 바꾸어주었습니다. 사랑은 사치라고 느끼며 돈이라면 뭐든 하는 성주와 모든 것을 가졌지만 사랑을 위해서라면 그깟 것쯤은 버릴 수 있는 채원이. 처음엔 채원과 이어줄까 하는 생각도 했습니다. 하지만 돈 많고 부잣집 딸에, 공부까지 잘해 학교 선생님을 하고 있는 채원에게 정이 가지 않아 성주와 태민을 연결시켜 주었습니다. 성주라는 캐릭터를 잡기 위해 무척 애를 썼습니다. 처음엔 돈을 좋아하는 저를 캐릭터 삼았다가 열심히 아르바이트하는 친구들을 보고 확실하게 결정을 지었습니다. 돈을 좋아하지만 자신이 열심히 한 대가로 받는 것만 돈으로 취급하는 여자, 주성주. 여주의 캐릭터가 만들어지자 그 뒤로는 쉽게 진행되었습니다. 별로 힘도 들지 않았습니다. 다만 주인공들의 마음을 파헤치는 일이 어려웠을 뿐.

    글을 쓰는 동안 에피소드가 하나 있는데, 저희 집에 키우는 강아지가 있습니다. 강아지 이름은 삐삐입니다. 저희 집에서 키우는 개들의 이름은 무조건 삐삐였습니다. 4대째 삐삐라는 이름을 가진 강아지. 하루는 성주와 너무 친해지는 바람에 삐삐를 바라보며 성주야, 하고 부르는 바람에 삐삐가 저를 향해 마구 짖은 적이 있습니다. 너무 웃겨서 방바닥을 때굴때굴 굴렀었는데, 그게 벌써 작년 일이네요. 중간에 슬럼프에 빠지지만 않았어도 좀 더 빠르게 작품을 완결 지을 수 있었을 텐데. 한 번씩 글을 쓸 때 생각지도 못하게 슬럼프에 빠져 버리더라고요. 그래도 꿋꿋하게 열심히 쓰다 보니 이렇게 결실을 맺는 날이 오는군요.

이 글을 쓰는 동안 제가 어려움없이 쓸 수 있도록 믿고 지켜봐 주신 부모님과 오빠, 정말 감사합니다. 만날 글 쓴다고 컴퓨터 앞에 앉아 시간 보내는 딸내미를 잔소리없이 지켜봐 주셔서 정말 감사합니다. 그리고 우리 식구들, 정말 고맙습니다.

글을 쓸 때마다 새로운 요소와 아이템을 준 친구들 효진이, 담비, 은숙이, 정덕이, 나리, 수미, 선화. 수진이. 진짜 고맙다. 너희들 이야기가 진짜 많은 도움이 됐어. 그리고 이름은 밝힐 수 없지만 믿고 의지했던 친구 h. 정말 고마웠다. 너와 함께한 시간 잊지 못할 거야. 제 꿈을 펼칠 수 있게 언제나 조언해 주셨던 김숙희 선생님, 정선 선생님, 김도완 선생님, 감사합니다. 힘들어 좌절할 때마다 희망을 주셨던 금옥이 아줌마 감사합니다. 한참 부족한 제 글 버리지 않고 기꺼이 품어주신 청어람의 김규진님. 좋은 원고 만들 수 있게 지적해 주신 한지윤님과 이종민님 정말 감사합니다. 마지막으로 부족한 제 글 읽어주신 여러분께 정말 감사합니다. 앞으로 더 좋은 글 쓸 수 있도록 정진, 또 정진하겠습니다.

―2006년 6월 꾸준히 노력하는 은정 드림.

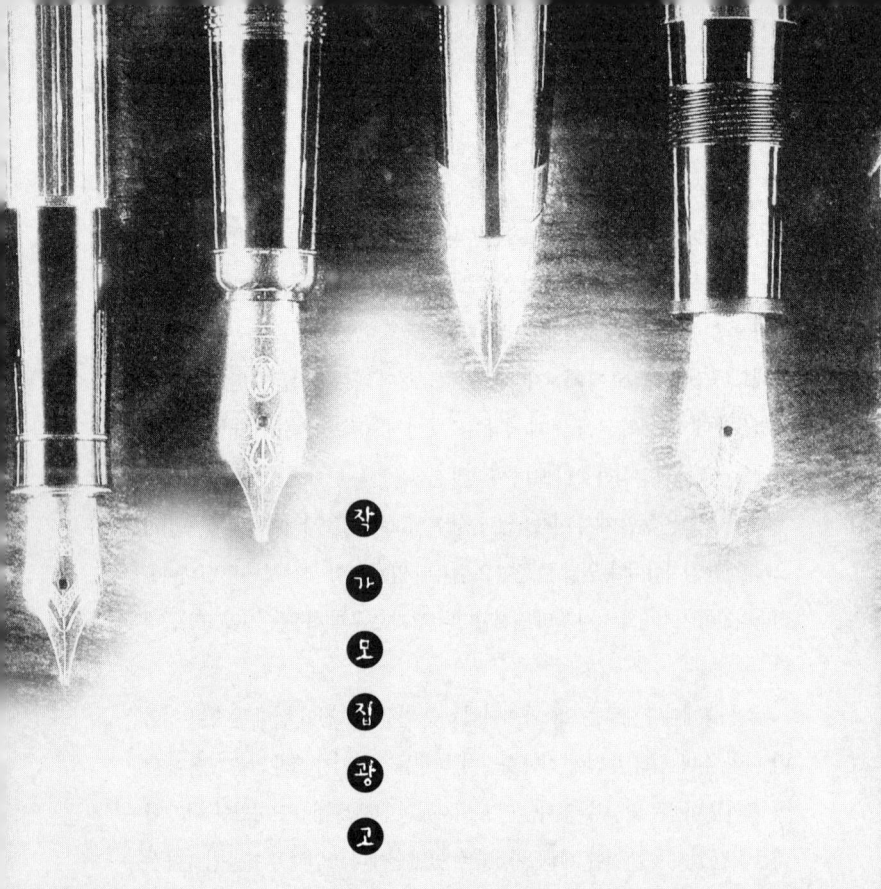